U1000725

第四届《安徽古籍叢書》編審委員會

主任委員

黄德寬

副主任委員

諸偉奇

丁　放

彭君華

委員（按姓氏筆畫順序）

卞　利　方錫球　牛繼清　王啓才

吴先伍　施立業　胡傳志　紀健生

陳　林　張玉才　曹小雲　曹天生

程德和　楊　軍　楊應芹　趙國華

鮑　恒　樊嘉禄

安徽古籍叢書萃編

朱書集

清・朱書 撰
蔡昌榮 石鍾揚 點校

黄山書社

图书在版编目(CIP)数据

朱书集 / (清) 朱书撰；蔡昌荣, 石钟扬点校. —合肥：黄山书社, 2014.1
(安徽古籍丛书萃编)
ISBN 978-7-5461-4283-8

Ⅰ. ①朱…　Ⅱ. ①朱…　②蔡…　③石…　Ⅲ. ①古典诗歌-诗集-中国-清代　②古典散文-散文集-中国-清代　Ⅳ. ①I214.92

中国版本图书馆 CIP 数据核字(2014)第 006149 号

朱书集

出 版 人　任耕耘
策　　划　任耕耘　赵国华　汤吟菲
执行策划　汤吟菲　徐娟娟
责任编辑　赵国华　徐娟娟　张元婷

装帧设计　未　氓
责任印制　戚　帅

出版发行　时代出版传媒股份有限公司(http://www.pressmart.com)
　　　　　黄山书社(http://www.hspress.cn)
　　　　　官方直营书店(http://hsssbook.taobao.com)
　　　　　营销部电话:0551-63533762　63533768
　　　　　(合肥市政务文化新区翡翠路 1118 号出版传媒广场 7 层　邮编:230071)
经　　销　新华书店
印　　制　安徽联众印刷有限公司

开本　880×1230　1/32　　印张　17.75　　字数　350 千字
版次　2014 年 9 月第 1 版　　2014 年 9 月第 1 次印刷
书号　978-7-5461-4283-8　　定价　200.00 元

版权所有　侵权必究

(本版图书凡印刷、装订错误可及时与黄山书社印制科联系　电话:0551-63533725)

序

黄德寬

值此《安徽古籍叢書萃編》編輯出版之際，欣逢新時期安徽古籍整理出版工作步入而立之年！三十年來安徽的古籍整理出版工作，很值得認真地進行一番回顧總結。

一九八一年，中共中央發布《關於整理我國古籍的指示》，成立了以李一氓同志爲組長的國家古籍整理出版規劃領導小組，正式拉開了新時期古籍整理出版工作的序幕。一九八四年，中共安徽省委決定建立安徽省古籍整理出版領導小組，由時任省人大常委會副主任魏心一同志挂帥，聯合了省新聞出版局等政府部門和安徽大學等高等院校、研究單位，正式啓動安徽省古籍整理出版工作。同年，安徽專業古籍出版單位黄山書社也宣告成立。安徽古籍整理出版工作由此翻開了嶄新的一頁。

三十年間，安徽省古籍整理出版工作堅持初衷，克服困難，在政府部門的支持和社會賢達的關心下，經過學者們的艱辛努力，取得了豐碩成果，其最有代表性的成果就是《安徽古籍叢書》的編纂出版。

《安徽古籍叢書》凝結了當代安徽傳統文化研究領域衆多學者與專家的心血和汗水。以吴孟復先生爲代表，組成《安徽古籍叢書》第一届編審委員會，賡續安徽先哲編刊地方叢書盛業，梳理文獻綫索，擬訂叢書子目，擘劃編纂體例。遵循嚴格的學術規範，《安徽古籍叢書》自一九八九年三月刊出第一種——《舊聞隨筆》，截至二〇一三年底，連同修訂再版，出版已突破百種，成爲我國當代古籍整理一個有影響力的品牌。

收入《安徽古籍叢書》的各類古籍，既有朱熹、戴震、俞正燮、凌廷堪、程瑶田、黄生、包世臣、楊仁山、吴汝綸等學術巨擘的著作，也有張孝祥、錢澄之、方苞、方文、施愚山、姚鼐、吴敬梓等文學名家的作品；此外，包拯、朱升、朱元璋、阮大鋮、姚瑩、方孝標、劉銘傳等皖籍著名歷史人物的著述也盡在其中。正是因爲歷代賢哲創造的精神財富，使得《安徽古籍叢書》一經出版即蜚聲海内外，産生了廣泛的社會影響。李一氓同志曾經撰文，欣喜地表示：

『現在有一個好現象，安徽要編印新的《安徽叢書》。』當代著名學者金克木、胡道静、張岱年、程千帆等先生稱道『這是安徽文化事業的一項盛舉』。法國漢學家戴廷傑也對《安徽古籍叢書》堅持嚴格的學術規範稱賞不已。

《安徽古籍叢書》的順利編輯出版，還因爲改革開放帶來的時代機遇。改革開放三十多年來，我國經濟文化繁榮昌盛，使得《安徽古籍叢書》能够得到有關方面的財力支持。上個世紀八十年代，《安徽古籍叢書》編纂在發軔之時，就不斷有項目入選國家古籍整理出版規劃，得到國家各方面的有力支持。最新公布的《二〇一一—二〇二〇年國家古籍整理出版規劃》中，包括《方以智全書》在内的新列《安徽古籍叢書》項目品種就多達四十八種。安徽古籍的整理編纂工作，正是在改革開放的大背景下，在全國古籍整理出版工作的大格局中，取得了突出的成就并展現着美好的未來。

《安徽古籍叢書》的編纂出版，安徽大學『省古籍整理出版辦公室』發揮了重要作用。古籍辦的同志們長期堅守在古籍整理出版崗位，甘於清苦，默默奉獻，辛勤耕耘，爲《安徽古籍叢書》的編纂和安徽古籍整理出版工作做出了突出的貢獻。二〇一〇年，在『全國專業古籍出版社社長年會暨全國優秀古籍圖書評獎會』上，時任國家新聞出版總署副署長鄔書林同志作題爲《無愧歷史　珍惜時代　出好精品》的講話，指出：『安徽是堅持地方古籍整理工作最好的省份。不少地方古籍辦幾乎都撤了，或名存實亡，安徽則堅持不輟，并做了大量工作。』

黨的『十八大』從戰略層面提出扎實推進社會主義文化强國建設，豐富人民精神文化生活，『建設優秀傳統文化傳承體系，弘揚中華優秀傳統文化』。《安徽古籍叢書》立足鄉邦文獻的整理編纂，因應了國家文化建設的宏偉規劃，是文化强省乃至文化强國建設事業的題中應有之義。這項事業遠非一兩代人所能完成，正如一九八一年中央三十七號文件所指出的，『整理古籍是一件大事，得搞上百年』。

《安徽古籍叢書》煌煌巨制，結構開放，歷時久遠。回顧過去，出版較早的圖書有些已經絶版；叢書版式、裝幀也屢經變更。爲適應集中展示、收藏和研究的需要，對已經出版的《安徽古籍叢書》進行階段性的集中梳理，適當遴選，統一版式，影印出版本套叢書是十分必要的。

作爲首套《安徽古籍叢書》選編本，我們希望通過這套書的出版發行，能使更多的讀者瞭解、認識和利用好《安徽古籍叢書》，有更多的皖籍、非皖籍專家學者參與到安徽地方歷史文獻的研究整理工作中來，讓《安徽古籍叢書》在未來不斷發展壯大。這是我們在新時期安徽古籍整理出版事業三十年之際的殷殷屬望！

二〇一四年六月

凡例

一、本編從二〇一〇年（包括二〇一〇年）以前出版的《安徽古籍叢書》中選取文獻資料價值大、校點整理質量上乘、學界仍有需求的圖書進行重印。

二、二〇一〇年以後出版者因市場上新書尚多，此次不復列入。早期所版《文學研究法》《舊聞隨筆》《桐城文學淵源考·撰述考》《桐城耆舊傳》《爾雅翼》等雖均爲叢書的中堅，因已有修訂新版，此次亦不復列入。《安徽古籍叢書附輯》整體不予列入。

三、所選圖書按初版時間先後順序編排。

四、采用原版掃描影印，不重新録排，儘量保存原書面貌。原書頁眉中的明顯編輯錯誤，逕改不出校；《竇山公家議校注》《康輶紀行 東槎紀略》兩種原書無頁眉，現統一補加。

五、重新設計製作封面，統一規格、工藝。一律采用大三十二開本，精裝。《説文假借義證》一書原版爲十六開，一個頁面放兩個中國頁，此次按統一開本重新排版，一個頁面放半個中國頁。

并新附《説文假借義證索引》於該書書末，以方便讀者檢索。《毛詩後箋》《吴汝綸全集》《田間詩學》《説文假借義證》等原書規模較大，爲方便讀者閱讀，現重新分册。另，《竇山公家議校注》保留原書西式裝訂方式。

六、收録叢書文獻由於各種原因，還存在這樣那樣的不足，請讀者批評指正。

第四届《安徽古籍叢書》編審委員會

二〇一四年六月

清·朱書 撰　蔡昌榮 石鐘揚 點校

朱書集

黄山書社

安徽省古籍整理出版规划委员会

顾　问　丁继哲　王惠鹏　杜维佑　李广涛　张立一　郑　锐　郑淮舟　胡　坦　胡云龙　侯　永
　　　　崔剑晓　傅大章　潘锷镩

主　任　魏心一

副主任　陈基余　赵应铎　陶有法　鹿世金

委　员　刘景龙　吴孟复　金隆德　祖保泉　贾文昭　黎　洪

安徽省古籍整理出版基金会

理事长　崔剑晓

副理事长　丁继哲　杜维佑　胡　坦　潘锷镩

秘书长　朱　扬　汪慎琳

常务理事　马素英　卞兆龙　田照临　朱邦福　孙伯耀　吴存心　吴孝雨　汪石满　张其果　张振明
　　　　季昌清　郑英保　郑贤明　钮　涟　钱　进　陶显斌　潘培咸　穆建科

安徽古籍丛书编审委员会

学术顾问　王子野　吴小如　吴作人　周一良　周绍良　金克木　宛敏灏　胡道静　殷焕先　常任侠
　　　　蒋元卿　舒　芜

主任委员　吴孟复

副主任委员　刘永年　祖保泉　施培毅　贾文昭

委　员　朱一清　朱世力　任弘毅　刘学锴　孙文光　纪健生　杨应芹　汪福润　沙宗复　夏秀流
　　　　徐凌云　诸伟奇　梁垣祥　傅玉璋

（按姓氏笔画排列）

安徽古籍丛书编印缘起

伟大祖国，历史悠久，典籍丰富。我省地处南北之交，学术尤擅其盛。数千年来，哲学、史学、文学、艺术、语言、科技，作者辈出，著述如林，或自名一家，或蔚然成派，多为中华民族文化之菁华，有裨于社会主义文化之建设。允宜及时整理，以广流传。

粤自明清，以至近世，南北郡邑已有泾川丛书、龙眠丛书、贵池先哲遗书、南陵丛书诸刻。一九三一年，复有安徽丛书之编印，所收皆皖人著作，分期影印。出至第六期，以抗战军兴而中止。盛业未竟，论者惜之。

今者，中央倡导整理古籍，我省领导对此尤为关心。省古籍整理出版规划委员会几经商讨，决定编印安徽古籍丛书。最其体例，约有数端：一、所收皆为历代皖人著作。地域，以现行省区为准。时间，一般以成书于「五四」之前为限。内容，以文、史、哲为主。二、整理方式：包括辑、校、标点或注释，尤注意于稿本、稀见本之搜辑与传布。校勘，力求采用善本为底本，校以他书，或加补辑，编次。标点，采用新式标点。注释，务求精确，但不作烦琐考证。整理中，尽量吸收国内外研究的新成果。三、先秦、两汉著作及文字、训诂之书，皆用繁体字；其余则多用简体字。版皆竖排，以期一律。四、凡热心于本丛书编印及捐资助刊者，得于书内题名。

安徽古籍丛书编审委员会

一九八九年七月

本书承芜湖市人民政府资助出版谨致谢忱

目次

卷三

诗

卷四

诗

卷五

序

卷六

书

卷七

记　碑记

卷八

传

卷九

论 辨 跋

卷十

杂著

卷十一

时文

卷十二

时文

卷十三

时文

卷十四

时文

序跋

前言

宿松朱书，与桐城戴名世、方苞，在「桐城派」发展史上都有着不可抹杀的贡献。诚如《宿松县志》所言：「杜溪古文，与桐城并为开山之祖。」然学术界仅注目戴名世与方苞，朱书却鲜为人知。今趁其文集出版，略作评介。

一

朱书，一名世文，字字绿，号恬斋，祖籍鄱阳，明洪武二年始迁入宿松。先居杨西坂，历三世定居杜溪。杜溪在今宿松碎石乡境内，有溪流曰杜溪蜿蜒其间，故名。朱书深爱斯溪斯土，遂以「杜溪」为别号，为书名，世人亦称之为杜溪先生。

朱书父亲朱光陛，处明清易鼎之乱世。战事频繁，兼自然灾害，其「既读书不能作苦（役），濒于死数矣」，却不求仕于朝，而隐居天柱山麓，授徒乡塾。正是在父亲隐居之际，朱书于清顺治十一年（一六五四）降生于潜山敢山冲。朱书有言：「五岳之气，皆能出云雨，产金玉。而其灵者，常郁结盘魄，而发为伟人，或以德业，或以文章，卓卓有垂于天地，而与为不朽。」他自信自己钟天柱山灵气而成为文章之士。

朱书自幼从父亲那里接受了良好的教育。朱书五岁时，父亲「即抱膝上，口授四子书。夜围炉，辄以箸画灰做字，使识形声。稍长，教以古今世变忠孝诸大节，博习诗古文辞，顾屏干禄之学，不使进」。朱氏家贫如洗，连油灯都点不起，朱书「夜每燎枯茎照读」。稍大一点，他就一边劳动，一边读书，「且负薪米且诵，或躬事绠汲臼舂，然袖中书未或斯须去也」。朱书在此艰难的条件下，「博极群书，经史子集韵部皆手录，日作蝇头楷二万余，且加丹点」。表现了惊人的学习毅力，为他日后成为著名的古文家打下了坚实的基础。

在父辈的熏陶下，朱书青年时代有着强烈的民族情绪。康熙十三年，朱书新婚不久即效法父亲「隐遁乡塾」——在本邑严恭山下设帐授徒。康熙十八年虽下山，仍家居教子侄。康熙二十五年，以岁贡入京。「海内知名士皆聚于京师，以风华相标置，独字绿褐衣布履，行行稠人中。」入京的第二年即开始云游天下。是年三十三岁，到四十七岁止，历时十三年，天下疆域凡十五区，朱书「足迹所到三之二」。其《游历记自序》云：「凡游必囊笔研楮墨，命一童子负之以随，所至见奇石山水碑碣，即下马记录。或大雪摩崖，手为之僵，或行赤日中，汗淋漓如雨下，不少辍。人往往环聚而笑，或为犬所狂啮，不顾也。又喜登陟，遇悬壁峭崖，必上其巅」。壮游生涯，使其学问益进，文章益精。《宿松县志》云：「(朱书)生平喜游览名山大川，过都越国，以拓其心胸，征闻见，助文藻，捃利病，洞古今，人比之司马子长。」

更重要的是，朱书在「捃利病，洞古今」的游历中，不仅考察了华夏历史，而且考察了康熙社会。满清贵族入主中原之初，血腥镇压中原人民，破坏了生产，引起了广大人民与进步知识分子的强烈反抗，朱书父辈及他前期都是支持这种斗争的。但清朝政府到康熙时代吸取了历史的教训，改变了前期的野蛮政策，缓和了民族矛盾，促进了生产力的发展，出现了被文人所讴歌的「康熙盛世」。朱书借游历之机，考察了清廷的这一历史性转变，他自己也随之改变了对清廷的态度。他原拟游历结束后，「不复入城市」，隐居山林，著书以终。但在游历停步的康熙四十一年，他却欣然接受方苞等人的邀劝，参加顺天乡试而中举，未久复中进士，并应诏入武英殿任翰林编修，参加《佩文韵府》与《渊鉴类函》等书的编纂，颇得康熙帝器重。即使如此，朱书亦未得意忘形，仍「素性泊如，不競仕进，仍日事著书」；供职勤谨，辰入酉已，致使「积劳成疾」。终于康熙四十六年（一七〇七），客死京师寓邸。归葬故土杜溪，享年五十又三。

二

朱书文史哲皆有建树。于史志在南明，搜集乡邦文献更不遗余力；于哲学尝与关中李中孚有性善性恶之争，折衷理要而无门户之见，洋洋洒洒，堪称雄辩。然朱书之主要成就在于文学。其于文学卓著在古文（散文）创作，诗赋次之。朱氏为文，根抵五经《史》《汉》而发挥流露，以唐宋八家为宗，汪洋浩瀚，如江河之东沛，不规规绳尺，自入先辈大家之室。古文自明归有光后，首推桐城戴名世、方苞，而戴、方二氏与朱书实为文章知己，则朱书于文学史之地位于此可知。

朱书生前良朋甚伙，一时硕学耆儒如万斯同、梅文鼎、阎若璩、何焯等辈，皆「与之驰骋议论，并驾角立」。然与之友情最笃且命运相连者，莫过于戴名世与方苞。朱书与戴名世年岁相若，互相倾慕有年，康熙二十三年始得相见。戴氏有《送朱字绿序》，记录着他们相见的动人镜头。序云：

岁在甲子，余浮江往金陵，舟次旧县，登岸与舟子相与语。有两生携手立江干，闻余言，前问曰：「子得非桐县人乎？」余曰：「是也。」二生曰：「桐有某秀才，子岂尝识之。」盖余姓名也。余曰：「足下何郡人，乃识秀才？」生曰：「吾宿松人也，素知秀才，故问之。」余曰：「足下家宿松，亦知宿松有朱字绿者乎？」生曰：「我是也。」余曰：「戴秀才即我也。」因相视一笑。至余舟趺坐，各道平生，则皆大喜过望。

戴氏很珍视这次相会，序中还说：「余自识字绿姓名并其文章，而至今凡四五年，以未一见字绿为恨；字绿之于余亦然。今者江皋孤艇，荒烟落日，邂逅一遇，而相与问姓名，欢然抵掌，岂不快哉？」时都届而立之年，正扬帆远航的时节。此后两年，朱书又在安庆与方苞相识。方苞在《朱字绿墓表》中深情地回忆说：「余之交未有先于字绿者，康熙丙寅归试于皖，先君子携持以行，侪辈间藉藉言宿松朱生，因从先君子访字绿于逆旅。辞气果不类世俗人，将返金陵，遂定交。」康熙三十六年，「其客金陵，先君子每不自适，辄曰为我召朱生。字绿体有臭，夏月尤甚，然每与先君子酣嬉，终日解衣盘薄，余兄弟左右其间，不觉其难近也。」其友情可知。

朱书与戴名世、方苞结为知己，共同旨趣在振兴古文。明清之际，由于当局的倡导，时文风靡一时，振兴古文并非易事。戴名世说：「余之蹇拙困顿，为乡里小儿所欲杀！」是言世俗势力之强大。对于他们三人磋切古文的情景，《宿松县志·文征续编》有记载：「三子皆为古文学，褐夫（戴名世）崛起最先，振臂一呼，杜溪应之，望溪（方苞）兄事杜溪，初以时文相得，后乃同学为古文」，「争自劘厉，皆为古文大家」。然戴、方二氏都极力推崇朱书。戴名世《朱杜溪稿序》云：「字绿之才气横绝一时，其奇伟博辩之作，视余不啻倍蓰过之。余尝以为文章者，非一家之私事，予虽有志于此，而家贫多事，不能著书。今得字绿岿然杰起，即予亦可辍笔」，「苟有撰著，必正于字绿而后存」。方氏尝徒步访杜溪，居数日，曰：「古文吾不如子，楚军出钜鹿，一战霸矣」。方氏尤爱朱书游历之文，谓其「所蓄愈厚而其光辉然而不可遏矣」，自愧不如，其「文成必以示字绿」（《朱杜溪稿序》）。

朱书不仅于古文创作有成就，于古文理论亦有建树。朱书的古文理论核心为「义理」说。他反复强调，「予之所以辩驳者，义理也。」他既反对「好逞臆见以翻古人之说」，又反对「不明是非而曲徇古人之说」，认为只有以「义理」为津梁，才能「有窥圣人之意，而不失乎人心之所同。」在创作方法上，他又将「义理」融于「缘情」说中。他说：「风随物而成籁，诗缘情而吐辞，惟天地与人，胥无择焉。」这些理论，与戴名世的「率其自然」说，方苞的「义法」说，不无相通之处。

三

朱书生前著述，据《宿松县志》有：《朱杜溪先生集》、《杜溪文集》、《杜溪诗集》、《游历记》、《松鳞堂偶钞》、《恬斋日记》、《恬斋记闻》、《恬斋漫记》、《寒潭琐录》、《谋野录》、《古南岳考》、《评点〈东莱博议〉》等十数种。还参加了《佩文韵府》、《渊鉴类函》之编纂，及《宿松县志》、《仙田诗在》等地方文献之编校。其代表作为《朱杜溪先生集》，其最措意者有《游历记》。

《朱杜溪先生集》原名《朱杜溪稿》，康熙三十九年金陵龚孝水、朱履安校，桐城戴名世序，既刻却未盛行于世。乾隆年间严查禁书，其孙效祖惧罹罪，因毁《朱杜溪稿》版。尔后相当长时间，仅以钞本存世。辗转传抄，磨灭错乱，至不可读。

道光十一年，桐城方东树主讲松滋书院，受其族孙之请，「谨订其脱谬，更易其卷第」为「杜溪诗文集十卷，外附白崖文集一卷」（白崖文集为朱书次子朱曙所撰），并写有序文。然未得梓版行世。道光三十年，宿松石广均（进士，兵部主事）在此基础上「搜罗散佚，得其古文诗赋若干首，编校付梓」，定名为《朱杜溪先生集》。卷首有石广均、方东树、戴名世（题为「宋潜虚」）序。扉页题云：「道光庚戌秋重刊　朱杜溪先生集　清贻馆藏板」。清贻馆乃石广均旧第。是版校刻精良，堪称善本。

咸丰三年，太平军入宿松，清贻馆本《朱杜溪先生集》复遭毁。光绪十九年，宿松黄修礽，芟去石刻本中诗赋三卷，以《游历记存》补入，别梓于广东书局，曰荫六山庄藏板本。黄氏有短叙云：「家藏《杜溪诗文集》十卷，附《白崖文集》一卷，乡先辈石渠（广均）刊；《游历记存》汪养园（桂月）先生刊，外有《评点〈东莱博议〉》及制义百五十篇，杜溪先生族孙刊。兵燹后板皆毁灭无存，海内著作家亟求先生集而不可得。今春捡集中古文七卷并《游历记存》，重为梓行，余俟续刊。」

《游历记》据朱书自序为两巘、燕秦、燕梁、闽豫章入燕、闽浙入扬州、江行等若干卷，写成于康熙三十九年，有无全本行世，已不可考。方东树道光十一年即云：「先生平生最措意者，有《游历记》数十卷，今集中有其序而未见其书，惜哉！」数十卷云云，或为传闻。道光二十九年宿松汪桂月以培根堂名义重刊《燕秦之道》一卷，名为《游历记存》。光绪十九年黄修礽以此编入荫六山庄本《朱杜溪先生集》。光绪三十四年，新昌胡思敬又以汪本编入《问影楼舆地丛书》，一九三五年商务印书馆复以胡本排印编入《丛书集成》（卷三一一三）。

《朱杜溪先生集》之清贻馆本与荫六山庄本，今均可见。清贻馆本梓版之外，尚有钞本存世。此外尚有者，有《评点〈东莱博议〉》及其时文集（时文集名《朱杜溪稿》）。余皆散佚。

四

今重编朱书集，除收朱书诗文及《游历记存》外，复依《朱杜溪稿》补入现存时文。同时将朱集诸版之序跋、朱氏传记资料及今人蔡心寰先生所撰之《朱书年谱》，依次编为附录。文字则以清贻馆本为底本，校之以荫六山庄本，择善而从。两本皆为明显误植者，则径改，不出校记。缺文而无法补校者，则予注明。

朱书生前与戴名世、方苞同气相求，死后却受「南山集案」之累，文集长期被禁毁，文名几被湮没。此岂徒文苑之阨也哉！欲令天下学人共知朱书，并有裨于明清之际学术史深层次的研究，特与昌荣兄合作，编成斯集。书中编排点校不当之处，尚祈读者不吝指教。

石钟扬

一九九三年元月于安庆

朱书集卷一　赋　颂

华山赋

癸酉之冬，朱子西征，出中条之阳，过桃林而瞻太华。于是登灏灵，对仙掌，睹並辟，披块莽。敻然远观，邈然遐想，乃长喟而浩叹曰：

甚哉造物之奇，不可名象也。天地为炉，化工为匠，锻炼六气，作为万状。在天则五星纬之，而寒暑之运行焉；在地则五岳镇之，而方隅之重凭焉。然而九皇以雍州积高神明之隩，特目之曰神皋。故五畤有立，上帝以郊，秦肇规制，汉祀绎骚，迄千百年，犹合食夫华实之毛也。自关以西，名山七而华为之宗。盖金星之精，飞瀑则为缟练，岝㟧则为芙蓉。岱、衡不足以比其瑰诡，而况乎恒、霍之与高嵩？吾闻《山海经》云，太华之山，高五千仞，广十里。特言其削成而四方，以位正乎七宫者耳，其余环拱卫立如附庸者，莫非华山也，岂徒仰乎三峰也哉？

以其山而言之，盘纡茀郁，嵂崒嵯峨。低雷首之崛起，俯太白之陂陁。吴岳卑伏而莫抗，熊耳弭戢而难过。嶓冢效其指臂，九嵕构其檐阿。祁连岁巍而襟带，鸟鼠峇岩而骈罗，桐柏岏嵂而东逝，峨岷峛屴而西遮。朱圉峣嶭而远引，惇物嵂隗而纷挐。凡西极之岩岫，又孰得以相加？以其水而言之，缕析条分，丝联绳贯。屈折听其指挥，往复从之聚散。泾、渭瀺灂而横奔，浐灞淫鬻而不断。北则尾掉夫大河，南则腋挟夫江汉。彼漆沮之与伊洛，又岂敢纵其汗漫？其据地也，撑拄碧穹，填定厚坤；阴负晋阪，阳抱荆岷；东控函夏，西扼蜀秦。汴洛缀其支麓，丰镐组其根原。龙兴虎视，豕突狼奔。盖自隆周而迄宋，莫不依左右以图存。彼其屹然而独立，实符乎居中制外之尊。是以王气胶轕而内固，峻势戍削而外盘。迥出青天五云之上，高入白虎七宿之间。邈无得而举似，咸指而名之曰司寇之冠。其景象则四时互异，变幻离奇。雨霁而翠云作霭，雪积而白玉表姿。月明则众壑泚泚，云暗则百怪彨彨。神灯起而大树遍布，仙御降而金羽葳蕤。斯又妙算不得而揣测，巧历不得而勾稽者也。其土则丹黄赭垩，垆埏坟埴，苞孽瑶环，孕吐金碧，凝结龙脂，可涂可饰。磨剑锷而光鲜，更茂先之特识。其石则玄玉赤刀，珠贝交缠，昆吾瑊玏，镠铁琳瑎；双悬日月，赤白两轮。其草则羽化之莲，蓝寿之蒲；细辛蒙茸，苍术扶苏；黄精青罗，交映环柎。其木则镇岳之松，碧露之柏；无忧之珍树，琼瑶之嘉植；合抱干霄，磊砢多节；凡禽不得而巢，众兽不得而穴。其号为将军者，寡兀疏特，不可计以寻尺。其洞则总仙之府，极真之天，中具造化，里记三千。草木风云，日月星辰；赫赫焱焱，绵绵芊芊。紫林芳花，玉髓金津；备列方志，匪可言传。而又有昭阳正阳之别馆，女生毛女之列廛。其最奇者，天井在焉，鸟道绝通，人迹茫然。石仙峨峨而竦立，奔瀑缕缕而高悬。綦为天府，莫之比肩。其池则列宿参差，八卦纷错。濈漱洗头之盆，灏漾车箱之泺。玉女祠则醴齐可飨，张超谷则琼浆可酌。菖蒲九节而偏及，莲花十丈而绰约。黑龙喷沫而蚴蟉，芦花蘸水而飘落。其门则峻为通天，扃为箭筈，峰接瓮肚，森然排突。盖自云台而达于关也，鏊谷偪仄，仅容旋足，大石独立，中空若触。入关而趋，黑虎彳亍，水深路绝，蓦涧得出。载涉重关，履险瑟缩。阴风动悍，怅焉四瞩。婆罗既历，而乃抵于青柯之麓矣。其为险也，则有千尺之幢，百尺之峡。由窦以升，凌虚而蹑。仙砭横渡，石笋倒插。苍龙搦岭以遥峙，跃马跨石而若压。皆足以摇心撼胆，震魂荡魄。而所谓可望不可即者，则又有全真之岩，舍身之石，天帝之博台高耸，老君之古洞悄寂。此盖仙灵所窟宅，神怪之都居，而非凡夫之所能登历。至其为形也，削为四壁，岐为三峰。三峰内析，五峰巑岏。玉女中处，明星陪从。时缥缈而竞秀，亦乣轧而争雄。抚香炉于博山，实形象之与同。以四峰而言之，则南高北下，东偶西奇。或善让而不列于三公之数，或善隐而自蔽于二子之隈，或高掌承露于霄汉之上，或远瞻寄迹于烟石之陲。其北峰也，云台著号，仙境表坊。巨石嵌空，幽壑邃藏。峰顶衍平，倚云彷徉。俯西视之，岀岀矗矗，不知凡几。而南望三峰，犹迥焉碧落之中央也。其西峰也，石楼高撑，莲蕊错开。神龟出而圆荷动影，水帘卷而瀑布闻雷。乃有镇岳之宫，斧劈之崖，偃卧一人，具夫官骸，石痕奄然，良亦异哉。其东峰也，贞白风闻，上元殿设。石璺上通夫黄河，峰际俯视夫赤日。而所谓赑屃之仙掌，则神异而不可殚述。伊昔巨灵，启兹西华，奠九州，安万化，斡厚土，存中夏。等开辟而一致，实挥霍而无所凭借。此固造化之灵奇，夫何世俗之相诧。其南峰也，处乎绝域，踞乎层霄。呼吸之间，帝座匪遥。影高落雁，石奇摘星。东峰左抱，西峰右横。皆甫当其腰膝之间，而况夫蜡烛之与白云。彼罗列者，孰非儿孙？半夜日出，星辰翻纷；颗颗明珠，如碗如盆。忽然抉桑火车，上掀彩色，殊状赤金纷纶；下视人世，犹黮黯如黄昏。如是者六刻许，乃得乘曦远眺，净无纤尘。于斯时也，东海沧渤，几席同列。河渭漆沮，小如毛发。周秦楚赵，凡泥在握。而吾生覆载，真如一粟矣。远山迢递，来自西南。及其近也，韶润妍纤，暱就苍壁。狎处空岩，名花美女，粲然与商周彝鼎相参。华贵如此，窭人暴富，其何以堪？是盖三峰之胜概，而削成之大凡矣。

尝闻华阴纪于《禹贡》，山镇载于《周礼》。其曰阴晋也，荫三晋之西境；其曰宁㚔也，靖三晋之东鄙。粤自轩辕游焉，以会众神；虞舜柴焉，以隆禋祀。汉武构学仙之殿，唐玄有碑铭之纪。御道逶迤，绰楔竦峙。盖代历三千，一祷三祠，旧章胥未之有改也。且夫封禅者，七十二君。搜金简而探瑶册，而方岳之分踞太华，最难攀陟，然且蹶踣风云，碑版赫奕。盖以展祀事而献精诚，即以答神示之护翊。想其千乘万骑，蝬略蕤绥。拭翠凤之驾，开日月之旗。风驭冉以纵巉，云螭绷而蹬迟。焜煌熻赫，胥瞻望于白帝之扆扆，是固天子之盛节，而治世之隆仪。若夫封号之崇，代极鸿巨，唐哉皇哉，启自三五。配天传于春秋，三公比于上古。有宋祥符，大号肇举，爰有金天顺圣之称冕，十二旒而服衮黼，兹或僭差而偏颇，历三百年而厘正于洪武。作庙有俶，在潼之阳，闳宫穹阙，广殿修廊，窅窅偭偭，奕奕堂堂。盖昔者段煨莅土，载营堂阙，樊毅摄祠，外亭是拓，历有增饰，丹碧黝垭，焕乎宸居，莫之与较。夫其出云雨而泽寰区，宜乎极尊崇而无中辍，则有栖寂之士，服气之流。或逍遥羽化之长，或窈窕阿房之幽。或乘青麟，或驷苍虬。或囊露于岭表，或置观于峰头。孝龙煮石以饷客，伯辽曳杖而孤游。驾卫叔卿之白鹿，逛柱下史之青牛。鲁女生以术麻为服饵，修羊公卧石榻而夷犹。五龙降裴君之室，三鸟引道广之骀。幢节围博戏之石，蒹葭变货客之筹。蜕骨剩希夷之凿穴，硕壁涨焦氏之仙油。又有毛女玉姜，贵主金仙，餐松茹芝，与元气而周旋。其壶公、王晖、初成、子先之辈，莫不漱道德之芳润，忘关尹之蹄筌。追太上之秘奥，含造化之真源。岂徒眴王清于北斗，招子登于昆仑？讯子晋于嵩高，揖虞谭于帝阍，拍洪崖而从陵阳，伍伯侨而侣偓佺，熊经乌伸，聊以引年而已哉。宜其高人恣乎幽讨，游士览乎层巅。左思赋神钲之迢递，张说摹崖谷之巑岏。扬雄陟之以眺夫八荒，杜老寻之而见有一门。退之传书而永诀，李白搔首而问天。古既有之，今则信然。是以维岳降神，代生豪贤：关西夫子之懿德，盈川县令之巨篇；严季鹰豪爽而挺出，杨文简清俭而可传。盖未能枚举而指数，要莫不轶后而轶前。又若开皇奋迹，实产其间。租庸府兵之制，遗美至今而未湮。即华邑一隅之地而如此，而况乎钟其灵、毓其秀者，布濩乎南北两戒之山川。吾闻道涣而为气，气运而为精，精变而为神，神化而为灵。自天地定位，山泽通气，而华山之峻极，司秋肃之号令，实坐执乎天刑，其行配金，其辰值酉，其神同太乙，其宿丽长庚，其威峻以厉，其气严以凝。盖凡物之未过者，不阻其长养；物之太盛者，必伏其裁成。匪曰摧其华，节之则复生；匪曰伤其英，敛之则复荣。是以少阴用事，万物生华，此华山之所以得名也。而世之儒者，乃曰华山华，故华之，得毋遗实而求形也耶！

系曰：华山高兮峭峭㑣㑣，灏金天兮漭嵚崟。安得五松脂兮为𫗧粮，吸沆瀣兮披云裳。从詳仙兮陶吾情，与元气兮相死生。

高台望月赋应皇四子教限百字以内

登春台，披霁月。合光景，一燕越。碧空皎兮如拭，清辉漾兮徐发。人倚琉璃屏，天开广寒阙。尔乃饮沆瀣，凌超忽，药可捣，桂可伐。吾欲探玉宇而问琼楼，倏不知其已蹑天根而穿月窟。

凿石古洞赋

山皆洞也，故以凿名。其翘出者，凡三十有奇，十里而遥，幽窅迴不可测。余因校修邑志，赋以纪之。曰：

仰高山之㟴嵂，惊石麓之嵌空。纳乾坤为窟穴，吐日月于鸿濛。劈阁道以鬼斧，琢危磴以神工。蓄奇观于天外，韬别域于寰中。尔乃坞成百一，峰来十六。坞坞霞联，峰峰雾属。蹴九子于东偏，掉双峰于西麓。负龙宫以穿云，抱虎石而吼旭。伊岚气之在腰，惟溪声之环足。

于是搜奇幽壑，探异层峦。伛偻入户，磬折开关。山肤崿崿，水腹潺潺。地传声而满耳，天悬照而窥颜。色映人而生绿，气触石而成斑。则有罅孔丹珠，架嵌碧榻。枰留王子之凫，篆焚梵宫之鸭。疑鸡犬之时闻，恍桑麻之可插。笛有韵以凌风，烟无踪而出峡。亦有涓涓之涧，淼淼之河，游鱼鼓鬣，灵龟泛波。遥闻栖鹘，暗觇神鼍，心摇魄战，目击胸摩。混茫兮若鸿荒之未辟，仿佛兮有仙籁之时过。且复瑶草满床，宝树为幌。闪烁其光，喑呟其响。戛钟磬于簨虡，拔珊瑚于铁网。天府蓄兮丰饶，海藏输兮渊广。倏而径穷水角，路上云头，暗中搜索，静里推求，疑布武之无地，羌返顾而将休。忽隙光其若线，引奇境以相投。时有异兽盘空，珍禽踞石，或狮子之昂头，或凤雏之展翼，或抱子而欲眠，或哺鷇而呼食，莫不斗巧呈能，夸才市力，灵囿蓄而未能，良工图而不及。若乃庵近资福，路出泗源。折岭梅以寄客，剪尺韭以留贤；斯亦旷怀之所寓，而非俗士之可传也。

想夫洞壑天开，林邱境别，伊何地而无之，实兹山之独绝。望衡岩于汉南，瞻副岳于江北。奚不亚洞天于道书，名福地于仙阙。然而林屋洞古，仇池石奇，幽人所托，志士不栖。怀山凝而岳峙，抱海阔而天舒。鬼神莫测其域，蜃贝莫比其储。环礼乐以为洞府，聚仁义以为都居。信卷舒之在我，任意致之所如。

春江赋

宿处中江之北，彭蠡倒泻，雷泽平吞，山国泽国，兼而有之，皆江之润也。小孤屹立，实以海门作我江关，砥柱之功非鲜。时值春暮，江花欲发，爰赋之曰：

方春和之晴煦，恣游目于江干。偕天光为上下，盼云彩而盘桓。伊源头之活水，为浮天之怒湍。发浴沂之逸兴，羌惝恍而多端。

尔其起自岷山，险于瞿塘。吞吐云梦，旋绕高唐。乘以七泽，束以三湘。敲双钟之白月，落五老之青霜。惟海门之一柱，乃屹立于中央。撑乾坤之崖壁，摩日月之光芒。是以建国分符，淮北之浒，皖伯肇封，锡兹土宇。爰及炎刘，松兹托处。环桑落而为洲，濒枫岸而为渚。乃延袤于东南，故冠吴而吞楚。

于是春来水面，画在晴空。江天初晓，山雨时濛。回阳乌于彭蠡，飞画鹢于吴淞。戏落花而鱼出，鼓暖浪而蛟通。李蜚英而岸白，桃粲蕊而波红。况乃汀兰献青，岸芷散馥。榜送光迎，桡开香逐。想枫落而不冷，忆蓉开而可掬。借落霞之断红，衬长汀之空绿。觉和气之迎人，美芳华之粲目。伫风来而成文，看云起而若屋。斯春光之明媚，宜渡江之新曲。

何当放眼涟漪，寄赏原泉。盈川悟化，道岸登先。若大川之学海，拟神渎之通天。石相挠而不浊，蠡欲测而弥渊。蓄贝阙以为富，抱骊珠而自眠。春常盈于天池，江乃鹳于简篇。涌文澜而不息，奠海柱而无偏。坐春风以成赋，愧潘江之独传。

北峡关赋

北峡关，江淮天险也。桐接其阳，舒伏其阴。危峦万叠，屈于羊肠，扼其吭而关焉。过而赋之曰：

惟天设险，南北攸分。自彼霍岳，群山若奔。蔽江淮而为屏翰，障吴楚而极嵚崟。翼我南邦，屹立乎桐山之后；实惟北峡，雄峙乎舒国之阴。夫其悬崖崩，断岭塌，怪石横，危峰杂，斜者如窥，敧者如压，或端正而坐息，或踔厉而怒发，或秽面而芜生，或童颜而若刮。盖此蟠幽凿而耸重霄，只可潜神蛟而栖俊鹘。于是巨灵持斤，五丁执斧，辟兹一线，仅通数武。面危壁而悬征，踏石磴而欲俯。径疑险而翻平，任一伸而一偻。林深似漆，腥闻饥虎之风；泉击如钟，响传渴龙之雨。

尔乃摄衣而下，途以石支。山穷路转，水抱溪回。古木可憩，行踪转疲。系僧舍于山腰，木鱼时扣；缀茅房于石角，鼠妇潜驰。时则出谷口、踏梅心，山避人而渐远，地辟亩而加深。回首重关，光飞来于天上，极目四野，杳不睹夫幽林。乃知造化之奇，天地之异。忽平如砥，忽高难企。真操纵之自如，岂勉强之可致。深山大谷，孕万有而不居其功；峻岭崇山，毓百灵而不见其费。是故凡途有级，式先以登。涉远者无改其步，升高者必极其程。惟其恶污，下乐高明。岳立而止，山起而行。持锁钥于北门，则用德以为险；奠盛朝于盘石，斯设柝而不惊。

平田泛舟赋

石脾抵皖，旧有舟道。自雷公桥望之，皆平畴也。雨溢水暴，人家落落，在水中央。舟子驾禾杪，取捷径焉。田行数十里，因赋之曰：

伊平畴之千亩，忽招涉以逶迟。鼓兰桨于觇土，响欸乃于耕犁。旷四望而无际，迥百里而皆池。羌洪波之浴日，岂细流之成溪？

尔其南发司空，北源霍岳，皖水为经，熙流为络。延衮五都，奔腾万壑。凤凰飞兮若惊，蟠龙起兮思跃。纷飞燕而羽翔，频舞羊而足躩。于是盆倾白帝，瓠决黄河。鹳失其垤，雉离于罗。浮茅舍如败叶，亘绿野而横波。本稼穑之腴壤，胡桂櫂之高歌。尔乃大阪平流，轻舟远渡。黑壤无分，白水如泝。繄徂隰而阻畛，翻舞鹄而舞鹭。变农语为渔歌，改蚕道为蛟路。

怀馌饷兮何人？徒鼓枻兮延伫。夫大道之渺，圣绪之幽，卷之欲密，放之欲周。其密也，如渊泉之归一掬；其周也，如巨海之环九州。然而藏惧其寂，发惧其浮。蕴酿于中，宜有本而不息；时出于外，无泛溢而难收。是以君子取戒于沟浍，而有悟于川流。

瑞谷赋

宿治北四十里，名仙田。汉时，邑大夫张侯有善政，离离嘉谷应焉。不植而粟，岁有其秋。邑乘具图于前，盖以寄甘棠之余思，抑亦劝松土之后起也。赋之曰：

惟舒州之微壤，实嘉谷之挺生。感神君而发秀，依众母而含英。藏造化而擢颖，浥雨露而抽茎。尔其水接白崖，路分赤土。辖轩时过，行人可数。眄白莲兮双峰，距香枫兮数武。卷麦浪而成涛，刺秧针而在手。忽睹此之穰穰，惊禾易之长亩。苞含天地，根植德仁。方社无力，先啬非神。种讵借于农圃，成无待于耕耘。嗟旱涝其弗恐，斥蟊螣而不惊。盖天质之自然，非人事之所凭。

至若资生万物，扶助阴阳。粢盛享帝，玉食惟王。投醪鼓帜，燕衎承筐。庚不呼而乱靖，府既修而化彰。济民瘼于四国，广皇仁于八方。斯作甘之利溥，贻邦家而有光。又若洗腆承欢，色养志喜，隐相视听，时御甘旨，厌以酒浆，娱以菽水，鸠我九宗，陈彼八簋。式干馔而无愆，酌大斗而介祉。乡登姻睦之书，里陈仁厚之史。羌时和而年丰，乃风淳而俗美。益复育以化雨，鼓以惠风，润以甘露，复以丰隆。浚洙泗以相溉，役有部而为农。黎莘野之道义，耕南阳之卧龙。庶托根之匪浅，可预卜乎屡丰。若夫芝兰幽谷，孤芳自赏；松柏高柯，岁寒无枉。发幽人之遐思，寄高士之逸想。然而餐芝茹兰，不可以终年；嚼柏咀松，止可以自爽。孰利物而咸周，惟嘉谷之能养。超琼瑶而为质，拟珠贝而莫仿。愿上登于天储，拯阻饥于草莽。

东巡颂

敬惟皇帝，至德合天；天眷厥德，祚以太平万世无疆之休。越裳委贽，肃慎来王，瓜沙归图，铁勤入版。于是嘉祥被，显瑞登，三皇可四，五帝可六也。惟东南国，托壤江海，田赋疆域，水利漕储惟烦；华虫藻火，织文机丝，麻枲惟棘；贤人君子惟众，礼乐文章惟娴，征收供亿，御备惟困，厥壤惟瘠，厥民耕凿，贸迁惟良，帝永念哉。

康熙二十三年，爰举巡狩礼。岁八月东巡狩，出自燕云，至于金陵。扈从简约攸徂，室家胥庆，乃燔沉祭告。东诸侯朝于帝所，咸受厥职，唯谨大哉！（下缺约七十字）敢不对扬天子之丕显休命。帝曰：俞！锡尔龙卷，尔华于躬，民其仰。锡尔御书，尔惊于目，民其庇。东诸侯受命，敢不拜嘉。惟时观者环道，颂声洋洋。旋跸京都，念巡幸所经，赐今年田租什之三复其积欠，天下加爵晋秩，万民欢忻，洽于草野。草莽臣书作颂，曰：

猗欤皇图，参天渐海。贡獒通道，献雉耀采。万国来同，被我皇风。皇自敬德，日跻时雄。邈矣夐古，代有巡觐。云云亭亭，史纪其盛。粤稽皇虞，辑瑞朝岳。姬宗受图，明堂斯作。皇曰都哉，怀兹民艰。深居阊阖，加意元元。眷彼东土，江淮交会。幅员廖廓，畴熙若载。田赋既烦，杼柚其棘。或有遗贤，光韬彩匿。供亿孔疲，地瘠人醇。伊谁作牧，用康我民。乃咨太常，□□□□□□□云骧。乃咨太仆，御我六龙，执辔如徂，和鸾玲珑。乃咨元戎，属车并启；箕张翼舒，风行云驶。乃咨牧守，各安尔职；来惟省方，勿有祸适。维秋之仲，盛德在金。凉飔拂辔，玉露披襟。遵彼大道，经历齐鲁。舳舻凌江，建康之浒。群侯肆觐，天颜有喜。煌煌丝纶，圣谟伊迩。抚兹百姓，曷纾其忧。洁己奉法，各凛官箴。念此南邦，既淳且贫。惟日孳孳，字我农人。安悆乐康，天子万寿。仁风翔洽，温纶和厚。载锡之服，俾庄以临。载锡之书，俾惊厥心。天子遄归，恐勤我师。祀陵祀明太祖陵礼圣，道与时宜。竹被嘉名，舟志儆戒。天藻辉煌，溢于百代。东国言旋，弥念黔首。赐复蠲租，洋溢九有。我皇之德，涵乾育坤。金镜永握，玉辂时巡。君临万国，万有千岁，亿兆烝民，沾被无外。

拟汉神鱼舞河颂

炎汉丕承三统，诞抚万方。上帝涔休，聿征异物。黄龙见，白麟游，驳鹿获，时则有若宝鼎、天马、芝房、赤雁。相如诸臣，凡四作歌，被诸管弦，咏之朝庙。天子肆赦蠲租，赐吏民爵，鳏寡、孤独、高年帛，女子百户牛酒。六宇翔洽，馨闻上天。今圣人嗣兴，凤凰再下，神爵频集，憩夏骞春，光昭雍辅。乃元康四年，稷降郡国，芝产铜池，奇兽献于九真，白虎获于南郡，珍贶自天，不可殚纪。天子修祀，事循孝武皇帝懿轨，将驻跸万岁宫，饬躬斋精，为百姓祈焉。造舟东济，天净云闲，著见景象，震于见闻，利涉大川，信及豚鱼，其谁曰非神也？爰作颂曰：

帝礼汾阴，斋心乘龙，千官扈跸，临河徂东，青鸾前指，楼船御风。箫鼓竞陈，棹歌齐发，蔚蓝天净，白苹波歇，河伯稽首，伏迎行阙。河流汤汤，泼刺有光，匪秦钧天，曷舞将阳，冯虚游目，群情悦康。猗欤神鱼，中流起舞，鲲徙其池，龙幻其服，风抟其鳞，云挟其羽。粤稽黄帝，赤鱼觋休，亦越周王，白鱼入舟，大畀神物，载跃载游。牧人叶梦，绥丰屡秋，爰祀圣瑞，薄海同讴。

朱书集卷二　诗

望潜山天柱峰

为山须为岳，为岳须为峰。矗立苍冥间，常有云雾封。秀骨天所成，凡山逊高耸。当年汉天子，瞻拜承恩宠。岂曰衡岩远，聊埋牲与珙？此山实非常，可作南邦冢。非不戒孤高，而耻近阘茸。独力撑南天，恃之以常巩。

望大小蜀山时赴庐州从学宪领贡单

两山如髻还相随，前者内顾后者追。平原四望鲜峰起，双拥苍茫成崔嵬。庐阳但有群冈伏，草色参差天共绿。稻香楼前杨柳疏，淝水河边烟雨足。独此两山盘青鬟，似剪奇峰来巴蜀。常闻蜀道蚕丛之险难于天，此山转以孤独名蜀山。从来平地易为险，几如一夫当雄关。有人常住峨眉雪，何人能识长庚白。扬眉此是韩荆州，快对蜀山把明月。

午日途中值雨

度阪穿林忽远乡，遥闻箫鼓竞端阳。榴梢吐艳花疑醉，蒲气迎人酒欲香。孤客惯经山雨骤，闲心竟逐野云忙。为思慈母持丝缕，犹恐征途典鹔鹴。

桐山道中瞻左少保忠毅公祠

巍巍霍丘天中央，笃生神人桐之阳。冷铁为面冰为肠，报国不徒恃文章。时逢阳九撄奸珰，倾朝赫赫国如狂。远者攘网附者王，一时奔走属相望。我公骨鲠真非常，神龙肯属蚓窍旁？相携杨魏翩翱翔，遥映蓼洲相辉煌。尤悬巨眼别骊黄，道邻扶掖成栋梁。尽节殉难在维扬，后先一辙同其芳。风流人往气如霜，我来祠前多彷徨。扃门铜铺何深藏，不能入户瞻衣裳。何当举袂一登堂，稽首仪容觌休光。叹息群凶徒称强，寂寞累累古冢荒。安得巍峨俎豆香，千秋万岁歆蒸尝。悠悠山高水复长，与神俱留不可量。

瞻朱司农碑

风流满北海，声教沛南荆。汉室重循吏，畴如朱仲卿。雪增天柱峻，雨共练湖平。仿佛桐乡道，丰碑万古横。

为慵庵作

风尘满世何扰扰，羁靮神驹樊灵鸟。劳攘奔驰无厌时，终日如斯不自晓。慵庵十岁能学书，学书学剑皆其余。献赋有如日五色，挥金时倾酒百壶。归来去向南山卧，等闲便即脱尘缚，枯禅夜半闻清钟，醉眼入前歌且和。忆昔饮中称八仙，苏晋长斋张旭颠。君身两仙并为一，群仙应共推杰出。君不见黄河水，隔天高，滔滔波浪起春涛，求名帝乡何迢遥？又不见五都市，生群虎，如此喧嚣那可处，求利归来嗟几许。一窗白云一榻风，欲觅桃源在此中。夜有蒲团昼有酒，仰看明月悬高空。

志感

昔之士自贵，而人亦贵之。今既不自贵，愤俗其胡为？人非尤之府，天岂怨之阶？凉材骛绝业，俭质矜神奇。其任终不胜，只以令人嗤。豪华吓腐鼠，气焰灼群儿。寂寂伊人居，过而问者谁？捷士怪其钝，傲夫侮其卑。谓彼一何拙，世事成痴迷。恃此全其真，知希良自怡。

胡敏来先生挽歌行先生讳全修详邑志

霜风漠漠彤云起，起自凿山仙洞里。化作长虹亘碧空，直接白河湖上水。湖上有高人，茹和抱璞存天真，直如虎侯飞来矢，坚似龙山有节筠。自昔岐嶷具真性，孝友果然天所定。封股克俾造化移，同被能令草木润。兼以穆行成文章，英风飙发不可当。理奥已自抉朱陆，才艳且欲惊班扬。惋惜大才犹见屈，布衣诸生老场屋。幸有安定经义留，后人继起群矗矗。家居为邑树芳型，此身虽困道自亨。解纷解难鲁东海，赋诗饮酒李长庚。忽尔今年四十九，岁非龙蛇偏不寿。拄杖邀游十洲去，掉头不饮人间酒。先生一去不复回，顿令玉树山中埋。一望长空徒陨涕，招魂何处向江隈。为念把臂相从久，冥明长别空搔首。拟尚为君沽一斗，可复酣颜一醉否？

采石江中风雨

高□□□□，孤帆斜影度。遥望谪仙楼，拟在山边住。倏忽风排江，决雨来如注。篙师浑迷岸，扁舟危于露。蛾眉逼相视，翠螺藏烟雾。我无照水犀，江神勿复妒。世路皆波涛，何往非飙飓？恃有忠信心，上下随所遇。豁咏复何人？风雨江天暮。

旧县遇桐城宋潜虚述学宪刘木斋先生相知之意感作

赭圻城西江接天，停桡系棹舟相联。偶上江干步斜日，忽惊乡语何翩翩。拱手致词一借问，云是皖桐家相近。初试冠军同联镳，琅玡先生亲授训。询我知是仙田书，琅玡珍赏如琼琚。句曲署中曩过侍，高文朗诵遗于予。自是双鱼来往复，君名往往存尺牍。蔼然气作五云生，见者人人如负曝。我闻此语不自持，惝恍江边信反疑。雕虫区区何足数，驽骀乃受九方知。泰山之高万余尺，先生可望不可即。冀野过后鞭笞多，汗血淋漓谁肯惜！

皖上晤汪紫涛

归前我约君，君来我翻后。意我良愆期，与君适相遘。金斗之行数百里，行李孤征萧然耳。同心不争捷足才，爽然而喜可知己。

同紫涛发皖上因步其韵

结情在夙昔，握手出重关。雨过涧声急，风严暑气还。悟心蹊失险，壮气路忘艰。旅况何曾寂，须臾已万山。

庐阳刘贞十先生寓中小饮

飘然丰度皖山高，名重都城赋自豪。水阔中江开墨路，澜翻大海卷文涛。好将金斗河边酒，持赠吕虔匣里刀。燕市几年须买骏，知君光怪久难韬。

读石文节先生传先生讳思琳死左兵难徐公致觉为作传

宋室人文称徂徕，高风亮节自兹开。焚香著《易》重天下，百世之师仰丰裁。子孙渡淮居松里，代勒勋庸拖青紫。数传文节生其间，孝友敦行世无比。少年博学号人宗，解颐折角争相从。一夫不获身为耻，灵泉桑落春浓浓。至诚感神传异术，囊丸梦饮皆邃密。枫香秋涨不惊涛，浮玉龙湫声应律。当年寇氛焚数州，秦晋以下逮江流。兰水司寇谓郑公三俊远咨访，陈书千言真忠谋。上计发帑大征赋，合围进逼无所措。清野防渡烧遗粮，网禽阱兽何难捕？次计屯插足军需，贼巢所凭移金□。兵不远输有余粟，民无滥税群欢呼。披沥痛陈无复隐，群盗未平兵将反。左藩内噪客兵哗，伤哉骂贼江头刎。直言仗节一身兼，止水同清剑同铦。岳色江声俱不死，两间正气自炎炎。

古意

不识营世资，十年佩秋兰。秋兰多远思，植根白云端。朝有露华清，夕有月影寒。所贵惬心赏，菀枯何足言。

少年盛豪气，目轻公与侯。至老犹倔强，屡踬能不忧。登山必问屐，涉水必问舟。吾苟无所需，与世亦何求？

世好无所耽，日夕拥群书。未必能致用，稍使俗气除。纵不轻轩冕，岂敢贱樵渔？吾生亦有涯，何劳问子虚？

偶被浮云牵，乘风登琼华。天宇碧参差，日月上浮槎。虎豹踞九关，美人隔青霞。咫尺不得语，侧望频咨嗟。

黍谷解严冻，万象回生气。圆灵朝景上，俯照及泾渭。此时梦华胥，无暇谢乐毅。巍然黄金台，重云方叆䨴。

送梁质人赴榆林时大府巡边入觐驻榆林以待

从来布衣尊，道与名山重。此中自千古，岂复干世用？人方竞苟得，多端觊偶中。而子获知己，反以内自讼。矧言畏友朋，车乘辱章缝。请君勿踌躇，鄙言聊以讽。慕容虽鲜卑，立国久抚众。既为一室家，安危本与共。诸羌何为者，虢虢争蠢动。傥或抉藩篱，同体先受痛。俯切生民忧，(下缺约八十字)

奉胡南苕先生

野性耽邱樊，饥驱走京国。用拙信幽独，敢嗟无羽翼。苕水今大雅，谬许谓超特。诗卷置袖间，悬赏重褒饰。芝兰甘委死，终不变榛棘。幽人掇其英，芬芳或可食。终非鼎俎资，此意期深识。

获鹿道中

雨歇天空马足轻，百盘石路带云行。山尖乱镂鱼鳞浪，泉窍纷吹凤咮笙。茂树每分周道荫，幽禽时为出林鸣。愚公枉费移山力，险阻于今竟未平。

塞黄河

王山史言：癸未陕西陷，莫急于守河。河与江异，河，船少不可以战。城设兵以守，贼必不能渡。甲申二月，贼竟长驱出关，从容渡河，寂无人焉。山西文武大吏不能辞其罪也。书感其说，为作《塞黄河》诗。

黄河西来急如倒，平常鼓楫困三老。破浪回旋神鬼穷，河战由来古今少。蒙古南下势莫当，金抗不拜河南王。燕赵九公屠噬尽，河广终难一苇杭。假道武休连宋帅，入蔡然后完颜亡。北兵阻河不能南，南寇阻河讵能北？大庆风陵称绝险，曾无一人前抗贼。是时高帅正横溃，劲兵鸟散山西域。急造其军握手语，示以肝腑死不惜。收此一臂布河堧，丑党飞渡讵有翼？守臣书生不知兵，往来役役南北征，平阳置守河不守，漫传身经屡战争。代巡飞章还入奏，亲王下教援晋城，抽身返顾太原去，蜂攒蚁渡皆安行。呜呼天险不可弃，黄河如带古盟誓，白坡才渡金娄室，窝阔台来横铁骑。塞河果能置一军，南北长如玉关闭。

华山行

张笨山以十一月入关，居人皆言华山冰雪不可上，笨山直登三山绝顶。余闻而壮之，赋此纪实。

华山相传五千仞，回心石前皆裹足。三月八日游人聚，间扳铁锁心胆缩。十月以后冰雪多，欲登三峰奈险何？先生平昔颇怯懦，康庄犹自瞋坡陀。闭户著书松欲老，出门忽轻千里道。黄河飞渡如沟渠，复上岳莲弄晴昊。自濯玉女洗头盆，跃出箭筈通天门。独踞落雁峰头石，高揖白帝穷真源。是时玄冥正司令，飞瀑凝花石骨劲。霜风严厉摇层冰，气勇翻喜寒威盛。科头箕踞放眼空，不知身在尘寰中。琉璃屏上行亦得，好从无始搜玄功。我亦好事幽讨者，胡为碌碌行中野。会当长啸南峰烟，十丈莲花手共把。

汾上道中

岁晚群山寂，层冰沍曲阿。一车从此去，寒日上汾河。石咽泉声苦，霜明木叶多。劳生今已甚，吾道复如何？

清明后十日皖中大龙山雪冻马不得行

故山春初花乱开，游人带得严寒来。布谷涩缩不能叫，子规噤口难悲哀。大龙蜿蜒玉鳞鬣，牙张爪怒奔江隈。涧道层冰滑更甚，马蹄跲铁成邅回。仆夫莫嫌衣絮薄，终然南土非燕台。但愁秧针冻欲死，征粮吏已沿门催。

出还

三月朔日抵皖，闻内子凶问，时殁后四旬有六日矣。柩在空山，堂有灵筵而已。廿载琴瑟，一别连年，曾不得面吐一言，伤何如也？欲有作不能成字。阅时既久，聊以写哀。

贫使天伦绝，久客忧患滋。昔归慈母徂，今归嗟空帷。十年役四方，死生间别离。别离今已还，生死悲无期。空山莽无人，蟪蛄鸣枯枝。寂寞一抔土，有言将寄谁！食贫廿年余，辛苦未辞难。事母逮多病，井臼焉得闲。儿女况牵萦，身在父师间。我客实累之，俯仰皆惭颜。方期老聚首，偕隐杜溪山。嗟哉此愿虚，悔予久不还。

登小孤山

北风正吼江豚舞，白浪拍天势甚怒。往来舟子尽停橹，坐对小孤飞无羽。为询长年得老父，攘臂不受阳侯侮。腾身一叶勇可贾，泝水有如箭离弩。山与长江屹撑拄，渺然卷石无寸土。何年北隅劈鬼斧，一罅丹梯聊布武。抠衣危楼临洞府，苍莽一气收寰宇。江南群山列狮虎，截如斩斸蹲江浒。山神含笑媚且妩，灵旗翩翾击鼍鼓。昔年战争连广拒，至今石骨留铁柱。江关上游赖门户，风涛盘涡自吞吐，茫茫遗恨终千古。

夏日亳州道中

下旬残月落，有似新月生。襟袖受微凉，旅梦倏然成。昏黑长据鞍，如舟乘潮行。岂不畏颠蹶，分已委窗坑。南亳达濠滁，阪陌坡陀横。道旁少桑榆，溪边乏椐柽。炎官肆严威，空中如焆烹。我马忽盘旋，气喘不成鸣。我仆隔田陇，呼近惟咿嘤。耳似枯蝉嘶，目花飞玄英。重衣渍汗滋，外干中淋零。念彼长林间，茅屋凡数楹。一二老田父，坐树壶自倾。此乐真可贵，嗟为尘网缨。

陕州将与梁质人往观砥柱三门不果

黄河不肯安塞外，阑入中原苦横流。赖有砥柱扼项领，势如夷吾起葵邱。秦晋诸山尽奔赴，亦如会盟尊宗周。欲峦戢岫听驱使，夹束不异田间沟。那容溃决恣澜倒，辛苦垫隘生民愁。冀豫以下山力薄，避河远立如避仇。徐邳虽有众培塿，乌合星散势不收。坐视陆沉莫可救，祸患徒尔贻千秋。梁君好奇计河徙，驱之沙漠环幽州。东归混同入辽海，长与朝鲜称上游。砥柱顿释捍御力，闲置不用滋条蘖。呜呼此志亦大矣，河来天上君其体。汉时齐人延年尝欲徙黄河塞外，东出辽海，质人力主其说。

大梁行

大梁之地莽平旷，中原文物汽凋丧。旧城已被黄河堙，新城重筑旧城上。夷门艮岳久埋没，剩水残山乱滉漾。吁嗟河伯何不仁，异气安可为波臣。纵令千古长澄清，横溃终恐屠生民。君不见秦如虎狼不可制，河决大梁助吞噬。

余纂古南岳考查夏重杠诗颇见褒饰次韵答之

庐山之面君开生查有《庐山纪游》，笔底舒卷云英英。我乃考正古南岳，非为郡邑争重轻。古者区宇颇陕隘，南及江汉北冀并。四国大岳镇方域，有如屋柱相撑撑。觐治诸侯省民事，虞书王制垂为经。苗左洞庭右彭蠡，大禹方以徂征行。汉武尚远不能到，舜巡那至湘南衡。南岳潜县古天柱，《水经》《尔雅》求之精。邢昺作疏事穿凿，徒见九疑高峥嵘。硬坐江南判江北，《广雅》《文颖》谁能事？地重与否不关岳，要待贤哲传声名。亦如岳神在天地，岂贵锡秩崇公卿？学者稽古要真核，岂必窜夺争光荣。总使帝王有遗制，不为后世滋纷更。我生好古是奇僻，君乃肯赐详加评。如君之才世所罕，每一出语令人惊。扶山剖谷觅幽奥，人当奉以为章程。安得朝夕共探讨，千秋大业观其成。

乌江西楚霸王庙

汪佃碑记云：和州雍城驿东北里许，旧乌江县，有项王庙，盖王死处也。唐李少监阳冰篆额「西楚霸王灵祠」。后改英惠王，数能祸福其民，且以褫金亮之魂云。

古木菀茂宫沉沉，虬髯黝面俨而临。重瞳直视如两炬，岂有遗怒留至今。击鼓扬旌悬刀弓，陈牲荐帛神犹雄。王司祸福莫苟止，而今豺狼满江东。

送汪异三归吴兼询杨耕夫伯仲

水中诸山朵朵青芙蓉，乃在东海之西西江东，洞壑幽奇石骨巧，嵌烟扑浪生玲珑。云蒸天碍割日月，涛烹波斫争雌雄。下有具区之万顷，上有缥缈莫厘之两峰。丹橘千头成素封，可以偃蹇加王公。君胡去此□□□，潦倒尘土枯形容。归去不得入山住，徒然□□□□。杨氏两髯本时俊，落拓未能知行踪。君今还吴门，行哉毋踯躅，我欲与君结茅夫椒顶，手摩青天弄朱旭。更与两髯同此居，生不封侯意亦足。

登迎江寺塔

未能与春忘，乘春适苍莽。小雨江城寂，悠然出城坱。壮哉东浮屠，矗立青冥上。其阴岳嵚崟，其阳渎漭沆。土囊寒风回，肤寸乱云荡。登临憩四瞩，天地不容掌。自昔多兵争，民耕战后壤。凋残犹未复，何由遂休养。登临披烈风，慨然发遐想。

大观亭

街头买脲寻春队，亭上摩碑读古词。白雀尚存余阙墓，绿林焉用李生诗。乱山抱市临江尽，急水围洲绕郭迟。今古战争余恨在，东风遮莫尽情吹。

春满西原绿满湾，危亭层阜足跻攀。高临皖口一天雨，俯视江南千叠山。槛外帆樯争日月，牙前笳鼓动乡关。独怜百子樵何处，寂寞烟村草色间。

仙田杂咏

高季迪居青邱，览《姑苏志》作杂咏百余首。余亦悯夫吾邑古迹所留甚夥而不克传也，因自汉中叶追明崇祯参错求之，得诗十余篇，挂漏多矣。匪敢附庸青邱，聊佐邑乘云耳。

旧仙田

今仙田阪，故县河者，汉时旧治也。匡君子修炼仙去，故名。孝平末，中散大夫张何丹抗疏劾莽谪县令，能善其治，有嘉禾连颖之瑞。后以祷雨卒于雩坛，邑人至今祀之。

匡君子，今何处？仙人已上香炉峰，此地犹传仙人住。张大夫，是何人？嘉禾表瑞昔连颖，至今不种生河滨。烽火山，高巑岏；故县水，流潺湲。由来循吏即神仙，云母金液不能驻朱颜，召父杜母乘龙飞上兜率之长天，永与元气相周旋。不信但向皖江看，望江麴信陵，宿松张何丹。

张公雩社

公如日，莽如云；抉浮云，炎精振。公如云，莽如日，望云霓，旱魃黜。嘉禾槁死，臣罪应死，跪暴日中讵敢起？臣死禾生，死贤于生，敢惜微躯？饥农氓，烹宏羊，天乃雨。新莽不诛，宜平大旱遍天宇；臣宁暍死，愿骨肉膏禾黍，不忍与莽处！

周郎山

邑西二十五里圭山，一名龟山，瑜墓在焉。按《三国吴志》：瑜伐蜀，道于巴邱病卒。《十国春秋》及《南唐书》皆云：葬宿松，即墓为祠，子孙居其旁者，犹数十家。

八千子弟渡江后，江东人材复何有？四百年来川岳空，建安之世遘阳九。孙策周瑜年正少，收集散亡势悍慓。黄祖授首公路惊，江东震动孙周名。更有曹瞒八十万，赤壁一火三分成。噫嘻曹瞒，自谓多智世无比，不谓顾曲少年乃如此！龟山嶟嶟，雷水沄沄，生立其国，死祚其孙。邑人周本其后裔也，五代时封平西王。噫嘻河淮不坚固，往往北马饮江限，周郎死矣，奈之何哉？赤鯶朝坟乌鹊哀。墓临大河，每岁九月九日，黑鲤来朝，溯流不绝。

陈武村即陈汉山

陈将军，斫曹鬼；曹鬼走，噬殒身，在淝水。陈将军，为厉鬼，千秋曹鬼魂魄死。阿修阿表忠孝子，生子当如此。伏魄时过真无耻，阿奴豚犬耳。曹操屠邺，子丕入熙室，夺其妻，操曰：「今年破贼，止为阿奴。」及丕疾，卞太后往看，见侍者皆操昔年宫人，因问何时来？对曰：「正伏魄时过。」太后曰：「狗鼠不食汝馀，死故应尔。」

刘毅洲即桑落洲刘毅战卢循处

瓜刀炫耀留残凶，鬼兵不来水仙雄。后之继者炯双瞳，乘虚举兵袭江东。毅乎轻敌无忌同，桑落洲前战垒空。血溅蓼花叶乱红，徒悲王师出无功。寄奴南返决还攻，氛祲扫净鼋鼍宫。卢循卢循，莫怨不从徐道覆，正朔相承在南服。姚弋仲，王景略，丁宁大义相勉勖。海水咫尺近蓬莱，何不楼船直泛平壤城边宿？

昭明台

萧统分《金刚经》三十二卷于此，今名分经台。

父也舍身，子也分经。子父继承，梁之昭明。高台寂寞群山中，杜鹃花发台上红。牧笛横吹过山去，犹说太子分经处。

狄梁公祠

公令彭泽，邑人多被其德者。今祠之数所，饮食必尸祝焉。

复阙辟，取赤日；思其亲，望白云。尽人之子尽人臣，过公祠墓见公心。赤日白云自古今。

李白避地处

白诗「卧病宿松山，苍茫空四邻。」今有读书台。

天上长庚离贯索，北极长鲸吞溟渤。麻鞋不得见天子，卧病空山葬萧瑟。天子西奔蜀道难，永王受节走吴关。作诗为劝渡辽海，捣燕奇计非阘干。岂知狂藩不足与计事，乃与淮南伍被千古同称冤。穷识子仪，困交张镐，不知其人视其友，忌君察此胡不早！陈平请赏魏无知，先生造唐如何欲杀之？空台古木有余悲。《永王东巡歌》十一首，白所由得罪也。其九首云：「祖龙浮海不成桥，汉主寻阳空射蛟。我王楼舰轻秦汉，却似文皇欲渡辽。」最有意味。王领荆州大都督，又领山南、江西、岭南、黔中四道，金陵非所得至也。肃宗召王入蜀，乃引兵东下，此何为者？白若曰：王速以楼船入海，捣燕之背，不但反形可释，而奇功更可成，此即李泌北取范阳之策也。今萧士赟辈乃谓此首为赝作，何也？

沙塘陂

邑境有沙塘陂，相传闾邱处士所隐也。李白《赠闾邱宿松》及《闾邱处士》诗各一首，未见确是一人。县志即诗推之，谓《赠宿松》有「偶来拂衣去」语，则《赠处士》

所云「贤人有素业，乃在沙塘陂」者，即宿松也。虽稍似牵合，理亦近是。

莽莽秋草生，落落贤令去。空余旧巢乌，谁复偶耕处？行影荷衣池亭凉，野酌园蔬水气香。那知渔阳鼙鼓还动地，只求古池秋月来沙塘。市可隐，为县吏；山可隐，为处士。隐者之心沙塘水，浮云去来长如此。

睢阳庙

邑石氏宋末渡淮，梦张公属携之南，觉，见逆主人家有小像，奉以行，至境，偶置棠梨树上，取之不能举，卜庙，吉。今号棠梨宫，别祀于城，曰振英祠。每宾兴，以特豕告庙。

竖其髭，裂其眦；赪其面，嚼其齿，江淮貌公为厉鬼。宋高南渡，北兵涉淮水，游奕何兼资，见公盖如此见《摭青广记》。铁骑腾踔塞九州，睢阳无公谁复搤其喉？那堪棠梨宫外，悲笳箪橥鸣清秋。

郡丞松

明郡丞颜君有善政，官道辄表以松，今存者郁勃有奇致。

东海桥断神仙朽，泰山风雨天怒吼。老松无地潜蛰龙，托生复假颜丞手。鳞次相连邑治东，亏云蔽日挐长空。岁久都随六丁去，屋后两株盘蔚葱。著书坐看龙鳞长，倚薄铁干披长风。怒霆迅电挟飞虹，绕屋三匝惊鸿濛。掣去一枝不知去何许，依稀如见奔腾神马淋肉鬃。只恐此物日后尽化龙，安得复受秦氏大夫封。

石道士

严恭山石笋人立，俗号道士。戚无何尝指曰：「此吾化身也。」

青童独上青云端，时与天通骑龙鸾。世人相见总无语，胸藏紫文千余篇。为厌人间烟火滞，精魄忽向山头变为石。不学北海仙，那识平原客，终朝危立空寂寞，酝酿元气体常充，讵借丹田炼金液。君不见博浪沙上徂击声，一椎震起江东八千兵。族秦灭项不受赏，为从赤松山中行。又不见骨节珊珊屏上走，白衣山人天子友，扫清渔阳鼙鼓复帝都，何待长生相视久？神仙将相舒卷中，由来彼此将无同。默然石道士，有时悬河之口夺大工。嗟彼世间蟪蛄与夏虫，终然沉魄北罗酆。

朱书集卷三　诗

王良三章

王良星粲相低昂，车声隆隆天无光，须有坚冰衣有霜。茅屋儿女正絮语，征人踯躅大路旁。

王良初斜明星出，车似击撞马似蹶，晓风更严肌体栗。远村喔喔鸡初鸣，行人东望未见日。

东方渐明王良落，车前已可辨车铎，四野平沙烟漠漠。人生奔走各西东，相命不如禽鸟乐。

许不弃招饮石林山房游闽诗百五十馀首今只存十六首

石林精舍道山麓，依山就石架书屋，参差高出城南隅，逐层探奇意未足。真意主人贫爱客，煮酒招携数往复，我来新霁秋正爽，满山石气发葱郁。展卷坐我荔子阴，半岭泉声响从竹。绿磴委蛇出山际，杰石据山怒欲瞰。刻诗危岩光烛海，蹑险摩苔快重读。平远先生大儒宗，遗迹贵比和氏璞。宋元刻石历可数，得此余子皆碌碌。更上山亭还远眺，双江环胸四山矗。左拂高塔撑天心，右拥凌霄截城腹。醉后梯登霹雳岩，烟火万家踵相属。几疑身在海市中，阆风缥缈回地轴。洞壑幽当藏百灵，沧海渺堪盈一掬。道山闽中称第一，此山此主真不辱。振衣岩岫复长叹，世上绳网苦拘束。风砂寒打桑乾水，缁尘晓眯燕山目。十年作客行天涯，空使舌敝颖还秃。窄袖箭衣骑马妇，公然连袂城东浴。吁嗟道山讲学场，忍见牛羊日奔逐。太息归来意不惬，悲动长松风谡谡。

晤陈廷汉于道山书屋邀登水部门望海楼不果

海国初寒归思深，多情无那别愁侵。春留岭外梅花影，人去江南桂树阴。水部名园迷旧径，道山书屋托遐心。渭城莫复赓三叠，明月长依荔子林。

不弃示余紫藤花诗邀宿陶瓶斋中

雄才廿载动京华，共说风流许邵家。岭外报酬《青玉案》，人间传诵《紫藤花》。一林石壁镌诗卷，半亩陶瓶卧晚霞。夜静呼余起看月，无端歌笑动栖鸦。

酬高宏木

作客天涯逐队行，良朋咫尺隔层城。棹回雪里戴安道，刺烂怀中祢正平。迹每肯来深巷辙，心应长与野鸥盟。闽南游子无他恋，魂梦终然托友生。

表节诗

闽县诸生林国奎者，娶同学生郑烣女。甫一年，孪生二子，国奎以病卒。方病，郑祷天割股进之，不得愈。既殓，阖门自经不死，投井□□□□□子殇，郑乘痓殇，出门投江□□□□□□□□久之，姑病剧，郑念割股□□□□□□□□□病良已，胸不得合，以惊□□□□□□□□□，益奇爱之，同卧起□□□□□□□□□□□蹴姑起，贼猝不得出□□□□□□□素无行，将甘心郑，郑□□□□□□□□□□□□□□国奎宗老执文方□□□□□□□□□□□□徙他宅，国奎遗书□□□□□□□□□□□只郑潜置遗书中□□□□□□□□□□□□书大恚，引力割左耳，刀锈耳不断，手拉断之。姑奔至，见嫚书与耳地下，则大哭。闻者哗，视书，文方笔也。文方遁，潜结县官左右，比事闻，仅坐文方酒过，予薄笞。文方益肆，诋郑益丑，郑再缢，姑又下之。宗老复以状闻于官，事终不得直。文方狂益甚。郑曰：「吾右耳何为尚存，受此恶声哉？」再引刀割之。鉴于前之不断也，刀重下，并入肩寸许。掷刀铿然有声。姑奔之，又大哭。宗老复白县官，以双耳及嫚书进。皆屏不视。莫可如何，邑人高兆为言巡抚都御史。都御史下教，自御辕门，坐文武吏牙下，环视万余人，出匱，置双耳，遍传示之。跪文方，使读嫚书，一读一批頬。杖之六十，荷校双门三月，坐远戍，死。闽人大快，时旱辄大雨。明年，郑耳忽复生，或言耳初未割。都御史再御辕门如初，使郑痠同女與至前，辟行人，亲验之。左耳完好，色白于面。右耳稍短，下半色微红，上半红如血，盖方长未成也。都御史劳痠，双缣而遣之。郑前后凡九死竟未死，耳割复生，孝节动天可异也。今年三十余矣。昔鄠人之对，谓「毁伤绝灭，黩政伤义，不可以训」。昌黎又谓「陷于危难，固其忠孝，以是而死者，然后旌劝加焉。」姚涞殊不然之，其言甚辨。洪武定议：「割股不已至于割肝，割肝不已至于杀子，违道伤生，例不旌表。」宜德初，卫整女，母病笃割肝，所司请旌，不许。近者凡殉夫而死者，皆无旌例。是固节人情，重生命，所以抑贤智之过也。然当其残肢体以救尊亲，损躯命以从所天，此亦何暇计旌与不旌哉？天地间无烈气久矣，得一女子而又痛绳尺以相束缚，又何怪人尽夫而胡越之也。

故予纪其略而系以诗，凡十章。

股兮股兮，不为连理枝，何异生骈拇？夫子之病不可瘳，吾头可断，手股何有？刲而进之，夫子病已久，有股空刲，不能入口。股兮股兮，何不跃入夫子腹，使之霍然起而走？我不负股股负我。刲股

夫子已□□□，何为空留少年躯？亡者待之毋乃迟。含殓已毕，默拜我姑：乳我孪生儿。白练三尺床头垂，我往见夫甘如饴。自缢

求死不得，终不忍生。练不我受井我受，庭前昼汲方盈盈。姑闻之，起而惊，□□□妇，一手持两孤，趋前行号泣。呼妇为我存孤延宗祊。深领姑意泪雨倾，强妇抚儿还吞声。入井

两儿竟殇，吾从夫未亡，吾从子亡。门临大江瘗殇，姑不防，葬于鱼腹其何伤？中流汤汤，散发飘扬。姑奔号救惊渔航，举网得之，载归中堂。投江

肝兮肝兮，与其姑不讳而摧吾肝，何如姑不死而剖吾肝！轻刀割胸开，仓卒得肝难，忽有推之出者，剪于盘，糜而进姑姑始安。胸坼不受束，密密缝之，如合轻纨。翻念剖心而死，伤哉比干。剖肝

与姑相依，眠起不违。何物狂且，披帷夜窥！蹴姑起，起火执之，是我阿叔胡尔为？一旦气逆僵如尸，肢体冷厥心无知。决齿注饮，微闻唏嘘：誓不与狂且生同居。气塞

吾有耳，恶言何为至于此！狂且为嫚书，污蔑伊胡底。吾耳不可洗，截去其左，还吾夫子。吾非有慕夏侯女，千古同心亦已矣。截左耳

家法不能行，恃有国法在。有司纵强暴，复将何以解？吾诉诸帝击此魁垒，再求雉经为厉鬼，见我夫子芬如茝。再缢

官不平，虎益咆哮鸱益鸣。左耳虽去，右耳犹闻声。利刀再剖血溅楹，小姑欻闻刀声铿，拉姑入视魂为惊，以囗承耳双峥嵘。截右耳

大中丞，威且明，忽檄有司对两枨，万人环视群相惊。跪狂且而察其情，嫚书使读一句一加榜，戍之远方欢闽氓。大旱忽雨如盘倾，既割之耳还重生。孝妇奇节，直与日月之光长争衡。耳复生

张明詹为予作擘荔图因并貌明詹不弃画者李生索诗

遂走笔为此

竹冈作松大于屋，间以梅花千个竹，许子得之悬素壁，元气淋漓鬼神哭。张子为言有李生，从事竹冈拔尘俗，清晨招之肯一来，欣然为作山水幅。火云布地朱方炎，荔子阴浓杂朱绿，坐我片石缥纤绤，许子张子共山麓。火齐晶盘两相映，临风想见西施浴，大啾

何止三百颗，胜拾明珠千万斛。篋中带向长江限，珍果良明同往回，许张日共朱老吃，荔枝旋到江边栽。此乐于我真悠哉，清风习习图中来。

赠刘德可

无诸城畔花常满，却念刘生独闭关，为我蓬门开杜甫，向人广坐说朱湾。西禅荔熟朝携酒，乌石灯青夜看山。相爱真能见胸臆，不徒晨夕共追攀。

岭外舟行杂诗

白沙五驿入岩扃，水下镡州似建瓴。三亩蔗田缘岸绿，两山石路到天青。戍依猿狖人烟冷，网趁鸬鹚涧气腥。独有晓云看不尽，直从舟底入高冥。

两峰笋立隔清溪，精舍高寒望不迷。路仄苍龙岭上过，僧闲白鹤观中栖。一林风竹敲残磬，万壑云松拥绝梯。足弱翻从登陟勇，归余青翠袖中携。观前有小武当庙，祀北方之神。由绿云岭登望江台，亦胜地也。

空濛雨霁笋舆轻，稍有新寒拂面迎。洞响急湍幽壑动，云皴远岫半天生。缘田翠竹皆宜看，绕路冬花不辨名。疑是江南春乍转，鹧鸪时听两三声。

仙霞一岭分闽越，斗绝常悬雾雨中。山类卒盘罗剑印，人疑仙骨走屏风。满岩梅气冲筇路，半道泉声落石虹。此是昔年争战地，犹余白骨委芳丛。

江乡削出紫芙蓉，卧对山光直荡胸。莲岳突来分落瓣，石楼小构出奇峰。径穷树少苍猿挂，仙去云因元豹封。欲倩初平还叱起，骑看海日上高春。

浙中

峡尽桐庐地势浮，暮潮冬尚打江洲。白翻雪窟山俱动，青变天门日欲流。岂是怒还馀伍相，凭谁射复似钱镠？更嗟寒尽将迎腊，戏水妖虹不肯收。小寒日虹见富阳

快雪初晴启画扃，携僧缓步向西泠。崎岖岭路长蛇曲，宛转山峰舞凤停。冰结玻璃摇日赤，松鸣铃铎带霜青。游人只看雷峰塔，谁向王坟觅荔屏？净寺西有赵王坟，坟畔有石曰荔枝屏，故司马张公元箸瘗处也。是日桐城僧雪石陪游西湖。

元冥自是轩辕裔，合驾崆峒七圣车。却到会稽探禹穴，还寻西子看溪纱。旄头千里平连树，兽锦三春暗覆花。为笑山阴白翎雀，年年避暑北庭沙。

雪压冬青叶欲凋，宋家宫殿剩僧寮。浮屠双挂湖心月，古寺孤听海角潮。山峙凤凰陵墓冷，岭荒灵鹫御香销。岳坟树色犹如故，南向深寒发旧条。灵鹫集庆寺旧有宋理宗像，今亡。

游兴阑珊归去迟，连朝寒雪更如筛。高吟为忆林和靖，着屐非同谢客儿。山下生涯茶笋足，湖边心事水云知。更无梦到升沉处，不必来祈少保祠。

自杭州舟至镇江

风雪连宵不奈听，杈舟长水滞扬舲。息交元亮初成赋，识字侯芭每问经。冷雨无声笼阪白，寒帆有色挂烟青。客愁莫道难消遣，日换梅花插胆瓶。门人张星垣论诗

震泽尧峰古郡城，千年吴会逼东瀛。水流虢虢林边曲，船去湾湾屋里行。短簿祠空乌桕老，长洲苑冷白杨生。游人莫问鸱夷事，沧海无潮怒已平。

高塔崚嶒对水隈，严城尚倚锡山开。雪埋西漏龙蛇蛰，月冷东林鸟雀哀。野战百年分部党，神州一旦委蒿莱。慧泉不管人间事，还入村家酿旧醅。

画溪边雨不开，浩歌斫地羽声哀。神仙岂受天拘束，富贵但如云往来。画角江头旗昼卷，悲笳京口雁初回。底须感触牢骚甚，相遇真宜莫放杯。

赠吴舫翁

不是四明贺季真，江西旧有黄冠人。索醉日日典衣去，醉向空山哭一旬。说剑书符老道士，年将九十行如飞。信口悬河莫相笑，曾见辽阳丁令威。

同龚孝水家履安弟闲步乌龙潭上

幽潭古城西，乱山斜不整。纯浸靴纹中，水香荷气永。乌龙去何处？白鸥没波影。浦麦穗离离，岸林窗冏冏。天地自枯槁，邱壑得箕颍。我友道心深，我弟俗累屏。何当把臂来，生事寄笭箵。

送阎菉园归里行自翰林出为邑宰

古者服官无内外，学士恒出为刺史。令宰尤为亲民官，先哲志欲见于此。有明极重词林选，较古儒臣更云美。清华侍从列仙班，不与民瘼闻政理。台辅固多卓绝才，迂疏间贻公悚耻。今逢神圣广乐育，恩威不测有深指。或甫入馆跻宫坊，或久登瀛宰百里。屈伸何一非殊恩，臣职惟当尽所以。君才特达真珪璋，辉煌廊庙孰可拟。金闺三载安蹇拙，一旦挥手出燕市。自言高堂须侍养，幸得早归供菽水。况复驱驰拥专城，臣敢菲薄负驱使。多君笃实无矫饰，古道犹然照遐轨。谫劣如我蒙见知，才入馆门失所倚。愿君此行勤抚绥，坐闻王风歌乐只。振辔还都定匪遥，行道应当浇俗砥。奋翼须为鹰逐雀，植根不作橘为枳。临岐赠言徒惓惓，君其佩之胜兰芷。

赋得万物静观皆自得畅春苑应制

圣人秉道御乾坤，品类均沾雨露恩。万象动随元轴转，一心静有智珠存。澄怀覆载涵虚照，遍育行生密讨论。今日洛川风月好，总归皇极见天根。

麦秋盈野志喜恭和圣制原韵

皇情昭格获丰年，昭我来牟帝力全。秋入黄云生夏昼，风吹翠浪卷东阡。米珠量动千家鼓，睿藻光垂五色笺。却愧未能分菽麦，也随日影上花砖。

皇十三子聘妃礼成恭纪十二韵得宜字

皇图绵凤纪，国瑞叶螽斯。星溢天躔次，洲连海屿奇。五千成弼服，九十肇隆仪。赫赫华宗盛，煌煌帝册垂。龙楼开叆叇，雁□起葳蕤。丽日当长夏，蕙风送吉时。花萦鸾羽盖，星拂翠云旗。纳采双环璧，催妆七步诗。雕轩回紫掖，星驾上彤墀。芳宴陈兰醑，天笙落□吹。一人方有庆，万世总咸宜。磐石从兹大，屏藩重国维。

天津咏古

皇驻跸

天津，古九河下流斥卤荒绝之区也。元立海运万户府，距今城约八里。迨建文时，文皇靖内难，渡此驻跸，因设天津卫，披草莱立城焉。盖雄莫间多积水，宋三关故处，不利驰骤。中山王兵指元都，由此入齐化门。燕兵亦出此道，或以避督亢、白沟之险耶？

明两烛幽都，杀气腾北极。曰予师周公，辅王定社稷。妢胡犯京阙，天王游荒域。大统归叔父，銮旗时向北。还念驻跸初，载旆三岔侧。昔时萑苇场，一旦成都邑。鼋鼍绝天汉，嘉名爰载锡。漕运有由开，斥卤成乐国。雄风今安在，茫茫海天黑。

毛公堤

毛恺江山人，嘉靖间天津副使，多善政。天津杂闽越齐梁之民，悍犷难治。恺能渐以礼义，弭盗省刑，治大行焉。地为诸水汇流，岸悬如线。恺筑堤修堰，长三百里。下屯苇草，上植杨柳万本，既固其址，且取材焉。民歌思之。

上卫罗群材，杂沓聚五方。相与竞华奢，亦复成夺攘。况兹九河余，土疏波澜狂。夏秋潦雨行，鱼鳖升高堂。毛公本奇特，秀气钟江郎。能以礼义俗，治此犷悍乡。岸址筑长堤，屹然如宜防。其下实芦草，其上栽垂扬。念我有乡人，曾亦被清光。卫中官籍有李贤者，宿松人。至今想余烈，丰碑垂琳琅。

兴水田

万历初，科臣徐贞明言西北水利皆可兴，请先试之畿辅，又先试之京东。于是奉命相度顺天、永平二郡，作《潞水》《客谭》及《东京水道考》三书。事未就而止。后汪应蛟巡抚天津，卢观象为通制，大治水田，皆卓有成效。所开葛沽诸处，岁得米数万。左光斗巡屯，复举其法，西至涿州、定兴，东抵津门，皆粳稌矣。邹元标叹天气地力皆可以人而变也。

尧舜重教稼，黍稷香始升。周年八百馀，亦以农事兴。后世贵金钱，粒食废其恒。鞭箠责所无，旷土莽邱陵。长淮及燕山，沟洫芜蔀仍。二麦间一收，秔稌不复登。内帑变土石，饥谨嗟频仍。一夫起叫呼，天下成土崩。焯焯徐氏子，畿东辟畦塍。亦惟尚宝公，作书信有征。汪卢左李辈，汪应蛟、卢观象、左光斗、李继贞嘉意还相承。至今葛沽间，黄云秋如蒸，安得此事举，重见大农丞。便使东南漕，日减不复增。地气可转移，谁云力难胜？任事苦无人，坐言将谁凭？

妖贼破

天启二年，李邦华巡抚天津。到官甫一日，妖贼于守志突发，应山东贼徐鸿儒。时天津兵备来斯行奉命领镇兵援山东，城虚无兵。邦华飞骑檄还遮击贼，复选步卒蹑贼后，各戒以道里时日，比合战，两军犹不相闻，各奋击贼腹背，不支，遂大败，俘斩四千有奇，余党散去。

妖狐将杀人，见形于幽蓟。捽鲍者谁欤？聚徒恣狂猘。于守志、徐鸿儒之师曰王森，蓟州皮工也，曾救老狐，受妖术谋逆。酿乱二十年，倏成崩溃势。首难发邹滕，蜂虿起相继。李公辅畿东，受事驾方税。空城拥豺狼，徒手搏吞噬。潜一转移间，群贼立歼殪。真负救时才，何艰不可济？是时二鬼出，朝端竟陵替。内外奸党合，天王若旒缀。遂使四宇间，荡然满泰厉。吁嗟再廿年，西井耀妖彗。公亦为国殇，帝庭谁悍蔽？遗迹久湮没，瞻焉雪悲涕。

海运策

崇祯时，崇明沈廷扬献海运策。户都尚书倪元璐奏闻试行，乃以庙湾船六只听运进。月余，廷扬来见，元璐惊曰：「我已奏闻上，谓君去矣，何尚在此？」廷扬曰：「已去来矣。」元璐大惊，喜奏闻。帝亦喜，命酌议每岁漕与海各半焉。廷扬后官光禄少卿，岁丁亥抗节死，从死者六十人。

国命寄漕粟，道梗京师困。营卒呼脱巾，待哺数成衅。伟哉吴沈生，遗策筹海运。不出旬月间，吴航已北进。坐使大司农，相惊一何迅。张清与朱瑄，古迹良可问。果其谙海道，更于置驿近。奈何田横徒，岛上命空尽。鲸鲵避风帆，直接襄平郡。桑榆纵已矣，扶余亦足奋。骈首甘藁街，孤负胥潮愤。

请航海

崇祯十七年，寇警日迫。天津巡抚冯元飏方移疾候代，急遣子恺章飞章入奏：「京城单虚，战守一无所恃，臣谨具海船二百艘，率劲卒千人，身抵通郊，候圣驾旦夕由海道南幸。」朝议不决。恺章恸哭返。出国门四日，而京城陷。

虎狼逼居庸，京师危杌杌。于公去中枢，杨石不秉钺。安能复撑拄，百万横争突。冯公忧如焚，飞章伏天阙。曰臣具海艅，云帆护劲卒。不待驾鼍梁，飞渡蛟龙窟。朝方出燕畿，夕即指吴越。万国依扶桑，百灵从溟渤。中兴踵高帝，伫待六龙发。天子誓守死，愚忠不能竭。巍巍明功德，一旦竟颠蹶。吁嗟鲁国正，沧波沉岁月。

赋得修竹不受暑馆课

火伞高张拥夏官，炎威独不入檀栾。华池客欲轻河朔，黍谷人如到广寒。纳扇午流香细细，披襟晴拂露洿洿。燕云岂少阴千亩，坐近春风暑便阑。

魏孝子诗

孝德格天天意回，天回身促良可哀。幼遭不造萱草萎，哭母几欲从泉台。过毁骨已如枯柴，大母遘疾复甚危。医药莫救嗟徘徊；孝子祷天潜中阶。割股进糜手一杯，霍然病已天为开。亡何父病忧摧颓，以身上告陈中怀。父宜延龄儿不才，儿死代父理岂乖？父亦霍然不为灾，孝子果罹沉台骀。玉树乃向黄土埋，从来纯孝超尘埃。应作钩铃参三台，驾螭驷虬鞭风雷。不尔探环当重来，尔亲未髦娱老莱。

瀛洲亭对雪馆课

日华门东绝天汉，一水盈盈御河畔。瀛洲一道连紫微，郁葱佳气光常烂。十月严寒鼓朔风，彤云密布漫高空。一夜六花遍三岛，仙洲忽在琼瑶中。玉柱孤撑双阙峻，银宫晓辟晴霄近。白凤氍毹日欲寒，蛰龙蚴蟉天疑磷。我师满怀抱冰雪，映照海天清气彻。外间同庆江南丰，孤生喜接程门辙。

圣驾幸秦中谒周文王武王陵恭纪

周道今重睹，銮舆跸雍州。两都官礼盛，二后典章优。岐凤丹生穴，河鱼白跃舟。圣符原一致，遗墓更旁求。道统心源合，精诚祀事周。毕原瞻隧碣，渭水肃松楸。弓剑庆云出，园林膏露浮。祠官原不旷，盛典复亲修。大烈开行幄，休光照冕旒。十年从永永，不数具茨游。

赋得髦彦星辰下馆课

天祚皇图永，群才列集贤。宾门方穆穆，骧路共翩翩。值此人文盛，遥瞻象纬联。星文奎次聚，辰极斗杓悬。喈凤翔云表，仪鸿起日边。三台通御气，五纬正中躔。笔札上方赐，品题中使宣。时分藜杖火，月给水衡钱。观物如吹万，推恩遍大千。帝光随日出，圣制自天传。徽国惭家学，周诗理旧诠。愿将葵藿意，逐影向花砖。

乐府三章为侍御冯公作有序

予读冯公《两贼渠传》、《劫灰录》，每以未抄为恨，心想慕其人，垂十年矣。顷其令嗣水部示以家集数种，两书在焉，辄大喜过望。读其志铭传记，益以知公平生，又恨公已逝，不及接其论议而亲炙其光仪也。顾忠孝节义，萃于一门，此古今之奇。卿大夫多咏歌其事，予虽固陋不可以无言也。会水部君以为请，因作孤臣、孝妇、贞女诗以贻之。

黑云昼压南天裂，三镇连鸡犯天阙。孤臣求死死未得，老母一旦嗟永诀。孤臣孤臣将奈何，徒死无益不如去而弃其家，间道东走下尉佗。尉佗之台高峨峨，手挈归朝帝所嘉。滇池失右臂，闽海拔辅牙。曾不逾时卷干戈，明明日月之光丽山河。山可以梯海可槎，孤臣之功不可磨。

姑殡在堂，孤臣不知存与亡。瘗如赘子，自分一死埋蛮荒。天谓孝妇毋仓皇，险绝翼之翱且翔。十年百苦曾备尝，晦霾倏复见天光。劳臣请寻葬，孝妇已还乡。扶榇东下江洋洋，两孝忽遇鸠兹航。镜合珠还，乐不可量。

爱女娇，珍琼瑶，于归才子嗟漂摇。同牢甫八月，所天埋蓬蒿。欲往从之，无魂可招。悯兹遗腹安能抛？诞生芝草真灵苗。播迁烽火如燔烧，苦矢贞操成孤标。西南底平，归于故巢。天子闻之加宠褒，只今绰楔干云霄。

元旦次司农师韵五首之二

廿年差异今年客，上日先馀一日春除日立春。趋阙未曾娴国制，整衣勒问拜朝人。冠裳纳陛天盛近，陪隶宾廷日出新是日高丽安南陪臣朝正。自念微臣真忝窃，九重天上到频频。候尉一家光覆海，太平万物养如春。东山廪发逃亡屋时山东赈饥，南越军降犵狫人。《尚书》：席尔达征镇箪红苗，除夕奏章到，报红苗率服。赐复欢声随地起，免山东、广西、贵州、四川、云南今年田粮及山西、陕西积年逋欠，馀亦有恩典。时巡大泽共天新。官闲喜得同簪笔，史册还看纪载频。

赋得春从何处来馆课

拂水惊梅一夜春，风光陡觉帝城新。但知干运回珠斗，谁识调元出玉宸。九域为家齐献寿，八荒我阏总归仁。饮和履豫忘高厚，长戴尧天乐化醇。

春日圣驾谒陵展孝恭纪

雨露随时降，山陵入望清。九区沾涉泽，七庙启光荣。已共春台乐，还纾圣孝情。皇心通太乙，吉日戒先庚。淑气凝驰道，条风拂御旌。迎銮新柳色，灰辇晓莺声。滦水回东甸，盘山接上京。龙髯留宝鼎，麟阁重宗祊。统绪看遗剑，山河俯旧楹。芙蓉千嶂合，松柏五云生。谟烈垂思服，声容欲见羹。欢心同万国，一气洽精诚。

赋得戈偃苗征后馆课

海隅久已见天光，蠢尔三苗抗夜郎。赫怒仍开来格路，阻兵翻向旅庭方。地收罗鬼争琛贡，人属槃瓠拜竹王。震訾不须诸葛鼓，九韶今欲遍南荒。

雨中春树

乍寒乍暖水微波，新雨新晴气亦和。故国莺声堤上遍，帝城春色树边多。桔槔不用于陵子，园圃何须郭橐驼。尺五近天沾化早，一宵嫩绿变庭柯。

赋得丽景花上鲜馆课

东风作意满神州，烂漫花开丽景浮。红入杏烟铺锦幛，白飞梨雪上琼楼。映天巧集三年叶，临水春生百丈湫。独有家丞爱秋实，繁花若个任青邱。

春日祭太社

灵雨回畿甸，农祥发土膏。烟青横陇麦，霞降绮园桃。五色随分土，三祠荐食毛。句龙遵典重，后弃报功高。十日期先甲，陈坛器用匏。枌榆尊汉树，太簇舞周翿。盛服闻绨冕，专牲必太牢。献珪开玉邸，取血出鸾刀。蕃祉凝三吉，馨香达九皋。白榆萦羽盖，曲栎带星旄。率育惟昭格，丰和总覆帱。长年沾雨露，大地一甄陶。

赋得诗情对明月 馆课

花朝微雨入宵晴，庭树分阴白月生。正有高吟振林木，恰当皎魄到檐楹。胸开浩荡层霄迥，韵落空冥万里清。更散馀光寰海遍，五云彩色在蓬瀛。

西苑新柳

东风吹绿帝城西，花柳依依乍拂堤。琼岛袅烟千缕弱，玉河拖水一枝齐。绿垂太乙游鱼戏，影带灵和垒燕迷。天上自然春独早，旌旗还映五云低。

赋得林花先后明

春改故林色，繁花取次开。寒风一番信，芳气四围来，早夺天工速，迟劳化雨催。逐时能照眼，着意好栽培。

和朱子云谷诗二十六首之五

莲沼

圆钱才叠青，高盖忽擎碧。一夜骊龙过，满池珠欲滴。

杉径

千株乱松桧，微径接虚堂。寒岭冬晴夜，窗前吐绿光。

桃溪

种桃春坞里，花发映津头。莫遣残英落，防他洞口流。

竹坞

个个筛寒月，清阴与岁深。还看生稚子，千尺作龙吟。

茶坡

一雨出新枪，七椀思豪饮。寒色扑磁瓯，清风生石枕。

朱书集卷四　诗

寄阿制府三首

两道旌幢控上游，五年歌颂遍方州。仁风西扇青牛谷，好月东生白鹭洲。江息微波澄九派，人披晓色到三邱。里门自喜沾膏雨，枯草春生颖亦抽。

保障焦劳已万端，屡闻封事上长安。丹衷仰视龙鳞奋，白简横飞豸角寒。宵旰圣情成悦豫，东南民力起凋残。臣心如水天心格，谁说清时知遇难！

陶铸群才旧木天，至今风月是当年。声来共听尚书履，影上同看学士砖。迟暮剧怜宫外望，依归还托座中缘。尺书有尽情无极，江海知能纳百川。制府旧官尚书，为院长，适门人某往谒，属予为先容，故有「座中缘」之句。

赐种哈蜜葡萄

大苑来异果，移植自张骞。剩有伊吾种，还从盛世传。清甘殊气味，郁勃带覃延。久荷雕盘宠，新颁绮树全。生机含雨露，淑气合坤乾。拜捧归私第，亲栽傍日边。翠芽初麦茁，绿叶忽荷圆。花被春风笑，姿经夏火妍。牵丝张蟹爪，挺干握螳拳。晓灌庭飞雨，晨飘坐拂烟。青云围翠幄，赤日失黄躔。葵扇俱抛弃，桃笙得静便。藤盘龙蚴蟉，影覆鹤蹁跹。从此三秋近，应看万斛鲜。恩承天上厚，实比陇西偏。珠颗初离蚌，星精正在璿。未须瓜作枣，不必藕如船。马乳垂垂堕，鸡头个个悬。蓄醪酣预卜，战茗饮无权。戴德真何已，寻思正渺然。凿空天汉日，置卫有明年。前代纷多事，遐方化未宣。重熙开禹甸，万国共尧天。鞮译享王合，光华草木连。太和弥宇宙，时雨满山川。奇木两株并，嘉禾九穗骈。人人滋蕙畹，岁岁乐桑田。不羡凉州酿，冰心照八埏。

赋得玉簟微凉宜白昼会课

虚室延清昼，炎官欲息威。树深分荫远，帘静入风微。步帐澄秋水，绳床落石衣。琅玕凭自展，湘竹旧成围。卓午凉偏纳，初庚暑竟归。肌凝青玉细，地占黑甜肥。不必悬犀佩，何妨梦蝶飞。冰壶疑可入，纨扇已停挥。雅会思沉李，高情想浴沂。还怜耽寂是，弥觉附炎非。广被恩全覆，烦敲愿远违。心同寒水玉，酷烈自应稀。

赋得幽处欲生云馆课

消暑宜庭竹，便娟覆槛楹。火风方肆至，云气忽潜生。个个阴将满，疏疏影半倾。绿浓拖北牖，翠重压南荣。得雨疑三霭，参天作五英。消摇来凤舞，变化看龙行。独坐开深境，闲看寄远情。炎官权欲谢，秋水镜俱清。飘拂姿无定，悠扬致转轻。含风看细细，滴露响铮铮。苍白奚忧幻，葱青本自贞。愿言托君子，不受雪霜撄。

赋得此日不再得

要惜流光驶，惊心及此时。年催如转烛，道战胜搴旗。待日夜能继，终朝园不窥。与天同一健，似月怕微亏。傥使分阴失，旋成两鬓衰。我行应迈迈，尔日必孳孳。一息功无懈，千秋事在兹。昔贤炯明训，三复佩箴规。

赋得虑淡物自轻馆课

万类各为役，营营相系牵。冲融洗妄累，淡荡释尘缘。鱼乐清池雨，花明远树烟。片云来水外，长笛倚楼边。闲理黄庭帖，勤寻紫笈篇。无心随物化，有性即天全。所适凭空阔，偕忘得静便。不须挥麈尾，吾道本超然。

寄许陈留不弃

正思河上栽花手，仍是图中擘荔人。只合风流官翰苑，如何奔走吏嚣尘。下车谷熟千家雨不弃抵任时方旱，虔祷七日，四境沾足，境外元有，芟舍棠阴百里春邑民多讼，到一日而决。不识衙斋还暇否？纵横笔墨更如神。

东篱二首

编篱环种菊，无分东与西。秋风飒然来，黄花纷满溪。天地亦偶尔，醉醒还相齐。或佩彭泽绶，或把柴桑犁。汉魏邈不识，晋宋奚分畦。世世是羲皇，渔人尔无迷。

我混风尘中，不饮醉其恒。形醉须以酒，心醉酒无凭。亦如知琴人，琴弦上未曾。颓然卧大块，两忘沉与升。孰是五柳客，而不吾为朋。

赋得冬寒兆大年馆课

屡征和洽颂丰年，又喜严冬六气全。冰沁琼浆原野润，霜凝玉色土膏坚。早须耒耜修初腊，准拟仓箱溢百廛。蕴蓄既深生发盛，调元还信在先天。

冬至翰林馆斋宿

圣主斋宫庆履长，瀛洲宿戒凛趋跄。儒生何待烦宣室，髦士先应学奉璋。霜月夜回凝凤沼，火城晓动肃鹓行。久知宵旰天心格，明见郊坛聚百祥。

移居自寒潭出石头胡同

荒园曲径古苔深，三载栖迟一亩阴。老树抽条添别干，新篁迸笋作幽林。欲将叠石为家具，几忘营巢是客禽。今日忽然知徙宅，踟蹰无语只长吟。

与吴在雍

湖山寥落几人存，见尔翩然意气新。三世交情逾孔李，两家婚好托朱陈。遗孤力可绳先武，孝友天能困久贫。架有藏书数千卷，归来莫惜竭心神。

七十遗老歌送宋二至覲省吴门

七十遗老求归田，圣恩眷顾尤勤拳。拜疏面请亦已数，温语反复春暄妍。曰予大吏莫如汝，智名勇功归静渊。汝忍舍朕朕不忍，吴民况复攀留连。汝姑为朕镇吴会，少展数载当西旋。天厨撤膳每颁赐，更遣膳宰来烹煎。颐养天和啬精气，资汝福寿享大年。无何急使入章奏，臣病实惫非虚传。一月气脱凡两见，蕿苓大进乃霍然。虽云暂可不堪事，伏乞天意垂矜怜。子至内庭方傫直，突闻此信心俱悬。踌躇请急一覲省，下情不得闻高天。次日曈昽双阙晓，中官忽到相传宣。宣言帝曰翰林至，汝父偶病今已痊。知汝欲去不敢请，可即驰驲加归鞭。朕有善药甫制就，遣医偕往吴江堧。汝父平善汝始返，还朝不必脂车辿。天语抚惜再三四，还诏入见天门前。至闻感泣不自已，小臣乃荷恩私骈。一门受赐历三世，报称讵止顶踵捐。分为君臣情父子，此中感戴心雕镌。臣父闻之病必已，不必大药烧丹铅。驱出国门重回首，春风万里来天边。

四明林不岩先生必达前崇祯癸未进士以行人祭告出都而国变矣奉母山居不应征召明年年且九十其同里万君授一以予辈又登今癸未第为征诗寿之因赋十二韵

耄年亲后进，旧德接先朝。沧海波重逝，仙源树未凋。策名逢百六，奉使及漂摇。还报空坛泣，逋违败絮飘。黄冠安返越，皂帽不终辽。庐感慈乌集，书辞驷马招。远游严濑水，近倚赤城标。田足公私酿，风随上下樵。商山追绮季，雾市友公超。顾念予生晚，追维望古遥。年深柯久烂，怒尽渐无潮。龙集欣同岁，鸿飞叹隔霄。

寄王秀才式昭

新知经旋忘，旧侣梦偏勤。却恨故山月，今来不共君。鸥波春棹远，鸾掖晓尘分。何事羁微禄，空离白社群。

胡君遵王以池州倅摄宿松事善政播闻寄诗赠之

宿松荒瘠江之滨，田难供赋民苦贫。数十年来苦追促，谁肯切究相拊循。胡君少年文章伯，与我战艺都城阓。一见情结胶投漆，意气不啻天伦亲。阔绝犹能属肝胆，定知卓出非常伦。小试秋浦仅半刺，闲官未足施经纶。今乃摄篆来下邑，百里一旦流膏仁。清如澄水绝纤滓，明如火鉴穷形神。政简讼息静无事，阖境但觉春风新。譬若利斧硎初发，游刃根节无困轮。是时适当编户口，例惟索费丁难均。又当漕粟付艘舶，吞噬任饱方能竣。君独奋然排众议，一洗宿弊无逡巡。历事只馀半年耳，不殊人给千余缗。儿辈致书各觋缕，乡人啬似和鼓錞。我闻起舞喜不寐，夙昔心赏今始真。作诗非为妄献誉，用告来哲相咨询。还当通衢揭高石，坐使良法千秋遵。

题御书爱日堂

圣主文章烂日星，淋漓宝墨出彤庭。瞻来云欲生三霄，捧到家应锡百龄。孝治欢心先侍从，恩荣宸翰共镌铭。桓生车马夸稽古，况乃光华遍鲤庭。

入殿纪事诗三十首有序

盖闻音律之兴，早垂坟典；诗章之作，用叶管弦。是知鼓宫鼓商，有动必应；天籁人籁，无往不谐者也。至于声病辨自梁朝，格律严于唐世，小学因之递变，词旨由是日精。故切字谐声，历成善本；而掇韵系事，未有专书。迨元阴生有群玉之编，粗存梗概；迄明杨慎为韵藻之辑，略具菁华。然袭伪承讹之既多，而挂一漏万之不免。自非圣人为之刊正，孰垂词苑之准程？洪惟我皇上为律度之宗，建中和之极，万几既勤于宵旰，六艺每游于燕闲。念韵学之久芜，诏儒臣以分辑经史子集，全收四库之精微；草木虫鱼，下及百家之会萃。从官时拈笔管，虽随扈不废编摩；上相日佩珠囊，在燮理仍兼采集。萃于众手，若四海之纳细流；断自宸衷，如九天之运北斗。于是宏开秘殿，肆启天扉，进群儒以校雠，畀诸生以缮写。顾兹盛事，下逮菲材。臣学无硕师，名惭时彦，猥以通班之始，遂登著作之庭，始事抄誊，旋偕编纂。已在石渠之阁，不殊日近天颜；聿来玉几之书，并得时闻帝训。开械天上，积有见闻；归沐私家，载形歌咏。极知天未可绘，而测晷究以难忘；海不能窥，而望洋于焉兴叹。亦如候虫之吟雨露，自畅其复载之私；时鸟之鸣春秋，未识夫天地之大云尔。

诏下初闻内使催，抠衣趋向凤城来康熙四十三年十二月十五日，掌院学士传旨，命臣书直武英殿，写《佩势韵府》。校书局对薰风殿武英殿前即南薰殿洗砚波分太液限殿前御沟从太乙池分入。案拂浓香翻砌药，袖沾清露滴宫槐。儒生斗沐天家宠，敢道雕虫薄马枚。

自怜明好托平生，殿阁趋陪尽国英。联袂初登偕宋玉是日与同年庶吉士臣宋至同被命，陈诗每进问孙荆书局以宫允孙至弥总其事。竭来研席兼今雨，不啻云萝访旧盟。最喜和衷符圣训，岂惟投分得交情圣制有「几班鸠鹭劝和衷」之句。

神仙奇石玉成堆，绝胜端溪古砚材。幸遇圣人亲拂试，不同贱士委蒿莱以上御制《砚说》中词。轻云上复鹅黄润，一水中涵鸭绿开臣书获锡一方，上黄下绿。拜赐内庭还什袭，□□应更重琼瑰。

一骑朝飞德苑还，瑶编帐殿手亲颁。黄函乍启重询姓，绿字初开喜动颜上猎南苑，近臣以所编书样进，问谁写草，监督郎中以臣书名及宋至名对，上颔之。六艺钧陶皆以类，百家会萃不须删。侍臣记得阳春调，雪散旗门玉作山圣制《南苑喜雪》诗。

二陋从今笑世儒上谕：《韵府群玉》《五车韵》《瑞韵》《韵学大全》皆极陋之书，其所以陋有二：或穷生下士，老而不遇，思借著述以垂名后世，然家乏藏书，交鲜硕彦，故挂漏讹舛，不能自正，一漏也；或荐绅大夫，投老山林，多招宾客，摭拾群言，取材既踳驳不精，成书又未经主人之目，草率上报，贻误后人，二陋也。今务去此二陋，自成一书，名曰《佩文韵府》，传之久远。圣人删定总元枢。增华已诏内供奉先命南书房诸臣增之，润色还咨上大夫又命两中堂两尚书续增之。亦许从旁参点窜，不容任事更牵拘。常将一得收愚虑，肯似抄诗学走趋时有「抄诗付小胥」之嘲，故及之。

二载清班厕石渠，今朝真得读奇书。百城坐拥开烟海，三箧无亡绝鲁鱼。绨袠锦明宫帙内，墨花香发御题馀。还防触手多轻涴，几上青毡敢暂除。

半生苜蓿只阑干，忽讶移庖出大官。执爨每闻分御廪，典签时过问朝餐。同年何焯、吴廷桢侍皇子，尝撤馔见赐殿中。鲥鲊下箸兼乡味，粔籹连杆入食单。却笑苋肠难顿改，内饔饫后厌同盘。黄庭监诗：「官饔同盘厌腥腻。」

芙蓉别院庆云旁，日月呈书觐帝光。度越百王唐宋合，同韵唐宋各有，远近同句，命合一条。心空三乘有无亡。空韵原有有觉无空一条，上以无出处删之。风来柳岸闻天籁，风韵有劈岸风，又有劈柳风，隔日进呈，上仍记忆言及之。波定龙池向海洋。龙韵池龙、昆明龙两条一事，命去其一。雒诵方知诗律细，尽消浮气入缣缃。

帝阙风光岁倏移，仰瞻昳荡日初迟。素绫春帖更新样，彩仗神官赫旧仪。自午门内各门俱于小除日挂春联，用黄锦镶素绫书之，各挂门神两灯，午门外则无之。休沐特恩天共旷，南书房诸臣皆以二十九日放假，正月二日入直。上以武英诸臣劳甚，特命二十八日放假，初三日入直。骈蕃宠锡雨同施。南书房除夕赐大福字及堂联，寻又赐砚及玻璃器，又白金二百两。明朝再睹朝元会，环卫传班姓早知。

才朝正岁拜南衙，又启兰台校五车。酒染宫袍香竹叶，冰融赐砚润松花。砚出松花江。呼嵩三日山留响，正月三日进嵩字韵。祈谷千门雪散华。六日，上视祈谷，夜降瑞雪。尽道圣情多悦豫，天

又捧出烂云霞御制《唯天为大颂》一篇●

孝廉萎绝北堂萱，憾抱邱吾未敢言。朱邸闻天传诏恤，素车出国被春温卢举人轩闻母讣，上为叹息，命皇四子厚赙之。急归好及冰盘荐，厚赙重颁雪苑恩。有子从王膺此遇，九京亲亦乐难谖。

高才两世继音徽，名达天廷物望归。骥子自应登紫禁，凤毛端是出乌衣卢举人去，殿中乏人，因以王修撰仲子懋讷名及科分上请，详问久之，命入直。豪芒抉奥心能入，风雨临池笔欲飞懋讷细心稽考，书法速且佳。何待侍臣催脱草，书成原不到斜晖。

帝念东南为载巡，始和辇出凤城闉。飞书进御期三日上既南巡，命每三日一进书，渡江后虽在浙省，亦如期而至，计日行千里馀，上相随銮简二臣京江、泽州两相皆从行，韵书专两尚书主之。谁甸河灵供吏职，江澨岳后觐天绅。行宫旁午还传诏，细察微疵取大醇上在江南手谕：「三江」以后，朕昼夜无暇，不能详阅，尔等再加细察。。

飞递先持一卷呈，天颜喜处动江坰递中呈第一卷一东韵共为一部，上甚喜，谓此书卷帙少而载事多，兼经史之腴，成时宜急颁行天下。芳腴丽事兼三史，光彩含文括六经。岂但词坛供鼓吹，好同玉检镇云亭。奇书真得未曾有，急欲垂颁汗简青。

乌兔何知校勘忙，忽更气候入岩廊。黄飞防荚春阴浅，绿长宫槐夏昼长。渐见午风吹砚涸，更怜晨露点书凉。帝心轸念东庐隘，特启天扉并浴堂上命尽出殿中书籍移书局，其中殿西即浴堂也。

大驾初回南苑南，拜迎驰道辇停骖。四巡喜见五年再，百尔欢呼万岁三。接地祥烟通御气，倾河澍雨濯尘岚时天旱，是日大雨。小臣不觉身卑贱，班次头行上相参内廷迎驾，随九卿诸公后。

半载从容紫禁垣，陈书常恐辱饔飧。每呈补缀容臣误进呈稿讹误，许讣缀以进，不谴粗疏荷主恩。笔札荣光生御览，殿廷佳气拥王言。小胥错被旁人笑，谁能挥毫达至尊。

忽闻天语急前趋，特降温纶拜命殊。校录已惭尘乙夜，编摩复许共群儒六月三日，上避暑塞外，命臣书臣至同孙宫允等编纂。身依玉露亲芳润，手挹金茎漱古腴。安得书成歌不日，焚膏还欲继朝晡。

贤关亲辟大江渍，尽出菰蒲仰圣君上南巡亲试，得七十馀人，命抚臣咨送翰林。冰玉元应方乐卫，东西何必隔机云监生王敬铭系孙宫允致弥子婿，汪俊系汪编修谈亲弟，皆命直武英殿？虎闱后劲凌三馆南诸生皆命由国子监乡试，螭陛先声起一军中式者六人。更向迎銮聆帝语，苑枯雨露总无分。

才技何忧一眚遗，加恩不惜洗瑕疵给事中吴璟、王铨因事去职，上知其能，命留京候旨。郑虔谪去天题画王铨作南巡五瑞图，谓冰泮、澍雨、龙见、塔光、麦五歧，吴璟亦摘御集句为图，各系以诗，皆称旨，郭振宣回诏进诗初上出口外传旨：吴璟、王铨俱着入武英殿。如已回去，着人追还。既入，上尽出内府画，使校勘之。谏草尽焚朝转早，云章新睹出常迟给事直日有期，入内则卯入酉出为常。掖垣梧树应惆怅，安得移根入内墀？

际天蟠地是皇舆，芸阁重开傍帝居修《皇舆》表成，复设局南薰殿，命詹事臣彭曾淇及编修臣仇兆鳌、臣顾图河等修《路程纪略》。记里漫夸竖亥步，注经应鄙道元书。风生御扇炎氛静，云涌天文丽日舒上避暑塞外，念修书诸臣劳苦甚，特书诗扇赐彭、仇、孙、顾各一柄。一岁频迁君莫羡，圣朝讵有渴相如彭、仇、孙是年皆迁官，顾占一讲筵。

避暑回銮拜御尘，群公济济塞城闉。方看立鹄排仙仗，忽驻飞龙问小臣上问吉士臣何焯是乘车来否，盖知其不能骑也。清切舜瞳垂一盼上于武英诸臣一一注目视之，依稀邹律转三春。海隅今日多英儁，那得瞻天近紫宸。

经时同向殿廷趋，一夕惊心逝水俱汪编修倓同出殿门，抵家忽暴卒。年比颜渊才过二，家如伯道竟无孤。修门身未迎亲入其母太夫人方买舟北来，未至，旅榇天先遣弟扶编修止一弟，适御取入京，得扶榇还。痛惜才名空十载，只留桃李越台隅编修壬午主广东考。

阁门传奏失劳臣，遥听吁嗟动北辰。为辍王弓回内苑近侍奏编修去世，上方校射景山，叹息而辍，还咨使节下天津命鹾使资送灵柩还吴。归舟不畏垂关阻初恐舟回各关留滞，既得上命乃为释然，劝驾仍期首岁新仍命正岁䞶使送其弟入都。恩及泉扃真盛绝，旁观感涕尽沾巾。

如此才人忍改官，台垣那似殿廷难是年定议编修改科道，上见检讨臣张元臣语掌院曰：「如此才人，忍令出衙门乎？」时以汪编修去世，上恐殿中少人，命张同编修赵晋、赵申季入直。校书自就青□暖，补牍谁夸白简寒。璧价连城欣歘合，剑光冲斗恣同观。漫劳太乙吹藜杖，赐炬新传傍夜阑。

天垣佳气溢文昌，列馆纷纶各擅场。莫遣珠玑沉极浦，更教草木被荣光。瑶篇五夜披新史，宝绘千年发旧香时并开四馆：一选宋金元明四朝诗，一选诗馀，一修群芳谱，一修书画谱，而三朝国史亦刻日告成。圣主右文多盛事，石渠从此不胜藏。

宏开绛帐拂春风，帝选门徒拜马融。桐出爨余仍就制笔帖式胡理特命入场不中，监生朱禋潢朝考被革，皆命从孙宫允学，璞经剖后更求攻监生孙顺新中，亦命从学。论文转得闻天语，问字翻因识圣功胡理尝闻上指授经解及诸字反切。大内储才从古少，百家腾跃总寰中。

待诏金门竭斧资，天心眷念已移时。诸生且比子华富上念试取诸生多不能自给，命议所以居止饮食之，学士何忧臣朔饥宋杨大年为学士，请外疏云：「从者之病莫兴，臣朔之饥欲死。」。广厦云连三阙峻，轻裘日傍九宵迟。从今莫忆江鲈美，内府奇珍落雪匙。

中丞移疾告悬车，伤断趋庭问起居宋吉士至之父中丞荦以疾乞休，传语至不得请假。子舍陈情方踯躅，帝阍传诏勿趑趄至方欲上请，而上已传谕，命至驰驲往视。上医驰骑天闲选，珍药封题御笔鹿三鼎奋，归来荣荐圣恩馀。

雉四鱼。齑隶许随青琐闼，诸生沼入紫宸居。殿中日曜平林雉，天上冰翻在藻鱼。更拜神

大庖珍味出储胥，异数重颁宪岁除。岁除特赐殿中诸臣食物，并命各携从人至内禁门取归，书得一鹿四

书命医同往，兼赐珍药。觐省江边光四照，霍然定在舞衣初。

朱书集卷五　序

张声百秦游诗序

古帝王都，惟关中历数世。治莫盛于周，汉、唐次之，秦、隋不足数也。天下封域之称，皆沿战国。关中，古雍梁地，周、汉、唐所都，而秦独擅名。余尝以六国皆可仍故名，惟秦毒天下已甚，有识者称关中，宜不及秦，不以掩周及汉、唐也。孔子删诗，黜楚而存邶、鄘、卫之名，或黜或存，其意一而已矣。

吾友张子声百，燕人也，英年以妙才领袖当世。游关中，所作诗极工且多。友人为裒集锓板行世，统名曰《秦游》，从世所称也。一时先生长者乐其诗，亟称道不置口，故声百诗传天下，自《秦游》诗始。声百之识，足以洞古今之变，流览关中，大而一代之兴亡，细而昆虫之变化，感慨淋漓，皆著于诗。而其大旨又托于秦以绝秦，此作者之微意也。

古今暴戾之甚、败亡之速者，必曰秦、隋。然秦以后，所为治天下一切之具，无一不以秦为师。其于三代圣人之法，毫毛之尚存，去之惟恐不尽，是何其恶三代之圣人，而爱秦之甚也？隋炀之恶甚于始皇，然其口分世业以治民，府制以始兵，勋阶爵以治官。此数者皆稍稍合于三代，炀犹率循而不敢变，唐且以之致治。使其处秦政时，则三代圣人之法必犹有幸而存者。后世恶秦名而阴用其法，几何不胥古今而为秦之天下，则虽谓之爱秦而恶三代之圣人也，夫谁曰不然？世之言诗者，自三百篇而外，盛宗三唐，进溯其上，则至西京而极。余读《史记》秦《梁父》、《琅玡台》、《之罘》、《碣石门》、《会稽》诸石刻，类皆古诗之流。而《碣石门》、《会稽》两篇，三句一韵，音节尤古。窃谓秦诗远胜汉、唐，乃世人于程邈《爱历》之隶、李斯之文与篆，皆知好而传之，而言诗独不及秦，岂恶秦之意专寓于诗邪？

声百诗仍秦名，而温厚和平，有豳岐雅颂之音，其慷慨论列见于言者，多黜秦之意，所谓托于秦以绝秦者也。世方恶秦名而阴用秦法，声百抗怀周及汉、唐之治，黜秦实甚，而其诗则显仍秦名，秦其诗者正不欲秦天下也。孔子删诗存秦风，其意微矣。诗之工否，抑又非所论也。

梁质人西陲三书序

秦僻居西土，广轮甲天下。天下之边镇九而秦有其四，故全秦安危，天下系焉。史載，洪武初李文忠、邓愈诸将渡胪朐，扫斡难，弛昆仑之西。于是立瓜沙、青海七卫以为外蕃；置河州都司以收朵甘、乌思藏，设金牌以行茶马法；守东胜，牧马察罕脑儿，以控制朔漠，为边陲计，何其深也！及其后，合中国之力，西罢于哈密之废兴，北不能掺复河套，彝人交讧，关中大扰，兵民失业，迄无宁居，固不待绥寇之嗷呼，已知国威之不振矣。夫安攘之计，不讲于西秦，则祸流于天下。建瓴之势，自古为然也。

言边事者，代不乏人。余读南丰曾子固《元丰类稿》，载其先谏议公致尧有《西陲要纪》卷十行世。惜其书不传。吾友梁君质人份亦南丰人也，以文章名于时，顾为人魁奇，好奇计，多立义声。居山，率乡人十数御千余贼，贼不敢犯。身临行阵，自诩为知兵。性又畏流俗人知，乃衣短后衣、策匹马，游几遍天下。念秦为周、汉、唐都，王者宅中，必当复营丰镐。因西首秦关，周览久之，三历塞垣，由西安而东北至于榆林，北至于宁夏，西北至于西宁河州；又西北至于凉、甘肃，登嘉峪，望合黎之山，西绝嘉陵，南浮汉；又南至于兴安，东升太华三峰；又东出潼关、函谷以归。回旋万里，穷西秦之境，所至记其道里、山川、阨塞、城堡、兵卫之形，蕃部、彝族之众，法制、战守、馈馕、屯牧、风俗之宜，著《西陲亥步》二卷、《图说》四卷，《今略》八卷，传之其人，以俟来兹。噫，梁君之为秦谋以及天下者，可谓至矣。

夫秦据天下之首，河环东北，山塞西南，重险之固，号称天府。而屡忧不固，震及疆场者，何哉？其患不在无险，患在有险而无备也。王者苟能奋扬威武，则当收燉煌，守河外三城，复故疆土；不则闭关谢西域，毋疲中以事外。此二者，百世不易之道也。若明之季，既不能张挞伐之威，又不能划疆自守，矜受贡虚名，边备渐弛，使三百年之金瓯，始坏于西陲之彝，终纶于西陲之寇，外攘失策，内乃不安，故至此极也。使得梁君书，战有以战，守有以守，以此谋秦，吾知犬戎不足以祸周，匈奴不足以困汉，突厥、吐蕃、回纥之属不足以病唐，彼西夏之微，又岂能僭称大号，与宋相终始哉？曾谏议之书，不知于梁君三书何如也？当过南丰而问之。

林蹇斋金石刻考略序

《蹇斋金石刻考略》若干卷，吾友闽中林同人侗所集录也。尊甫立轩先生，今八十矣，自元旦至岁除，手未尝释卷，礼俗士概屏不得见，惟以读为乐。家有故业，遭乱沦失，止馀小轩容膝。旁构为楼，树蕉竹花果藤蔓之属于檐隙。焚香拭几，环壁皆图书，终日与同人及其仲子吉人佶俯仰其间，泊如也。

初，先生以明经为令，牧于秦、赵及蜀，皆有惠政。同人从宦游，所至搜辑古金石，书已成帙。及先生解组归，同人多交四方士，属转相购求，于夏得《岣嵝碑》，于商得《比干墓铜盘铭》，于周得《坛山石刻》、《石鼓文》、鼎铭，《孔子题吴季子墓碑》，于秦得《峄山碑》，至汉则得刻本十九，魏、吴各一，晋六，梁一，北魏三，北齐一，北周二，隋十六，而唐最多。唐以后无取焉，以其近且不胜收也。于是分汉魏碑刻为一部，唐昭陵陪葬碑十六为一部。吉人又合夏至唐，共为总录一部，考定史乘之同异，并订正欧阳氏、赵明诚、杨用修、都元敬、王元美、赵子函诸家之得失，沿波讨源，由端竟委，卓然成书，嘉惠来学，好古者无乐于斯欤！

同人之得是也，凡远游必携良工、楮墨以从，亲为摹拓。其披榛缒险，盖有田夫牧竖所不能至之境，而奋往不顾者。及归箧笥，即手为装潢，护以名木，又若宝玉不足为贵，轩冕不足为荣，而惟此之珍惜焉。世之人逐逐焉，各徇其所求，未有不以为迂者矣。而立轩先生非读书不乐，日顾之而色喜。则同人之所以娱亲者，在是也。既与吉人以古文辞名天下，加善书焉，其所得不更多欤？然则同人即欲以彼易此，其可得欤？予向在许州见关壮缪庙中捕刀石，属北齐天保三年所制，大佛莲座有记犹可拓，又金陵灵谷寺钟曰「周辟邪钟」，皆古篆隶可爱。天下遗文弃置于荒寂中者不少，安得同人数十辈，悉收之成书，虽金烂石泐，而斯文仍在穹壤间也？

唐塈垣先生心声编序

古圣人之学，不传于后者多矣，而卜与乐尤甚焉。三代之君，卿大夫及士庶人，凡厥有事，无大小必始于卜而终于乐。如卜日、卜牲、卜士，以至于钟鼓送尸，然后成其为祀事。卜帅、卜乘、卜战，以至于大恺以旋，然后成其为戎事。推之日用之务，琐屑之数，莫不皆然。秦汉而降，诸侯力政，典籍放失，虽大《易》以卜筮之书未罹焚毁，而卜人、筮人之官不设，无复精其业者。至于新声代变，类皆去雅就郑，郊庙乐章徒存故事。燕饮牙署，鼓吹铙篴，多军中马上之音，说者以为其效足以召兵。宋元诸儒学为圣人者，大率贵理贱艺，末其于声音，谓为瞽师乐工之事，非所当用心。天地之玄音，不可以复识矣。

吴兴唐塈垣先生尧辰，予友查德尹嗣瑮外舅也，覃心苦思，专攻音声韵之理，积数十年，作《心声博约编》一书。予受读之，大约以切字之母谓之声，以韵书所分谓之音，而以今优人歌曲之声尾，或直收、或转收者谓之韵；凡字各分三节，计百六十声，百二十八音，二十四韵。以括西竺十四音，三十六母，四十二字母；与夫汉儒之七十五音，宋儒之百五十二音，百一十二声；及秦西之二十声父，五十音母，而严核之，期于不复不漏。又就韵书梁五十余篇，唐三十篇，金元十九篇，明二十三篇，若字书《尔雅》、《说文》而下，音韵外又析点画、训诂二者，以稽其撰集之家，如周、孔、西河、叔孙、梁、郭、刘、樊辈至百二十八氏，而精求其理。其用心勤，而取资富，几欲囊括八极，苞举百代。至撰录文辞，典奥雅驯，虽古人不能加也。

德尹因属予为叙。予幼无明师，学焉未闯其藩，何足以序《心声》之书。《书》曰：「诗言志，歌永言，声依永，律和声。」朱子以为诗之作本言志而已，方其诗也未有歌也，及其歌也未有乐也，以声依永，以律和声。由此言之，后之人诚得乐之原，未有声律是求而不求之于志者。是乐虽不传，而心无不同也。《心声》之编，不足以窥古圣人之绪者欤？扬雄作《太元》拟《易》，识者每讥其僭，顾不若《焦氏易林》犹稍有益于卜。唐先生此书，未尝拟《乐记》为之，而有益于乐，非《易林》所能比，其奇殆几于《太元》。德尹言，其著是书也，虽食屡辍焉；又闻异时有司将以博学宏词举，力辞得免，视扬雄出处何如也。然则唐先生学于圣人深矣，徒声音乎哉？

龚孝水周彖易义序

吾友龚孝水缨，学《易》十数年，自汉田何以降，及晋王弼，宋程、朱数十家之说，无不覃精研穷，凡寝食其中者久矣，已而洒然也，曰：孔子谓观于《彖》辞，则思过半。《彖》传外其无《易》乎？夫六经惟《易》为圣人所自作，而又合数圣人历数千年之久，乃始成书。是故有伏羲之《易》，有文王之《易》，有周公之《易》，追断之以孔子，则三圣之《易》统于一圣。凡生孔子之后者，一当以孔子之《易》为宗。孔子之《易》何也？《史记》称，孔子晚而喜《易》，序《彖》、《系》、《象》、《说卦》、《文言》，凡六事。《正义》则曰：「夫子作《十翼》，谓《上彖》、《下彖》、《上象》、《下象》、《上系》、《下系》、《文言》、《说卦》、《序卦》、《杂卦》也。」

然则孔子之《易》凡十，而孝水专归其义于《彖》传，无乃偏欤？盖举乎《彖》传之义，而十者无不备矣。孝水言之曰：《易》之为道也，必有不易之体，而后能神变易之用。是故以为不可为典要，惟变所适也。而即继之曰：初率其辞而揆其方，既有典常，儒者不察夫典常之所在，而止泥乎典要之不可拘。于是《易》之各爻，是非吉凶，竟无一定之极，遂至爻与爻不相通，象与爻辞不相附，求其说而不可得，即曰：此所谓不可为典要者，《易》也。不但他儒之说，不纯乎孔子也，即程、朱亦尝十二三焉。窃以为惟变所适云者，不过谓此爻虽吉，而当之非真人，则变而为凶，其爻之本吉自在也；此爻虽是，而值之违其时，则变而为非，其爻之本是自在也。且六爻，初辞必不同二，二辞必不同三，推之四五六，莫不皆然。是其确然不易，各有一定之极，若六爻有一爻抵牾游移，即非是卦之义。故论《易》必先得其本爻辞，真是非凶吉必不可易之理，而后可待其变。否则，徒以《易》为变动不居，而反失其本位之正，岂圣人之所谓典常哉？今夫《易》之为书，文王作《彖》，孔子作《彖传》以发之，惟大《象》与本卦各爻间多不合，至六爻之比附于《彖》，则六十四篇中无一异也。或《彖》辞不备，则爻辞补之，断无与《彖》相反者，即辞似相反而理实相成。然则《彖》外无《易》岂不然哉？予故深辟拘泥不可为典要之非，而务共求既有典常之实。以六爻归《彖》，以《彖》该《十翼》，以孔子断羲、文、周公，则虽不敢自谓有当于经，庶乎较诸儒之说背孔子而驰者，为不侔也。

孝水之言如此。予观古儒生之传经，人各异师，师各异说，然习他经者，或引经断狱，或缘附古义，为朝廷定制度，兴礼乐。而《易》家若张禹，则身为天子师傅，内附王氏。京房则知道不能信道，小忠未为大忠。王弼又入于清谈，卒祸其国。然则治《易》之学，顾于人才之得失，国家之治乱，其效反不足与诸经等邪？顾孔子以为无大过者，何也？夫臣忠子孝，此一定之极，所谓典常也；而远近慕怨，各随其时，则惟变所适也。不讲于典常而止迁移以顺变，又何感乎扬雄之仕莽，以为箕子之明夷？而凡改父之道者，皆得托于禹，而以为干父之蛊也。然则孝水所谓得其不易之体，而后能神其变易之用，此正孔子之所谓时中也欤！

评点东莱左氏博议序

予点定东莱左氏博议，既疏明其旨趣，以示学文课试之程，间有辨驳，以绳其未能全合于道者，将私诸子弟及受学之士，非敢谓有当也。坊人遽请刻以问世，于是东莱自谓白其病于诸公长者之侧，而予亦窃附其病以验观者焉。

魏冰叔有言：古人之文，自左史而下各有其病。学古人者，必知古人之病而力洗涤之，不然者，吾既自有其病，而又益以古人之病，则天下之病皆萃于吾之一身，其尚可以为人乎哉？予尝服膺其言，窃以为好逞臆见以翻古人之说，与夫不明是非而曲徇古人之说，皆无当于古人而自误以误人者也。是故学者之道在于精义，而立言之法贵乎反经，有以窥圣人之意而不失乎人心之所同然，乃可行远而不敝。以予之鄙陋，内之濡染既未能承中原文献之传，外之游处又未尝有林、胡、汪、张、朱诸君之讲索，乃于是编不止于疏明，而间有辨驳，金石珠玉曰非重，黼黻文章曰非美，钟鼓琴瑟曰非乐，此其病非狂则愚、非聩则聋而已矣。君子之取益于天下也，不贵其美疢，而贵其药石。则予之所以与东莱相绳者，东莱之所乐也。天下之诸公长者苟不我弃而我绳焉，岂非我之所乐欤？虽然，予之所以辨驳者义理也，若其文则虽止为课试之先资，而实有不可得而废者，以今之从事于课试者，剿袭雷同，鄙信浮伪，其病殆必割皮解肌，诀脉结筋，搦髓脑揲荒爪幕而后治焉。惟是编可以药而生之，则又愿各取以治今人之病，而毋甘于沉痼而不可起也。

刘大山时文序

江浦刘君大山岩时文稿，吉水李公塨、德州孙翰编序而板行于世，盖大山初举京兆之岁也。于是天下皆知有大山。今年大山以不见知被放，初至皖江，与予集十许日，闲登大观之亭，烹让泉，北眺潜岳，南俯江流。时暑气方酷，一日忽大雨从西来，雷电交作，檐溜如瀑布倒泻，声蓬蓬，势若卷江河注东海。雨既歇，天益高，山益翠，江色益净，而予与大山据几论文益乐甚。夫余交大山久矣，忆初读大山历试文时，已心知有大山；越数年同贡成均，始见大山于都门。嗣是心未尝间，然相见恒少。迄大山获举，则往往穷山荒涯，无孺童耆硕，皆手大山稿一帙，而予不见大山又数年矣。还念初读大山文时，垂及二十年，中间相见不过三四数耳，而今乃十许日集于此。

大山曰：予将取原稿增删自刻之，非敢冀人知也，存故我而已，子其何以教我？予谓：时文本非所以用世，而非借时文，则所以用于世者无由见，然英雄潦倒其中，亦何惫也。天下之所以治安而不失其道者，必赖奇特磊落之人，内有以自淑其心性，而外讲于先王礼乐制度、师田学校、水利农桑、得失兴废之故，用以佐佑天子而仁寿吾民。然其人无由自见也，朝廷止循科举成法，取之以八股之时文。夫时文未尝不足以得人也，譬之火焉，壅之复之，而其光焰之外见必有不能掩者，深识之士一见而决之。然而人之取人也有明有不明，人之求取于人也有工有不工，由是时文之是非与取之之意，大半不相直。

予初读大山文，谓当即大见知于世，而忽已二十年，于此能无感欤？世之求大山者，未尝不急欲知大山，及其校试大山之文，则又不能知，是以五试于乡而始举，再试于礼部而再蹶。夫以人人共知大山之时文，而仍不能知大山；况其进于时文者，又乌乎知之？宜乎不克自见者众也。虽然，大山初以古法为时文，轰然众目笑之，今则人各手大山稿一帙。方其不知大山也，同乡里不免于姗笑；及其尽知大山也，穷山荒涯皆自以为如见其人。知不知何足为大山重轻，即大山之可知者亦何止于是！而予切切然言之者，期天下愿知大山之人，务得其光焰之不可掩，则其奇特磊落者必有见焉，毋患大山之难知也。大山之稿具在，其审所以知之也夫。

石氏世谱序

吾邑禹江书院山长石云亭先生颂功尝有言曰：生不能显亲扬名，无为贵人子矣。既久无所遇，乃退修其家谱。自周大夫石碏，至今凡七十余世，每五世一图，为七卷，附艺文二卷，邱陇图考一卷，共十卷。既属予填讳，又使为之序。

夫五代姓氏之学难矣。郑樵《通志》谓隋唐而上，官有簿状，家有谱系，选举视簿状，婚姻视谱系。历代并有图谱局，置郎、令、史掌之。此近古之制，所以使贵有常尊，贱有等威者也。五代之乱，其学不传，厥后异方种族皆从华姓，而姓氏混淆遂不可稽考。时代升降，与为显晦焉，孝子顺孙盖有求其本原支派而不能者。石氏之谱，乃得溯自周大夫以来，呜乎盛哉？

夫秦汉迄唐邈矣，予于宋考其详。开国功臣守信孙曰中吉，任饶州左史，因留饶州乐平之金山乡，五世为评事，逢时赘静里，有池种白菱，一夕而紫，遂名菱田。又五世，都统辖兴宗，宋淳祐中，移太湖之棠梨坂，寻迁宿松，为宿松始祖。孙良以功仕明，为武节将军，予世袭，凡太湖、黄梅、潜山、桐城诸石皆出菱田。至明则分亳州、平山、东昌、宏农，至明中叶，又分山海，俱宋都统辖、明武节将军裔也。

云亭博学有史才，异时邑令君聘修宿松县志，凡邑之贤士君子，表彰不遗馀力。而祖功宗德，皆备书于册，石氏之贤不至湮没，盖始于此。初，元至正辛卯，武节将军遗正言、启明等回菱田，参考族谱。明天顺丁丑五世孙淳宏治，乙丑七世孙瑜佩，万历戊寅九世孙安远、令廪皆踵修之，是止因旧而已。惟戊寅迄今，越百一十四年，旧帙零乱遗缺，以岁之不易，吾乡人治粥餰之不暇，呼之修谱其谁应。云亭家徒壁耳，以一手足之力，势处至弱而事举至重，未有不难之者，卒奏功不朽。谱载邑志十馀人，府志八人，通志四人，皆云亭修邑志时发其端。故云亭尊祖敬宗不止一谱，而谱尤要也。人子显扬之道，文章为大，富贵次之。富贵赫奕一时而已，简策贯于金石，与山水并高且长焉。则宗祖赖有传人，又岂少哉！有王者起，甄别族类，立九品，置中正，以备选举，以讲婚姻，则石氏谱具在，执此以往可也。

游历记自序

予生平好游，今天下疆域凡十五区，予足迹所到已三之二。于是仿桑钦郦道元以道里为经，以见闻为注，作《游历记》若干卷，曰两畿，曰燕秦，曰燕梁，曰秦楚，曰闽豫章入燕，曰闽渐入扬州，曰江行。

凡游必橐笔砚楮墨，命一童子负之以随，所至见奇石、山水、碑碣，即下马记录。或大雪摩挲，手为之僵，或暴赤日中，汗淋漓如雨下，不少辍。人往往环聚而笑，甚或为犬所狂噬，所不顾也。又喜登陟，遇悬壁峭崖，必登其巅，亦可谓有游癖矣。

少时侍先大人，闻崇祯之季，流贼蹸借中原，行数十里，皆不能达，伏莽草，窃乘时起，一出门即恐犯不测。贼至窜草中，声息惟恐闻，儿啼则闭其口，辄至死，犹不免俘掠。地荒连数千里无人烟，人聚山砦以守。山东、河南北多响马贼，行者闻箭如鸱叫，急下马立俟盗至，罄所有奉之乃去。又岁大饥，孤客行道中，童孺女妇能取之以为粮。盖游之难如此。今幸天下无事，予又迂拙，无所求于天下，天纵之使游，是亦前古后今快意之一时也。夫天下治日常少，乱日常多。桑钦道元值世乱，南北割据，所著书多其未亲历之境，后人每不得其处。即我生之后，滇黔尚用兵，海上连岁设戍，倚櫓而立，而今皆渐次底平。塞北笳吹，逾于南海。所在候人设食，惟恐客不适其馆。岭越之表，具酥酪以饷北客。孑身独宿，不挟舂粮，而逍遥乎数千里之外，曾无所恐。他日者安知不览予之书，羡予涉历之远，而浩然以叹也邪！

虽然，予年三十四出游，今经十馀年，亦且老矣。宿松北有白牙之山，雷水所出也。史阁部忠清公尝击贼山下，百姓奋杀剧贼号闯塌天者，至今祠公山上。其山绕水泉，四面陡绝，止一径可升。时居民守砦者，无不遭贼屠掠，而此山独完。予犹未到。远涉四海之内，而近失之州里之间，亦可笑也。拟借僧舍傍史公祠，构茅屋一间以居，箨冠野服，不复入城市。有暇即取是编观之，如历旧境焉。则予之自快其意者，亦可以终焉于斯而弗游矣。庚辰清明日书。

送李生归里序

人不长于言，而能得志行道于今之世者，盖已鲜矣。言如是焉，不必能如是也，人闻其言信其如是者，多矣。是故人之贤愚，术之工拙，吾知之矣。人贤而言愚，术工而言拙，必累其人以及其术，不然，则其贤且工必无间于天下。牛而麟鸣，自忘其牛，而麟之者众矣；鸡而凤鸣，自忘其鸡，而凤之者众矣。噫，谁复知世之麟凤鸣者之非麟凤也。

吾邑之李生者善医，慕京师之大而欲其道行也，欣然至。不几日，手愈数人。道已行矣，问之，则呐呐然不出口。既而不得志，其道不能行，怅然以归。李出其不长于医者乎，抑不长于言者乎？医而能言也，不几日而杀数人，人必曰是适得乎死者数也，如是之医，而岂能活人？而岂杀人？不然，虽日活数人，人必曰是适得乎活者数也，如是之医，而岂能已矣。李生长于活人而不长于言，是终日活人且不能与日杀数人者同利也，李生亦归而已矣。虽然，李生归，而吾乡党能长于言者少也，是归亦终不能言，何以异焉。终不能言而无以自异，李生归矣，其可轻出吾乡乎哉？然则吾之穷而无所试也，宜矣，吾有从李生归而已矣。

送梅勿庵游武夷序

宣城梅勿庵先生文鼎，性好山水，多藏书，于书无不读，而特好历算之学，曰此儒者事也。著撰甚富，论历算者凡七十五种。自以隶首、羲和复起，可质之无疑也。今安溪李大中丞刻其《历学疑问》于大名，弟李安卿刻《方程论》于泉，而《筹算书》则蔡玑先生刻于白门，然于勿庵书未十一也。

六艺，数居其一，而数莫难于历。历自黄帝迄秦，凡六改，汉五改，魏迄隋十三改，唐迄周十六改，宋十八改，金元三改。明因元历，更《授时》名《大统》，而法不变，又兼设回回科，步交食凌犯进呈，与《大统》参用，三百年无改。是时，明算科久废，学士大夫视为末艺，罕通其说，而历亦实无大差，未乖施用也。其间建议，如元统之改宪，但有其名；他若童轩，俞正己、周濂、郑善夫、乐护、华湘、周相诸人，皆未得肯綮；惟郑世子载堉、邢云路并著书明授时法，唐顺之、周述学、陈壤、袁黄会通回历，皆未获尽行其说。至崇祯间，徐光启、李天经奉诏开局，译治西洋法，亦未及颁用。于是历学有中西两家，未有以折其衷也。

吾江南上游文献，盖推桐城方氏，宣城梅氏。方氏则前学士曼公以智，及子位伯中通，深明历算，顾心折勿庵。曼公为僧青原，尝遣侍者致书，索观勿庵象数书。位伯著《数度衍》，自谓集中西大成。其子公执正珠以历律闻于天子，赐召见，《数度衍》遂获进呈。然位伯书成时，尝自粤东寄书千余言，请勿庵为序，且遣公执属勿庵重晤就正。而位伯遽殁，勿庵言及未尝不喟然也。崇祯末，宣城沈耕岩寿民、麻孟璿三衡与曼公诸君子集金陵，为小东林，意气倾一时。而勿庵尊人伞眻处士，顾独不欲以声誉相援附，惟攻经史学。尝作《周易麟解》，以春秋二百四十年行事，与易象爻相比附，发明圣人用世微旨。国变后，弃诸生服，间治天文兵法，讲求实用。

勿庵方受经为童子，闻处士与客纵谈，辄伏听，谨识之，辄成帙，夜侍仰观，辄知其次舍运旋大意。尝问以《尚书》蔡注璿玑玉衡之制，辄答如响。竹冠道士倪观湖正雅，前代遗民也，工书法，善诗文，与弟乐翁躬耕湖滨，黄冠野服，飘然若仙，尤邃于地形天象。勿庵师事之，受麻孟璿历法书一帙，不数日，悉通畅，为之注释订补，成《历学骈枝》四卷。竹冠见之大惊，以为非意所及也。勿庵则以为历学当不止是，乃陈廿一史所载七十余家历，率其二弟文鼐、文鼏，次弟讲究，而深考其立法之源与沿革之故。尝言汉历莫善于刘洪之《乾象》，隋莫善于刘焯，唐莫善于《大衍》，五代莫善于王朴，宋莫善于《纪天》、《统天》，而至元《授时》，测算加密。要以天道幽远，积候乃见，故历以屡改乃益精。而自羲和以来，共治一事，不过以终古圣人未竟之绪而已。然是时，西历初行，言古历者多疑西法。勿庵则谓历以后起为精，西法在《大统》、《回回》二历后，既未习其说，何以悬断其非？乃多方购致西历书读之，叹曰：「徐文定公真解人哉！然要亦吾圣人旧耳。吾畴人失之，而彼土得之，数传以后，忘其所自，易其名以相夸。今观其言，北极下一年为一昼夜，其说具《周髀算经》，而地正员不方，则自《大戴礼》已言之，非彼人创立也。其所擅长者，五星纬度，三角八线，简平象限之测，高庫视行，小轮加减之用，皆足以佐古法，大段巧密。若精求之，则其自相矛盾者，彼书中多不免。不但分宫置闰，显违古义也。夫历求合天而已，苟其步算有裨，中西何择？不则，虽古人之法又屡改焉，况西术乎？或泥古而黜西，或尊西而偏护，皆私也。是惟以天为凭，以地为断，而无以成心与焉而已。」于是合古历、西历，参以诸家之议，为《古今历法通考》，以补马氏《文献通考》之缺，以详《律历考》之所未备。宁都魏叔子禧、成都费此度密皆尝为作序。

勿庵好苦思，虽布算无差，必进而求其所以然，或忘寝食累日夕。及其既得，则如江河之决，洋溢四达，而无所不到。尝从老友刘景威汝凤处得所抄历书，语及书肆中测量残本，皆以意作为图，补其未备，及得全书，皆不出所谓云云也，而未尝以此自多。残篇断章，所在手抄，一字异同，必两存待考。尤好问，凡精算之士，若旧台官子弟，及西域官生，不惜造坊。人有问，亦好告以所得。故皆乐以藏书相质，而所闻益广。

会修明史，同里施愚山侍讲以书问勿庵，因为《历志赘言》寄之。史局亦亟欲得勿庵。又数年，始至京师。局中皆大喜，以历志属详定。勿庵曰：「《大统》即《授时》也，说者知尊《授时》而随声诋《大统》，何邪？且《授时》既有元志矣，今惟是三应改用之率，盈缩迟疾立成之数，实步算要领，而黄赤道弧矢割圆之术，七政平立定三差之原，尤作者精意所存。《元史》皆缺载，亟宜补辑。」乃出所藏《通轨率草》，详为诠次，而《大统》始为完书。史局服其精核。又言《回回历》明既兼用，宜备载本术；至唐顺之、周述学之语，则分别附载，直书姓名，无乱原文，始合体例。又郑世子载堉《黄钟历法》，业经进呈，奉旨褒嘉。而陈壤亦上书言改历，今世所传《袁黄历法新书》，即其本也，准以前代庚午元诸历，两者并得附载。识者韪之。又以算数仪器，历所必需，故于中西算学多所撰定，而古今仪象皆精考其制。尝诣观象台观新制六仪及元简仪，皆如素所习；或损益旧法，手制测器，虽西人无以过。其于中西之法，既心无适莫，一时言历者衷焉。辇下巨公，人人欲一见勿庵，或遣子弟从学。勿庵书说稍流传，禁中台官甚畏忌之，而勿庵雅不欲以其学与人竞。

会天子欲讲明径一围三、徽率古率之同异，于是公执应召进书，而勿庵则以事出都久矣。又二年，和硕裕亲王迎致府中，有加礼，称先生，不名，月余辞归宣城。然勿庵好学益不倦，冀得后起之彦付托，此学皇皇行天下，期一遇不可得，今且老矣。

往者尝授余《里差测景法》，今同在闽一年，益得其书观之，顾性不耐算，未能卒学也。客有言武夷山多隐者，年六十以上得终老焉，供亿悉具，且有洞藏古今书，海内著作家多置副本其中，后有取，辄可得弗失。勿庵叹曰：「吾书纵不能传之其人，独不可藏之名山乎？」今且束装北归，道武夷，将遂规画为栖隐计，拟至家一了祠墓诸事，即携所著书入武夷，不复出。

余谓先生宜用康节法，以春秋出游，冬夏读书，则杖屦所至，即为武夷，岂必斤斤九曲之胜？抑余更有说：「方崇祯末，天下多故，江上诸君子文社聿兴，网罗奇士，几于美尽东南，岂知犹有屏处暗修，不可得而亲疏如伞眲处士其人者？要所守同归于正，而先生绍明庭闻，继千古之绝学，与曼公父子相望于一江之隔，岂非三百年文治遗泽，而吾江国之多才也哉？《易》曰：『匪我求童蒙，童蒙求我。』先生其毋以失传为虑，天留先生以明此学，其无有闻而兴起者乎？且先生有弟同志，而子若孙，皆能读先生之书，得其门户，又亲见先生之孳孳问学，先生其遂以授之，如宋康节之于伯温，迩者曼公之于位伯公执，则所谓传之其人者，不出户庭得之，又何介介焉？由前之言，则先生所在即武夷；由后之言，则先生且将偕其兄弟子孙游处于先生之武夷，一门师友，讲习以终其天年，以上慰伞眲处士之心，不亦可乎？」勿庵闻之，默不应良久，竟去不顾。

朱书集卷六

书

与万季野书

先生抱道浙东，不求闻达，当轴巨公以《明史》屈致京师。有明二百七十馀年，君臣政事无不待先生以传。书得仰承大教，幸甚，幸甚！

窃闻之：君子不阿所好。若私其乡里而欲文饰其不足，传之人，引以为重，惑已。然乡里有名贤，而后世无闻焉，则君子耻之。在都门，书曾询敝邑金中丞忠士得立传否？即不得专传，或立合传否？闻皆未可得。顷在徐宫坊果亭先生席上，复亲色笑，兼俯赐明问云：「锦衣卫指挥金星耀止杀一疏，为崇祯朝奏议第一。遍搜馆中典籍及《江南通志》，皆未得其人，以为惋叹。」承盛意笃切，不同泛常，阐发幽隐如先生者，真可谓仁人君子之用心矣。夫星耀非他，即敝邑中丞子，以中丞抚榆林有功得任者也。

敝邑人物了了，自汉迄明只有陈武及子表、修三人得入《吴志》，余皆沦没不可考。金中丞立功榆林。书读其《旭山集》及《杜将军破贼歌》，每想见发踪、指示，意必有超出寻常者。惜当时幕府宾僚未能悉记其事，以遗后人。中丞又以劳卒于官，遗文散失尽矣。即有存者，子孙今贫弱，无由自致史馆。非先生旁求博采，数十百年后将问金中丞名氏，且茫然耳，又焉知其子为环卫伟丈夫哉！书在秦中，亟欲考其三边政绩，《延安府志》及《延绥镇志》皆略有纪载，不能详，又俱称休宁人。中丞虽系出徽州，父坤著籍敝邑，中丞由敝邑县学生起家，丘墓在邑境内，合归敝邑。然使只移其籍贯，不没其事功，则休宁犹之宿松，固亦不必私之也。近世钱宗伯《列朝诗集》，凡吴下仅能诗之人皆得与。又黄藜洲《明儒学案》，余姚幽晦之儒无不登载。此无他，同乡里亲切，既易知亦不忍弃也。敝邑不幸，不惟贵显者少，而承学之家又寡著作才，无以称表章先贤之意，宜乎有功烈于天下，而不传者众也。金中丞父子今得先生访求遗逸，倘或附入列传之末，与陈武父子先后比烈，则非但金氏受先生不朽之赐而已。

敝邑明初武勋及人才辟召者无论，其以进士入仕者四人，惟侍御杨春芳出处在中叶。至金中丞时，南北亦多故矣，然犹全盛也。最后，则兵备张凤翥守承天，城陷，力图恢复，不遂，死。副使田有年，分宪两浙，国变不仕。此四君子者，张兵备无后，余俱不能自达。要以先生蒐访之心，固未有已也。傥有一事一言之可取者，尚祈俯垂收录，以慰幽隐焉。书于四家虽同里居，然素无亲好。所以哓哓者，惟仰体盛德，冀阐潜徽。至四家事实，容搜录奉到，以备观览。幸赐鉴照不宣。

答王昆绳书

前作尊大人哀词奉寄，未知达否？顷于张声百处得所寄《濯足图说》、拙诗《叙》各一篇，又得一书，辨别阳明「无善无恶」之说，恳恳以古人相期，规吾过而进之善。非吾子，不闻此言。然必曰「万无以为罪」，是犹以世俗遇我，非古人往复之义也。

魏冰叔先生自谓生平好谈兵，然使为百夫长，必不能办萑苻之盗。书之于学，亦犹是也。辨「无善无恶」者，当有明之世，若唐伯元之疏、罗文庄之书、《困知》之记、《学蔀》之编，备矣。书不能望其事业、文章万一，徒执其不待辨之谬，以非议之，此其过诚大。然以书为尊程、朱而痛诋陆、王，则非也。

用兵者必正部曲、行伍、营阵，则节制之师有恃而不败。而豪杰非常之将，往往不依古法，出奇野战以成大功。圣人之学，节制之师也。异乎圣人之学，则不依古法而出奇野战者之师也。圣人岂不能出奇野战以成大功哉？不以侥幸苟得令也。孔子、孟子之说，未闻以虚无为本体者。自释氏窜入，壹以虚无为宗，泡影万物，务求直提本性。而所谓本性者，不过知觉这动之灵者而已。吾儒所谓天命流行、物与无妄之原，皆以为本体之障碍必力扫而空之，而后可以证其宗。呜乎！此圣学所以榛芜，世受异气沴戾之患，而未有已也。

书尝谓近世浙江有异人三：刘伯温、于忠肃、王阳明，皆振古魁奇磊落之士。而阳明之失，失在讲学，诚有如胡端敏之言者。由阳明之道率天下之人尽为王汝止、王龙溪、颜山农、罗近溪、赵大洲、何心隐、李卓吾之徒，弃礼法，任放诞，诈谖从衡，肆无忌惮，如饮狂泉而不可救。古未有在位而讲学者，凡讲学于居官之日，皆窃所不取。阳明则又窃释氏之唾馀，滋吾道之蟊贼。说者以为中原陆沉，实清谈之祸，虽为过甚，而揆其流弊，不得谓非有由也。不能自力于伦物、利害、生死之交，则尊陆、王即贼陆、王，尊程、朱即贼程、朱。是言也，敢不拜命。顾谓诋阳明之人多不才，此不足长阳明之气，亦不足为程、朱病，大抵贵自省耳。且无善无恶与无声无臭亦有辨。无善无恶谓心无定体，「决诸东方则东流，决诸西方则西流」也。无声无臭谓化无形迹，「所过者化，所存者神」也。人心、道心与生俱来，不云无善无恶与生俱来也。至物至事不可训格物，为善去恶又恶可以训格物也？吾子之言曰：孟子殁后千数百年，全体大用、才堪王佐者，诸葛忠武及阳明两人而已。不识子之推之者，功业邪？学术邪？如以功业而已，孔子不能堕三都，是阳明贤于孔子也。然汉、唐以来，立奇功、建大业者不乏人也。如以学术，则忠武不闻讲学，何相拟之不伦邪！今为阳明之说者，类皆佞佛，本一家无怪；吾子卓然不惑于异方之教，所言云尔，复何望哉！书何知有程、朱？又何知有陆、王？但知有「人之生也直」及「人无有不善」之说，自觉性无善、无不善为不相似耳。子尝曰：为将者慎勿慕不依古法之名，而失节制之律。书未能将兵，固执兵以自卫耳。若以诋无善、无恶为过，是执兵自卫者，复为禮裼暴虎者所笑也。得过之多，不亦宜乎！

告同郡征纂皖江文献书

朱书等白：吾安庆，古皖国也。其岳曰霍山，其渎曰大江，其川曰寻潜，其浸曰雷塘，其镇曰大龙。灵秀所钟，扶舆郁积，神明之奥区，人物之渊薮也。

然元以后至今，皖人非古皖人也，强半徙自江西，其徙自他省会者错焉，土著才十一二耳。而皖人则亦惟元以后至今为甚盛。三百年来，忠孝、事业、文学、讽议之迹显闻天下不一。其人大者登列史册，小者系名志乘，犹多自为纂录，各成一家。幸生其闻，食旧德、服先畴、谨守高曾规矩，即足以成其能而弗叛于道。孰谓吾皖无人哉！夫汉以来千余年矣，今名史凡二十一部，若汉文翁、朱邑，吴陈武、陈修，东晋何氏，宋龙眠三李之伦，都可指数。至经盛于汉，诗盛于唐，文盛于宋，吾皖必多其人，而传者寥寥，何也？毋亦后之人不能表而出之，或至存者日亡，亡者日尽也。《周礼·春官》：既设大史又有小史，掌邦国之志；既设内史又有外史，掌四方之志。先生欲求尽乎天下之隐，固若此其急也。今有明一代之史将已告成，当事者虽极意蒐罗，而先贤子孙多贫弱不能自致，则厥遗者多。至于志乘所载，尤难尽允。明《一统志》命于英宗，成于大学士李文达诸公，归熙甫犹讥其失。《一统志》且如此，况其他乎？今《江南通志》，安庆人物，明以来不过数十百人。《府志》十八卷，人物仅两卷，明以来凡五、六百余人，人各数语，不但不足概其一生，而卓然可传后世者或复不备。书不敏，窃不胜悼惧，恐先贤沦弃不得以闻也。夫汉、唐、宋千馀年，皖人不多著见，而一盛于元以后至今，可谓难矣。乃卓然可传者又渐不传，岂不惜哉！书在都门，从史馆诸公问吾邑金中丞忠士传，犹未之见，于是累欷叹息，以为才业如金公非有曲加蒐访者，且难自见于后世，益信世之可传而不传者众也。

乡读《襄阳耆旧传》及《益州先贤传》，窃欲访其义类，自成一书。后闻郡人方达卿先生手辑《迩训》，益心慕之，然方求衣食不遑。比返里中，窃不自量，思毕其志。敢告六邑同志之士，共为揽缀，或行状、事略、传记、谱牒、碑铭之文，乞赐邮寄。其有先贤奏疏、文集，并望借览，抄录纳还原本，不敢敝污。同襄盛举，以垂不朽，幸甚！幸甚！

孔子曰：「君子之学也，博其服也。」乡夫冠履鞶带，犹不敢忘，厚之至也。先贤嘉言懿行，其为服也多矣，而敢忘焉！伏惟鉴汉、唐、宋皖人之寡传，乐元、明至今之独盛，依小史、外史之义，以成先贤耆旧之纪载，而不为史志之所遗略，则六邑君子必有毅然任之者。书得从其后，以观成焉，不亦美乎！元以前皖人入史志者，不复具，惟蒐明至今止。凡显仕、隐晦、独行概为立传；有著作可传者，别为一书，名曰《皖江文献》。凡文稿、书籍见寄郡城，可付程叔才师恭及程佐衡邦宰家，便无浮沉遗失之患。

与李中孚先生书

书年十八、九时，闻关西李夫子振兴绝学，天下宗之。时虽无所知识，然每览明儒论学诸说，笃好于心，欲别白疑似，以为信从。每恨去先生远，莫能至，积诚盖二十馀年矣。今来西安，亟欲一叩先生门。顾闻先生闭户谢宾客，镌谕最严，造次不敢来谒。近得读《二曲全集》，真耳提面命。又长公伯敏与书皆选拔贡成均同舍，宜执子侄礼，则先生当不概置谢绝中也。书又以事宿留青门，未能适愿。顷得先生寄主人书，垂讯及贱名，且谬许大雅之目。小子何知，乃获见称先生长者至于如此，且愧且惧，每恨荀卿与孟子同时，曾不一遇。书于先生近在咫尺，纵谒见有待，岂可怀疑不问。

书少读「无善无恶心之体，有善有恶意之功」二语，窃疑《商书》之恒性，《周诗》之秉夷，孔子、孟子论性皆不相合。今得先生《学髓》一图发明之，始获招揭。书本后学小生，无师友之教，何敢妄置一喙。然疑不能释，譬犹扣盘扪烛者有求于日，其形可笑，其诚可原也。窃以无极而太极，无善而至善存焉，若划除至善而但曰无善无恶，则止言无极可耳。且善与恶非对待之数也。善自彻乎始终，故曰：继之善，成之性。若意一动而即善恶并峙于其中，则宜曰：继之者善与恶矣。何以只言善耶？是故意苟无动，动而出于自然之本；心则未有不善者，其不幸而恶也，所谓气拘物蔽之累耳。故曰：故者以利为本。今曰：有善有恶意之动，是善亦利恶亦利乎？镜本明也，暗则尘蔽之也。曰无明无暗镜之体，有明有暗镜之动，其可乎？水本下也，逆行则激之也。曰无下无逆水之体，有下有逆水之动，其可乎？且既无善无恶矣，又安得知善知恶之良知哉？《学髓》之图以善、恶两岐峙于浑沦一圈之下。浑沦一圈，即所谓心之体也；善、恶两岐，即所谓意之动也。朱子《性善圈说》曰：「发而中节，无往不善。」恶不可谓从善中直下来，只是不能善，则偏于一边为恶。《学髓图》善恶两岐，是善亦偏于一边矣。从其体止无极而太极，从其动善与恶若天、地、手、足不能相无。似非恒性秉夷、率性谓道、人性皆善之义。此书所疑而不能释者也。

或谓《易》有太极，是生两仪，《学髓》一图，盖本乎此。书又疑之。善恶犹之阴阳，此大《易》立象云耳。若其本然，阳固善也，阴亦善也；若非本然，过中、失正、刚柔皆恶，阴不善也，阳亦不善也，惟善为本然。故元亨与利贞同一天道，仁礼与义知同一人道，善彻始终如此，安得与恶为对，比于两仪哉！

书之无识，以为浑沦一圈，无异于性无善无不善也，以为善恶两岐无异于有性善有性不善、性可以为善可以为不善也。发其蒙而启其惑，亟有望焉。至有意为善，即已非善——此陆子之说。书闻之，孟子曰：有有意而不至者矣，未有无意而至者也。人心陷溺之时，正祈困衡勉强，力于为善。所谓不诚无物，安得以无意处之也。无意为忠，即无忠；无意为孝，即无孝。即如襄城之役，先生精意，感动鬼神。此岂优焉游焉无所事事乎！但至诚之念，不自知出于仁孝极致耳。人情荒惰，复以淡漠自然之说异之，其何以济？先生之学，主于反躬实践、悔过自新。书为此言，似乎好腾口说，而不力于反身之训。然行千里者必问道所经，告之者亦不厌其渎。不然，迷途而趋，未见其能至也。

然则，书固亟有待于迷途之示，而先生之告，亦或不以为渎而厌之矣。

附复书

同学李拜承手翰，匪但悉谦冲之度，兼稔姿禀之谅直，夙昔问学之精勤。阅未终幅，欣慰无既，亟呼门人、子弟读之，亦无不交口叹赏。甚矣，门下之善学也！陈公甫先生曰：疑者进道之阶，大疑则大进，小疑则小进。古圣贤望道未见之心，欲从末由之意，亦只是善用其疑，故卒造绝诣耳。门下善疑、善问如是，由此推而广之，勉勉而不已，德业之进也可量哉！小儿前者归，称述丰标，极为声百得友喜；兹悉心曲，更为吾道得人庆矣。健羡之私，胡可喻也？承问云云，门下不鄙不佞，蔼然以骨肉道谊相视，不佞忍自外邪！用竭固陋，以应嘉命，惟高明自取酌而教示之。

门下来书累幅，大意则谓人性至善，彻乎终始。不佞《学髓之图》最上浑沦一圈，同阳明无善无恶之旨不免流于性无善无不善之说，而异乎周子无极而太极之义。圈下善恶对峙，同阳明有善有恶意之动不免流于有性善有性不善、性可以为善可以为不善之说，而异乎秉夷恒性、率性谓道、人性皆善之义。其有意为善，虽善亦私之疑，则总之与此疑异条而同本也。盖其根起于疑阳明之言类告子之说，故因而疑不佞之《图》同阳明之旨。然则，门下之疑不佞《学髓》非苟然也，疑阳明也。不佞又何必一为鄙《图》分疏乎！亦为释阳明之疑而已。阳明之是非明，即不佞之《图说》明也。

门下谓无善而至善存是也，而疑阳明刬却至善二字，独不思心之本体本至善乎以体字当至善二字，费解。即至善乎？孟子道性善，而《鱼我所欲章》则指为本心本心是不受呼蹴，非无善无恶。心体即本心也，本心者道心之谓也此却是，道心即善性也，但异其名称耳。周子谓无极而太极，阳明谓无善无恶心之体。其言异，其旨一也何以同。无极而太极之说无可疑，则无善无恶心之体亦犹是矣。知乎阳明之旨同乎周子，则知夫无善无恶之旨异乎告子矣何以异。且性，至善也，而明道则曰：人生而静以上不容说，才说性便已不是性也。夫说性便不是性，则人为之善恶不可为心体明矣。程子意谓人生而静以上不容说，故生之谓性。其说非是，只宜以孟子性善言性耳，善亦属人，为全为天命矣。人为之善恶不可为心体，则无善无恶即至善之心体，何必更增至善字于句内而后知其为至善乎！而《学蔀》浑沦一圈又何殊于《太极图》之浑沦一圈乎？

门下谓善彻终始是也，独不思感于物，动于意，而遂有善，不善乎？谓善与恶非对峙是也，独不思气拘物蔽而意之动，遂有善，有恶乎？有善无不善者，性也，拘于气，蔽于物而不能无不善者，情也然则善亦气拘物蔽而后有之矣。且《学蔀》图说以善与恶在性中为两物相对，各自出来，无气拘物蔽一转了。情本乎性，性无不善，故善与恶不可对也。情不能不拘于气而蔽于习，故性虽善，而情不能无善、不善也。意者，情之动也，犹之人性皆善，则宜皆为君子，而世卒不能无小人者，则气拘而物蔽之也此根定气拘物蔽，与原书同旨。故小人与君子同一善性，原不可对峙。气拘而物蔽之后，则亦遂从其分途而对称之为君子、小人而已。《六经》、《四书》之以小人君子、善恶、邪正、是非对称者，皆是义也。犹之水清，而卒不能不清浊并有也；镜明，而卒不能不明暗并有也；一气，而卒不能不阴阳并有也。继善成性，秉彝帝则，及孔、孟之言，言乎天命，本然之初，有善有恶，言乎意动于气拘物蔽之后，本不相戾也。

大抵门下所疑，皆为护持一善字，惟恐无善无恶之说流于奔荡，即惟恐鄙《图》之浑沦一圈类于无善无恶，甚盛心也。而未及思夫心体即至善也，而未及思夫《学》、《庸》之浑沦一圈即《太极图》之浑沦一圈也。《太极图》浑沦一圈，不患其遗太极；《学》、《庸》浑沦之圈，亦可知初非遗至善矣。至惟恐有善有恶之涉于对峙，即惟恐鄙《图》之善恶两路有背乎继善成性之旨，意良美也。而未及思有善有恶从乎意动之后而言，而非言乎本然之性，真有此对峙也正谓意动后必先吉而后凶，本正而变邪耳；而未及思夫鄙《图》之善恶两行，亦指乎意动之后也。有意为善，虽善亦私，正恐伪儒义袭而取，不本诸心体之自然，不率夫性分之固有有意为善与袭取假仁当有间字之轻重不同也。如五霸之假南轩，有所为而为之意，岂谓善不可以立意为乎！所谓前辈苦心救弊之言也。芒硝、大黄峻于蕿术，而当其症之宜用，则良医违众议而用之。孟子之勿正，程子之不须防检操存，皆是意也，岂独象山哉！善学者以意逆志，执其词则周馀黎民，真周果无遗民矣。且门下既知无善之为至善无善而至善存，并不是以无善为至善，又胡为疑于有意为善，虽善亦私之说乎！

衰病中，言多未融，不知高明以为然否？朋友辨学，期于相长相益，不以苟让为贵。如有未安，不厌反复。外有《答洪洞范彪西公书》，与此书互可发明。漫录一往，前疑或可释然矣。临池神驰不既。

注：本文中夹注文字，为朱书批语。

再与中孚先生

八月十六日，灯下得七月二十日所赐书。踊跃抃舞，喜而不寝。自念先生海内硕儒，躬行实践，为吾道干城。书蠢愚无状，敢执狂瞽，遽相辨难。行械既发，悔咎自责，弥日不宁。方以获罪大贤是惧，乃蒙不加鄙斥，反辱教谕，开解迷惑。河海之量、太虚之照，复何加焉。

细绎指趣，真觉鹅湖、鹿洞合为一家，新建、东林本无岐旨。古今善调停者，岂有过于先生哉！寂而能照、应而恒寂者，先生《学髓》浑沦一圈也，云即《太极》浑沦一圈；程子人生而静以上不容说，云即阳明所谓无善无恶心之体，有意为善，虽善亦私；先生《学髓》所谓理也，云即孟子所谓义袭而取；朱子气拘物蔽，云即所谓有善有恶意之动。此其意义微渺，书愚，焉足以知之？总之，不能划除至善，则学者亦但守人之生也直、人无有不善之说可耳，又何必纷纷聚讼哉！

书所为惶悚交至，不敢挂牙颊于其间者，则以先生反身之学也。又念夫子五十始知天命，且曰「躬行君子未之有得」；子贡之贤，夫子止告之先进其言。其自述也犹曰：性与天道不可得闻。不从事反身之学而力争于性命之微，于告子则为性无善无不善，于达摩则为净智圆妙、体自空寂。即不至沦于告子、达摩，而其学也，未立不惑，辄知天命；未闻文章，辄闻性道。呜呼！岂不过哉！此先生反身之学所以不可及也。

使回匆匆裁复，百不及一。书再拜。

答张采舒来札

《游记》及《与李先生书》承示，极纫教益。攻其内，未穷其奥，诚如来谕。弟学识浅，所谓望孔子门墙而不入其宫室者，奥呜乎穷哉！非足下不足以语此矣。不识肯抉以示弟否？

中孚报书甚速，足见此老虚怀乐善，自是有道人不同。然《学髓图说》到底不肯认错，其言支吾牵就。因粱质人兄力言老人气力薄劣，不宜与争，故姑取其是处复之。特附复书求教，望批示见还。大教又谓弟辟阳明有善有恶意之动，引继善成性说非是。此不可不辨。意固有善有恶，但本然之动必是善。其恶必是气拘物蔽使然，非本意也。尊指谓意是不好字面，以毋意毋必为证。窃谓毋意之意是私意，与必诚其意意字不同。犹之动心忍性，性字与恒性不同，言各有所指也。必诚其意谓实此意以为之，勿使气拘物蔽至于自欺，方可正心。若此意善恶混，而曰必诚，将诚善，亦诚恶乎？诚善所以正心，诚恶亦所以正心乎？意之动正是孟子所云恻隐羞恶、辞让是非耳。若动而为恶，则梏亡之害。故曰：失其本心。

愚见如此，不识然否？幸反复示之。

附张采舒第一札

文章贵实际。《游冯恭定园亭记》鸿议卓识，实际是也。《与中孚先生书》论意动处，引继善成性谓善彻始终，固是。然《大学》言：「意诚而后心正」，可见意不诚心即不正，自继成而后到人身，上意实是有善有恶。观于绝四中，毋意则意自有安排、造作、气象。阳明「有善有恶意之动」，此语固不得而非之也大错！意虽安排造作，然根于性情出于心，故一动必有本然者见于其间，好善恶恶者是若好恶之偏，则有引而去者耳。弟识见浅薄，然心有所疑，辄敢质之先生。鄙言是非，幸更教之为望。弟张翚顿首。《太极》一图以后，虽有作者，殆难下手。予读《二曲集》，固尝有疑，攻其外，未攻其内。此书攻其内，微未穷其奥。

注：本文中夹注，为朱书批语。

答二

意者，心之所发。善是本意，恶是气拘物蔽，至于自欺始流而不返，非其本意。自谓此说于圣贤不谬，故但可谓善者有意之动，恶者意之变耳。阳明「有善有恶意之动」，不复分疏是本意、非本意，非善恶混而何？

大教谓「为恶者必意动而身随之。今舍身、意，第曰气、曰物，则恶何所附丽？」此又未思之过也。弟原谓意固有善有恶，恶意非其本然者耳，岂谓恶真不附丽人身乎？况既曰气矣，此谁之气也？物引而气奋，所谓气壹则动志。舍身、意而第曰气、曰物，未为不可也。如尊说恶是本意，是不义亦内矣。告子义外推善而远之，足下不义亦内，引恶而亲之，可乎？足下既谓「无善无恶心之体」为非，则「有善有恶意之动」岂得复是？尝叹谓梁质人兄曰：「如《学髓图》之指，当云天命之谓空，率空之谓善不善，去善不善而返于空之谓教。」如此，庶乎相合耳！不谓大教亦蹈「率性之谓善不善」之失也。

意有善恶，君子诚善，故正心；小人诚恶，故不能正心，此说大是。但小人见君子而后厌然，则本意尽露，岂真以无所不至为是乎？乍见入井，而怵惕恻隐，此本意也。内交要誉、恶其声，此气拘物蔽而渐之于恶，非本意也。傥谓意一动而即有善、有恶，必乍见时即怵惕恻隐与内交要誉、恶其声一齐俱有，而后可耳。然乍见时有此无彼。大教亦曰：「转而计之将至」云云，则其本然之意可知矣。混而言之曰「有善有恶意之动」，呜乎可也？

「道心惟微」，本意之出于性者也；「人心惟危」，非本意而戾于性者也。发而中节，天命之本然，意所安也；其不中节，则气质之偏、物交之引，意虽发而有不安者。今夫水未有源清而流清浊半者也，今夫火未有煤热而焰冷热半者也，今夫谷未有种美而其实可食不可食半者也，独于人而曰性善矣，又曰意一动即有善有恶，何哉？

弟与中孚书曰：「善恶两岐，即有善有恶意之动。然无异于有性善有性不善、性可以为善可以为不善也。」承吾兄亟许之，今复有取于阳明之说，得毋相矛盾乎？幸反复明示为祷。

附张采舒第二札

天人性情之际微矣！孟子道性善，从本原处抉以示人，犹未能息诸子之说诸子谁耶？告子、伯安、李贽之徒耳。自程子横渠倡明形，而后有气质之性，而后论性之说始定。今先生宗性善，谓阳明「无善无恶心之体」无异于告子之「性无善无不善」，辟之是也。若夫有善有恶意之动，此考之于经，验之于身，无不悉然。而先生谓「继之善，成之性，贯彻始终」，意亦有善无恶。恐此说终无以折阳明之心，而意义亦有所未备。弟非宗阳明者，然慎思明辨，实资丽泽之功，故敢复质之。

夫心之运用发动处谓之意如何说有安排造作气象，意从心生者也。《书》曰：「人心惟危，道心惟微」。所谓「危」，非必是恶。但人心实涵两端，非此即彼，故危。然

则心且有善恶，意宁得无善恶乎？朱子曰：说不善非是心，亦不得却是心之本体，本无不善，其流为不善者，情之迁于物而然也

来教谓：「本然之动，必是善，其恶必是气拘物蔽使然，非本意也。」夫为恶者必意动而身随之。今舍身、意而第曰气，第曰物，则所谓恶者果何所附乎！且喜、怒、哀、乐之未发，则性也，中也，大本也；其已发，则情也，意也，已然也，中节则和，不中节则否，善、恶谓之也。有善有恶意之动，亦若是而已矣。

来教又曰：「若此意善恶混，而曰必诚，将诚善亦诚恶乎？诚善所以正心，诚恶亦所以正心乎？」弟初阅至此，悚然危思，此必谓意善恶混而后可。弟曾谓意善恶混乎？即阳明亦曾谓意善恶混乎？《大学·诚意章》：「毋自欺」，是诚其意之善者即为善；「小人闲居为不善」，是不能诚其意之善者即为恶，是意之动有善、有恶。《大学》已具此旨，但未明言之耳。若曰意之动即孟子所谓「四端」，此亦有间端是心之所发，非意而何？孟子明说「乃若其情矣」，亦可曰是心不是情否。孟于与四端，固言心，不言意。请即以恻隐一端论之：夫乍见孺子皆有怵惕恻隐之心，非所以内交要誉、恶其声而然，此良心也。若转而计之，将以内交要誉、恶其声而然，此其意不已流于为恶乎？故意有善恶，诚善去恶可也。若必谓意有善无恶，则偏而不备，反不足以尊性善矣已说

不幸，而恶一边如何不备。

弟历观圣经贤传，以求先生之说，终不可得。故辄道所疑，以为他山之助，非敢腾口说以自异于君子也。谅之复之是望。

注：本文中夹注，为朱书批语。

答二

意有善无恶，是执本原以论支流；意有善有恶，是杂支流以混本原。二者之言交争而不信，世无孔氏，安所取衷哉！

来教有云：求之身，遍稽之圣经贤传，取有合于鄙说不可得。夫求之身，则吾不得而知之矣；稽之圣经贤传，以为不合，则有未敢安者。承翰谕往复，大旨已明，本不必辨，姑申经传之说。

人之身盖万有不同，弟非敢执以相概也，论其常耳。口之于味同也，或则嗜痂；耳之于声同也，或喜闻裂缯，甚或喜闻鞭扑；鼻之于臭同也，或好逐臭；目之于色同也，而硕人不见答。故曰：人身之所有不可得而知也。阳明曰：「求之吾心而不信，虽圣人之言，不敢以为然也。」孔子则不然，曰：「信而好古」。今不得见圣人，惟圣人之言在耳。《书》曰：「惟皇降衷，若有恒性」。今引程子「善亦性，恶亦性」之言，以实「有善有恶意之动」。气质与理义相混，是性不恒也。而《书》不足信矣。《诗》曰：「民之秉夷，好是懿德。」秉夷，性也，心也。好懿德，情也，意也。今曰：「意之动有善有恶」，是好懿德，亦好恶德也。而《诗》不足信矣。《中庸》曰：「率性之谓道」。率者，动也。今曰：「意动有善恶」，是率性或道或不道也。而《中庸》不足信矣。孔子曰：「人之生也直」，今善恶皆天降地设，与生俱生。则孔子不足信矣。且善恶皆性，若是其相远，何以谓之「信相近」乎？孟子曰：「天下之言性也，则故而已矣。」故者，情也，意也。今谓言情、意者，不可本之性，而以牵合性、情为非，则言信者不可言故也。而孟子不足信矣。然犹曰：此众说者，未明言意也。最不可诬者，欲正其心，先诚其意。今曰：「有善有恶意之动」，必存其意之半，去其意之半而后可耳。何以先诚为哉？先诚云者，诚其好善、恶恶之意。好善，善也；恶恶，亦善也。将以好善为恶乎，抑以恶恶为恶乎？江本清也，至湖口而渐浊焉，众流杂也。火本热也，遇风而灭焉，罪在风，不在火。谷本可食也，地有肥硗、雨露之养，人事之不齐而后不实，而不可食，非谷之罪也。人生而静，天之性也，至善无恶也；感与物而动，性之欲也，物蔽之也，非本然也。圣经贤传夫何异焉。善乎！

来教有曰：「仁者见之谓之仁，知者见之谓之知。」夫神而明之，存乎其人，默而成之，不言而信，存乎德行，亦既闻命矣。老子曰：「多言数穷，不如守中。」庄生亦曰：「我与若与人，不能相知也。」谁使正之，亦存其不言而同然者已矣。语曰：「执德不宏，信道不笃。」弟之偏执，咎何敢辞！惟高明鉴之裁之。

附张采舒第三札

性、心、情、意，惟性是大本。心即有人心、道心。然心为太极，以心统性情也。情意中节，则善；不中节，则不善。犹之树木，性是根本，情意是枝叶；自两岐以至万殊，静、躁不同，然必有根本而后有枝叶。此尊教本亦善之旨，所谓不谬于圣贤者也。然心之所发，或吉而为善，或凶而为恶，两岐中必有一端。故曰：有善有恶意之动，若意一动，而怵惕恻隐与内交要誉、恶其声一时俱有，则善恶混而非有善有恶矣此说甚是，然亦无以易「镜本明也，昏则尘蔽之」之说。「善与恶非一时俱有」是矣，何以乍见时必是有善无恶，并不至有善无恶耶？其说不得通矣。其为善者，固有大本流出，无论已；其为恶者，则气拘物蔽使然。此但可谓大本中本无此恶，非性之罪，不可谓非情意皆自然有恶，何处见大本无恶尤错！不得不说性有善有恶矣。本，意也。盖意是已发，属情；本是未发，属性。今谓本、意亦善，未免牵合性、情，欲明反晦矣。

尊教谓鄙说不义亦内。弟前书中只言意有善有恶，未尝言不义亦内。然细思之，为恶者虽为气拘物蔽，然实由心体不明，故为外物所引。即谓不义亦内，亦未为不可。程子曰：「善固性也，恶亦不可不谓之性也。」《乐记》曰：「人生而静，天之性也。感于物而动，性之欲也。」《孟子》曰：「生于其心，害于其政。」朱子曰：人生而静，天之性，未尝不善，感物而动，性之欲，此亦未是不善。至于物至知诱，然后好恶形焉，不能反躬，天理灭矣，然后为恶。合诸说以观之，可见人有善有恶，总从心生，义在内，不义亦在内。人但当闲邪，存诚以复于至善则止耳。若曰不义在外，人将谓我本无不善，则操存之功或懈，内守虚，外贼将乘间而入矣然则以有恶为内实耶？恶既在内，外贼又何物。

弟前谓「无善无恶心之体」，此告子「性无善无不恶」之说，辟之良是。故读《与二曲书》，于此特加浓圈，至「善恶两岐，即有善又有恶意之动，此无异于有性善有性不善」云云，此处弟固有疑，特以心粗，见文势既顺，遂一例圈之。今蒙指出，可见心不在焉之病，今当痛改。然先生于《学髓图》谓「当是天命之谓空，率空之谓善不善，去善不善而返于空之谓教。如此庶乎相合。」弟细绎尊指，「天命之谓空」，非谓「无善无恶心之体」乎？「率空之谓善不善」，非谓「有善有恶意之动」乎？此于阳明之说，去「有」字即大相径庭。即是善恶混，《图》指固未尽善，恐此说亦稍失其本来。然则率性之谓有善有不善可乎？取善恶混之实而恶其名，难乎为解矣弟非援一曲为助，然「率性之谓善不善」，断断不敢出此也。

水、火、谷三喻谓：「未有源清而流清浊各半者」，「未有火煤热而焰冷热各半者」，「未有种美而其实可食不可食各半者」。此以方性善，则情、意皆善似矣。抑弟正谓：水源清而流往往有清浊不同者，火性炎上而芒焰往往有或炽或息者，谷种美而其实往往有可食、不可食者。何以徵之？今夫江，源于岷山，澄彻可鉴；及其流于吴楚之间，渐涵渐浊；至湖口而清浊半焉；更东，则清少而浊多。今夫火藏于木石，人取之，或随风而灭，或就燥而爇焉。同出于谷，实有可食、不可食焉。凡物皆然，性、心、情、意亦若是矣。盖分而散之则为万殊，统而归之则为一本。仁者见之谓之仁，知者见之谓之知。要以不悖于圣贤之说，验之身心而无憾者为是。

弟自信平生人告之以有过则喜，不后于子路。今承大教，既闻过矣。至于心有所疑，不敢强同，虽再三渎不能已。惟先生仍以初筵告之，则辅仁讲习之义，或不难再见于今日矣。

注：本文中夹注，为朱书批语。

答四

昨者申经传之说，意虽切而言戆。足下不以为不可教，仍赐明示，爱人无己，甚盛心也。幸甚！但来教似谓弟讥足下以身谤圣贤，弟何敢！然易堂诸贤以讲论而至面赤声厉，卒亦欢洽如初，前辈虚公可法。晏子曰：「五味相调，五声相宣，始谓之和。」以水济水，琴瑟专一，则同而不和。然则，讲论而至于面赤声厉，得毋以和为怒乎？弟与足下讲论时，未尝不欢洽，不必同而后为和也。

来教谓：理义之性有善无恶，气质之性有善有恶。论性不论气不备，论气不论性不明。弟之言曰：有善无恶本意然也，此理义之性之说也；其不幸而恶，则气拘物蔽之累非本意也，此气质之性之说也，则其义亦既备矣。气拘已足该气质之性，犹以为未也，足下曰：「物蔽而后理义之性移焉。」吾说岂苟焉偏废者哉！足下既曰「有善有恶气质之性矣」，及言性、情、心、意，皆曰有善有恶，是性、情、心、意专属气质矣，不几置理义之性不道耶？气质之性，即孟子所谓「动心忍性」。及性也，有命之性，乃曰：「孟子未发，宋儒始言之。」何哉？诚无为几善恶以证「有善有恶意之动」似矣。然几虽动也，亦有间。盖几者微也，言善与恶其分不远，出于此，则入于彼耳，非谓意一动即有善有恶也。以「几善恶」为「意之动」，有善恶，何不曰「吉、凶、悔、吝生乎动」为更近乎！吉者意之本，然而得吉、凶、悔、吝者违其意之本，然而得凶虽同一动，而所以动者不同也。若如尊指，则诚无为亦可谓「无善无恶心之体」乎？至谓鄙说止通于「先诚其意」之意，阳明心意知物，联比而下，正是诚意之意耳举一废一、左右不能咸宜，此又不然。鄙说于《六经》、《语》、《孟》既已通矣，但于「决诸东方则东流，决诸西方则西流」、「有性善有性不善」为不通耳，何害其不宜哉！

尊说性相近最为有据，然使性果善恶已分，则直曰不同耳，又何相近之有？要一不可举「相近」一说废「人之生也直」一说也。若夫「义亦内，不义亦内」，尤不可之甚者。尊教固曰：闲邪存其诚矣。闲者，限之使在内者不得出，在外者不得入，如户之有阈也。不义在内，将使之盘踞于中而不可动，如是，而闲之邪何由去哉！

子夏、子游、子张亲得圣人而师之，然其论不合也。异者亦何必同，又乌在异者之非同！吾与足下，皆所谓未立、不惑遽言知命，未闻文章遽言性、道者。然足下不能非「性善」之说，弟亦不能如阳明之妄，谓满街都是圣人，则亦殊途同归也已矣。蔽陷穷离，何敢闻命！

附：张采舒第四札

先生笃信好学，论性善则情意皆善，所引诸说原本《六经》、《语》、《孟》，不为他说所摇，非学力坚定，不能至此。弟不学，固陋，以身谤圣贤，固无所逃罪。然平生佩服易堂诸先辈，其于朋友讲习，有不合，虽十反不止；其或面赤声厉，必论定无憾，则欢洽如初。今先生与弟无坛坫门左之责，无所顾虑，宜可尽言，请得毕陈其说。

来教谓弟混气质、理义为一区，《六经》之说皆为不足信。弟偏妄至此，私心非敢然也。窃谓理义之性，有善无恶，所谓恒性、秉彝，天命之谓。性故者以利为本是也。气质之性，有善有恶。此孟子之所未发，周、程、张、朱之说是也。濂溪曰：「诚无为，几善恶。」几者，动也。「有善有恶意之动」何以异此？程子曰：「论气不论性，不明；论性不论气，不备。」今先生独论性，固愈于不明，得无不备乎？横渠曰：「形而后有气质之性。」《朱子集注·性相近章》亦兼气质、善恶而言。此皆大儒之说，所以发性情之蕴，破诸子之疑。譬诸水必有物以盛之，方有归著。所以言性必兼气质，不可偏废也。

尊数曰：孔子曰：「性相近」，今曰「善恶皆性」，若是其相远，则孔子不足信矣。弟谓孔子之意，正谓理义之性必附气质之性，故有善恶之不同。然其初犹不甚相远，若有善无恶，则直曰性同耳，何相近之有？故又曰：「唯上智与下愚不移。」可见相近之中又有赋禀一定。尧舜自是尧舜，桀纣自是桀纣，皆从气质之性来。朱子曰：「性相近是通善恶、智愚说，上知下愚是就中摘出悬绝者说。」谓善亦可恶，恶亦可善，非谓性真善恶俱有也 此夫子论性本旨。韩子「性有三品」之说因之，诸儒发明气质之性，亦本于此。弟于阳明，不然其「无善无恶心之体」，以其近于空寂然则但云「有善有恶心之体」始不空寂耳；然其「有善有恶意之动」，以其不谬于圣贤之说。是其是而非其非，亦不敢妄为好恶，因物而已。

尊教谓「最不可诬者，欲正其心，先诚其意。」此言意有善无恶也。弟按《大学》一篇《格致》阙文，无论诚；《治平》三章，皆善恶对举；《正修齐》二章则独指不善。可见圣贤专以迁善改过为功，初未尝为身、心、意讳言不善也。且「诚于中，形于外」亦兼善恶言。故意善则如恶恶臭，如好好色，不善则如见肺肝。

尊教曰：「意有善无恶，故曰诚其意。若有善有恶，将诚善，亦诚恶乎？」此第疏「诚其意」则可耳，不思下文「小人闲居为不善」，何以亦曰此谓诚于中？中者，非心乎，非意乎？故知身、心、意皆以有善、有恶，言不甚重，重在诚是诚恶矣，然尚可正心否；不义果在内矣，然亦以本意为气与物所移，正所谓内守虚而外贼入，非本有此恶也。正修则能去不善而返善也。苟必以意善例之，则心亦是善，何以言心有所？何以言不得其正？何以言不在？又何以言辟？又何以言莫知乎？为忿懥四者所累，正是气拘逐物而驰，正是物蔽。

夫君子深造之以道，必逢原而后可贤正随波逐流不能逢原也。若举一而废一，则宜于左，或不宜于右。苟非若黑白然，必当审察矣。故庖牺画《卦》，经千万年，而文王象之，周公象之，又数百年而孔子赞之，又数千年，而诸儒派别传之。夫固知天地之大，有非一圣贤所能毕其功者也。同人曰：「君子以同而异。」又曰：「同人于宗吝。」吾不知先生之于阳明，吾之于阳明、于中孚、于先生，将以其异者是乎？抑同而异者是乎？其于宗者吝乎？善乎？先生之言「世无孔氏，安所取衷」，吾姑诵其言，以之求性情，然子且罕言命，吾不自知其去蔽陷离穷也几何矣！

注：本文中夹注，为朱书批语。

朱书集卷七　记　碑记

小孤山记

乙亥秋七月之望，予将赵皖，阻风，泊舟北岸小孤山庙前。阅石云亭所修《小孤山志》，因入庙问嘉靖敕建旧迹。僧曰，在今庙西半里，制度宏巨如王居，明季乱毁。御碑尚仆草中。乱后，邑令君改建今庙。予出观墙砖，皆嘉靖旧制，每片有监造官姓名及年月。顾庙制狭隘，不称神居。

小孤山在今庙西南大江中，相距不里许。北风急，不敢涉江，甚惋叹。僧曰：「此有老长年，六十许矣。彼云何，乃决去就耳。」已而，老长年者来。就问之，曰：「可。」于是喜甚。操小舟受五人，暨舟人而九。坐予舟中，戒勿动。时水上涨，舟从洲上过。入江望山下，如银屑喷空。顷入急流，戒勿直视，恐目眩。已而颠簸大浪中，舟忽仰忽俯，几竖，但不侧耳。江中急流盘舞，如龙象倒迭泼白沫，时时扑舟头上，亦不入舟。已而过溜，水稍平。溯江上，忽得顺流。扬帆一瞬，即抵山麓，急落帆，维舟于山西北之隙。江自西南来，遇山劈之，分为两，激怒吼哮。山首西南向，略一北，转为棱，故水北泻。而山下则为急湍所不及，反受回流焉。回流自东北里许来——即溯江忽上得顺流扬帆者也。——至山下棱北转处，无所复往。去舟北只有咫，遭北泻急湍，斗为盘涡，旋转訇訇，雷轰谷呀。老长年曰：「舟误入之，必撤席或数只木掷涡中，涡得席木即暂平可出。或曰海眼也。海潮至北不复上，故曰『浔阳江上不通潮』也。」维舟处，就山磊石，凿级高数十尺，南升入洞门，上为壮缪侯祠。又西折升石级，南行复向东，上有祠三区，叠为楼，前虚后实，冠山首之腰，迎江西南向。坐楼中，江声风声，静如深山。开户见江滚滚下。出楼南，为海门，铁柱在焉，宋海门第一关也。从上楼降，仍入中楼，北出，东南升石罅，罅仅容人。中复北折上，凡数百级，下临大江，失半足即堕不测，而行者须旋转如走螺中。又路蹬摩胸，故称奇险。顷略扦以女墙，少救震眩。然下仍须蹈空行，不无危也。罅尽又东升，无级，坎山为径。坎尽，径几十许尺，始至巅，为小亭。亭内石上刻文，曰「独立物表」。东出亭后，有崖中断，如虬龙开口向天，仰啸须悬，度未能往也。山巅望江南，群山北来，及江斩然而止，似为江所割截然者。彭泽城在两南山阿中，人烟市井，历然可见。北则苍然，远山皆在百里外。山断处，北壁止，鸺鹠哺彀石罅，狎不畏人。已而循旧道降，僧延啜茗楼上。老长年者舣舟西北隙间待。乃降，登舟傍溜，逆回流荡，出山东北，仍扬帆还。是游也，喜得老长年之力。事不某于老成而妄废者，可胜道耶？

小孤山势孤而形偶，东西两峰本联末断，四面皆悬峭，惟西北一道可升。东峰纯石，不生草木，仅灌木一丛如龙垂髯。西峰土附石上，草木蒙茸，虽无巨干，而郁茂可观。全山大体如掌，侧出水中，东、南、北皆方而西圆。东西长可半里，南北势短，不及东西三之一。向来山道难行，比年好事者皆砻石级，较易登焉。从北远望为玉圭，东西远望为砖三棱，侧为笔尖，横为莲瓣。南岸近于北三之一，水激悍，上下多由山北。

《志》称小孤旧连北岸，明宪庙甲辰六月，始徙江心。然《水经注》谓庐山下有孤石，介立水中，周回一里，竦立百丈，似指小孤。欧阳公《归田录》亦称小孤山在水中嶷然独立，似屹立于江心旧矣。志、地诸家，宿松、彭泽，每两载之。虞伯生《小孤山记》云：山上亭宋厉文翁所筑也，日就倾圮，至牧羊亭上，语彭泽令葺之，守者执非彭泽境不得修。及至安庆，语通判李维肃。即曰：此吾土也，为子新之。更题曰「一柱」。又东坡《题李思训长江绝岛图》诗，希声注云：《同安志》，小孤山在宿松县东南一百二十里，与江州彭泽邻界。是古属宿松，不属彭泽也。山上庙皆迩年所构，而虞记云然，岂旧有亭或中毁欤？且谓亭上牧羊，则又真连北岸，《志》所云不诬也。永叔深讥转

「孤」为「姑」，谓庙像妇人为俚俗之讹。然天姥峰、玉女盆、碧霞宫，亦何损高大？但《志》以女郎为福建林氏，然则林氏未生之前，山果谁主之欤？闻海上所称天妃，极灵怪，事固有不可知耳。夫小孤，卷石也，天下名山水，视此渺矣，乃赫赫著名，有明天子崇祀如五岳，岂非特立不倚为足贵哉！

余既破风浪，登绝顶还，喜得其真，乃为之记。同游者：内弟汪应元、族孙庠生效贤及镐，从人陈川、金富、高琴。

皖江游览记

安庆为城，控江倚霍，实东南战守之要区也。枞阳门外迎江寺塔，正观门外大观亭，盖擅两胜焉。塔建于隆庆庚午，郡守王宗徐与郡绅於惟一、吴宗周共成者也。高二十四丈，凡七级，皆白石巨甃。登塔望之：西则城市鳞次如观蜃楼；北则大龙盘郁，石湖间之；东则黄湓诸山出没江外；南则长江如带。对岸黄畦碧野，时露湖光村烟。帆叶往来履舄之下，所谓蓬蓬勃勃如入青冥者，庶几近之。大观亭在余忠宣墓西北。忠宣庙门前对长江，后有特冈蜿蜒而来，昂首西向；沿江市廛如砌；而右腋间明湖一片，则公尽节之清水池也。亭建于前巡抚徐公国相，其碑则倪翰林灿所书也。今渐毁废矣。登亭望之，山光江影较迎江塔尤胜。盖塔以人为之，层累增高，在上有临深之惧，又只见一面而已。亭则天成危阜，措足坦然，而四面洞开，大龙、百子俱在襟袖。予登此两处皆属少时，今重寻旧游，殆觉耳目一新也。同游者：友人陈叔才、佐衡兄弟及叔才子衡三、露涵、雨来。

皖旧治在今潜山，皖水入江为皖口，今山口镇也。宋宁宗时，始升为府，迁今治。及元兵南下，范文虎遽以城降，未尝守也。嗣是，守而死者余忠宣阙也，守而完者杨锐诸人也。左良玉之反，城中守兵内应，巡抚张亮、知府傅梦弼皆脱去，后皆起兵不屈死。叔才、佐衡坐亭中，谈往事，因曰：「范文虎能守而不守者也，余忠宣不能守而死守者也，杨锐等几不能守而卒完守者也，傅梦弼虽不守而同归于死，亦不失为自守者也。」予曰：「余忠宣之死，烈矣。夫人臣事君，莫难于死。而孔子顾等之匹夫、匹妇之小谅，何哉？由余事秦，金日磾事汉，君子盖有取焉！使由余终为戎死，金日磾终为休屠王死，纵贤，亦只召忽辈耳！太祖使危素看余阙庙，此不知于孔子之义何如？然元既主天下，与戎、休屠异焉。贵仕者，皆宜为之死。况阙世唐兀氏入中源，占籍庐州，受元恩厚矣，累官大中丞，任封疆之托，其死也固宜。若范文虎，祖、父累世臣宋三百余年，元兵未至，遽远迎于江州。执孔子之义者，于忠宣必不仅以匹夫、匹妇之小谅概之；而于文虎辈，纵有九合诸侯不以兵车之烈，终不得谓之仁也。然则，守死者固自有道，而死、不死犹未足全执以定人也欤！」叔才、佐衡与诸子皆各赋诗，而予为之记。

泊湖口新设营汛记

泊湖，古雷池，孟宗为雷池监是也。水有两源：北源出宿松县之严恭山，东流合太湖县诸水，又东合荆桥水，入于泊湖。南源出湖广之蕲州，合广济、黄梅两县诸水，东北流合宿松县龙湖、太白湖，又东合钩饵河，又东汇为大官湖，又东径仓步束为长河，又东出李黄、青口，入于泊湖。北源雷水，南源即寻水。宿松，古寻阳境也。北源才及南源十一二，入泊湖西北，南源入泊湖东南。湖延袤数十里，横亘其中而总束于散水口，曲折东流，径望江之吉水沟，至华阳镇入江。

舟溯流而上者，自江达散水口过泊湖。欲之宿松、蕲州、广济、黄梅，则乘东北风挂帆而南；欲之太湖及严恭山下诸村落，则乘东南风挂帆而北。其沿流而下者，各从其方来，皆分聚于散水口。舟下，多载米、谷、鱼、薪炭、竹木、棉絮之属；上则盐、布、币；而外轻舟挟资为多。而散水口东北至于吉水沟，南至于李黄、青，东南至于彭泽、江北之洲及蕲州军屯，西至于凤皇沟，类皆小汊、支港。水涨则弥漫无际，水落则芦苇秽密。又两岸皆数里无人居，舟行苇中甚僻。其地错处湖广、江西、江南之界，户籍无所稽察，易于逋逃。其往来舟多乡民、远客，无以自卫，故宵人为暴者常窟穴其中。近日失盗，令甲谴严。有司大率讳盗，而盗益无忌。

康熙三十五年，抚宁张公为江南上游按察使，独心知其状。于是乃思久计曰，永靖此一方民，非立营汛不可。为言于督、抚两院，两院皆韪公言，于是檄安庆丞并移副将遣潜山营游击偕往视地势，还以报：李黄、青口属宿松，在泊湖南；散水口属望江，在泊湖北。地皆卑，惟冬露洲可居。可覆土加筑两口，各为台址，高五尺许，方广十馀筵；各构瓦房五间，敌楼一座，悬鸣金楼上。兵各十二人，不增设，皆移之潜山营来戍。各设船于河干，张绿旗。议既定，有司言费所出。公曰：「吾捐俸给之，不足，则府以下捐成之。」始于康熙三十六年春二月，成于是年冬十二月。舟自上来者，李黄、青之兵送之出；自下来者，散水口之兵送之入。于是，宵小遁藏，行李安吉，舟人歌呼，早暮便择，无悚无惑，散聚是适，皆曰是我公之德也。先是，士民走请于公，愿每舟上、下予汛兵食米升。公曰：「兵已食饷，其勿予。」又兵以不善操舟辞，请别募工。公曰：「凡江汛皆无募工，若欲募工，其自以馀饷募之。」以故，汛兵至今不得苛索行舟。

群暴者既伏一年所，不能忍。三十七年春，为两舟载二十余人，一舟先过散水口，汛兵提所载束苇重，断束得兵器数事。其舟中人即跳而走。兵张两翼追之，一人落水死，一人逸，余皆被擒。寻逸者亦为他村民所擒。后一舟闻之，奔还。有司鞫擒者，皆远县人，自承将入大官湖以逞。有司念谋未成，薄惩之，放还。然群暴者虽放，皆震慴欲死，不敢复过散水口矣。大官湖人闻之，曰：「张公使我得无暴。」

公之下车也未几，有裁冗兵之议。时公谒制府在金陵，而皖抚去未受代，皖城兵汹汹偶语竟日夜。公悬虑之，白制府，即日驰还皖，至则兵环舆诉状。公开谕之多方，尽欢然散去。卒力持，略裁一二老弱，馀如故。皖人谓是役微公至必变。诸营兵亦曰张公活我。公素得兵心，故移戍荒湖滨，咸乐为公往，无怨。

公善政不胜书，而泊湖营汛之设，则予往来实身受其庇，故知之详。在公之善政，此为甚微；而有德于宿松、太湖、望江暨蕲州、黄梅、广济六属之民以至四方之客，此为甚大。因惧后之人不知创建之始，而忽忘之也，于是私为之记。

郡伯刘公监兑漕粮记

岁壬戌，奉徐大中丞禁革里排，凡往年里排所经收者，举以官收、官兑，著为令。

续奉两江督宪于公移檄州县，应征漕粮务令洁净。松土硗瘠，厥壤黄赤，所产米各如其壤色。邑侯兰水朱公稔知之，先期谕民赴他邑易纯白谷种植之，秋收取米辄变，莫可如何。及期，运丁欲壑无厌，少拂，辄指米色爽洁净例不肯收，官赠之外多挟私赠，又掯尖耳横肆勒索。

会郡缺别驾，郡伯刘公摄事，行部所至，搜剔积弊。以次入松邑，见其山，曰：「林木之利民者何寥寥也？」见其泽，曰：「鱼课之困民者何以苏？」见其土田，曰：「高者惧旱，下者惧涝，甚矣，原隰之俱病也。」见其庐舍，曰：「巨室大族火于寇，蝇须蜗角竭于徭，甚矣，贫富之共咨也！」见其洲渚，曰：「芦苇之为累一至此也。」徘徊者久之。日暮，宿于道旁之舍，延儒生访疾苦，行李萧然，驺从不惊，居者、行者不知上官在吾境。明日抵仓次，诸运丁以洁净例挟米公前。公曰：「所谓洁净者：毋糠秕、毋沙石之谓。今乃欲变地力以饱汝欲乎？民困如此，粮符额，足以漕矣！汝欲饱，独不念吾民饥乎？」因示诸民：凡运丁无端勒索，自正收兑及官赠银、米以外，敢取一粒、一文者以闻，罪无赦。于是漕弊立清，官弁帖然，无复哗者。公行厨自供，从者皆裹粮，但饮松水而已。还郡，常念松疲，百从宽恤，松民食德独厚云。公名槾，号怀远，晋之安邑人。庚戌，拣选治皖，多善政。

游冯公少墟园亭记

予客燕台宣武门，友人指天主堂语予曰：「此首善书院，邹南皋元标与冯少墟从吾在宪府同讲学故址也。」予闻而悲之。

癸酉，客关中，闻关中书院复葺，欲一往，不果。明年三月，友人抚宁张声百招桐城方葆羽及予游西郊园亭，观玉兰花。联辔出西门里许，得一园，广不半亩，袤如之。无水、石、竹、木，荒草不除，屋一区，无廊。槛屋前台高可十尺，台上有亭，望终南在槛外，慈恩、荐福两寺塔参差出左掖，平畴菜畦麦田黄碧错如锦。园中海棠杂花数本，惟玉兰于众木中稍短小，高与台等，此外萧然无有也。招园丁问主人为谁，曰：「明尚书冯公。」问尚书名，不知也。葆羽曰：「予高祖鲁岳公为御史时，与少墟冯公同在首善书院。相传少墟三原人，此岂其别业耶？」少选，童子出揖客，进反有礼，问之，为尚书宗人。问尚书名，亦不知也。设酒果饷客已，徘徊久之。

归途过关中书院，览其记略，怅然太息：学之讲也有如是夫！葆羽益彷徨言曰：大父密之公语予云：「天启四年，撤首善书院，毁先师主。同时毁关中书院，曳主城隅。越二十年而国亡。」今关中书院犹如是，可感也。予曰：君子之讲学，非得已也。古之设教者，皆不得位，圣贤得位设学校止耳。故有学校无书院。孔子以学不讲为忧，尧以不得舜，舜以不得禹、皋陶为己忧，得位不得位故也。宪府总天下纪纲，熹宗之际，纪纲何如？而汲汲讲学何也！熊经略廷弼之死，南皋、少墟皆与定其狱。为天下得人者当如是乎？张江陵严禁书院，卓有所见。夫讲学之名立，则附会者多。苟不得附，则忌之者众。内不必皆君子，外不能使人安于为小人，则门户分。门户分，则其事也急于疆场、重于国是，争者未息喙而国已亡矣。悲夫！在位讲学，不可谓非贤者之过也。按《长安志》，少墟实邑人，园亭属公元疑。声百曰：公以大司空家居，遗园僻陋若此，此其一草一木殆郑元之书带、许衡之庙柏也夫！

游闽中许氏石林记

闽在万山中。汉淮南王安谓地图相去不过寸数，而间乃数千百里，良非虚语。至福州则豁然天开，广轮可五、六十里，平壤坦途，风气和会，四山虽高，环向相揖让不敢逼，造物若特辟此以为东南都会然者。故入闽恒苦山，入会城乃以无山为快。然城中实有九山，语曰：「三山隐，三山现，三山不可见。」隐且不可见，则未成乎其为山也。其现者：北曰屏山，一曰越王；东南曰于山，一曰九仙；西南曰闽山，一曰乌石。是三山皆据城址，形如鼎足，其名特著，而乌石尤为第一。宋程师道建亭其上，南丰曾巩为记，谓登览之胜可比道家蓬莱、方丈、瀛洲，遂名道山之亭。而朱晦翁以时遨游，刻名石上。厥后，学道之士世相接武，道山之称乃正。山势横逾里许，高如之，纵不过横十之三。

南麓之东，神光寺在焉，西有邻霄之台。介神光、邻霄间而缭以周垣，北极山巅，南放于平麓，是谓石林。石林中皆石。石之族凡五：劈者、离者、埋者、悬者、裂者。劈者匠削，离者人置，埋者欲突，悬者欲坠，裂者欲坼。石中多径，径之族八：平者、曲者、斜者、陡者、梯者、桥者、窦者、峡者。平者雁序，曲者蛇行，斜者鱼贯，陡者蚁附，梯者猿挂，桥者蜗游，窦者燕蛰，峡者蟹侧。石戴土为屋，屋之族四：曰祠、曰轩、曰亭、曰台。祠之取其宽以舒，轩之取其幽以敞，亭之取其高以旷，台之取其峻以平。环屋皆嘉植，其族曰荔、曰榕、曰梅、曰松、曰桂、曰兰、曰竹。荔有王有妃，榕有独有偶，梅有素有丹，松有桧有杉，桂有秋有四时，兰有木有卉，竹有丝有刺。若桃、杏、佛、桑，郁李、蕉药，山丹、刺桐，名果奇葩，畦蔬圃瓜之属不能尽名也。

吾友许不弃遇世居之。余客闽，会不弃奉内讳归里，暇日辄相过从。南拜其先大夫平远先生祠，觞于祠西真意轩。听竹杪飞泉声对落珠岩，弄雨后轻云使沾衣袖。缘蹬陂陀，西踏高松之末，临吞江石，读石刻四十字。上最高亭，侧身出灵岩窦中，摩挲宋陈述古及元明诸石刻。东登清泠台，绕独树，板榕髯，跂行上霹雳岩，读宋潘正夫记。梯岩上，俯视城中如错绣。下石梯，入云巢洞，穿梅路，绕竹路，汲半泉于山半，弹琴其上。每往辄竟日以归。方夫登高峰、据危石，左挹鼓山，右抱巴江；二水环空，平田漾绿，暮潮送帆，晴岚拥树。极目天界，俯瞰市门，嗒然丧吾真，有如昔人所谓蓬莱、方丈、瀛洲者，而后益信道山之足乐也。闽中诸山其高大恢怪视道山不啻万倍，而道山独名到今，固以城中无山易于见奇，然而有人在焉，非以山传也。

许氏自平选先生在先朝以名进士督学浙中瓯香，先生幼及倪文正之门，名动天下，以世变不仕。不弃承两世遗绪，命其子百调鼎辈修而复之。四世以来，焕然如旧。且奉先人祠于兹山，以成先志。呜乎，有道山，可无石林哉！

游苦县濑乡记

古苦县濑乡在今河南归德府鹿邑县境。太清故宫在焉，祠老子也，老子实生于此云。予读史见唐玄宗、宋真宗时祀老子极侈，祥云、甘露降太清宫者时见书，甚且得天书颁示中外，恢奇怪迂，不可究诘。恨未能一至濑乡，览其宫阙、庙祀之胜。

乙亥八月初吉，之关中，道误出亳州，西四十里有村，村东南穹碑高十许尺。急下马视其额，曰：「大宋重修太清宫之碑。」文磨灭不可识。问村人，即苦县濑乡也。碑北二百馀步，有老子庙，甚庳隘。庙前碑碣四五。金明昌间亳州州正胡筠记犹完好，谓老子生殷武丁二年，后与秦献公论周、秦分合，曰太史儋。儋即老子也，子孙数世官于朝。馀碑刻：唐追尊帝号、制诏，历代御制老子赞，又刻《道德经》于石。予观望久之，度旧制宏巨，占地数百亩，为前后两宫，今皆禾黍矣。尝考太清宫之祀，始盛于唐，再盛于宋，金、元仍之，代有增饰，盖千年矣。小明王韩林儿撤毁荒废，迄今不复。夫谱学莫盛于唐，而国姓无定论。玄宗祖老子，能免遥遥华胄之讥邪！赵氏兴睢涣间，去老子居甚近，其崇祀固宜，然真宗所为则已诬矣。二君者好恢奇怪迂，故其类应焉，岂老子真见灵异哉！何者甚显赫，而久寂然于今也！传曰：妖由人兴。傅士刻木肖人形，跪拜日祷之，久则能祸福其民，以自飨其祭。有卓然不惑者，毁去之，蔑如也。如此者众矣。《南史》载西楚霸王灵异可骇畏，唐狄仁杰檄而毁其庙，卒无他，非邪？山东济南府西南七十馀里，有山曰五峰，岩幽木森，乡人奔走相望曰老子生处也。彼非老子生处，而祀之勤；此老子生处，而一败不复振。其兴其废殆有时欤，抑凡事固乐其假不必问其真，老子之灵亦姑移于彼欤？明太祖严厉威刑以惩不恪，及读《道德经》：「民不畏死，奈何以死惧之！」惝然而上，尽除五刑以外法。呜乎！仁者赠人以言，虽人与骨俱朽，而天下尚受其赐，宜其庙祀之崇也！

予无意中得至濑乡，甚喜，又感太清宫荒废，益信渎祀无益。故记之以告世之人，祀而无祈可也。

山居记

自凿山外无高岭侧峰，屈曲迤伏走，平岗数十，直者如棟，盘者如垣，旋者如蛇龙。东二十里为溪二，皆曰豆，大、小分焉。又东五里，予居之。为田三十亩；为庐数椽；为水聚三派，到门折而西而南而东归大湖，注江。庐四围皆山。山上为松数千株，杂树间之。东之冈隆隆然独起，若不肯与众冈为伍者。道载其上，贯南北。由之以通冈下，为坞，坞多梨。春梨竞华，皤皤如碧琉璃环吾屋。喧者为鸟，为农歌，为渔笛，为樵、车声。震啸者为虎，跳踉者为獐、为兔，文而翔者为野鸡。坞下有洼，为塘二，小者三。塘浅水清，大鱼弗居，鲜鲨聚族其中，常与人狎，以手承塘水，呼群来嘬。所居背天柱，面匡庐，烟岚昼收，前后在树杪，疑即几席。友人胡汉声以为此虽近湖，有山居之概，故忘其无高岭侧峰也，遂名曰山居。

顾予非有择于是也，偶托焉，遂乐之。非惟乐之，抑亦重有得于其中。以予之见疾于俗也，从游者暱我而不我禁戒，良友知己言之矣，又不详谁与发其蔽示之道者。今观水之曲折，将径直者其不可以达邪！山之围绕，将疏阔者其不可以卫邪！冈以隆起而得道焉，其甚矣，毋自卑且汙邪！梨之华其洁者邪！禽鸟、农樵、渔牧之声以自然而鸣者邪！虎警吾放心者邪！獐、兔示吾轻诡者疾邪！君子之物其身也，殆雉也邪！能容而别者，塘邪！小人之比也虾鲜之族邪！烟岚收而远名山出也，胡可以自障而瞶其目也邪！鸣呼道在是矣。诸子以予说为有得也，请记之，于是乎记。

宝相寺记

出宿松县东门十有五里曰白马河。河干有寺，不知所始。府、县《志》皆称三祖灿建。其像设居门者，相传唐人所为，因名曰宝相。

先是，寺有田数十亩。寺僧率顽惰不争事，田屋颓废鞠为茂草。乡人闻僧净轮贤，方自力作创，居藏经庵，因礼请来主是寺。净轮辞，不获，既至，慨然曰：「吾力能兴复之。」方是时，寺荒落甚矣。前以土栖门。后屋一区，上漏下湿，狐狸嗥于佛座，鸠雉鸣于钟磬。人骤闻净轮言，笑不信者半。不数年，成堂，堂中增新大像三、小像五。不数年，成门，门中像复其旧。不数年，成室，室中宾客之位、仓庾、庖湢、经籍之厨无不具。于是，所谓宝相寺者焕然改观。父老相与咨嗟太息曰：「吾及见此寺，未尝有此也。」

净轮请予为之记，予不多净轮之能兴复是寺，而独喜其所以兴复之力皆出于力田，而不以乞化布施烦吾里人也。宿松田瘠而赋重，安庆属县六，宿松次五。其广轮不及怀宁、桐城远甚，怀宁、桐城田皆三千馀顷，宿松田则至四千四百馀顷。《志》称：明令屠叔芳虚增亩额，求媚上官，后不良于死。宿松之民至今蒙害未已也。他邑田皆恒产，宿松田惧为累，民所以贫困而不可救。田既为累，故逃亡恒多，力田者恒少。农事不修，率以惰废为常。夫有田而不力田，岁赐其复无益也，况重赋乎！宜乎宿松之贫且困也。诗曰：「三之日于耜，四之日举趾。」此西北高寒气候不同耳。若东南则未有逮春始耕者也。宿松滨湖，冬逐鱼蛤之利，弃田不治，始春而耕矣。《诗》曰：「载芟载柞，其耕泽泽。」必芟柞其草木以罨藏之而发其土膏，未有徒耕者也。宿松举耜复土犹或不全，盖无不徒耕者矣。《诗》曰：「千耦其耘，徂隰徂畛。」盖始则周行畛隰，足治草之萌芽，使不得生也。又曰：「其镈斯赵，以薅荼蓼。」盖继则操持利器，手壅草之荒秽，使助荣滋也。宿松则有植而不芸，芸而不复至田者矣。田且如此，其他一切沟洫、蚕桑、畜牧之法，皆置不讲。然则，民之贫且困也，惰废之害未已也，不尽屠令加亩之罪也。

净轮初至宝相寺，稍因其寺之旧田而力治之，蓄其馀而渐买其附近之田。焚烧其草木而复以土，渍以盥浴、食饮之水，以为之粪。锄并其田之奇零，以拓大其畛域。平治其崩、硗、硗、确之馀，以就其耕。负沙杂土筑堤防，以潴其潦水。盖无寒暑、燥湿、雪霜而不履于田也。故收田之入治五材、鸠五工，不十馀年而事集。然则，宿松之田何尝为累哉！虽以屠令增亩之重，而净轮力而治之犹足赖。如此，又何患乎贫困之不可救哉！予考天下税粮莫重于苏州松江，然其田亩直十金以上，宿松则亩不过五六铢而已。甚或弃之所人耕，又甚则出钱以资受者，求脱田而去。则甚矣，宿松之贫且困也。先王之法，有力田之科。惜也，净轮逃于佛，傥非然者，举之为吾邑农师，庶顽俗其可救乎？曾子固谓：佛氏之徒不抚耞耒，累百十钩奇飞货以病民。若净轮者，讵有是哉！其所收徒多窭人、弃子，抚于乳幼之初，而时养其父母。其邻人贫者，常需其馀以济。净轮其贤矣哉！抑非但农师已也。予故因其请而推论之，为邑人劝，毋徒以增亩罪屠令也。

净轮字月声，邑中刘氏子。幼陷于流贼，逃于佛，得归老焉。持戒律甚严，通内典法。邑士君子如石九叙颂功、湖汉声鸣凤，皆与游●

狄梁公祠堂碑记

邑东三十五里有山，屈如盘，盘中有古祠。神冠进贤冠，服龙卷，丰姿岳峙而渊渟者，狄梁公也。后有巨石，若立兽，甚神，人不敢犯。或曰：公巡江淮，偶至，立坐石上，故神遗于石。噫！异哉，公之神乃在石耶！石之神其公也耶！夫以石之无知，而公之立坐其上，又无几何时也，然而石卒以神。若是乎公之无乎不神也。予始疑，弗敢信。既乃纵观名山大川，往往风雨之所晦冥，狐兔鸟雀之所窟藏，狐猿野鹤之所攀援而栖止，甚者岸谷而谷陵矣，而古人遗迹弥久弥新，摩苔藓者能记之于目，稗官野乘能笔之于书，则岂物之自传哉！古人既借物以传，斯人去而物留，即物留而神未去耳，又何疑于梁公之石之神也耶！虽然，以石之无知也，公之立坐其上又无几何时也，而石卒以神，况于人乎！君子操治人之权，摩以岁月，其人不化者未之有也。且石之神或有时而未必然也。若夫闻公之风者，百世以下有不兴起者乎！而岂在石之神云尔乎！

公之祠在松者三：污池则曰忠节，泾江口祠曰白云，与彭泽相望，祠于是者又与忠节、白云鼎峙而为三。自明季乱，淄流踞祠，改为高觉庵，移公像于前，与所谓伽蓝者杂处。予惧无以妥公神也。公生毁淫祠，而公祠反为淫祠所没。历数十年，邑中人若罔闻知，是不若一石之灵，犹足识梁公于千载后，而永永不移也。爰告同志，鸠材更新之，大书「唐梁国公狄公之祠」于门，并为之记。

振英祠碑记

振英祠者，唐中丞张公睢阳巡之祠也。宿祠公自石氏始。石氏宋理宗时渡淮，得公像，祀之棠梨宫。其孙武节将军松颜公良，值红巾乱，慕公捍御江淮之烈，鸠乡民保障一方，卒赖以安，因归功于公之神也。公祀县学左，名其庙曰振英祠，数百年不敢废。明季遭流贼兵燹，祠毁，移公像老子宫，典礼缺失。松颜十世孙云亭先生颂功师表南国，倡明道义。尝顾废址，慨念之，以为公勋不可没，祖宗之志不可忘，敬告邑大夫荐绅人士更新之。佥曰：善。于是削榛莽，铲荒秽，八材孔良，堂奥用兴。公自谓当为厉鬼杀贼旧像，发指眥裂，以章公志，今仍之。更貌其正容，冠服都雅，丰裁载肃。一神道，一人道也。既成，命书志之。

夫人情慕是人，必求如其人而止，然正不必尽如其人也。学公者岂皆致命遂志、临难不避尔乎！士无夷险，皆贵自立；苟不自立，险则靡，夷亦滥也。世乱，奋不顾身，拯民涂炭，固公事也。世治，优游仁义、人伦、家国，亦公志也。拜斯祠者，其亦各随时地而思所以为公也欤。

颂曰：于赫睢阳，保我江淮。江淮屹屹，公捍其灾。拯溺亨屯，述公之事。讲义型仁，继公之志。道无治乱，易地则是。济济群英，振以公神。蒿宫同峻，泮水同清。

朱书集卷八　传

明工部尚书吕沃洲公传

沃洲公姓吕氏，名光洵，字信卿，浙江新昌人。父世良，母章氏。明武宗正德三年戊辰七月七夕，其家有镜忽光焰，众怪之。已而，生公。公少颖异，八岁能属对，十八入县学，廿四登嘉靖辛卯乡荐，明年成进士，授崇安令，补溧阳，召为御史，巡按苏松，改京营，进卿，贰尹应天府，总督粮储，历南、北侍郎、兵部尚书，巡抚云南，改南工部尚书。寻致仕，卒于家，年七十三。

公为御史时，北敌吉囊据河套，势渐盛，渐有纪律、部署，进先精锐，退先老弱，为边患。公奉命甘肃，修长城，还，数言边事，皆切中时弊。

明边事任督抚，后九卿大臣耻外补，渐失人。边将多债帅。沿边郡县险远俭啬。率除举人、监生，其人多衰老庸劣，即才亦不迁，迁亦仅府倅、州牧。故边吏益坏。边初制军马四十馀万，后忧兵寡而乏饷尤甚。公上言：北寇长技独在弓马，平扩驰骤，其锋诚不可当。若据险设伏，又或雨淋泥淖，弓弱马罢，相机要击，纵无大功，可免深入。顾边民敛畜闭堡、坚守待救，官军既不奋击，又不据险张疑，坐视荼毒。即或守、或战，抚镇坐令副参，副参坐令偏裨，偏裨坐令部曲，不复亲巡边塞，玩愒成风，何以御暴。今宜首重督抚：不拘京官、方面，择其才贤尤著者使充边任。次选将帅：必其人才智英敏，公勤爱士，参考得实，然后推用。至罪、废、幽、囚，尤宜分别，果才则许以功自赎，一绝滥推请托之弊，而罢其庸软。次重民牧：元轨刺、定州种，世衡知武功，寇不敢犯，宜许调见任；衰弱之人别用。不论举人、进士，必年壮才敏使为边吏。果得其人，由令而守而监司，或竟为督抚，秩增而地不改，则益习事。次团结士兵：沿边分布官兵尚三万七千有奇，敌虽动号十万，实数不过相当。如虑兵少，宜令直隶、山、陕边邑量编民壮，如唐府兵。蠲其杂徭，使备器械、结保伍，官时教阅，非有警不得差遣，则隐然保障。次裕财用：凡水利、屯田、盐课废坏者，督令修复，而罢其不急，以贤督抚临，才将、良吏，率习边之众，而饷馈可继，则边防立矣。且为之明赏罚，核功罪，敕厉文武躬亲巡历，严斥堠，议战守。如是，而边防可固。公论事识虑深远，由是大为朝廷所重，扬历中外，所至有声。

后云南多事，共推公巡抚。时土官马亘、李应朝据昆阳、三泊、易门等州县以叛。

既至，擒斩之。反贼贵州水西宣慰安国亨犯云南。昆阳盗李向阳、方廷美，寻甸盗亏遮、者索第皆拥众或数千或数万，震动六诏。公皆以次克之。赐玺书褒美。

居三年，凤继祖以武定府叛。武定距省二百里而近，西尽元谋，跨金沙江与会里、姜科界，东出寻甸，跨普渡河与东川、乌撒、乌蒙界，延袤二千馀里。明初以凤氏为土知府，佐以流官同知。自凤英造衅，凤朝文构煽犴夸，大肆狂悖。朝廷命兵部尚书伍文定帅师克之。及是凤思尧童幼，其母凤索林畜异姓子，是为继祖，谋袭世爵，戕杀本支。先经征剿，窜四川，降。今复据府，结姚安、易门为援。会里、科州皆其党与，凡四十八寨，聚众数十万，戕害王官。公奏出师，得请，许兼制川、贵巡抚以下。方禓霿久雨忽霁，五色云见。于是分富民罗次寻甸、澜沧，四军以进；移檄川、贵会剿。佥事张泽等失利，被执死之。乃分寻甸军守普渡河，防其东轶。公自督众，战于武定。继祖败遁，西渡江入蜀。众谓隔省可谢责，且林菁蔽天，不可踪迹，请罢兵。公不听，造舟直趋姜堡，招向导图写地形，焚其林寨。公戒严曰：贼巢不远，大军势逼，夜必犯营。是夜，果有三千馀贼来犯。大军擒斩百馀，大呼追逐，坠岩涧死者无数。乘胜追至会里寨。公曰：「山险，防伏。」入葛可山，伏果出。又大破之，捣蒲桃村，焚斩营菁一十三处。于是，元江兵截其前，蒗蕖、北胜兵邀其后，合左右击，贼遂大败，继祖走匿青鸡罗山。

贼党斩继祖，降。武定平，嘉靖四十五年十月也。七月出师，凡四阅月云。改设流官，兴学校，庶务一新，荒徼蛮垒，悉入版图矣。奏上，升赏从征文武有差，封其三世，荫一子入监。

先是，黔国公沐朝弼纵庄户及省城六卫、外卫御所军，多生事害民，买闲占役。由是所在盗起。公奏听有司，治其狱讼、税粮不得势庇，民始安之。公奏得赞理军务，始给旗牌。故沐氏权分而所向用命，始有成功。有变，抚巡艰于调兵。兵权旧归沐氏，云南人纪功勒石点苍山上。

公性极孝睦，与湛甘泉、邹东廓、唐荆川、王龙溪、钱绪山讲性命之学，敦实行，不猎浮言；表章薛文清、吴康斋、陈公甫、魏庄渠尤力济；乡里饥，言于大吏，城新昌，洪水、海寇，邑恃无恐，校刻周、程遗书，石子重《中庸辑略》，黄宣献公度《尚书说》，著《诗易疏解》二十卷、纂《评史记》三十卷、《元史正编》八十卷、《皆山堂稿》十卷、《续集》十卷。年六十，疏三上，乞休，得请。后屡荐不起。六十四始生一子应鼎。弟休宁，谕光演，生鸣太、应岳。应岳曾孙锁及应鼎元孙履仁，与予善，得详次其事。

未书曰：公宰崇安，有女以病祟讼，公牒城隍，病良已，曰：「祟言谨避吕公正人。」

公其神矣哉！读公防边诸疏，了如指掌。世多称其平武定功。以公之才，此区区何足云。不尽于大而试于小，可慨也夫！按江南，奏兴水利五事；旱灾，奏免苏、松、常镇税粮六十馀万；尹应天，奏免大户转输，其泽渥焉。公岂但才胜，其德量远矣。

明中丞金丽阳先生传

金中丞忠士，字元卿，一字葵之，号丽阳，安庆府宿松县人。其先世居休宁，父坤肄业宿松，著籍入县学。忠士为人沉毅忠孝，廉敏刚断，岸然有不屑一切之概。

年十六，试童子第一。又二十年，登万历十九年辛卯乡荐。明年，成进士，授江西乐平令。乐平，故岩邑，十年中三以民变罢邑令，已缺官二年，不敢补。忠士毅然之官，拊循有方，恩威并著，治务整大纲，不尚繁琐，士庶兴行，人人咸知自爱。建丽阳书院，以造就人才，一时儒雅蔚兴。修举废坠，建置桥梁。比七年，勤据操行如一日。乐平人至今祀之学宫。

二十七年，以治行第一内召，久之，拜监察御史。时朝廷恭默，国事多隳坏。廷臣既不得接见，章奏又概寝阁不下，经筵储教久废，矿税各珰恣贪噬为暴，直臣累囚，内阁台省多旷阙不补。忠士皆极论之，直声震天下。奉命巡按贵州、浙江、河南三省。其按贵州时，杨应龙虽平，其余党复相继为乱。于是，寨苗四讧，东贼阿伦、西贼阿皆等不下十万。会巡抚郭子章合疏，奉特命一切征剿事宜，许便宜从事。三十二年冬十一月，调募精兵一万二千，四路并进。明年春正月，生擒渠贼，斩降略尽。由是，定水西、讨路苗、降思南，奏凯论功，加级，赐白金、文绮。

按浙江，疏请岳飞谥号武穆为忠武，如理宗诏书。徽州民吴良辅、方坤成诈称徽州、宁国两府有税契银十五万两，以惑武弁袁顺时，使奏之；又惑太监邢隆，请带良辅、坤成，赐敕书、关防征之。忠士闻之，愕然曰：「如是，则两郡无民矣。」连疏争之，且云：「税契之设，祖制原为杜民后事，十年税契每两三厘，非利之也。万历二十六年，户部措饷，题欲每两三分，大违祖制。况又敕内监增弁棍以司其事。则横噬之祸将何所不至乎？两府之田只有此数，民间买卖岁亦无几。顾称税银一十五万，此其诈可立辨也。今万不得已，每两一分归之有司，庶稍足取盈，而民得免糜烂之祸。」疏上，又移书阁臣沈一贯。一贯亦是忠士，言事遂得寝。

按河南，潞王骄横不法，挞杀抚臣。忠士奏之。王因表罪自谢。还朝，迁掌河南道兼山东、陕西监察御史。复上疏，略曰：自矿税盛行，貂珰播恶，人害所积，天变随之。臣所见，东南则湘、江、荆、扬、吴、越、徐、沛间苦水，西北则山东西、河南北苦旱。

三十六年，一昼夜水突涌数十丈，夫妇男女挽抱浮沉。连旱十二三年，草根树皮都尽，卖子卖妻，甚且父子互食。父老皆云此灾二百年未有也。夫合东南西北，则尽平地矣；合东南西北之民，则尽乎人矣。天灾告警，莫测其祸；汹汹之势，所在思乱。万一草泽中有揭竿而起者，臣忍言哉！疏上不报。未几，以劾潞王忤太后，中旨左迁布政司右参政分守福宁。闻命恬然无介于辞色，单车抵闽，若竟忘其为台长者。厘奸剔弊，孜孜拊循其民，锄去其蠹，执法不挠。所部福州、兴化、泉州三大郡，几割闽之半，鲸鲵、豺狼闻其至皆敛迹，疆圉晏然。岁大沴，千里陆沉。忠士预发帑买粟他路，立平粜法，尽境无莩者。尝摄藩司，筦出纳，斤斤一钱无所私。下僚有夤缘请托，一切谢绝。藩政肃然。税监高寀激民变，既奉命撤还，犹尺留不肯去。忠士自祝厘归，立促遣之。

四十三年，升按察司副使，备兵榆林。时监司多缺主爵，启事十不一报，惟忠士独得请。又以边事急促就道，寻晋右布政使。会奏请太后，览其名，惊曰：「弹吾儿潞王金忠士尚在乎？」闻者皆为咋舌。榆林地当河套之冲，成化以后，全套委为敌巢，屡患秦境。隆庆初，北敌俺答款塞封王修贡，俺答兄吉囊据套号袄儿都司，亦请封效顺。吉囊死，其子吉能辈叛服不时，边吏自曾铣被权相严嵩陷死，不敢复言战。敌既受封贡，益玩弛无备，惟恐以启衅被议，故敌益骄无厌。又西海卜失兔大横，时乘间盗边。及忠士在榆林，遂力破积习，谓以战为和和乃固。会吉能索金币，大哗。忠士指挥方略，斩馘无算。天子重其才，诏为右佥都御史，巡抚延绥。时值孤山殒将后，西事渐急。忠士奏行筹边七议，转弱为强，壁垒一新。又奏边将失守之律重，边将之权反为卤操。若曰我一犯抢，尔罪立至，故边将往往啗卤以重利，使之或东或西，而不出于所辖之地，常嫁祸于邻者。愿宽其文法，以责成之。先是边境抚臣位尊自大，又多恇怯。每闻警，不敢出军门一步，惟坐命提镇，提镇又坐命参游。上下相蒙，苟免塞责。忠士既平贵州苗贼，益习兵，且智勇夙具，故临边咸得其要领。于是亲履行阵，与旧将官秉忠、新将杜文焕前后数十战，馘斩二千余级，杀伤无算，收降三千余名。口卜失兔等大举入塞，复大破之，威名大震。于是，西路火卜等来乞降，钻刀说誓。东路吉能等惧，乃托火卜乞款。先是，阖套四十四枝共遣二百余人来要封王、金印、龙虎将军及多升台吉等十事。忠士不许，仅许市赏，召四十四人通汉语者至阶下，晓谕数四。归语吉能，果悔罪献罚九九者，九钻刀说誓，罚九九者，夷人重罚也。其法自罚一至罚九，积至九九则所有全罚，比于籍没矣。钻刀者，重誓，不敢复渝者也。于是边人恭顺，遂纾天子西顾忧。长塞千里，民得屯牧矣。其所置亭障、斥堠皆有法度可守，全秦倚以为重焉。天子嘉其功，再赐白金、文绮，赠三世如其官。

已而以老病乞骸骨，切旨勉留。居二年，病甚，犹彊为善后策。四十六年，卒于官，年六十有三。上闻之震悼，赦舆梓归，所至道祭。驻宿入城，谕祭葬，赠兵部右侍郎。泰昌初，追叙边功，荫子锦衣卫指挥佥事。天启初，再追叙，加荫袭指挥同知。

忠士忠孝性成，具文武才，历官三十余年，治兵南北，皆有劳绩，惜未竟其用。在西台，骨鲠敢言，不畏彊御，论承天备监杜茂、通政李某、兵部尚书田乐等，宵小为之侧目。与人蔼如，然不可干以私。章疏悉手裁，不假宾客。

年十三始自休宁随父来宿松，母出白金三两，命曰：「汝幼，可赁肩舆以行。」忠士卒徒步，曰：「父步，儿敢舆乎？」既至，封白金还母。母喜曰：「吾儿孝且俭，吾无忧矣。」就学每深夜寝、早起，邻人不见其面。初，塾师章翁，梦人朱衣雀绣，乘八人舆拜门下。明日，忠士执贽，大器重之。既入县学，娶张氏，依内家以居。生子星耀。已而，妻没，父继之，母又继之。休宁、宿松皆无家，艰苦万状。栖福昌寺僧舍中，无过问者。邑人杨侍御妻翟夫人语其子曰：「吾观金某，非常人也。读书日闻其声，终岁无见其面者。比失偶八年矣，不肯续娶。今邻女夏氏，美且贤，曷劝嫁焉？」乃讲于夏氏，遂娶之。岁大祲，夏氏自啖麦飰，时时以肉饷前子星耀，曰：「儿读书薄口味，恐伤神也。」疫作，徐某梦金甲神抵其门挥从者去，曰：「此积善家，勿犯！」忠士所至，则疫者相告鬼语避金公。既获举，户里例派赠金四百两，忠士揭通衢辞不受。贫而能介，其天性然也。所著有《旭山集》、历任奏议、《西征记》，参订《孔庙礼乐考》。子星耀、星辉、星焕。

星耀者，忠士长子也，字广暐。弱冠补邑廪，入成均，荫锦衣卫同知，避魏珰，乞假归。崇祯时，数兴大狱，中外诸臣多以罪见诛，愈无人可用。星耀上疏曰：「臣按《阴符经》曰：『天发杀机，移星易宿；地发杀机，龙蛇起陆；人发杀机，天地反覆。』危哉！杀机不可发也。臣伏睹皇上御极以来，每按大小臣工罪状，不问轻重当否，意多过求。此非杀机乎？年来不忧亢旱即患淫雨，天地生物之心已失其常，而钱粮正额之外，又多加派。四方之财竭矣，四方之民穷矣。流贼蜂起，在在肆毒。日月迭蚀，雷霆、冰雹、地震、陵崩，变异交作。天地反覆之机见其端矣。皇上可尽委之百官，而不必分其咎乎？《书》曰：『一人有庆，兆民赖之。』又曰：『万方有罪，罪书朕躬。』皇天后土，鉴在圣慈，能转移之，则所全者多。又传称明王赏谏臣书曰：『臣下不匡，其刑墨。』是三代有道之主赏谏而刑不谏。今敢谏之臣动遭严谴，以塞敢言之路。三代之主岂若是乎？臣冒死披沥，伏乞皇上采择。臣死且不朽。」疏上，旬日不下，僚友畏祸，迹不到门。已而，命颁布直省，见者感泣。星耀遂家居不起。事关一邑利害者，不惮劳怨，必力任之。初，宿松漕粮兑于郡城，民多不便，星耀力请仓兑，至今利之。

朱书曰：有明三百年，言官受祸最酷，所谓诏狱廷杖，遣戍殆无虚日。近古以来，未之有也。然国之败亡，言者实与有责焉。自两党角立之后，内阁六部不能自主一事，听之言官，言官又自相溃讧。其后，孙传庭宁出关以死，不肯复对狱吏。陈永福辈甘弃守汴之功，投身逆闯。不亦悲乎！金中丞疏曰：「本朝言路，宣庙、孝庙以优容而通，正统、正德以激切而塞，世庙或予杖、或蹴跻。故言者虽得祸而言路恒开。」诚确论也。崇祯朝，黄道周抗忠佞之辨、姜埰蒙二十四气之酷，于言者殆岌岌焉。锦衣之疏，几于敌以下所不能堪。而批鳞之后，不但谴责不加，且以风示天下。然则，言者自负国家耳，国家何尝负言者哉！

龚隐君传

龚隐君，讳魁，字君锡。其先大兴著族，后迁进贤。父能宇，讳一熊，有子四人，隐君其长也。隐君为人沉雄豪爽，雅负经济才。其仁慈忠孝，则天性实然。七岁通《孝经》，寻尽通经史大义。其为文豪放，耻为经生学；能诗，近江西诗派。先达多奇之。方弱冠时，里中父老计事不集，辄曰：「须瓦溪龚守一来耳。」比至，果一二语决。守一者，隐君行次也。

初，隐君父尝客京师，知天下将乱，感慨激昂有救时志。甲申，京师陷于贼，乃疾走金陵，欲有所为，未遂，遘暴疾终。当是时，大江南北，盗蜎结，水陆皆梗。隐君得讣痛哭，急奔丧，冒险踉跄，竟得达。然念客土未可葬吾亲，乃西走南陵、贵池万山中，浮彭蠡，扶柩抵瓦溪，葬先茔上。人见弱书生舁榇柜从干戈中来，咸咋舌，惊为神助。于是皆孝隐君。隐君益哀痛不自胜。

鼎革后，江西数多变。丁亥，大水没庐舍，民无所栖息。或踞屋缘树杪上，皆不得食。隐君以小舟载粥糜分饷之，所全活甚众。是时，米石值白金十馀两云。明年，金声桓兵起，隐君方客金陵，闻难奔赴，道闻母预避匿，方庆幸。比至，妻樊氏及一子皆死，叔弟及幼女、弟皆没军中。隐君则徒步走千里许，追及访得之；索百金赂，仓卒匮乏，卒如其数赎以归。隐君丧妻、子，散失家财尽；独身处流离急难中，养母氏、弟、妹，惟所欲，未尝有缺乏。而隐君亦已劳矣。乱定，隐君曰：「嗟乎！吾父北游京师，南客旧都，欲有所为者，何也？赍志以殁，吾乌能复求富贵于斯世哉！」

隐君既绝意仕进，乃治家人生产，善心计事皆如意，指资日厚，悉复旧业，有加于昔。乃延师教叔弟瑜、季弟琏，择名门授之室。瑜又两丧妻，婚丧皆为之成礼。瑜，即隐君走军中赎归者也。诸弟既壮，倦于学，数资之游京师。仲弟元，性尤豪宕，辇二千金出，狎一姬，倾资纳之。已而，大困，隐君为益置资装送之归里。或以为言，曰：「吾弟非庸人，此不足病也。」诸弟又皆倦游，隐君取田宅分为四，不以己所殖自私。诸弟又贫，既又数资之；或负逋，即又代偿之。群从兄弟、疏族及姻党、邻人，待以举火者甚众。人以是咸服隐君，隐君无德色也。诸弟既废学，尤属意于群从弟，凡可成其美者，必竭力为之。从弟衡才而不售，会军兴，捐百金得为弟子员，隐君为衡捐百金，甲子，举于乡。时隐君食指益繁，家中落。诸子皆长，犹急于成人。如此方殖生产时，用隐君资走四方者甚众。归呈计簿，都不复视。或折其子母，不愠。甚至有以不谨，耗困不得归，则阴使人资之，且养其孥。

尝入市，见执鞭鞭人，人莫敢忤，苦实甚。盖负印子钱也。印子钱者，从辽东入关人债，息重而偿迫，数破人家。隐君立出橐金偿之，顾不识负印子钱为谁也。家多券纸，尝裒数百悉焚之。诸子以其间多展转称息者，请识姓名。隐君曰：「券已焚矣，识姓名何为？」其隐德多类此。

年来，僦屋金陵，筑圃移家家之，曰：「此吾先人魂气所依，吾不可忘也！吾老于此矣。」生平特嗜酒，或纵饮连十日夕未尝寐；方剧饮，或不快，辄走隙地呕宿酒已，复就席雄饮；客或不胜酒，送主人入中堂，辄就中堂复剧饮；客趋出就榻，复尾客至榻前又剧饮，如是者数四。醉辄矫舞唱《大江东去》，声震杯盎皆响，变声一曲，凄酸悲壮，听者多至泣下。盖其慷慨不平之志气，自哭临其亲，积情十年不一日释，人不得而窥之也。卒年七十二。

隐君元配樊氏，遇兵乱不屈，断一臂跃井中死。继娶吴氏贤敏，克助其家。比生二子矣，请隐君更纳姬。于是，自生四子，今存三子；所纳姬生五子。皆伟丈夫，知继隐君志。隐君命长子纶率众子守瓦溪丘墓。仲子缨、第七子宗璋，皆校官弟子。第三子铎登顺天癸酉乡荐，明年会试拟元置第六人，改庶吉士。又明年季夏，隐君卒。

朱书曰：江右龚氏，盖刘都督綎之本族也。李自成寇南阳时，内乡令龚新以守城死。闽、粤立国，有进士龚芬死节。赣州何忠义之屡著耶！予游都门，交庶常君甚笃，得悉隐君轶事。庶常又言吴太君之贤：庶母免身，辄手粥饘以饷，不假女婢。爱诸子甚出腹子。呜呼！隐君之贤如是，宜乎内助之有人也。物手能两大，刘大刀武功既衰落，隐君八丈夫子，固宜振之以文哉！

傅处士传

傅处士必显，字文若，宿松长安湖人。父傅翁，讳尚义，字质所，有才干，为乡里所倚重。母凌氏，年十四生处士，复连生四子一女。

长安湖东十里滨河，为黄梅、广济、宿松三县水口，曰下仓埠，宿松官粮储积处也。岁十月，有司率邑之人纳粮于仓。十一月，安庆卫屯军来兑。有司鸠小船驳运百馀里出望江之华阳镇，入大江，漕船受之以去。方官粮在仓未兑，有司择邑之才贤总董其事。皆曰：莫如傅翁。翁在仓，诸务必治。亡何，流寇毒宿松，焚劫仓粮。众奔散，呼傅翁去。翁曰：「吾受重托，义不可去。」率乡人救粮，与贼抗。败，挥众去，曰：「吾不可去，当于粮俱焚。」竟死之。弟尚信奔救兄，亦死。此翁及弟死，处士从母避舟中，闻仓有死者，曰：「必父也。」急登埠寻得两尸，次第负归。方是时，处士年十六，弟妹皆幼，母方盛年，内外无可依任。岁则大饥，人相食，夫妇父子不相保。或为母谋：「事急矣，毋徒相视死为也。宜莫若从有力者去，此累累乳幼或有生理。改节而存夫子之孤，亦逝者之所许也。」母闻言大哭，自起劈面，血被体，投柱求死，曰：「天乎！吾从夫子地下，他何计乎？」处士辄起抱母，跪曰：「儿在，母勿忧。母立节，儿立事，断不令弟妹失所以累吾亲。」母喜曰：「吾儿固自不凡，必成吾志矣。」众以此奇处士。

有司召处士，至则迫督偿处士父董视而为流寇焚掠所失仓粮。处士抗言：「父以董视故殉粮，及叔皆死。谓幸得比死事例褒恤。即不可得，奈何责殉粮者偿贼所焚掠，为贼报仇？」有司怒曰：「军饷急于星火，三日吾于尔乎取之。」予杖且系处士。处士曰：「偿不敢辞，顾一身耳。系，谁办偿者？愿释系从事。」有司犹不许。久，乃系其逆旅主人以俟之。处士略偿十之一二，顾不能办。会史公可法以兵备巡视寇焚掠状，来县。处士走史公所，请借兵，上报国恩，下为父复仇。史公壮之，召见，则孱孺子也。问知其情，意哀怜之，下县得不复偿。然以处士幼，竟亦不予兵，罢去。

处士为人，謦敏多机略，性孝友，好以厚道待物。经历多难，出其智，小自生殖，家倍丰。四弟以次娶妇，女弟嫁有加礼。母心乐之，尝从容语所亲曰：「初遭家难时，吾辄求死。所以不死者，以诸孤不忍弃也。时之不淑，虽壮夫不能自治；大郎年十六顾能排大难，衣食四弟一妹，甘旨不缺。忆抱我不使投柱时，众虽奇大郎，或窃疑姑谩语慰我。今果能如是。吾死瞑目矣！」闻者皆然其言。母既早寡，处士每日夕侍寝帷，称道乡里见闻事，以为笑乐，或至夜分忘倦。虽久离家，始归未尝辄先入内见妻子。自母始寡至老，凡四十年事之如一日。人称道母节子孝，必曰傅家。母将终，求遗命。母曰：「尔在吾何忧？愿尔子事尔一如尔事我足矣。」

处士居乡，多大节，直亮仁厚，人不敢干以私。有不平者，多方平之，以德化其乡。环所居数十里，比年不复有讼于官者。邑长以下及学博皆式。其间尝有怨家连讼屈处士，比入郡门，其人忽为逻卒缚去。明日，守庭讯处士，使视其人曰：「此讼尔者，今盗称同党，信乎？」处士曰：「横则有之，盗则未也。某虽私怨，不敢害公义。」因出状力任之，遂得释。其人乃誓世与处士交好，曰：「吾小人也，君实活我。」尝入城，见逋粮械系者，适未持一钱，辄脱衣质钱偿之。其他周人之急，不可胜数。以故生殖虽丰，都随手散去。

处士生子二：曰岩，曰有执。皆通才，有声县学。处士卒年七十。又数年，岁庚午，有执亦卒。岩字雨苍，有执字约中。诗文皆有逸气，岩豪迈高爽，有执静深雍容，类有道者。人皆曰：「节孝之家，其后必昌。」岩、有执先后入县学就试使者，必高等，方大期之。虽邑之贤士君子，皆让岩、有执。处士元配余族姑。余年二十时拜床下，处士及姑治具留与岩、有执处。或五六日，夜角艺饮酒，二老人乐甚，竟夜不寐。处士谈古今贤否，时事兴废，如流水不复止竭。每出一语，比物连类，使人神解。方是时，余及岩、有执皆未入学校，意气方盛，视天下事无足为。与游若胡鸣凤、王式昭、曹锡光、王式金辈，皆一时之杰。约曰：「毋亏伦，毋行不义，毋作诸不肖。」岁之五月五日，则以次集于一人之家，考德纠过，虽风雨无阻也。处士实主其事。处士既没，有执年甫四十死。又九年，岁戊寅，岩年五十一亦死。鸣凤又死。欲求向者之聚，胡可得也！岩无子，有执子士宏，能继父志，今方有文名。

朱书曰：凌节母以壮强之时遭逢患难，挈孺稚苦节聿兴其家。族姑为予言其面上痕如两蜥蜴，盖嫠面时所坏也。处士虽贤，微节母能有立哉！余同时孝友君子，若胡鸣凤独任父债，而以先世田产推之诸弟。处士于万无可为时，力善为更难。雨苍、约中乃才而早殁，悲夫！

先考仲藻府君事略

书始祖相三公，奉诏自鄱阳瓦屑坝来宿松杨西坂，赘于曹氏。历五世而有讳文鼎者，书高祖也。曾祖讳左，字近松。祖讳朝宦，字肖松。高祖同产四人，行次二。曾祖无兄弟。祖同产四人，行次四；为人黝黑而长，好急人急，每代负逋为累；卒年七十余，葬张福上。初，清丈田地者侵祖墓域，夜梦黑长人杖击之曰：「奈何侵我！」叩头谢罪良久，乃解。故或语祖为神。考为三府君，有世父、仲父。府君其季也，讳光陛，一讳德，字仲藻。家族自迁宿松以来，读书为士者虽众，然皆他支属。祖以上皆力农持门户，未尝业读书为士。

府君为人巨鼻厚唇，白齿红辅，其面高颊，美发少髭，性厚重，洁清，动必以礼，无惰容及遽言厉色。幼好读书，喜精细，常曰：「读书不求甚解者，不可穿凿附会尔。苟其不解，则如勿读。」比婚尹宅，外祖抒白先生有名县学，无子，亲教府君。然外祖性敏，府君钝；尝不如外祖意，则恚不教。顾心重府君，曰：「柴愚参鲁，其此子也耶！」久之，归从他师学。值明季乱，稍就试，有司辄止不试。

流贼屠掠大江以北，岁大祲疫，诸事农者略以筋力延朝夕。府君既读书，不能作苦，滨于死数矣。然府君卒不废书。江南既定，邑人数奉闽粤命，致大师。府君乃跳身，授徒太湖、潜山山中。以丙戌岁出，间归不恒居。凡出二十八年，始归。归则世业荡然矣。府君不以为意，曰：「吾子孙能读书即世业也。」书两兄皆生乱离中，府君自课之，读书皆通大义。书五岁即抱膝上，口授四书。夜围炉，辄以筋画灰作字，使识形声。稍长，教以古今世变、忠孝诸大节，博习诗、古文、辞。顾屏干禄之学，不使进。凡书粗能经艺时文，皆十有五后窃为之者也。病笃时，母哀泣，犹慰之曰：「幼儿能读书，吾愿足矣！勿悲也。」府君遭变后，氈巾深衣历十余年一易，胸中尝有以自乐。虽贫困，患难死生之交，初无介于颜色。与人无城府，客来，虽四簋不具，必雅谈欢洽至丙夜不倦。弟子市笔，笔工多予笔十，遣追还之，曰：「竭笔工力，日但可得笔十耳。我无值得彼一日工，不益富；彼无值失一日工，即有一日饥者矣。古人一介不取，非洁己而已，正以为人，是即任天下之事也。」

府君年二十二娶，三十有五生伯兄世忠；四十生仲兄世质；至生书即已四十有七矣，命名世文，后自名书，志府君志也。府君三十有九出外，六十有六归里，归二年，卒于杜溪凌塘北庄，葬凿山狮毛尖之阴。

妣尹孺人，生少府君七岁。外祖既无子，特珍爱孺人。年十有五，外祖既没，无期功之亲，遂来归焉。虽幼，能躬习劳苦不怨。是时，祖母已谢世，僮婢或逃或死，无存者。府君读书为士，不能效筋力，即授徒远方。祖考生三姑，小姑未嫁，孺人得与偕。府君外出，则两人篝灯纺绩，率至夜分。世父、仲父持家早，各有私赢，遂异爨去。府君读书既重费师友供，又无力自给，食用常乏，又须供具祖考膳，孺人悉艰苦济事。世父出私橐别购田若干亩，尽以祖遗田屋归并府君取值。既而，别购田遭旱，复还索所归并已取值之田，府君予之，孺人欣然也。从府君潜、太，抱仲兄徒步走二三百里。太湖思常河水暴涨，几漂去。孺人为人谨严，亦颇机警。府君数遇难处事，借其智以济。府君生万历三十六年八月十一日申时，至乙卯十二月二十日戌时卒。卒后十三年，孺人日哀泣如初丧，遂至疾不起。后凡岁余昏瞶不省事，惟哭泣而已。卒年七十有四，葬周家嘴之阳。《邑志》载府君入《文学列传》，孺人入《慈孝列传》，盖其略也。

成都费氏密《题年谱》曰：「吾住皖月许，宿松朱书字绿亦来。其人长大壮夫，谈议开通，犹有中原文献之旧焉。箧内藏父仲藻先生《年谱》，取观之，益叹前辈遗风至今日几绝矣。仲藻授徒，因乱遂去宿松，客潜山、太湖。来请授经者非一家，故弟子甚众。仲藻性格方严，学业端正；虽隐遁乡塾，无所表见，而乡里称笃厚长者必以仲藻为不可及。今字绿又将修先世遗训以聚族讲求。他日独行传仲藻，必载名郡邑，亦为附字绿所述家诫于后。」

亡妻沈长君事略

长君姓沈氏，名桂，字荟冏，宿松九成坂人，距予家杜溪五十里。父处士一宋，字权度。母氏尹，吴媪所出也，与吾母同族。处士有学识，家素封，中落。岁戊申，尽室徙潜山之下新田，依罗翁。罗翁者，吴媪之再醮者也。时处士年三十三，只生长君一子女，顾爱之甚。甫七龄，诸大家多求婚，摈不许，人多怪之。

先是，天下乱，宿松民顽不习新政，顾奉闽广命，数被兵。邑人多转徙。老父挈家走潜山。岁甲午，予生潜山之敢山冲。久之，迁上新田，距处士流寓十许里。初，吴媪字尹有子曰赐，于吾母为族子。赐从母嫁罗翁，客中少亲戚，予家与赐往来密。予因赐诣罗翁家，得见处士。处士独善予，使人来言，老父喜，遂命委禽。时予年十五耳。明年，处士病，迁归九成坂。又明年，予归里，存问处士。处士病，病且甚，执予手曰：「吾生无一可者，只此女。女得子为婿，吾死且不恨。子才必达，予即死，幸念予无后，来省予墓。」因大恸洒涕别。又明年，处士竟卒。处士家中落，迁播久，以病归，病且三年，家业尽。予家远在潜山，长君之母无以自存，乃适汪君。时长君少，依母氏为命。又二年，老父移归杜溪。居无几，滇黔变起，江以南烽火彻天。汪君以世乱，家有待字女，重为累，乃速予亲迎。是时，长君年才十三。

长君归，年虽幼，勤恪特甚。寝必深夜，起必先众人，躬操作以为常。予家自潜山还，既困，长君仓卒来归，荆布且不具，借入四壁，无他物，又无僮婢赁仆。予伯兄病行，听事中不能达阶。仲兄负米百里外。予授徒严恭山下，距家七十里，数月乃一归。故诸役皆集长君，晨汲夜舂不得息。老母怜其幼，常往助佐，辄不听。甚或足胫疮水湿鞋袜，犹执劳不少释。又水旱，无盖藏，蔬盐终岁乏，未尝一有尤怨色。归一年，老父即世，遭丧无以成服，众相视泣。长君出布，人各五尺许裹头上，不知所自；视之，则裂幅衾浣濯之者。其处变济困，类多如此。

长君勤纺绩，家众皆衣其布，且间鬻其馀以佐费。余馆谷益多，乃买梨树坞田二亩，有屋四间，移居之。己未，予乃家居教子侄，始与长君聚。凡十年，未尝远离。予有声黉序，拔入成均，两兄各为娶嫂，买田三顷有奇，二族子相依，皆为娶妇，得婢仆数人。此十数年中，长君志愿少酬时也，而敝衣粝食如其初。或终月不得肉，然饮馔礼仪未尝缺于老亲宾友间，予虽远客，不废也。比年，予入燕，卒事官学，游齐鲁晋秦，十载中，家食少，长君心苦之。丁卯，老母病不省事，厕牏皆长君手掖之。衾褶秽，他人不肯近，皆手浣之。如是者一年。老母既丧，予自燕奔归，询所附身者，长君皆已备，未尝有缺。予号痛，长君辄引罪，未尝责予忘归也。邑令君以下来展祭，长君含哀治具未尝少失礼。老父、老母大事，皆长君身当之，情文无不尽。

所生男女七，今存二男一女。子女衣履皆手制。两嫂皆有女，教且爱之如己出。又性孝睦，其母倚之过于子。为外弟娶妇。凡亲戚无依者，养之于家。予从兄赞，老无子，来依予，所以养之者甚备。兄病且死，叹曰：「予得沈新妇，虽子媳何以加。死无恨，恨无以报沈新妇耳！」予于族中行最尊，虽客于外，有争竞闻于长君，必多方平之乃已。予远出，岁时伏腊，儿女欢呼，长君辄拥被泪湿枕席。辛未，予行补官学教习，例三年，授邑令。临行，长君泣不能语。予戏之曰：「予行，汝当封，何泣为？」曰：「封来恐不及待矣。」予疑语不祥。越四年，予授职归，长君竟卒。卒后四旬有六日，予始闻凶问。又一旬，始得拊其柩，哀哉！

长君依其父九年，依母四年，归于予二十年。逮事吾父一年，母十五年。生于康熙元年八月望后七日壬戌申时，卒于三十四年正月望前一日丙子未时，年三十四。长君患疹疾甚，竟日频呼予，若见予者。子哓、曙，女贡，与长君同时患疹。曙几殆，旋愈，乃成服。予尝以四世单弱为虑。长君顷拓宅西偏，为屋数椽，语其弟：「当为汝姊夫纳小妇于此。」未遂，卒。长君略知书史，未尝为诗。予归，其弟出诗一卷，则皆忆予作也。及卒。惟嘱曰：「子女有父在，无虑也。吾母老矣，其若之何？语吾君子，当以为累。」呜呼！长君遂竟死也耶！

朱书集卷九 论 辨 跋

封建郡县利害论

柳宗元《封建论》，苏轼以为圣人复起，亦不可易。是皆有见于封建之弊，不见郡县之祸者也。封建、郡县皆不能无失，而封建之祸常轻，郡县之祸常重。专主郡县而废封建，非不易之论也。

盖封建久，有并吞之诸侯，郡县久，祸常发于匹夫与境外之强敌。诸侯平时骄侈不可制，朝廷急之，则连横而相抗。祸小则为汉七国，甚即为晋八王，又甚且为明成祖，皆相残于骨肉间，所谓忧在萧墙之内也。若祸起匹夫与境外之强敌，则秦胜、广，刘、项，汉黄巾，晋刘、石，唐黄巢；与宋靖康、德祐之惨，其为外侮亦已甚矣。且夫七国虽乱，不可掩宋虚、齐王之功。晋惠、贾后之庸且恶，虽无宋族，亦失其国。成祖虽已过当，然终不失有明之祀。是封建或至尾大不掉，亡其国家，而中国屠灭，终不至太甚也。郡县利固矣。然其大坏，无屏翰藩垣之固，以天下之大、亿兆之众，欲留遗育而不所自建，不但武王封兄弟之国十五，姬姓之国四十为可据也。

是。然三代岂但不废无罪而已，又从而建置之。夏、商不可考，周诸侯见《春秋》者皆后世谋人国之心而疑古之大圣人也，惑之甚者矣。苏轼谓三代不能废无罪诸侯，其说近而李煜不必终有江南，钱镠不必终有吴越，而况汤、武乎！彼谓欲废封建而不能者，以为汤、武？光武兴，而窦融不必终有河西；唐祖兴，而罗艺不必终有幽、朔；宋祖兴，出而群阴伏。使汤、武牵制于诸侯，因循迁就而不能自主，是赧、献、僖、昭之君也，何以灭国者五十，不但心非利天下，不欲以术篡致诸侯，即其兵力已无借天下之助矣。日月得已而不废。」夫汤之兴也，如火烈烈，十一征而无敌于天下。武之兴也，我武惟扬，孙帝王计，正为天下计也。宗元之言曰：「汤资诸侯以黜夏，武资诸侯以胜殷，迫于势不宜，不知天下大利大害，三代圣人固已筹之熟矣。侯、甸、绥、要、荒五等之制，为子国之所以存亡亦不在封建、郡县。然创制规模不可不审。后世谋国者莫不以郡县为

即盈野盈城，岂至是哉！

万。明李自成、张献忠所过屠戮无遗，河、洛、楚、蜀至今为墟。呜乎！杀人之多，数百万，黄巢杀人几千万。元祖欲尽杀汉人以便牧马，虽耶律楚材谏止，然犹杀盈巨可得。而胜、广之残，项羽之暴，黄巾之乱，死亡不可胜计。渊、聪、石勒，坑屠不下

二子者，以为君臣父子相贼虐由于封建，而不审于宗嗣之覆、生氏屠噬之酷由于郡县。然则如之何而可？曰：苏辙之论唐制，庶几不易之论乎！

古南岳辨

五岳惟岱宗见于《尚书》，余四岳无主名。《尔雅》：岱、霍、恒、华、嵩为五岳。郭璞注：「霍在庐江西，一曰衡。」是即潜之天柱山也。他书称：黄帝封禅潜之天柱山，为南岳。《禹贡》导江亦曰「至于衡山」。今大江经潜山天柱山之麓，距湘南衡山不啻千里。《江赋》又云：「衡、霍磊落以作镇。」皆明其去江甚近。《汉书》谓衡山为南岳，而当时封号衡山者实国于今庐州潜、霍地。则霍山一曰衡，此明验也。

武帝巡南郡至江陵而东，登礼潜之天柱山，号曰南岳，浮江自寻阳出枞阳过彭蠡，礼其名山川。使汉武无所本，必不以天柱号南岳。或云：湘南衡山远不能至，姑以天柱代。此求其说不得又从而为之辞也。夫既远过彭蠡，又何难上九疑，且过彭蠡而礼名山川，安知湘南衡山不在其内邪？

《水经》明言：　五岳亦曰霍山，为南岳，在庐江潜县西南。古潜县天柱阴，故岳在县西南也。希水《注》又引《地理志》云：「潜县有祠南岳庙。」则南岳在潜久设祠庙，不但汉武一祭而已。至衡山则只云：「在长沙湘南县南」，不曰南岳。《尔雅》书最古，《水经》出汉人，去古未远，其前后符合既如是。轩辕、汉武相距数千年，又历崇祀焉，南岳为潜之天柱山，审矣。四岳皆近帝都，南岳不应独远。若谓舜崩苍梧为巡行南岳之证，则会稽禹穴又何说也？况孟子有卒于鸣条之说。苍梧不可谓东夷，又从来所疑者邪！皮日休赋力主南岳在潜，其说得之。《衡山志》辨之多方，此欲私名山于楚南，而不考于古者也。详别具古南岳考

记阙里志后

余览《阙里志》详矣，又于《兖州府志》中得《阙里志》三卷，是明相国于公慎行及今郡守张公鹏翮所修也。其言简而立义精。吾所取而最大者三焉：一则明圣人之有亲而不可没也，一则明圣人之有君而出而归皆未尝忘也，一则明圣人之有身而未尝苟焉以自辱也。

《檀弓》称：孔子少孤，不知父墓。及母卒，殡于五父之衢，问于郰曼父之母，然后得合葬于防。孔子先及，雨甚，门人后至，曰：「防墓崩。」孔子不应。三告，则曰：「古不修墓。」张公辨之曰：圣人奉亲无不慎，况送死大事乎？岂有既长而墓不知，母

终而衢是殡，甫葬而墓即崩之理邪！余考：孔子三岁孤，二十四岁母没。谓父墓不知，是二十四岁以前皆不登邱墓也。又衢殡其母，是不如杞梁之妻室庐其夫也。不修墓者墓自不崩耳，崩而不修，是不有其墓也。是故，得张公之言，而孔子始不没其亲。

孔子凡两去鲁，皆十馀年而归。前则昭公二十四年，年三十四岁，适周因以适齐。至昭公三十二年，年四十二岁，自齐反鲁。后则定公十二年，年五十四岁去鲁，至哀公十一年，年六十八岁，自卫反鲁。夫后之去而归也，以女乐及鲁人迎也，人皆知之矣。前之去而归也，于公曰：其去也，昭公出，季氏摄也；反也，定公立，国有君也。一去一就，大义炳焉。是故得于公之言，而益知圣人之不忘其君。

于公又曰：《史记·世家》孔子适齐，为高昭子家臣，以通乎景公，此殆妄也。景公适鲁，就见夫子，及夫子至齐，分庭让登，其礼亦隆矣。何待臣国卿以自通乎？夫不仕三家而仕于他国之卿，其非圣人所为明矣。是故得于公之言而益知圣人之不辱其身。

圣人不没其亲，世犹有亲死不葬者。圣人不忘其君，世犹有忘君事仇者。圣人不辱其身，世犹有卑污苟贱者。是乌可以不辨。

抑吾尤有疑者：自《檀弓》有子思先君子丧出母之言，故世谓孔氏三代皆出其妻。

怀宁方都秦尝辨之。余考：孔子十九娶亓官氏，二十生伯鱼，二十四同居颜母之丧。夫人无失德可知矣，至今崇祀赫然也。孔子出而非亓官夫人也，伯鱼何得而丧之？孔子出而亓官夫人也，母出与庙绝，后世又何得而祀之？于、张二公皆不及此，何也？

孔子之生，《公羊》氏云：鲁襄公二十一年冬十有一月庚子，孔子生。《穀梁》年与日同，而系于冬十月，则差一月矣。《史记》又云生于襄公二十二年，则更差一岁。其卒也，左氏云：鲁哀公十六年夏四月己丑，孔丘卒。是年，壬戌之岁四月戊申朔有乙丑，无己丑。己丑在五月十二日，则亦差一月矣。宋濂谓生之日，胡舜陟、孔宗翰、罗泌主马迁，迁盖误以周正十一月属之明年也。洪兴祖主《穀梁》，谓周家改月，十月二十一日庚子即夏之八月二十一日。按：二十一年十一月无庚子，二十二年十一月亦无庚子，惟二十一年十一月庚辰朔二十一日庚子，故断从《穀梁》无疑。卒固宜遵左氏，己者，乙之讹也，在四月十八日，当夏正二月十八日。生、卒大故也，故附记焉。

记阙里志后二

《志》于孔子既没，大书：魏安釐王以孔子八世孙斌为相，封鲁国文信君。即接书曰：秦始皇元年，召孔子九世孙鲋，封鲁国文通君，拜为少傅。夫安釐王中主，虽未必知用夫子之道，亦不敢毁灭之。其用斌也，或以孔子，或不以孔子，未可知。若始皇之于鲋也，特召之，而又特封之，而又特拜之，使非以孔子故，何为拳拳于鲋？是即谓尊孔子自始皇始可也。《史》没其事，不书。天下后世皆曰毁灭孔子之道者，秦始皇一人而已，是何也？盖其暴之所积深矣，居下流则恶归。始皇者下流之极也，天下不见其善，只见其恶。

焚坑之祸作，扶苏谓诸生皆诵法孔子，重法绳之，恐天下不安。原扶苏之意，必以孔子为上所敬信之人，故引而譬之，冀得一悟耳。若始皇素侮孔子，扶苏又何事故触忌讳以相激邪？且即此一言，亦可知秦俗之相崇乎孔子也为已久矣。商鞅行新法，有言便者，有言不便者，商君皆杀之。秦政所坑之儒，亦必此类，未必真能诵法孔子。若真能诵法孔子，当有孔鲋之荣矣，岂遽坑哉！不然，书既焚矣，何以孔子删述之言至今皆在也。战国游说之士，不敬无等，骄蹇悖慢，四分五裂，时恐其挟仇生敌，及天下混一，岂能容之？汉、唐、宋党锢、清流、伪学之禁，其于真能诵法孔子者且不减焚坑，然朝廷尊孔子自若也。安在焚坑之为毁灭孔子邪？

甚者，《祖庭广记》至谓：始皇发孔子墓，见遗记而止。以能族人之始皇，苟憾孔子，即屠岸贾讨赵盾何所不至。顾封其孙矣，发其墓，此附会纬谶之言，不足辨也。又按：《史·世家》：子思生白，白生求，求生箕，箕生穿，穿生子慎，为魏相。子慎为孔子七世孙，不名斌。子慎生鲋，为陈涉博士，死于陈下，不曰仕秦。迁去孔子未远，而《志》则其家所世守，乃刺谬若此，又何怪世之修家谱者往往与正史乖异邪！

记颜曾孟三氏志后

七十子闻道于夫子者，《阙里志》备书之矣。而颜、曾、孟又各有专志，所以别于诸弟子也。《陋巷》志颜，《宗圣》志曾，《三迁》志孟。三者于阙里，如云亭、徕甫之配岱宗，非可略也。

三氏之道一也，而其显以重于世则颜最先，孟次之，惟曾最后。颜之贤过于曾、孟，不幸早世，鲜所发明。夫子删订以垂世者：《易》、《诗》、《书》、《春秋》，要皆因昔人纂述稍稍诠次之。其所自言惟《论语》、《戴记》、《孝经》为详。而《孝经》为曾子作，《论语》成于曾子门人，《戴记》、《学庸》二篇又曾子以授子思者。故明道之功，曾为大。圣人既没，异端大起，孟子奋然承尧、舜、文、武、周公以及孔子之统，拔天下之民于禽兽相食之中，俾圣道炳焉而不坠，七篇之书可覆也。是则，卫道之功，孟为首。故曰：三氏之于道，一也。

颜子娶宋戴氏，生歆，历七世至岵，皆为鲁下大夫。岵生御，为秦大夫。十一世，异为汉惠帝大夫。献帝时，二十四世孙斐尹京兆。斐弟盛仕魏文帝，历青、徐二州刺史、关内侯。废帝封二十五世孙钦葛绎县子。晋武帝封二十七世孙含西平县侯。含子孙世仕江南。元魏孝文帝拜颜子后二人为官。周、齐之世，之仪、之推显于江北。唐颜氏最盛，明皇始诏颜氏子孙，并免赋役。后周太祖特授四十六世孙涉曲阜县主簿。宋真宗以四十八世孙端为郊社斋郎。高宗以颜氏子孙四人为郎。光宗诏子孙并免赋役。元太宗诏颜氏八户先贤之后，并复其家。成宗除其赋役不属州县。泰定始赐祭田三十顷。明太祖时五十七世孙池以三氏教授主奉祀事。英宗诏免徭役。景帝幸太学，取其子孙陪位，赐宴礼部及赐冠带、袭衣。又以六十世孙议世袭翰林院五经博士，复前祭田三十顷，增二十顷设守庙户四，佃户十。自是以为常，至于今不变。颜氏显以重如此。

孟子娶田氏，孟生，学于公孙丑，著书论诗。自是不可详考。宋景祐四年，孔道辅守兖州，始访孟子墓，得于邹县东北三十里四墓山之阳，建庙祁之；荐其后名宁者于朝，授邹县主簿。元世祖诏求孟子子孙，并复其家，官其胄子。泰定五年，赐祭田视颜氏。明太祖以五十四世孙思谅奉祀，世复其家。景帝予世袭，复祭田及增赐亦如颜氏。宪宗赐洒扫二十五户。遂以为常，至于今不变。孟氏显以重于世如此。

曾子子元、华、申，孙西，其后不能尽知。元始建书院于嘉祥县南武山之阳。明宪宗初，山东守臣上言：南武山西南元寨山东麓，有渔者陷入地穴，得悬棺，前有石碣，镌曾参之墓。墓在嘉祥始此。世宗时，以词臣顾鼎臣请，访曾子后，得五十九世孙质粹于江西永丰县。其谱牒谓自子元而下十五世孙据避新莽之乱，南迁永丰。质粹奉诏，崎岖还鲁，始授诸生奉祀。越数年，视颜、孟世袭。神宗给祭田三十顷，又以三氏学为孔、颜、曾、孟四氏学；寻给庙户、佃户并免族人差徭，一如颜、孟。遂以为常，至于今不变。曾氏显以重于世如此。

颜子配享也，自汉高帝始也。以孔子为先圣、颜子为先师，自晋武帝始也。坐其像于殿，赠太子少师、太子太师、兖公，则唐高宗、睿宗、明皇也。像设九章、九旒，则金世宗也。只称复圣，去像存主，则明世宗也。曾子加赠加封郕伯始于唐，而封公配享始于宋。孟子与子思皆于宋封公侯，而孟子配享于神宗，子思配享于度宗。宋初配享：东颜西孟。后迁孟于东，而西列王安石。南渡，黜安石，遂虚其右。元增曾、思于右。至洪武时，始正其位：第一班左颜右曾，第二班左思右孟，又以十哲列于后。因颜已在四配中，遂益以有若，祭以春秋之上丁日。其祀典先后显以重于世又如此。

盖孟子没，而知孟子者，汉只扬雄，唐只韩愈。明初刘三吾节去七篇中八十五条，后赖连江孙芝奏复。曾子、子思《学庸》附《戴记》，及宋之盛曾、思、孟之书，始列《论语》为四子焉。曾、孟丘墓三十馀年几不可寻，历宋、明而复出。道以时显晦，家亦因为盛衰，天也，非人也。颜子无书可传。孟子尚有逸篇，如伍被所引皆不见。今本《曾子》，《孝经》、《大学》外有书十一篇。曰《曾子》，范浚本仅十篇。班生志儒家书，有《曾子》十八篇，浚以为脱亡于晋、魏间。然习其义者鲜矣。嘉祥非曾子所居，武城或颇疑之，然墓在则可无论也。七十子中，德行推闵、冉，闻道推端木。此三氏之亚也，皆未闻延世之赏。明烈皇季年，以衍圣公孔允植言，命仲由六十一孙于陛世袭翰博，并祭田六十馀顷、庙户三十一，如四氏。是何卫道之功只推仲氏欤？今周公且得录其裔甲子以周公裔孙东野、沛然世袭博士，则闵、冉、端木之家尚其有待而兴耶！

书村塾二十四孝传后

《二十四孝》，村塾往往课童子，不知其书编自何人。首大舜迄黄山谷，然多非经，不可训。其最谬者，尤莫如郭巨。

亲之所爱，虽犬马，没世不敢弃，况吾子乎？君、亲一也，易牙杀子食君不得为忠臣，杀子娱母得为孝乎？父之于子，反服礼也。无罪而杀子，可乎？亲之爱吾子甚矣，忘其死以食之也。杀子以生母，乌知不益吾母之疾而惨伤以死乎？益吾母之疾而惨伤以死，杀儿、杀母一间耳！庸愈乎杀之乎？

天赐金，何也？曰：吾未之能信也。掘地得金，江南六十万家往往有之，不独巨也。金之文，何也？曰：狐之鸣，鱼之书。巨不必有是也，然而未可知也。

君子乐道人之善，巨之行亦难矣。斥之甚，何也？曰：吾恶夫为善而不以其正，是又与于恶之甚者也。

朱书集卷十　杂著

皖寨纪事

朱书曰：安庆，古皖国，数被兵之区也。世远不具论。宋、元之际，红巾斩刈，境荡为墟。迩来流氛播虐，国运断绝，寻干戈者凡十数年。献贼五营先后屠剪割剥，孑遗尽矣。复且匿深山大泽间，奉故国疏属，怒其螳臂以抗烈烈莫遏之焰，坐使同烬，不亦悲乎！亡灭之会，小人机铦计图饱壑，君子义激志在捐躯。本末不同，要未可尽非也。

宋端宗景炎二年，淮人张德兴起兵杀太湖丞王德容，据司空山；刘源起兵野人原，楚人傅高应之，复黄州寿昌军，杀元将宣慰使郑鼎于樊口。既而兵败，张德兴、傅高死之。今司空山多称张安抚遗迹焉。

安庆阳渎而阴岳，左吴而右楚。境东南滨江湖，多蒲苇，西北皆大山，绵亘不绝，毗连河南、湖广之界。其峻者或插天汉；其出入之径则逼隘仅可错趾，左右悬岩如谷无底；其巅乃衍平，饶水泉、林木，可居不一而足。潜山、舒城、英山、霍山、桐城、太湖、宿松皆有之，而蕲、黄间名寨四十八，由此上接德安、汝宁，名寨四百八十九，西越武胜关，达南阳，以抵于熊耳、蓝田，即陇、蜀之首，连山沓嶂，未有间也。

初，流贼毒中原，安庆抚臣史可法檄山中之豪各筑寨自守，资以火器、财贿，数能搤贼有功。及大清兵定南方，诸寨多为明守，不肯下。安庆所属，始于荆王常朱常淓，迄于石城王朱统锜，盖六、七年而后平焉。

顺治乙酉夏四月，左梦庚兵寇安庆，内兵应之。城溃，梦庚东下，及靖南侯黄得功战于板子矶，败还安庆。六月，大清兵自湖广至安庆，梦庚降，使巡抚李犹龙、知府杨起凤等守之。冬十二月，蕲州人朱常淓踞太湖司空山寨称荆王，袭破太湖县，知县饶崇秩遁免。常淓所部有余垣者，以私属三百人出降，诱执常淓。丙戌秋，常淓旧部李时嘉等复掠太湖。总兵黄鼎平之。是年，扬州人赵正据宿松污池，称明帅，屡挫大兵。巡抚李栖凤遣兵备夏继虞、总兵卜从善、黄鼎、副将梁大用合兵剿之。戊子春正月，江西总兵金声桓复降于明，九江以东望风趋附。二月初九日，有傅聘者同数骑至宿松县，收籍取印。知县孟瑄遁免。聘等执丞迟大魁去。曹祖参者称明都院，以百骑送令、丞至。张都督者拥众从污池入，遇安卢道兵于殷葛山，杀之。三月，范大、范二起桐城白云寨。夏四月，陈麟等谋起兵，太湖知县李世洽计擒斩之。冬十月，潜山余公亮聚众千人据英窠寨，监生胡经文聚众据横山寨。胡经文者屡有异志，事觉，亡命各山寨间，交其豪。

安庆既北属大清，各寨已撤，惟英山张福环自明末据三尖寨，与潜山、太湖、桐城、霍山诸寨相通。至是，拥众如故，遥奉明制。范大、范二、余公亮等皆倚之而起。经文尤善福寰，因据横山以应公亮。十二月二十三日，公亮以数百人掠县市，败县将李之培。自是，天堂、埭口二十余寨俱相继立矣。方是时，明永历建号二年，广东、江西附属，湖南、广西、贵州、四川、云南皆奉明朔。而江淮间民不习新政，有司或多操切之，则益走险不复顾。会有朱统锜者，自称江西宁王之裔，或号朱九风子。大清兵破南昌，崎岖渡江，闻英山三尖寨张福寰名，间至其寨，授徒自给。福寰知其宗支也，善护之。经文既立横山寨，诸寨相继蜂起，妄谓大事可就，乃迎统锜入潜山，己丑春二月初四日，奉统锜居飞旗寨为石城王，以永历年号造作符印。各寨谒见，以次拜官，自郡县、监司、抚按、科道、部院、总镇之属咸备。他寨有未谒者，以兵降之。诸寨皆附。傅梦弼者贵州选贡，初授泗州教谕，献《御寇策》有功，升凤阳同知，迁安庆知府。左梦庚破安庆，出走潜山。七月，踞皖涧寨，受部院职。故潜山典史傅谦之、故鄱阳起义从淮王生员桂蟾、故公安贡士号义堂和尚者各授职居皖涧，为飞旗外护。于是统锜抚有二十四寨，因联络蕲、黄四十八寨，文职周损、曹允昌、王熠、胡玉良等，武职陈如密、李有实、常近楼、侯云山、刘奉宇、陈元、萧新宇等千五百人来谒，皆授职有差，分兵置各寨。周损，麻城人，崇祯己卯经魁、癸未进士，任饶州推官，行取御史。大清兵入江西，损走福建，授兵部尚书。寻兵入福建，损走归，同其侄周羽仪，己未进士周振子也，各率湖广溃卒三百人、马数十匹。陈胡子者，宁国人。初与二范同据白云崖，后带鸟枪百余人与损合军，同授部院职。时胡经文在从龙寨，同往计事，遣游击胡胜进据西关寨为飞旗声援。惟昆仑寨长生员陈文露不附。文露于崇祯庚辰巡抚徐世荫委为寨长，屡有御寇功。及归大清，统锜招之不从，以众攻之不克。

夏四月，操江都御史李日芃遣兵备道石镇国、副将梁大用、总兵卜从善等合兵攻破梅家寨，杀其监军葛修懋、游击夏胜重等二十余人，白云寨降。进攻英窠寨，围之，自四月初十日至六月六日，历六旬有奇，以计诱和。寨破，获其总兵孔文灿、游击王长惟。余公亮奔城墙寨，后遣生员徐乐韶等招降之。秋八月二十一日，梁大用进克皖涧寨，傅梦弼同众从后关遁入马园。冬十一月，李日芃遣诸将由水吼岭进兵，以武生余必寿等为向导，旬日招降一十八寨，惟飞旗以统锜在内不降。兵进汤池、衙前攻围之。初十日，纵火箭仰射，寨中大乱。梁大用手攀萝负戟先登，诸将继之，擒其监军王坤基、总兵储伯仁、石际可、旗鼓汪托。统锜从后关遁马园。次日，进兵追至霍山界宝纛河，执傅梦弼、桂蟾、义堂、唐明胜等十馀人。西关寨犹守不下。二十五日，石镇国用生员金承阊、徐乐韶计降之，而统锜犹遁匿英山。日凡初得胡经文、胡玉良，欲用之，故下之狱。庚寅春正月授以密计，初十日，经文于英山羊角河诱统锜来马园，执之。诸寨悉平。经文者，迎统锜飞旗寨称王者也。张福寰独守山寨十余年，粮尽，大清兵招之，伪降，将有所图，事露被杀。

朱书曰：李操抚之平诸寨，具有方略，非苟而已也。初遣参将汪义、游击袁诚六人至潜山，各赐银碗而刻其文曰：「莫杀百姓」。寻遣中军孔国元、守备赵越、孙之秀、生员林凤集等各持檄约曰：「降者不死，且耕吾田而复甚租。」是以降人踵相接也。又赐降者银牌、缎袍、靴帽，生员银或十金、五金不等。互相夸耀，故不血刃而下者，寨相继也。及诸寨既降，又以馀众不离巢穴，恐复煽聚，乃委推官黄敬玑给赈银二千两、牛五十四头、田票三百五十，安置外乡耕种。又遣县丞常一敬入山伐所余竹木抵两年租，以信持檄之约。又思离民怀归而山田就芜，辛卯之冬，仍谕还山复业。遣梁大用及知县郑遹元夷阻隘焉。迹其先后所以区画寨事者，不诚井井哉！一代之兴，必有杰出之人为之平其乱略而使之相安，岂曰兵力强盛莫与之校而已哉！

记徐司马三征事

蜀北邻秦，东邻楚，稍东而南而西邻夷。夷最巨者冉駹白马之种，蟠据雪岭、洮河间，皆氐类也，比松潘而耕牧。明初设松潘卫镇之，是曰松潘夷。夜郎、邛都、叶榆之种，魋结绣脚，随畜迁徙无常处。地方可数千里，南距滇，西距吐蕃。明初设建昌、越巂五卫镇之，而属行都司，是曰建越夷。其种族蕃伙。苞邛、西犍，北界乌蒙而抵马湖，为腻乃、黄郎、雷坡、牛陁等部，而腻乃为大，属邛部。自马湖设郡，其地迩，因曰马夷。此三夷者，各自雄长。

汉建元间，唐蒙、司马相如始建通道议，戍转饷耗费无功。武帝因公孙宏还对，遂罢之，独置南夷、夜郎两县一都尉。其后竭天下力挟平南越之威，仅乃通之，置越巂、沈黎、汶山、武都四郡。唐、五代、宋，西夷多没于吐蕃，南夷后割于蒙诏。元、明始复汉土，而乍臣乍叛。至隆庆、万历间，三夷鼎沸。万历十三年乙酉岁，命宣城徐公按西南边事，不二年，皆削平之云。

松潘卫设洪武十一年，御史大夫丁玉所建也。卫故有二路：东由江油抵龙州，西由灌口、威茂抵叠溪，山涧盘错，列羌寨四十有八。当事者羁縻之，岁元旦，发度支一行赏。羌日饱且逞，万历初，(约缺五十六字)勾引部落杂沓松城外以千计，势益张。诸族牛脑、羊脑、湾仲、占柯等咸附焉。锯木刻合大小姓，诅石歃盟，团结于黄沙坝。时出掠掳杀人，至邀夺总帅、车旗，杀千夫长、百夫长各一人。十三年，杨柳番市太平堡牛肉食而毙，诡云堡人酖之，啸聚诸番。六月，攻普安堡，惊埽水崖，掠石门坎，阑入金瓶堡，要增岁币，格杀百户陈克勤。巡抚御史雒遵以闻，属大将李应祥以兵三千人趋茂州，与副使刘禹谟、黄焯计攻其瑕，遂克杨柳、蝉蜉诸寨。

会雒遵以事免官，徐公由京兆尹代为巡抚都御史。十月，至蜀，驰檄抚谕，三反不听；窥蒲江关，断埽水崖、黄王坎道，筑墙五哨沟以绝东西声援，屡挫我师。十一月丁巳，拥众五千人突犯平夷堡，我军战却。掠人刳其肠绕二牛角上，急驱牛奔，肠寸断。公急召三司入计事，曰：「今弱形见矣，不大创之不可。」《疏》请讨于朝。得请，乃征播州、酉阳、平茶、马湖诸土兵，檄右布政使宋孟震立军，兴参议王凤竹监诸军、副使谢诏核功罪。羌乘大兵未集，遂先发。十四年正月既望，拥万众围蒲江关，架七稍炮，环击城，城几陷。参将朱文达出与殊死战，杀数十人，始解围去。已诸路兵皆至，公视师永康，召诸将语曰：「贼豢于我久，今凿凶门斗穴中，惟捷而勇者胜。」又曰：「河东西，吾力未能毕举。西阻涧，东连吾堡，其并力击东勿失。」又曰：「贼败必求降，我众陷贼者多，无杀降，无轹俘。」乃檄游击周于德以播州兵七千人营锣锅岭，游击边之垣以酉阳兵五千人营桥坝脑，参将郭成以马湖兵七千人直抵黄沙，参将朱文达以平茶兵四千五百有奇营茨沟，而统于李应祥。二月庚寅，应祥誓师镇平，分道并进。三月丙申，国师喇麻率湾仲、占柯等犯归化。周于德伏击于铁炉沟，一战擒喇麻、湾仲。守备曹希彬、牙将刘继祖擒占柯、绰儿栢等。军威大振。戊申，周于德兵破丢骨入荒阿牛、阿用卜、洞玉殒等寨。壬子，朱文达兵由间道袭克阿孝，擒其帅。是日，郭成、边之垣各出兵拔龙溪、鹿卜。乙卯，周于德兵围没舌寨。没舌陡绝，贼据险自固，我兵燔之，贼尽死。丙辰丁巳，诸将兵合攻蜈蚣、茹儿、东路沟，尽克之。边之垣于茹儿获其祖轮髑髅。初，嘉靖中，轮以松卫指挥守北定关，遇害。茹儿人镂其首为饮器，至是归骨焉。四月戊辰，破恶闹、窑沟，明日破石柱。馀贼奔雪岭，复聚茨岩。会诸路追兵至，贼悉委牛马、辎重陷我。我兵斩关入，贼窜，死岩下。

河东平，公乃趣诸将战河西。羌思答地等恃河水涨，驶划江而陈待我。公与李应祥策曰：「彼恃河不设备，我出不意，夜截江击之，必不支。我既西，粟谷必懈，回戈东指，亦必下。」应祥曰：「诺。」期四月辛卯济师。如期，鸡三号，悉引兵乘筏渡河，薄贼所。贼骇，窜克思答地。分击西坡、西革歪地、干沟、树底、双桥、挖撒等寨，悉拔之。收兵会食，大雨连数日，江水涨，筏荡，非早发即不克济矣。粟谷以兵既西，备果懈。五月壬寅夜半，郭成兵袭破其上、下、中三寨，斩首数十级。馀奔遁，追至白草乃还。卯辰，克牛尾。牛尾最狡，酋合儿结善占卜，竖栅自雄。李应祥兵分三路：边之垣遮后，朱文达左拒，参将刘用光右拒，宣慰杨应龙以所部精兵从中击之。贼据栅，礧石下如奔马。诸军奋死登，纵火焚栅，斩合儿结父子。贼溃，追及之。己酉，战于松坪。庚戌，战于黑松林。壬子，战于黑水河，贼大败，半赴河死，得所积稞食军。军留十日，烧其寨，馀稞以归。

时东、西河俱下，残羌窜岩谷中，依偏头结寨，通译者诣军门降，请罢兵。监军使廉得羌中以埋奴为大誓，令埋奴乃受降。羌无敢逆命，先后埋者凡二十三人。牛尾又出丁平羌所予银锞质于官，以示款诚。丁平羌者，国初御史大夫玉挂平羌将军印者也。且指庙子沟所诅结盟石碎河中。郭成率众营垒于黄沙，名平番焉。

六月乙亥，公下令班师，疏诸将功次于朝。晋兵部右侍郎，荫一子入监。诸文武升赏有差。

公既平三域乱，还成都，乃建南羽书，日二三至。众议曰：「羌与卤邻国之尾也，蛮左滇右蜀而据其中腹也。顾尾而不顾腹，非计讨之便。」公与巡按御史议与众同，乃上《疏》曰：「臣秉节钺填兹西土，越西人不靖，非独三城也。泸河之南，邛海之东，诸夷、猓、蕃部杂居，地宽物众，藏奸长孽。建有叛夷，曰安守，曰五咱、大咱者，俱土官瞿绍良部。酋日谋喋血牝主，因而煽虐逞狂。越有邛都落曰黑骨夷者，始以酋长构争，寻而流毒境土，甚者刃王官、据篆符。其不奉天子法度，非一日矣。念建、越倒悬，拯之宜急。惟是泸江瘴深，少俟霜高气肃，借陛下威灵，遣将剪绥之。惟陛下为一方久远计。」制下兵部议可。于是，以顺庆守周光镐迁兵备副使监征南军事；以参政周嘉谟督饷；以参议李士达纪功；以参将朱文达、游击边之垣为副将；以坐营田中科、守备王之翰、滕光国为裨将，仍统之都督李应祥。征天全、刺马诸土兵，募雄边子弟益之，共万八千有奇。而以行都司宰调元、通判邱一奇专出纳糗糒。

冬十月，周光镐自顺庆入建昌，布文告宣成德；首廉指挥徐孝忠置之理以绝夷内援。十二月辛酉，李应祥至建昌。次日，斩牲祀禡，议分击河西、桐槽，姑置黑夷不问。乃以朱文达领兵七千有奇，滕光国、田中科翼之，攻河西五咱。以边之垣领兵六千有奇，王之翰翼之，攻桐槽王大咱。以都司段文炳巡督越嶲，且护粮饷。李应祥自统材官吴文杰兵二千居中。约丙寅抵贼巢，以甲子夜半发越巂，直走三百里，朱文达兵夜抵礼州。百户张勣者，阴结五咱。我兵猝至，勣不知也。昧爽，陈兵于河，贼半渡，迎击。朱文达居中，滕光国右，田中科左，李应祥殿后，材官周德以兵冲。矢炮尽发，贼溃。我兵鼓噪渡河，直捣贼巢，破其栅，据险而壁焉。是日，斩卤二百五十有奇，走水死者无算。边之垣、王之翰兵攻桐槽，斩卤亦如之。丁卯，朱文达兵攻樟木箐；戊辰，攻磨旗山，连破之。边之垣、王之翰兵攻甘县，破之。大咱亡匿山谷中。壬申，五咱贼列千骑磨旗山。我兵分四道出，张左右翼合击，败之。贼退保旄生山。山故汉延宁间张乔破越巂夷地也。十六日丙子，朱文达兵大破之。夜半，贼西遁与安守合。守故瞿绍良族子，尝为巡捕长。遂部勒诸夷，诱汉罪人亡命为之薮。以巴中猾陈光华者为谋主，刻篆符自佩，出入擅僭制。乃与五咱保聚西溪、沙户马，阻险三大栅，深堑断栈。于是，都督李应祥调边之垣、王之翰兵来会。丁亥，应祥移河西。是日，所调盐井、刺马兵三千至。兵狞狰跳跋，尽裸躯，类非人形。夜壁河西，与都督营相望。乃部署诸将，约齐深入。十五年，岁在丁亥，正月庚寅朔，会有诇贼谋劫营者。三日壬辰暮，大风，应祥忽拔营而徙。二鼓，贼果来袭，遇刺马兵冲杀，大败之。执二生口，言五咱、安守谋，将以火攻总帅营，不虞当刺马兵。应祥顾而笑，诸将始知彼夕之徙故：令刺马兵用其锐尽殪其众。田中科献安守甲，虎靴、金芾饰以双龙刀刻五星文。安守既死，西南邛笮、安守来袭营，诸伏兵齐发，格杀贼五十馀人。骑兵刘怀者手斩安守。高逢胜擒陈光华，饮以三巨卮，属精兵三百衔枚间道雨夜伏麦达营。又檄诸屯田吏士伏营左右为援。壬寅，守故寨三十里。安守果率众潜归。庚子夜，周光镐与李应祥屏左右，呼材官高逢胜入，者。是夕，诇安守集大斧，火炬数百，宜为备。乃以田中科领兵六百，军于麦达，去安安守不可得五咱。然安守不可猝缚，计诱之。乃佯出循河西，示若专西图五咱，无东意戒令守而勿战。三月庚寅，李应祥与周光镐、李士达议：南夷以安守为望，此时非先致腻乃出与贼合。于是，征兵三千，以都司李献忠、守备刘继祖、指挥尹从寿领之马湖，议者言：腻乃即黑骨夷种，而党逆有黄羊一路，又即安守族属。恐贼急，遁腻乃，且防

是时，公移镇临邛，檄责诸军五旬何无一级，且戒军中先建后越毋逸贼。已而，采

五咱。

不利土人。崔继贤者，谨祀之，阴与张勣厚，自蔽于五咱。至是，逮勣与继贤，责以诇可敌数十人，故五咱依之。逆止死，时时能下巫言祸福，教五咱战法，且云'岁在戌亥，壁邛海上。诸将日有斩获。五咱走抵鲁玛。鲁玛者，故五咱父逆止厮役也。其子擢拍力也。贼遂退沙户马。诸路兵进，攻急，守众溃。我兵追及鱼水、安介，斩级百余。应祥

苴兰、靡莫诸长皆震恐。于是，高山四壁大小七枝诸西番争乞降，各埋二奴，于道合掌顶佛经，譬如西羌故事。

是时，王之翰于越巂之大孤山伏兵掩黑骨酋长，生得阿弓凹溪咱等七大酋。越三日，庚申，边之垣擒五咱于昌州。初，军围五咱急，伏匿不出。李应祥计非指挥王言吉不能致，乃属言吉计，属边之垣伏兵以援。是夜，之垣遂擒五咱等七酋。安四儿自知罪浮五咱，聚党数百，勒马控弦，据虚郎箐以待。周光镐与李应祥乃召瞿绍良，佯责之曰：「若自治羯奴，无久烦官兵为也。」四月辛酉，撤各路兵，以有事于邛夷。建昌人亟言安四儿犹在，不可释之去。诸来谒言者，周光镐、李应祥皆谢不见。癸亥，军悉北发，一夕乃尽还。甲子昧爽，抵安四儿寨。四儿走，蹑之西番擒之。是日，悉擒其妻、子并其弟破波、把事张炜，尽杀之。炜故阴贼，挟安四儿以乱土官中蕃，每杀人，莫敢问。至是，正其罪。庚午，李应祥之冕山。是日，逮千长赵应宣——与王大咱通者。大咱走匿普雄酋姑咱所。丙子，朱文达、王之翰军于普雄之五里箐，边之垣军于桐槽之哩波啰；王之翰进逼王大咱洞穴，擒之，矢创发毙于途。是日，朱文达兵攻南箐黑骨巢，边之垣兵攻桐槽铁桥村，尽破之，共斩卤三百有奇，黑骨无得脱者。黑骨，故邛都所部，乃唐两林蛮，史所称邛都最大者，以有君长也。今邛都领印与百夫长等。故土官岭柏妾沙氏淫于族人阿祭，负印归之。孽子应昇争，不获。祭死，其子凤起势益强，而应昇日酗酒，为广洪番所刺。至是，议者欲征凤起及腻乃，然道远不得要领。公遣华阳令刘寅檄王之翰谕凤起。凤起恐，纳印。释之，而属之翰将兵二千破广洪番，诛刺杀应昇者。

事已，公下令解甲，而前所遣防腻乃三将违节制入腻乃，竟营于凉山。腻乃酋撒假故凶狡，岁帅众出没荣丁、赖因间，剔孕烹婴，填肉盈坑，侵越地二百里，与中镇白禄枯须为死党。黄郎附夷，安兴、杨九乍为姻娅。至是，兴、九乍诡向顺，赚官兵深入，道撒假诈降。李献忠阘懦，遽许之，盟而撤营。前驱二千余出山口，贼忽大噪，持辎重，后队卒弃印走。李献忠及刘继祖、尹从寿皆死焉。公闻之，手疏请讨。制曰：可。遂命游击周于德、守备滕光国出中镇，副使武尚耕监之；参将郭成、朱文达、都司万鏊出马湖，副使李士达监之；游击边之垣、行都司宰调元出建越防贼逸，副使周光镐监之；参政周嘉谟督饷；右布政使彭富、参政张孙绳后先纪功；而大将李应祥居马营中权四面都护。征土、汉兵四万有奇，以冬十月出师。公移镇嘉州。武尚耕曰：「中镇白禄枯须实翼撒假枯须，自凉山之逆归而死，白禄刃诸将而匿其盖與于家。此于法无赦。其上下六落熟夷原未助凶，请广招徕之。」李士达曰：「腻乃、黄郎並讨，彼必并力抗师。且粮从舟输，而黄郎居江岸，莫若姑抚黄郎。」便皆从之。

十一月戊申，中路周于德兵先入，贼悉众保官廖河。庚戌，周于德遣天全兵击之，而令西阳兵击茜鸡坪。贼阻河拒敌，滕光国兵冲之，酉阳兵潜乱上流，出贼后挠之。贼溃走冷溪河。十二月甲子，李应祥督马路兵进攻穵乞黑，擒其酋。丙寅，中路兵悉抵枯树坪，留滕光国守官廖，以遏暖反。己巳，克马蝗山。山迫阨，贼垒石如壁，我兵仰攻不克。周于德遣酉阳兵攻山前牵贼，而自将标兵宵渡火烧崖，绕出山背夹攻之。贼不能支，弃山遁大鹰崖、杀马溪。溪险恶，贼巢绝壁，下瞰深渊，死踞以老我师。士攀藤策杖，不得入。癸酉，马路兵克白穵天星囤。先是遣□□文安民，谕黄郎安兴待以不诛意。兴疑信半，潜约雷坡出西球突冲我师，至是，始寝其谋。撒假、杨九乍集贼万余团四山，分枝接战，矢如雨下。我兵冒险攻之，播州兵先登，各路兵箭铳齐击，贼奔遁。除夕甲申，武尚耕趣中路兵，乘贼懈，渡杀马溪，营于木瓜，与贼持。十六年，岁在戊子，正月己丑，撒假纠众由大南门、大木瓜两路突袭马营。播州帅杨应龙率众大呼冲之，夺其械杖，始退。壬辰，中路兵攻木瓜，斩白禄。禄屡败，恚愤。至是，纠贼千馀从大赤口出木瓜，跃马督战甚锐。酉阳兵伏弩射杀之。诸将并诛其党，斩获无算。初，撒假倚禄，禄踞杀马，谓天险足恃，故专拒我马湖路之师。及闻中镇路兵越杀马，斩禄，撒假气夺。

壬寅，马湖路朱文达、万鳌兵破小木瓜。二月己未，中路兵发木瓜，进次出水坪。明日，渡利济山，士穿□蚁附达山椒而营。辛酉，万鳌兵破大木瓜，中路兵破大赤口，获夷书、夷器及凉山营将衣盖。癸亥，中路兵焚西姑摆、凶瓜等巢，马路兵捣大、小木瓜等巢。

是时，公自嘉移镇叙州，趣诸将击贼，筹水陆运道，革抉吱芮无不具庀。巡按何御史巡渝州，趣川东粟千艘至军中，益踊跃。甲子，建昌路宰调元、边之垣兵破贼于梅古河。乙丑，朱文达兵入凉山，捣撒假巢。撒假僭号西国平天王，堂皇逾制，窖苦莜圆根不訾谷量马牛。至是我兵资其粮，亡虑飞挽矣。庚午，建路兵破贼于普沱河。辛未，中路兵焚大赤口窠。癸酉，破虎背崖。乙亥，马路郭成兵分三道，直抵腻乃。贼男女突逸，悉擒之。丙子，朱文达、万鳌合兵攻鱼塘口，斩白魁。魁，故杀李献忠者。丁丑，建路王之翰破贼于凹曲脚河。戊寅，马路郭成兵大破贼于葫芦山。三月，马路诸将合兵。己丑攻凉沟，战于万乡谷，获撒假弟白鲁河什咱。庚寅，破拖海河。甲午，凶瓜买书等乞降。是时，撒假窜沙马。辛丑，马路兵破小凉山。庚戌，万鳌兵破老鼠囮，擒撒假妻男女。田中科兵破虎头囮，擒阿咱。咱，故杀尹从寿者。四月甲寅，朱文达兵破鹰嘴崖。辛酉，郭成兵破七洞关。撒假日穷蹙，斋干馔，合心腹四十人伏三宝山石壁中。山皱骈盘纡，令二小夷潜深箐，伺官兵至，辄口吹为号。郭成计缚二小夷，外息隔绝，架云梯眺之。贼所恃惟弩矢，至是矢尽。郭成兵连梯逼之，四十人多射死，遂斩撒假，醢之。撒假自其父普伯约号鳄普王，鸱张南荒，撒假又甚焉。己卯，破乞黑，擒西姑摆。壬子，移师攻黄郎，破祛里密，俘安兴母杨氏，兴遁。五月乙酉，破海脑。辛卯，破那古，俘兴妻沙氏。辛丑，万鏊兵攻石坡罗陂囮，破之，俘安兴。兴，故土知府子，貌雄桀，力敌百夫，常言马湖我故宅，我必复之。及撒假诛，兴与安冕据祛里密拒官兵，至是就擒。惟杨九乍未获，其妻马氏乞降。诸降者歃血、钻牛革，埋奴为誓，如松潘、建嶲故事。

戊寅，公下令班师，上疏曰：「上下川南叛猓：在建昌则有木托、安守、樟木箐、五咱等之害，在冕山则有桐槽王大咱之害，在越嶲则有邛部、黑骨夷之害，在峨眉则有腻中、瓜夷之害，在马湖则有腻乃、凉山、赤口与黄雷等之害。往往各负虎隅，阴相构结，而腻乃尤枭。前者，人非其任，以致丧师失利。今仗天威，燔刬殆尽。臣末辙虽安，前轴已折。臣罚不可逃，而诸臣勤亦不可泯。俱有《大司马法》在。」朝廷晋公二品服俸，诸将升赍有差。

提学御史郭子章作《三征记》以纪之，谓松潘、建越暨腻乃而三也。松潘事始丙戌春二月，竣于夏六月，擒羌帅三十馀人，俘馘壮虏一千七十馀人，焚碉房一千六百有奇，夺获战马、犏牛、羊、器仗无算，岁省浮费若干金。建越事始丙戌冬十一月，竣于丁亥六月，诛叛夷四种，夺邛都印一，上幕府功次二千有奇，生缚大酋十，馘大酋七，馘诸部长五十有奇，夺镳铤、弓刀、甲楯千，夺犛牛、笮马、牲畜，荧寨栅、碉房无算，降者三千七百有奇。腻乃事始丁亥冬十一月，竣于戊子夏五月，俘斩夷酋二十八人、夷党四千七百四级，讨归地六百七十馀里，纳降五千二百三十八人。当事之初，一时狃习故常，谓稍从姑息，即用武不足烦大旅。公决策济师，部分甫定，而参将朱文达以论劾去二兵，使以大察去。公察其可任，特留之，卒赖成功。又疏言蜀民劳止，邑梗楠而州挽输二犹弗宽，忧不在羌。诏如公请，木停三之一，予租十之三，故蜀忘兵事。

川南既平，请就马湖府专设安边同知一人，守备一人，筑二城、二堡，列兵三营戍之。于新乡镇筑安边城，驻同知。进五十里筑城，驻守备。又五十里为施家寨，又北为水池，各筑一堡屯兵。筑亭障者八，为善后计。

西羌自丁玉建置后，宣庙时一，刨于陈怀、蒋贵世，庙初又刨于何卿。史称九戎百五十四种，散处三河，据西南夷上游。高帝封国师大法王，招讨万户府、朵甘列思府以下凡三十三国，二百年无反者。嘉、隆间，夜郎都蛮君长以部落叛，入寇叙南。高珙筠戎始用抚臣议，出偏师讨，略地四百里，置建武城。其次，即镇西傀厦、洗马沽等酋入犯建昌，再议勒兵。朱提徼外，擒取首恶。然后苴兰、靡莫、党项、哀牢诸部慑服。近复西南骚动，公三驾而功成，盖亦伟矣！天子念公劳，予告归，累迁南刑部尚书。公名元太，号华阳，宣城人，由进士起家。其抚蜀也，松潘事比杨南涧，建南、马湖事比程新安、潘婺源。然蜀人犹谓彼三公累月各一征，公一时三征，未之有比也。

记家谱

吾家自鄱阳奉诏迁宿松，洪武二年事也。始迁祖曰相三公，或曰贵一公。今族祭博士乩，其葬处也。方言：林曰乩。相传相三公赘曹氏，生兴二公，冒曹姓。既如是，则相三公没应葬曹氏山。今曹祖坟皆在杨西坂。兴二公墓西百许步外而无相三公墓，顾在博士乩，相距十里。兴二公居杨西坂，有田四百馀亩；生五子：玉瑄、玉璟、玉玘、玉珉、玉琳，五分杨西坂之田以至于今。公卒，葬屋后大塘乩，北向。玉瑄公仍父居，生四子：洪、济、澄、深。公卒，从父葬。

洪公始迁杜溪张家庄，今大屋也，有田二百馀亩。卒，葬张家园，西向。生子友椿、友松。椿公居父居，松公他徙，后子孙稍稍还居大屋东偏，及□庆二公而盛，多置椿公子孙田●然椿公子孙仍居大屋正中，不相假也。椿公卒，从父葬。生四子：文锦、文鼎、文铠、文镇，四分大屋以居。锦公得上重，鼎公得西偏之上角，铠公得西偏之下角，镇公得下重，以至于今。上重及西偏上、下角皆废，止下重尚属洪公旧构也。

锦公生五子：伦、俨、倣、侣、伍。伦公迁刘庄，曰上屋；俨公迁陈庄，曰下屋。今伦公子孙极多，俨公次之。鼎公，予高祖也，生曾祖近松公，讳佐，与锦公子倣、侣、伍，铠公子俭，镇公子伟同居大屋。

佐公生祖考肖松公，讳朝宦。公有兄三人：朝珍、朝裕、朝顺，皆有子、孙，而无曾孙。近松公葬前山，向西北。肖松公葬张福上，向西。张福上者，大屋东大塘之南路上山也；盖其地古有张福者治之，故名张福上也。肖松公生考仲藻公，讳光陛。公有兄二人：光殿、光道，皆有子无孙。仲藻公迁徙太湖、潜山，授徒自给，无定居。卒，葬凿山之狮峰后，曰竹叶窊，向北。狮峰者，凿山西之锐而秀之一峰也，俗曰狮毛尖。妣尹，葬周家嘴，向南，一曰周庙嘴，又曰周民；一在沙湾之北。考生予兄世忠、世质及予世文今名书。予迁居宋庄，曰梨树坞。今杨西坂五房之子孙多不能有其田，转属外姓。予痛之，将尽赎之作祠堂，移居于彼，未知天肯相成否也。兴二公居杨西坂，历瑄公凡二世，而洪公南迁杜溪。洪公居杜溪历椿公及高、曾、祖、考凡六世，而予东迁梨树坞。然予将还居杨西坂，则迁不迁犹未可知。岁已巳，予修《家谱》，自相三公始，至是岁，凡三百二十一年，世系略具。丙子三月，复记于郡城按察署中，清明前一日也。

药说

药之寒者必多苦。苦也者，物之所甚畏也。然烦热、躁急、溃乱之病非此不治。苦固大有益于世者哉！当其甚病，非无膏粱、羹醴、脾臄、肥脆之味罗而进于前，然而其病益甚。

夫药之积苦也，亦已久矣。世苟无病，药初不能变膏粱、羹醴、脾臄、肥脆之味以悦人。即病矣，亦不能医不药者强之使治。然则，药亦止自苦耳。向使药亦自厌其苦，则烦热、躁急、溃乱者已在是矣，即欲变味以悦人，又可得乎哉！

阽壁答言

余客严恭馆为雨所坏，壁且阽且塌，直与星月通。夜卧见池中水，水中鱼，鱼边杨柳，皆历历可望。或为余谋：宜加完葺。山中豺、虎大贪，纵即不能为子畏，然非所以重其身也。

余曰：豺、虎也，乃壁之是阻哉！豺、虎而壁阻之，吾将旦夕坐于壁中，惴惴焉传餐以食，授衣以衣，举步不敢越壁外，而后可免豺、虎之患。非然，吾且将振袂深林，翱翔旷野，探豺、虎之穴而与居焉。安能闭户为拒守计哉！且天下之豺、虎不为不多矣，舍所各宜防之豺、虎而避所显然共知防之豺、虎，夫亦见其惑也。况豺、虎之足患与不足患亦在我耳，豺、虎何与焉。我而无所以服豺、虎也，何不役志于豺、虎。否则，我既出乎豺、虎之上，豺虎方且变其技以为我娱，竭其爪牙、头项之力以为我役，率其子弟、类族以为我捍御其非常，而共防其不测。如是，则我将尺箠制之，使其奔走驰驱如犬马，然又何贪纵之能为！无如世之人不知所以制之者有其道，安常习故者流过于拘谨，深居而不知所由出，导拥而不知所由避，豺、虎过吾门而不知所由至，其去也亦不知所由归。于是，才智之士愤然不平，群起而与豺、虎争，计必欲入其室、歼其种类而后已。则见夫射者济济然，呼者哗哗然，持罗者森森然，追者踬踬蹋蹋然，窥探者默默佻佻然。痡讵知豺、虎奋身一出，泽其吻、磨其牙、咆哮其声而震荡其势，射者不知其矢，呼者不知其声，持罗者不知其手，追者不知其足，窥探者不知其目，大势一坏，群向豺、虎而乞命焉。是何豺、虎之强而人之弱耶，抑人实无以胜之也？且夫豺、虎亦岂必尽锄而去之哉。天下之患莫患于物不各止其所，物不各止其所，势必纷然相角，而极乱大坏遂以乘乎其后。今我有以止乎我之所，而豺、虎莫得以相与，则豺、虎亦归深山幽谷之中，无以乘衅而逞乎其性。抑吾闻之：圣人之世，但有驺虞、麒麟之属而已，无豺、虎焉。非无豺、虎也，豺、虎亦驺虞、麒麟之属也。夫苟驺虞、麒麟之属环聚而至，吾方洞开重门以受之，何壁之是葺！

或唯而退曰：夫子之言使我目中无豺、虎矣。

游历记

燕秦之道

燕秦之道三：由大名抵河南叩函关，南道也；由井陉渡蒲坂叩潼关，中道也；由居庸循塞上达榆林，北道也。南道坦，少纡；中道半险径；北道险。予癸酉、甲戌两岁中，数往反焉，皆出中道。初以骑，后皆羸车。羸车安于骑，然于眺览不宜，非盛寒暑，则骑便也。因疏其道里闻见如此。

广宁门西南行三十里，经卢沟桥。

广宁门，金之正西门，曰彰义。今犹因之。明嘉靖中筑南城，此其西南隅之门也。明崇祯甲辰三月，贼抵彰义门。宋献策初云：观兵城下，十五年始可破城。城楼忽堕一天启大钱（一当五用）。献策云：此破城兆。发一大炮，楼角遂崩。门有崇文税课分司。门外道北有天宁寺。元魏创，始曰光林，隋曰宏业，唐曰天王，金曰大万安，明宣德间改今名。寺有塔，高十二寻，隋所建以藏舍利者。四周缀铎万计，音无断时。僧云：音歛则光现。又西有真空寺，明世宗入继大统，驻于寺西。距门十里有义井庵，或曰蜜井，明成祖驻跸，甘其泉，故名。由门以西，春夏多积水泥淖，小石垒垒，人马足着之颠滑。秋冬晴爽，即灰沙猎猎，风中不能眴。或用纱罩眼，比里许，面积尘如抟土，人不能识矣。卢沟南北更甚。卢沟镇城崇祯中建，庚午后风景萧条。用言者议，当桥北规里许为城，名拱北。二门：南曰永昌，北曰顺治。今改永昌曰威严，有兵守之。卢沟本桑乾，水出太原天池，伏流至朔州马邑，从雷山阳发为浑泉，雁门云中诸水皆会焉。《水经注》曰：「漯涫水者也……东南流……合湿水……桑乾水……湿水并受通称矣。」元《河渠志》曰「小黄河」。今按：本一水也。以其浊，故呼浑河；以其黑，故呼卢沟，燕人以黑为卢也。水尝冲溢为患，屡经修筑，为费不赀。说者欲仿唐裴行方遗法，于上流引水为田。宋臣宋琪议伐辽云：「桑乾……属燕城北隅，绕西壁而转。……如……于燕丹陵」下堰之，灌高梁，河「水必溢……三五日弥漫百馀里，即幽州隔在水南……贼骑来援，已隔水矣……孤垒……必克。」按此，则宋时此水在燕城北也。元运道溯卢沟而上，直达大同保安州。自大同古定桥起至卢沟桥务里村止，约八百馀里，内可以舟行者七百二十七里，陆运者八十八里。然水峻激，奔流善崩，又浊易淤，浅不胜舟。故金、元欲通漕，卒不果。石桥横跨二百馀步，傍皆石栏。石狮居杆首，形状奇巧，金明昌间所造。《名山藏》云：嘉靖三十四年造卢沟桥成，陶仲文先献万金助工，加岁禄千石。金初以「卢沟晓月」为京都八景之一。元、明人多歌咏之。晓星残月，曙景苍然，亦可观也。桥南有榷司。

渡卢沟桥，五里经长新店，又二十里经良乡县。

天启元年，用御史李日宣言，长店、大井、柳巷、五里店、太平埚等处，自都门至良乡，每五里筑墩堡，宿兵十名备盗。今畿内伏路官兵，盖其制也。长新店有小冈，路为水坏，多沙石。店南有石桥。良乡，汉县；莽曰广阳；唐以不从安史之叛，改名固节。旧治涿州北四十里，后唐庄宗时移置盐沟，以赵德钧镇之。盐沟，一作阎沟，发源宛平县龙门口，流与广阳水合，注卢沟，今城外水也。其城景泰中筑，宏治时甃砖，今为地震所坏。县东有浮屠在山上。其驿仍名固节。金主亮荒淫，召葛王乌禄妻乌林答氏。氏至驿，问何名，左右以固节对。氏曰：「吾得死所矣。」遂自杀。后乌禄为帝，即世宗，称小尧舜者也。

又南三十五里过旧店，又十五里渡琉璃河石桥，又十五里经先锋坡，又五里渡胡良河石桥，又十里涉涿水经涿州。

未至旧店五里，道东有宏恩寺，明敕建省。墙宇峻整，柏林郁茂。旧店一名豆店，又作窦。琉璃河，《金史》作刘李河，宋敏求《入蕃录》作六里河，孙汝登曰：「即圣水也。」《水经注》曰「圣水出上谷……东，过良乡县南。」今按：水自房山龙泉峪流至霸州，入拒马河。拒马合卢沟也，水极清泚，尤多鸳鸯。永乐间曾修河桥。嘉靖时濬河，置桥其上，名其桥北曰仙积，南曰永明。桥长数十丈，桥畔倚一铁竿，长数十尺，以镇水怪。俗谓王彦章所遗铁篙，谬矣。《名山藏》云：世宗好箕仙，以箕示，建琉璃河桥，立殿以镇之。《雷礼桥堤记》曰：「时逢霪潦，散漫奔溃百馀里。凡陆挽跳驰者，动阻滞，不能涉。甚或四方驿奏，坐视衍期。上幸承天，睹之恻然，回銮敕修石桥。桥长四丈五寸，阔三丈五寸，高一丈三尺五寸。水沟八道，堤南北东西共长五百馀丈。」按此自见造桥本末，顾以为受命箕仙恐非是。《水经注》曰：「圣水自涿县东与桃水合，首受涞水于徐城，东南径良乡，西分洹水，世谓之南涉沟，即杭水也。」《名胜志》曰：北涉沟、南涉沟俱在县东，至涿州入桃水。《方舆纪要》曰：「南涉沟即督亢水。北涉沟在涿州西北，自涞水县流入，即洹水。」然此洹非赵之洹水，彼自出潞安。今道途匆遽，未能详也。桥南旧有嘉靖离宫，今不存。市集繁盛。胡良河北有延寿寺，亦明敕建者。河上石桥，南连石堤。中道有大碑亭，万历八年二月《涿州二桥记》也，张居正撰文，其名为人凿损。《二桥记》曰：「涿州北有河二：自西山诸泉来者曰胡良河，距城七里；自紫荆关外铁巢崖入者曰巨马河，距城二里。每伏秋水暴至，岁漂溺常数百人。皇太后因州人请建桥，自以宫中金募工，成胡良河桥一，巨马河桥一。高广各二丈，长三十余丈，费不过七万。往嘉靖建琉璃河桥一，费三十万。兹二桥之费，不当四之一，而坚致精工乃过之。」按：孙汝登谓胡良河为圣水，太岳谓涿州城北河为巨马河。证以《水经》，圣水当属城北河，巨马河当在城南。然《水经注》曰：「圣水自涿县东与桃水合，首受涞水」，又曰：「巨马河……即涞水」。则止此一水，曰巨马、曰圣、曰涞、曰桃、曰涿、曰挟、曰挟活河、曰奇沟、曰歧沟、曰督亢沟、曰阪泉，其名自殊耳。然应劭云：「涿水东注湿水。」则入桑乾也；《水经注》云：「巨马水于平舒北，南入于虖池」则又不同，难以考信矣。明《一统志》曰：「挟河自房山县东南流与胡良河合。」《方舆纪要》曰：「挟河在县西二十里，亦名巨马河。」是更互异也。要之：州以涿水得名，涿水在其北也。又曰范阳，范水在其南也。涿水桥今圮，但存石堤里许，秋冬架木为梁。《列仙传》曰：「琴高者赵人，以鼓瑟事宋康王，为舍人。后辞入涿水中，乘赤鲤来，留月馀，复入水去。」按：宋去燕远，《水经注》载琴高骑鲤在芒砀谷水中，其说亦不合也。黄帝与蚩尤战于涿鹿之野，留其民于涿鹿之阿，此燕山建都之始。燕为涿邑，汉为涿郡治，莽曰垣翰，魏改范阳郡。然旧亦有范阳县，秦末蒯通说范阳先下是也。唐始为涿州。《名胜志》曰：「城周九里，形如凹字，相传颛顼时所筑。」明景泰中甃砖石。自秦以后，明以前，天子幸涿州凡二：隋炀帝自江都幸此伐高丽，宋太祖自并州幸此伐辽。隋因以亡，宋亦无功而还。计自石勒袭破王浚，涿水南北，历晋、宋、齐、梁、陈，皆沦异域，隋、唐才能一之。未几，天宝十五载，安禄山称帝，不奉正朔。中仅一归于五代之唐。不久，岐沟以北复沦契丹。直至明太祖混一区宇后乃建都，凡二百七十馀年。噫，何多故也！由晋至今凡二千年，其归于一统，仅三、四百年尔。自都建于燕，四方万国来同，其来道于此合，其归道于此分，州真冲烦地也！

又二十里经定兴县。

涿州北门外沿城而西行十五里，经楼桑村，东又十五里经松林店，又二十里经高碑店，入城而南而东，齐、鲁、吴、楚、闽、越之道也。沿城而西而南，赵、魏、秦、韩、楚、蜀、黔、滇之道也。城西北隅有华阳台，旧传燕丹与樊将军置酒华阳馆，出美人、奇马处。《名胜志》曰：「范水在州西南，水北曰阳，范阳郡名以此。」许奉使《行程录》曰：「近城有涿河、刘李河合范河东流入海。广阳城在州西南十五里，汉封刘良于此，即楼桑村也。村为汉昭烈故居，故有三义庙，祀昭烈而以关、张配焉。」按金王庭筠《庙记》，当时两庑配祀，诸葛孔明、关云长、法孝直在东，庞士元、张翼德、简宪和在西，极为允当。《三国志》但言三人情好若兄弟，自小说创为桃园结义荒怪之谈，于是俗多为三义庙。像设关、张并昭烈而坐，君臣同席，大为不经。甚至盗寇聚党，皆以壮缪为师，殊可恨也。村南旧有梁门城。文天祥诗曰：「我过梁门城，楼桑在其北。」今无矣。去村三里为郦村，郦道元故居也——元《水经》注者，本涿人，而易、涞、巨马、呼沱、滱、湿殊草草不备，何耶？——南有张桓侯庙。松林店当近岐沟关，宋时与契丹分界处也。雍熙三年诏曹彬北伐，破涿州，寻败绩于此。或曰在州西南三十里，或曰四十里。《方舆纪要》曰：「一曰奇沟，又曰祁沟，唐末所设。」彬等既败，夜渡巨马河，趋易州，辽兵追及，溺者不可胜计。按此，则巨马河又当在店南矣。《水经注》曰：「巨马水又东，郦亭沟水注之」。今自松林店南并无此水，何也？定兴本范阳境，金始置县，今属保定府。县北一里，有祖车骑逖故里。

又十里涉易水，又二十里经固城店，又三十里经白塔铺，又十里经安肃县。

《水经》曰：「易水出涿郡故安县阎乡西山。」故安，今易州也。《注》曰：「易水径出范阳县故城……又东与濡水合……许慎曰……『濡水入深。』深渠二号即巨马之异名。然二易俱出一乡，同入濡水，南濡北易，至涿郡范阳县，会北濡，又并乱流入涞。是则易水与诸水并摄通称，东径容城县故城北……至渤海平舒县，与易水合。」平舒，今大城县也。按《史记》：「赵与燕易……以龙兑、汾门与燕；燕以葛城、武阳与赵。」郦元谓「易水……南过武遂县……为武遂津，津北对长城门，谓之分门」，即《史记》汾门。一作梁门，或作粉门。而文山诗谓楼桑在梁门北，则岐沟又当属易水矣。总之，易、涞、巨马、涿、濡、范，古多通称，不能定也。今此渡处，俗呼北河。东南至新城南十里为白沟河。涿水、琉璃、胡良诸河来注之，入虖池，下会桑乾，至直沽入海。宋、辽止以白沟为界，则岐沟当是此河也。又按：燕都东、北、西三面，以山为险；南一面独平无险，然其险在水。故苏秦曰：「南有滹沱、易水」自雄莫东际海，多积水，辽兵出，未尝由此。宋臣请自顺安西至西山，遏水为塘埭，以限戎马。虽云「十万土囊可得路」，然设险亦先王所不废矣。白塔铺有塔七级在道左。安肃，古遂城。宋真宗咸平三年，杨业子延昭守遂城，会大寒，灌水城上，旦悉为冰，坚滑不可上，契丹乃引去。《通鉴注》曰：「遂城，今安肃县。」然太宗时刘延翰败契丹于遂城，《注》又称满城县。今按：安肃于宋时为安肃军，亦名静戎军，则遂城当为别属矣。

又西南十五里涉漕河，又十五里经保定府。

漕水，《水经注》：曹水也，出「宁县曹河泽东南……径北新城县故城南……又东入于徐水」。燕之疆域止于易水，过此即赵境矣。战国时武王所封诸侯，惟燕及楚耳。齐、韩、赵、魏皆篡夺之国。秦最后封。楚亦子爵，本蛮夷，不同燕。燕孤悬边塞，逼近追貊，乃能九世称侯，八世称公，十世称王，与周室同历八百年，盖亦盛矣。秦楚之际，六国各立后，燕独无后。顾炎武曰：「燕与秦不同宗姓，俾其城坏，故不能复兴。」予以势度之，或秦政以荆轲之故弃疾于燕，夷灭其族，亦未可知也。保定，秦之上谷，非燕上谷也。燕上谷在今宣府境上。汉末，公孙瓒于易州称易京，盖巨鹿、信都、涿郡、中山之交也。宋为保州，一名保定军，一名清苑郡。明正统中，设顺天、永平巡抚以备边。成化初，始兼设二抚，分辖畿内，一驻遵化，一驻保定。后改蓟辽总督，移巡抚驻真定，又移顺德。大清初设直隶、河南、山东三省总督，后裁。今只设巡抚，仍驻保定，而清苑一县，附廓内焉。保定北廓外道东有杨忠愍公祠。公，保定之容城县人，名继盛，明职方兵部员外郎，论权相严嵩被祸者也。北平王源曰：「忠愍与杨左同以直谏死。然忠愍当神宗时，上方英明独断，犹冀万有一悟，死谏固宜。杨左当熹宗时，上不与闻国事，一切皆魏珰为之，言魏珰二十四大罪即于魏珰之前，以此而死则愚矣。故杨左不可与忠愍同论也。」予谓：忠愍职在兵部，上无格心之位，下非言责之官，即不言，非过。而强聒致变，位卑言高，亦可悲矣！裁以圣人用夬之道，疑未尽也。容城元有刘因，明有忠愍，近有孙奇逢，皆豪杰。容城墓门及保定皆有赐祠。此祠建自武文达，历五十馀年，郡丞常大中及邑人魏一鳌重葺，孙奇逢为之记。祠像面白皙，颐丰，须髯五道。其前即金台驿。按：燕之金台在易州，此赵地，不当有金台也。京师南十六里亦有之，盖后人所仿筑也。西有忠烈祠，祀甲申死难者。流贼破居庸关，将寇京师，保定人震恐。署府事同知邵宗元，徐州人也，与总监方正化、故光禄少卿张罗彦，纠乡兵二千人登陴。无何，督师李建泰退兵抵保定，谋入城，守城者不纳。建泰遣监军御史金毓峒与城上人盟，始得帅其众入居公廨。先是，建泰阴有异志。已而，京师陷，贼遣其党趋保定，射书与建泰约降。建泰召众至，索宗元印予贼。宗元不予，逼之，涕泣被面。久之，大呼曰：「宗元一江北老贡生耳，然不忍背主苟活。阁部名科甲，受任将相，纵不自爱惜，独不记出师时皇帝亲祖正阳门，以武侯、晋公相期待耶！」因掷印拔刀自刭。众或抱持，相率纳印宗元。散，建泰夜约贼。明日城陷，宗元被杀，犹握印，贼断两指乃得取去。方正化及新知府何复、张罗彦兄弟妇女皆死。金毓峒不受建泰招，亦死。保定后京师五日而陷，或曰攻围二十四日，举人刘会昌等同死。祠南面文职十有四人，东庑监生、绪生三十有八人，西庑武职二十有八人，东庑监军一人，西庑义民二十人，后妇女一百有七人，皆设主。崇祯时，申用懋请畿内设四辅，宿重兵以卫京师，事不果行。保定虽驻巡抚，而无兵卫，所以陷也。畿内明设皇庄，今设八旗军屯。军屯东路及于河间，西路及于保定。初以绳环之，所至即归八旗。居民世业田园、屋庐、坟墓皆不得而有也，稍健者反赁为佃而纳税秸焉。顷得于抚军成龙，稍伸纪法，小民略获登垅墓云。

又南二十五里经大激店，又二十五里渡方顺桥，又三十里经庆都县。

大激店南有会水河、双石桥，盖徐河也。宋太宗端拱二年，都巡检尹继伦败契丹耶律休哥于徐河。河出易州。《水经注》曰：「徐水三源奇发，齐泻一涧，东流北转……径郎山……南」。郎山者，保定北山，汉戾太子之子遁此，故名也。出山又名顺水，一曰沈水，一曰泉头水，至高阳入于博。《志》曰：「初出滩，石冲激，声闻若雷，曰雷溪。」方顺桥属满城县，水出西北山中，下会徐河。或曰：徐河即清苑河城西水。《水经注》曰：「徐水……东径清苑城」也。庆都，汉望都。城侧有尧母墓，曰灵台。《水经注》曰：「成阳西二里，有尧陵。陵南一里，有尧母庆都陵，于城为西南，称曰灵台。」后汉《尧母碑》曰：「庆都仙没，盖葬于兹，欲人莫知其名，曰灵台。」宋知濮州韩铎言：尧陵在雷泽县东谷林山，陵南有尧母庆都灵台庙，请敕本州春秋致祭，置守陵五户。从之。按此皆谓庆都、灵台在山东也。邑有柳宿城，汉宣帝母王夫人入朝，与父母别于此。

又南三十里经清风店，又二十二里涉唐河，又八里过定州。

清风店夹道植榆柳，阴映日月，如行华阴道上。土俗于振击柝，四更而晓。唐河，即滱水也。《水经》曰：「滱水出代郡灵邱县高氏山。」灵邱，今大同蔚州属县也。《山海经》曰：「高氏之山……滱水出焉，东流注于河。」自倒马关入定州，合恒水，径唐县，遂名唐水。《地道记》曰：望都县有委粟关。《水经注》曰「中山城……有小山，在城西侧，水锐上，若委粟焉。」又曰：唐水一名雹水，自合恒水，一曰恒川，即《禹贡》所谓「恒卫既从也……水……径中人亭南……晋荀吴帅师侵鲜虞及中人，大获而归」。今在庆都境。《水经注》又有「博水……出望都」，亦名濡水，入于滱，《春秋》「齐与燕会于濡水」，杜预曰：「濡水出高阳县东北，至河间鄚县入易水」。

是濡水与虖沱、滱、易互举通称矣。定州，古中山国，魏文侯乐羊灭中山，今有乐羊城。初，武公封唐，为周同姓。其后，恒公不恤国政，太史余曰「中山淫昏康乐，逞欲无度，其先亡矣。」魏文侯既灭中山，以封太子击。《水经注》引马融曰：「晋地自朝歌以北至中山为东阳，自朝歌以南至轵为南阳。」汉立中山郡，景帝封为侯国，昭烈之所肇也。莽曰常山，北魏立安州，改定州。初，赵石建武筑城立宫，后燕因都之。《志》曰：州，汉博陵郡。按：博陵，蠡吾故县。冲帝以侯入继，追尊其父翼陵曰博陵，因置郡。隋乃移博陵于此，非汉也。唐以后皆曰定州。宋太宗北伐时，契丹将遁，有于越者，请以五千骑尝师，从之。乃骑持一帜，由间道邀师归路，周环往来，昼夜不绝。帝疑援兵大至，宵奔定州矣。州一名定武军，名宦于宋极盛：韩琦、宋祁、赵抃、吕公著、苏轼、管师仁之属皆在焉。州地飞沙扬灰，行者苦之。今属真定府。

又南三十里经明月店，又二十五里经新乐县。

新乐，汉之新市也——新市有二，其一在楚汉阳地，县为北新市——新乐县西南三十里，有水名木刀沟，唐范希朝、张茂昭、朱邪执宜及王承宗战处也。沟在镇、定二节度之界。晋荀吴伪会齐师者，假道于鲜虞，遂入晋阳。杜预曰：鲜虞，白狄别种，在中山新市县。《日知录》曰：晋公灭狄，始于鲁宣公十五年灭潞氏，十六年灭甲氏留吁。成公十一年伐廧咎如，而上党为晋有矣。昭公元年，败无终及群狄于大卤，而太原为晋有矣。然后，出师以临山东，昭公十二年灭肥，二十二年灭鼓。于是，太行以东之地谓之东阳；太行以南之地，谓之南阳，而晋境东接于齐。先后八十馀年，而群虞犹不服，平狄之难如此。今属真定府。道旁有无极令范君去思碑。君名永嘉，字玉苍，上元贡生。初为余宿松县教谕，余初为弟子员，甚相得。会有某进士者，宿松邑大夫分校所得士也，来谒邑大夫，颇通赇赂。余贻书诮之。某恚，立请君，欲召余面诟。君从容谢曰：「朱生狂，召未必来。即来，恐复不逊，若何？且苟无其事，何恤人言。诚有之，宜覆匿，毋益彰之也。莫如无召。」某不怿而止。是时，某挟邑大夫势，颇恣肆。君以片言止之，咸服其能持大体。后迁无极令，都门遇余，约余过无极，若欲有以济其贫者。余卒未往。闻颇有善政，然不悦于豪猾。未几，卒于官。无子，一女适陈户部子。户部名奕禧，海宁人。邑有伏羲台，台有碑，字剥落不可读。

又南渡沙河，三十五里经伏城驿，又十里涉滋河，又三十五里经真定府。

沙、滋皆不入《水经》，大抵西北出北岳之麓，东南流入滹沱。沙河水甚盛，滋广可二里许，常涸，沙漫难行。真定，楚封张耳常山王于此，入汉为恒山国，盖即赵之东垣邑也。汉高十一年，上击东垣，下之，更命为真定。唐初为镇州常山郡，颜杲卿以之抗安禄山者也，后为成德军。王庭凑拒命，韩愈奉诏宣谕，复驰诏，止愈毋径入。愈径至贼营，责以大义，庭凑听命。苏轼所谓「勇夺三军之帅」也。自幽州首乱，安禄山及子庆绪，历史思明、朝义、李怀仙、朱希彩（泚滔）、刘怦（济总）、张宏靖、朱克融、李载义、杨志诚、史元忠、张仲武（直方）、张允绅（简会）、张公素、李茂勋（可举）、李全忠、匡威、匡俦、刘仁恭（守光），凡二十有八人，而灭于晋，是为卢龙军镇。冀自李宝臣（维岳）、王武俊（士真）、承宗、承元、庭凑、元达、绍鼎、绍懿、景崇镕，凡十有二人，而灭于梁，是谓成德军。卢龙军有州九：幽、蓟、营、平、涿、莫、檀、妫、瀛。成德军有州六：恒、定、易、赵、深、冀。盖燕、赵亡，而匈奴之祸极于两汉；两镇亡，而契丹、金、元之祸迄于宋。以一国一镇之力，捍外而有余；以天下之力，卫内而不足，是可慨也。宋真定为河北西路治，明末真定设巡抚。崇祯十一年，大清兵南下，督臣卢象升，宜兴人也，御于保定，转战至真定。巡抚张其中绝其粮饷，军中五日无粮。城门闭，使者转呼东南二门，自未至申，城上乃传云：「有银无余，奈何？」十二月，以饿卒战于南宫之贾庄。夜三鼓，大清兵合围，犹力战，自辰至午，力竭而殁。大清兵乘胜南下山东，破济南、登、莱。真定府城甚大，环郭皆稻田，池尽荷藕，风景殆河北所少也。治东龙兴寺后有天宁阁，一名大悲阁，九间五层，高一百三十尺，中有观音像，高七十三尺，宋开宝初建。附廓县曰真定。

西廓外五里渡滹沱河，又二十里经赵陵村，又三十里经获鹿县。

滹沱，《礼记》作恶池，《周礼》作虖池，《汉书》作吁沱，俗曰蒲桃河。《环宇记》曰：「滹沱出代州繁畤县东南孤阜山。」《汉书》注曰：「出大戏山，经定州深泽县东南，即光武履冰渡河未毕数骑而解处，地名危渡口。」《周礼》注曰：出卤城。《山海经》曰：「泰戏之山，无草木，多金玉……滹沱之水出焉。」至真定南，河阔一里，每暴发，则冲激漂荡，府城受其啮噬矣。燕、赵水皆清，惟卢沟及此浊，水急不甚深。《光武本纪》乃曰「冰坚可渡」。其下流经河间府献县北十五里，则河反狭于真定。然中流椓杙为梁，可知其仍不深也。《水经注》曰：「汉盖咨乘（《御览》作资承）呼沱之水，转山东之费，自都卢至羊肠仓，将凭汾水以漕太原，用实秦晋，苦其役连年，转运所经，凡二百八十九隘，死者无算。拜邓训为谒者，监护水功。训……知其难，立具言肃宗，肃宗罢之，全活数千人。和熹邓后之立，叔父以为训积善所致也。」《职方》：并州川曰虖池、呕夷，浸曰涞、易。盖涞、易合流，至容城、雄、霸、任邱之间，汇成大泽。北人呼湖曰淀，今岁行水围处也。呕夷不知何水，《水经注》曰：「滱……即温夷之水也。」岂其是耶？由府城而南，河上有舆梁可行；取入秦之便，故西涉河也。河之南，南行为赵、魏、楚、滇、黔之道，即入秦南道也。予行中道，故折而西。获鹿古石邑，隋鹿泉，唐获鹿。且在山麓，城西有溪水，磊石为雉堞，以代瓴甋，盖甚坚也。境出海山，石皆成松形，雨后更显。

自都门至获鹿县，凡六百三十五里，经府、州、县十城，外卢沟桥一城。其地皆平原广野，利于驰骤。西望太行，东极海堧，无高山险阻。惟久雨暴潦，则湿、易、巨马、滱、滹沱诸水横溢，不易行也。

获鹿县西入山行三十里，经白石岭，又十里涉微水，又十五里经张村，南涉河，上下山岭，凡十里，经井陉县。

县西即唐土门关，古井陉口也。安禄山之变，以官军扼土门关，不得西，乃出南道矣。道旁有莗山，韩信使人持汉赤帜登莗山是也。后魏葛荣之乱，民有不从者，于此抱犊而死，故一名抱犊山。今邑中有淮阴侯庙。微水出固关之南，合井陉水，北注滹沱。井陉、汉县，唐并州，宋天威军。城南临水，北据山。水势甚盛，东经张村，会于微水。南岭下有碑，云：「韩信谈兵处。」信破赵后始得李左车师事之，谈兵当在今顺德府境，岂与诸将言「背水置之死地」云云乎？恐亦不当在此也。崇祯初，流贼渡河入山西，陷河曲，患苦闻喜、稷山；陷泽州、寿阳，毒晋。五年遂延畿南北，据五台。时能御贼者称井陉道寇从化、大名道卢象升。从化尝有张村之捷，当在是也。后从化移临城。未几，贼亦履冰，从渑池渡河入中州矣。今井陉仍设道臣一员。秦始皇崩于沙邱，在今顺德府境。既至井陉，仍从井陉抵九原，然后从直道以至咸阳，回绕三千里而归。盖伪为游行，以破疑揣之心也。

从县西行土谷中，十里经板桥，又十里经龙阿寺，又五里经核桃园，又五里升石岭入旧固关，始出京畿入山西界，又降十里出新固关。

土谷两旁如削，道行其中。自此以西多有之，函谷亦此类也。龙阿寺东西作两关，关上楼观颇宏丽。核桃园，核桃、柿甚广。固关，本井陉故关也，奇险迤逦而下。旧关东属北直真定府之井陉，西属山西太原府之平定。自板桥以西，皆两山相夹，行涧壑中；至旧关而峻，多牵马步行以升者，防石滑蹄踣也。出旧关降而盘折，抵新关势愈峭，壁愈陡绝。然道平无升降，两旁可十余仞，山腰顶有城如带。关门皆磊石，镌额曰「固塞雄关」，有兵守之。关之东百十数里，山谷崎岖。自关以西，山高峻连绵不可升。或中断为谷，路迂回盘曲狭内，百步外不相见。地皆石碛，雨集成溪，路益隘，车不得方轨，马不得成列；远且数百里，山谷无伏莽，人且战栗。故自燕至秦之天险，断以此为最。梁份曰：关之险，险于函谷。函谷兼倚黄河，固关但倚山耳。其路屈仄，山之盘互，兵可以伏，人难于行也。今山西古河东，古山西今陕西，《史记》萧何镇抚山西是也。盖建都长安，则今山西地为河东；建都蓟门，则今山西地在太行以西故也。又今称山西曰「晋」，称畿内曰「燕」。其实，保定、河间、大名、真定、顺德、广平皆晋地，不属燕也。

又西十里经槐树铺，又二十里升土岭，降行出谷中经柏井驿，又三十里经西郊集，又二十里经平定州。

出新关，仍行涧壑中。逾土岭，过柏井驿，两山夹立如门，为固关外障。土岭以东，涧水东南流，复北折出微水。土岭以西，涧水西流，至平定亦北折，东经井陉县前出微水，合注滹沱。柏井驿属乐平，汉沾县也，春秋皋落氏之地，今有皋落墟。或曰：周、召分陕之界。按：陕在河南陕州，恐不及此。平定在众山中忽开敞，汉曰上艾，北魏曰西阳郡，又曰石艾，东魏侨武州，唐广阳州，宋平定军。柳宗元《晋问》曰：「大卤之金。」注曰：「太原、榆次、交城、五台县及平定州俱出铁，今冶铸之，利流布天下矣。」宋欧阳修《马政议》曰：「辽州平定军，不耕之地甚多，山川深峡，水草甚佳。其地高寒，必宜马。」崔寔《政论》曰：「仆前为五原太守，土俗不知缉绩，冬积草，伏卧其中。若见吏，以草缠身，令人酸鼻。吾乃卖储峙得二十余万，诣雁门、广武迎织师，使巧手作机，乃纺以教民织。」古人勤民如此。今平定有司仿而行之，民颇得其利，然惰俗卒难变也。城中有太原同知驻之，方督行此事，未几去，织亦废。河干有妒女祠。武后幸此，惧，欲别开道避之，以狄仁杰谏而止。金元好问《承天镇悬泉诗》注曰：「平定土俗传：介子推被焚，其妹介山氏耻兄要君，积薪自焚，号曰妒女祠。」其碑大历中判官李諲撰，辞旨殊谬，至有「百日积薪，一日烧之」之语。乡社至今以百五日积薪烧之，谓之祭妒女。其诗有云：「此水绵绵流万古。」人言：主者，介山氏。且道：未有介山之前，复谁主？其言足以正谬矣。

州西降高岭，四十里经新兴店，又西行涧壑中，四十里经张井集，又十里经芹泉驿，又西逾土岭，二十里经寿阳县。

州西即宋之嘉山，今曰黑沙岭。岭东张氏园亭，莳名花、丛条、古木，引水畜池鱼；台榭壁柱间多前代名人墨迹，位置曲栏砌石，有江南风景。堂后甃瓴甋为楼三层，置火道，煴煤其下，火气直周上，穷冬和暖如春。楼前对冈上松数株，葱翠可爱。淮北、齐、赵、燕境松绝少。《周礼·职方》曰：「并州其利松柏。」予行并州道上，只平定稍稍有松，西则间见于安邑之郊，是难云利矣。张氏名植，其先人贤，仕宦，构此园。流贼残平定，园得免焉，亦鲁灵光也。新兴店滨河，在石碛间结茅覆屋，编苇为壁；居人在店后土窟中，晓集店，为过客执爨进饼饵则皆用妇人。自岭下北行两山中，又西折至张井，皆缘溪数渡，水涨或冰雪皆难行。张井以东，水皆入滹沱。寿阳以西，水即入汾矣。然则，土岭固潞安、怀庆、畿南、雷首诸郡之脊也。芹泉驿属盂县，春秋之仇犹也。襄公二十八年，晋人分祁氏之田以为七县：邬、祁、平陵、梗阳、涂水、马首、盂。盂即盂，马首即寿阳，涂水则榆次，梗阳则清源，皆道所经也。寿阳，晋邑，唐曰受州。城在山谷中，溪水坏其西，邑人皆甃砖以居。

西涉河，行冈上，升降五十里经太安驿，又三十五里过什贴，又三十五里经王胡集。太安驿前后皆山，一溪环之。《昌黎集》有《寿阳驿》诗。《邵氏见闻录》曰：寿阳发地得二诗石。唐人《跋》云：退之有倩桃、风柳二妓。故《寿阳诗》云：「不见园花兼巷柳」，归途闻风柳已去，故云：「还有小园桃李在」。后张籍《祭公诗》云「乃出二侍女」，非此二人耶？古人于役怀家，偶尔兴念，致慕之者，刻石瘗土间；久而获见贤者之迹，珍逾宝物矣。什贴北道入太原，可达榆林、宁夏，入乌思藏者多由之，余未经也。王胡集属榆次县。

自获鹿至王胡集凡四百一十五里，经州县三城，井陉一关，道皆行山中。寿阳以东山皆石，寿阳以西山皆土。石山既砦确粗恶，土山复排比盘亘，或坼裂如切割，既成大谷，深不可测。道偶行壁上，左或如垣属耳，右即悬厓无底。又或两山中断，一线如桥梁，而下无水道。亦或下堕深涧，天才一线。故古有之曰：「此行堪白首，终日厌青山」也。王胡始平夷矣。

出王胡西望榆次县，三十里经茹康集，又三十里经徐沟县。

榆次，本祁氏涂水邑。《水经注》曰：「晋大夫智徐吾之邑也……《汉书》曰榆次，《十三州志》以为涂阳县……莽之太原亭……县南侧水有凿台，韩魏杀智伯瑶于其下」。《宋史》曰：「太宗太平兴国四年，以榆次县为新并州，筑新城，尽徙馀民，遣使督之，既出即命纵火。以行宫为平晋寺。」陆游《老学庵笔记》曰：「太宗徙太原于榆次，后又以三交城为太原，在旧城东北三十里；徙晋文公庙，以庙之址为州治；又徙阳曲于三交，而榆次复为县矣。」徐沟，晋梗阳。《水经注》曰：「汾水又南径梗阳县故城东……魏献子以邑大夫魏戊也。」

又西涉洞涡河经姚城，又二里经嘉陵集，又二十里涉沙河经祁县。

《水经》曰：「洞涡水出沾县北山。」《日知录》曰：「水出乐平县西四十里陡泉岭，经平定、寿阳、榆次至徐沟入汾。」今县北五里洞涡河阳有洞涡村也。《水经注》云：「刘琨之为并州也，刘渊引兵邀击之，合战于洞涡，即是水也。」《旧唐书》及《五代史》：昭宗天福元年四月氏叔琮营于洞涡驿。《新唐书·地理志》：「太原有县十八，其一曰洞涡。」《宋史·曹彬传》：「前军都监战洞涡河北」。《汉·世家》：「李继勋败继恩兵于洞涡河。」至《魏书·地形志》则云：「同过水出木瓜岭，一出沾岭，一出大廉山，一出原过祠下，五水合道，故曰同过。今县驿省作同戈，非其故矣。」姚城，一作尧城，又作陶唐城，属清源县，亦梗阳地也。或曰：尧从涿鹿迁都于此，故名嘉陵。一曰阳羽店。沙河，侯甲水也。《水经注》曰：「蔡邕曰：侯甲，亦邑名也，在祁县。」侯甲水出胡甲山，「又西北历宜岁郊，径太谷，谓之太谷水，出谷西北流，径祁县故城南，自县连延，西接邬泽」。邬泽者，「吕氏春秋》曰大理，又名之曰温夷之泽」，「是为祁薮也，即《尔雅》所谓昭馀祁矣……又西径京陵县故城北」，春秋九原也。又西北径中都县故城南。《水经注》曰：「甲水……经中都县故城南……春秋……晋侯执陈无宇于中都者也。汉文帝为代王，都此。武帝……幸中都，宫殿上见光，赦中都死罪以下。」《括地志》曰：中都故城在平遥县西南十二里，又西合为婴侯之水，径邬县为邬水，一作溤水，入于汾。

祁，晋大夫贾辛邑也。汉王霸以博士征，不就。子殷居祁县，号所居为君子乡。王允、温峤、王珪、温庭筠之伦，代多闻人矣。太原疆域，始于平定，止于祁，过此即属汾州也。

又西三十里经洪善村，又十五里经五里庄，又五里经平遥县。洪善，平遥驿名也。平遥，即京陵，莽曰致城，旧与汉大陵县俱在汾水北。大陵在今文水县东北三十里，平遥在今文水县南二十五里。路左平陶村，后汉县平陶也。有子夏山距今县七十里，即陶山。县名以此，或曰古陶。尧所封，魏改平遥。西边内侵，徙居京陵。即赵文子与叔向所游之九原也。九原，一曰九京。汉增陵于其下，故曰京陵。或云九原在绛州境。《日知录》曰：「古者卿大夫之葬，必在国都之北，不得远涉数百里。」《志》以九原在太平县西南二十五里，近之矣。县今属汾州府。汾州，古西河也，迤东北皆赵地，迤西南皆魏、韩地也。

又四十五里涉绵水经张兰镇，又二十五里经湛泉镇，又十五里经介休县。《水经注》曰：「汾水又南与石桐水合，即绵水也。水出介休县之绵山，北流径石桐寺西，即介子推之祀也。」顾炎武《日知录》曰：介山有二，一在介休。杜预《左传注》、袁崧《郡国志》、《晋书》载记皆云介子推所隐处也。一在万泉县古汾阴。扬雄《河东赋》有「览于介山，嗟文公而愍推」之语。绵上亦有二：一即介休之介山，一在翼城县西。晋悼公蒐绵上以治兵，又赵简子逆宋乐祁，饮于绵上是也。之推隐处，或主介休，或主万泉。文公时，霍山以北，大抵皆狄地。之推何得隐此？至以之推为自焚，因有寒食禁烟之令，其事尤谬。《左传》、《吕氏春秋》、《史记》皆无自焚之说。「立枯」引于屈原，「燔死」见于《庄子》，或是寓言，不足为据。《周官》：「仲春出火，命司烜氏以木铎修火禁于国中。」今之寒食禁火，盖本此。若云为之推死而禁，则清明、寒食初无定日。《琴操》又云：「子推之死，乃五月五日。」《周举传》又云：「仲冬辄一月寒食，以子推焚死不乐举火。」其说不一，皆不足信也。张兰，晋之剧市也，货贿、枲丝、六畜咸备焉。有城，驻兵守之。镇西李侯村有李陵墓。相传：陵死，单于归其柩，至此不行；从人卜以射矢集处葬之。湛泉有水北入汾，或曰绵水也。介休东郭外有郭林宗祠墓，当道南右坊《表》曰「汉郭林宗墓」，门《表》曰「山西夫子祠」。祠内有像，祠左立蔡中郎《志铭》凡二。其新刻则周雪客在浚出阳曲傅青主山所藏本，属江宁郑谷口簠书之者。蔡伯喈谓卢子干、马日磾曰：「吾为天下碑文多矣，皆有惭容。惟郭有道无愧于色。」墓在祠后，皆北向，其大如陵。祠墓址甚宏敞，邑人皆神祀之矣。介休，春秋弥牟邑，亦曰绵上，莽曰介美，北魏平昌，北周永安，唐介州。介侯祠在东门内，祀之推也。汾州府境，道始平遥，止介休，又西南即入平阳境也。

自王胡至介休凡二百五十里，经五县城，皆坦途，行大坂中。诸山自寿阳出：道之南，东折入平定、乐平境，复西回走数百里为太行；又西傍北一支为绵山，西尽于韩信岭；中一支为霍太山，西尽于河津、孟门；外一支为中条、雷首，西接于潼关，所谓河、山两戒之北戒也。榆次、徐沟、祁、平遥、介休五城相望，皆南面太行，北背汾水。诸水自南来，北注于汾。汾随山麓西流，出介休西。此间山水怀抱，据天下之胜，风气完固，土膏沃衍。唐虞以来，晋强天下，赵为约长，汉文、唐祖相继而兴。刘渊、刘曜、石勒、元魏、高齐、朱邪唐、石晋、北汉、后周之属奄有位号，皆起于此，非偶然也。宋太宗以太原地为久霸之府，又宋主大火，有参、辰不两盛之说，一举而焚之。未几，沦于□□。迄流贼构祸，晋、代两藩，屠灭惨酷。降贼陈永福，盗憎主人，手刃诸宗略尽。晋水之清，不可问也。

城西南又十五里经义棠镇，出镇始南行汾堧，入山谷三十里经冷泉关，又二十五里经灵**石县**水头。

义棠，介休驿也，西傍汾水。《水经》曰：「汾水出太原汾阳县北管涔山。」《山海经》曰：「北次二经之首，在河之东，其首枕汾，其名曰管涔之山。其上无木而多草，其下多玉，汾水出焉，而西流注于河。」《十三州志》曰：出武州之燕京山。今按：管涔山在忻州之静乐县，汾水出山下，经府城西南，径数县入介休境。《周礼·职方》「冀州浸曰汾、潞，盖汾西、潞东不同归也。」至此为寇爵津。《水经注》曰：「寇爵津……在介休县之西南，俗谓之雀鼠谷。数十里间道隘水，左右悉结偏梁阁道，累石就路，縈带岩侧，或去水一丈，或高六丈，上戴山阜，下临绝涧，俗谓之为鲁班桥。」今行其地，信犹然矣。《后周书》又称调鉴谷，道在汾左岸冷泉关，汾州、阳平之分界，已废，城门尚存。灵石城临汾水，波澜冲激，而无崩啮患。世传有石甚灵，汾水避而西，又折抱于东而去，故县以名矣。予观县北半里，有溪水东来，疾流入汾，势足遏汾之悍，非石力也。今灵石不存，北门所立者乃铁耳。县，汉介休地，隋始置灵石县，今属阳平府。《广川书跋》：灵石县有唐永徽公主手痕，在汾河岸山壁间。宋欧阳永叔有诗吊之。今此迹无可睹矣。

又西南升二十里过韩信岭，又西南降二十里经仁义镇，又西行涧谷中，复升行岭上，三十里经师庄，又西降三十里经霍州。

由义棠而南至韩信岭下，皆行汾左岸谷中石山麓。韩信岭自东来，迫汾西去。山多厚土，人陟从土狭中。岭上有韩信祠，墓南向，墓亦甚大。相传：高帝征陈豨还，吕后诛信，传首至此。帝见而怜之，命瘗岭上。庙中有元学士《归旸碑》云：「或以为是韩王信，非淮阴侯。」案：韩王信亡入胡，数盗边，柴将军斩之于参合。参合，大同边境，不应有墓在此。豨之反也，淮阴与同谋，后诛信时，豨尚未伏诛，故传首示豨，亦未可知。《史》称：帝「从征豨军来，至，见信死，且喜且怜之」。则传首而瘗之，似可信。岭上南望霍太山，四月尚多积雪，群山盘回，如在重城中矣。岭南半有沟，曰郭家沟，架石为桥。桥北有关壮缪侯庙。庙碑明嘉靖中辛□撰文，董珊书，甚佳。沟极险要，而祠宇幽丽。征夫憔悴，至此如获入洞天也。仁义镇北山上，民堡甚繁。从师庄西降，复循汾水左堧。霍州临汾城北，埋铁牛以镇水怪。州即古彘地，周厉王所流也。其陵在州内西南隅，今犹名周王坟，而陵已平矣。莽曰黄城，汉顺帝改永安县，隋汾州霍邑，唐吕州。《水经注》曰：「霍伯之都也，历唐城东。」瓒注：「《汉书》云：尧所都也。」州北岭下之水当是彘水。《水经注》彘、霍为两邑，故曰彘水在彘城东十里也，「水出东北太岳山，《禹贡》所谓岳阳也，即霍太山矣」。《职方》冀州之镇，今祀为中镇。《史记》所载飞廉、赵襄子、霍太山事甚俶诡，今不能详也。州东有隋将宋老生墓，明末水啮，移葬城北里许，今渐颓没。《志》仍载州东，他日恐还湮没，老生有遗爱于霍祀。名宦任忠节公祠在南门内，公名光裕，由拔贡初任洛邑，后推北直香河令。崇祯二年，大清兵破城，被擒，不屈死。同死者，良乡令党还醇。赐祭葬，谥荫，入乡贤名宦，《州志》竟逸其名。南门外有邢忠义公墓碑，讳飞翰，元末人。陈户部奕禧《虞州集》曰：「霍州城内高外低，因地势为之者。翼城县亦然。」又曰：「余宿霍州福昌寺，求所谓吕州普济寺者，即其地，然不见许敬宗撰碑。」不知乃在西福昌也，立殿右墙外，微泐不可拓；若以灰末刷之，尚可读。

又南涉水升岭降谷中，三十里经新置，又南循汾岸，稍东升谷中，行二十五里经赵城县。

城南水亦出霍太山，或彘水也。南十里有峦铃原，唐太宗挂铃遗迹，即往来大道是矣。汾水去赵城稍远。《水经注》曰：「汾水又经赵城西南，穆王以封造父。赵氏自此始也。」县，隋霍邑，宋庆祚军。初，宗泽令赵城，请外县为军，不允所请。泽曰：「承平时固无虑，他日有警，当知吾言。」案：郡县虽始于秦罢侯置守，然大吏、辟吏、典兵历汉迄唐不变。宋惩藩镇之祸，始夺郡县权，一兵一钱皆自天子操之。于是通都大邑不能制十人夜行之盗，名曰连城，比于平地矣。

城南又二十五里经洪洞县。

赵城有伏羲庙，又有纪信祠墓。案：信死成皋之难，当在河南也。城南有娲皇陵。明徐贲《女娲墓》诗：「空山两高冢，娲皇此中葬。焦土积层巘，势助殿阁壮。」城南不当云「空山」也。《旧唐书》曰：天宝十一载六月，阌乡县黄河中女娲墓因大雨晦冥失所在。乾元六年六月，濒河入闻有风雷，晓见其墓涌出，上有巨石，石上有双柳。时号风陵堆，盖女娲亦风姓也。然则娲皇陵在阌乡矣，今祀典仍在赵城。《水经注》曰：「汾水又南，霍水入焉。水出霍太山，发源成潭，涨七十步而不测其深；西南经赵城南，西流注于汾。」今赵城、洪洞之界有桥，所谓豫让桥也。《水经注》曰：「太原……汾水……上旧有梁，清洴殒于梁下，豫让死于津侧，亦襄子解衣之所在也。」而太平县境，道出隘口，亦有豫让桥。古迹已邈，莫能定矣。洪洞，古杨侯国。《汉书·杨雄传》曰：「其先出自有周伯桥者，食采于晋之杨，因氏焉。」《唐书·宰相世系表》曰：杨氏出自姬姓，周宣王子尚父封为杨侯。《左传》女叔侯曰：「霍、杨、韩、魏，皆姬姓也。」《水经注》曰：「杨县……晋大夫僚公去安之邑也。」「间水东出谷远县西山，西南径杨县、霍山南……西……入于汾」。莽曰有年亭，隋为洪洞县。城南北皆有水，居人借之作水辎。

自介休至洪洞，凡二百四十里，经州县四城，皆行山谷水涯，或登高颠，或入幽狭，或截山乱水，或缘壁临深，汾流阻右，霍麓盘左，参错俯仰，多属险隘。此晋阳内一重门户也。

又南沿城西行，三十里过皋陶祠墓，又三十里经平阳府。

皋陶墓在汾水之东，大道之西，祠宇宏整。距平阳城北数里有高河桥，盖黑水也。《水经注》曰：「黑水出黑山，西径杨城南，又与巢水会。《山海经》曰：『牛首之山，劳水出焉。……西流注于潏水』，疑是此水也。潏水，即巢山之水也。水源东出巢山东谷，北径浮山东，又西北流与劳水合」，注于汾水。平阳，尧、舜故都，春秋晋地，秦汉河东郡，后魏唐州，隋平河(一曰临汾郡)，唐晋州，五代、梁定昌(一曰建雄)，宋平阳，元晋宁路，明平阳府(附郭县曰临汾)。《水经注》曰：「汾水又南径白马城西，魏刑白马而筑之……今平阳郡治也……晋大夫赵鼌之故邑也。应劭曰：……在平河之阳，尧、舜并都之也。」按：晋烈公元年，韩武子都平阳，后迁于郑。永嘉之乱，刘渊复都于此，迄刘曜乃起于秦。「刘渊徙平阳，于汾水得白玉印，方四寸、高二寸二分，龙纽其文，曰：『有新宝之』。印，王莽所造也。渊以为天授，改永凤二年为河瑞元年。」《平阳府志》以叔虞封唐，收唐太宗《晋祠铭》。唐，晋祠自在太原，不应入平阳。然叔虞封唐，实在平阳，不在太原也。《左传》曰：「命以唐诰，而封于夏虚。」服虔曰：大夏在汾、浍之间，杜氏则以为太原晋阳县。《日知录》曰：晋之始见春秋，其都在翼。《括地志》：故唐城在绛州翼城县西二十里，尧裔子所封，成王灭之而封太叔也。及昭侯封文侯之弟桓叔于曲沃，桓叔之孙武公灭翼而代为晋侯，都曲沃，在今闻喜县。其子献公城绛居之，在今太平之南、绛州之北；历惠、怀、文、襄、灵、成六公，至景公迁新田，在今曲沃县。于是以新田为绛，而以故都之绛为故绛，闻喜之曲沃为下国。自武公天翼，王命曲沃伯以一军，为晋侯。其时疆土未广，至献公灭杨洪洞、灭霍霍州、灭耿河津、灭魏蒲州、灭虞平陆、重耳居蒲隰州，夷吾居屈吉州，太子居曲沃闻喜，而公都绛太平，皆平阳一府之境。而灭虢陕州、灭焦同上则跨大河之南。至惠公则秦征河东，内及解梁临晋；狄取狐厨乡宁，涉汾，晋境稍蹙。文公始启南阳，得今之怀庆。襄公败秦于殽，晋故地始归，而以河西为境。若霍太山以北，大都狄地。文公作三行以御狄，襄公败狄于箕，而患始稀。悼公用魏绛和戎，以货易土。平公用荀吴，败狄于太原，于是晋北境至洞涡、雒阴间，晋阳始为赵氏邑矣。若成公灭赤狄、潞氏，而得今之潞安，顷公灭肥、灭鼓，而得今之真定，皆可考而知。吾于杜氏解绵上并唐叔封晋阳，未敢以为然也。《临汾县志》：尧陵在城东七十里，俗谓之神林，高一百五十尺，广二百余步，旁皆山石，惟此为平土，深丈余。其庙殿庑，俱设有金泰和二年《记》。《墨子》曰：「尧北教乎八狄，道死，葬蛩山之阴。舜西教乎七戎，道死，葬南巳之市。禹东教乎九夷，道死，葬会稽之山。」他若《吕氏春秋》、《史记》、《说苑》、《竹书纪年》，大约皆主谷林、成阳、济阴，甚至谓尧德衰为舜所囚。又谓偃塞丹朱，不使父子相见，其妄甚矣。平阳去城阳甚远，尧老之后岂复巡游。故《临汾志》以为平阳之陵断为尧冢也。客有言：李建泰被杀于平阳，有大风发屋之异者。建泰，曲沃人，世为显族，有爵位谥号者不绝。建泰美髭须，望之如神仙，崇祯时为首辅。杨武陵既死，帝临朝而叹。建泰念，斥家财可纾国难，请督师。帝御正阳门，行推毂礼。既行，闻晋陷，计无所出。且闻贼从居庸来，乃南出保定，一遇贼即迎降。保定城守严，建泰诈之入城，竟被屠。建泰遂为贼相，贼败再降，又为相。被赐绰楔曰「三朝元老」悬于门，始告归。戊子，大同总兵姜瓖兵起，其家劫之使应。已而奔溃，窜太平，自陈于大帅，白不反状。帅受之，闭于平阳舍中，请而杀之。初，有李异人游士大夫家，咸称为神仙。建泰及侄某又同郡仇孝廉皆诣问，皆署曰：「平平」，至是建泰及侄由太平死平阳，仇则仕平乐府之昭平令云。

又西南十一里经尧庙，又四十里经赵曲，又十里涉巢溪。尧庙在襄陵、临汾之界，元道士姜善信所修。其址广七百余亩。殿前有井，下视阴黑，深数十丈，传是尧时所开。西侧角道有元至正间与姜善信敕，每皇帝称号前加「长生天气力里」六字，六碑皆然，阴有蒙古文。《水经注》曰：「水侧有尧庙，前有碑。」魏《土地记》曰：「平阳城东十里汾水东原上有小台，台上有尧神屋、石碑。」案此则旧有尧庙，善信特修之也。巢溪合是天井水。《水经注》曰：「天井水出东径山西南，北有长岭，岭上东西有通道，即钘蹬也。《穆天子传》曰：乙酉，天子西绝钘蹬，西南至盐是也。其水三泉奇发，西北流总成一川，西径尧城南，又西南流入汾。」若云巢水，则径杨县南，不当在此也。俗谓巢父洗耳处，洗耳当在颍滨，今河南汝州城西有洗耳河是也。《庄子》藐姑射之山，在平阳西，汾水北。但蒙叟寓言，必求实之，不足据也。汾水受巢溪水，稍南即为山麓所截，又逆而西，始于此路相距远矣，西折数百十里至荣河县入于河。

自洪洞至巢溪凡一百一十里，经府县二城，皆平衍无阻，去汾或远或近，不甚辽阔。皆行东原，西瞩旷绝，宜为古帝之都居，人物之奥区矣。

又西南入山后，升二十里经蒙城驿，又升降三十里经高县镇，又二十里经侯马驿。

蒙城、侯马两驿俱属曲沃县。县，晋之新绛也。境南有绛山，俗曰紫金山。今绛县处其阳，以山名也。汉绛县即今曲沃地，周勃封绛侯以此，后魏始移名曲沃。巢溪以南，崇冈大陆，坑堑间之。《魏书》：「晋将军安同曰：『臣受遣诣绛，见汾东有蒙坑，东西三百余里，径路不通。』」五代时，王竣引兵趋晋州，忧北汉兵据之，闻前锋过乃喜。此即蒙城以南地也。高县、侯马稍在平原，村堡甚盛、巍然如列城矣。此晋阳内第二门户，平阳内第一门户也。侯马临浍水，《国语》：宰孔谓晋侯「景、霍以为城，而汾、河、涑、浍以为渠」也。《水经》曰：「浍水出河东绛县东浍交东高山。」《注》曰：「出详高山，亦曰河南山，又曰浍山，西径翼城南」，合绛水，径虒祁宫南，又西至王桥，注于汾。今浍河桥土岸上有人手迹，俗传孟姜女所留。案：孟姜女哭长城，所在傅会。长城，七国皆有之，不止卫北边。北边长城：则秦宣太后筑陇西、北地、上郡；魏惠王筑固阳（在银州银城县界），东至黄河，西南至夏、会等州；赵武陵王筑自代、阴山，至高阙为塞，而置云中、雁门、代郡；燕筑自造阳至襄平，置上谷、渔阳、右北平、辽东、辽西郡。皆在始皇前。诸史并无妇哭城崩事。杞梁妻《左传》止载其辞齐庄郊吊，《檀弓》则曰哭之哀，《孟子》则曰善哭其夫，言哭者始此。《说苑》则曰：「其妻哭，城为之阤，而隅为之崩。」《列女传》则曰：哭十日而城为之崩。言崩者始此。夫梁妻辞郊吊，又何至路哭？城崩之说不足信也。且崩者城耳，未云长城。《乐府·秦操》有《杞梁妻歌》，古今注杞殖妻妹朝日之所作也。梁，殖之字也。唐僧贯休《赋杞梁妻》则云：「秦筑长城遮北胡，杞梁贞妇啼乌乌。一号城崩塞色苦，再号杞梁骨出土。」是直以杞梁为始皇筑北边长城而死。殖，春秋时人，距始皇甚远。齐，今青州；杞，今开封，于边城又无预。姜，齐姓，孟姜数见于诗，杞妻齐妇，何由得过浍水？不知此所谓孟姜为谁也？所在载之何也？

又三十里经隘口，又十里经裴晋公故里，又西十里经东镇，又四十里经闻喜县。隘口形势一锁，道行壁间，尤狭束矣——晋阳内第二门户，平阳内第一门户也。古名铁锁关，今属太平县，汉临汾地也。关下有桥，亦竖碑曰「豫让」。赵氏始邑于耿，后处晋阳，又后乃都邯郸。襄子正以晋阳自保，则豫让之事当以郦元为正矣。由隘口至裴晋公故里，皆行山间。闻喜裴氏自晋黄门侍郎秀及从弟楷著名，至唐更盛。行俭垍及晋公度与皞光庭辈，先后相望，多为名臣。其族冢在凤凰原，自东镇连延，迤北至紫金山，累累数百。汉、魏、北朝入唐，累世墓碑皆名公巨卿等。今后裔凋落，家谱虽存，而所失已多矣。晋公里以西，道始夷坦。行大冈之麓，南望中条，苍然可挹，东镇城坦偃若废治。《名胜志》曰：龙头堡在县东北二十八里，后周正平郡及闻喜县所理也。疑此是矣。镇有三城：东为上镇，西为下镇。下镇有唐兴寺，开元六年九月立碑，许景先撰文，僧师元八分书，碑阴有金正隆间题字。又有宋淳化碑，皆立前殿外。殿庭有周显德时残碑。宋淳化、大历，金明昌间石幢，多宋人题名。塔亦宋建。镇东十里，董泽在焉。其长犹数里，多荷花，《左传》所谓「董泽之蒲」也。闻喜，殷之桐也，春秋晋之曲沃。武公灭翼后，献公迁绛，遂以曲沃为下国。然其宗庙在此，悼公朝于武公，平公烝于曲沃是也。后为栾氏邑，栾盈入绛，范宣子执魏献子之手赂之以曲沃，遂归魏氏。汉为左邑，一曰桐乡——予郡桐城，于汉亦名桐乡，盖乡名也。今桐乡独归浙江矣——武帝于此闻平南越，遂曰闻喜。邑学宫相传是成汤葬处，伊尹放太甲于此。一曰柏庙。其殿址坟起，犹有古柏七十章，大者三四十围，允非凡木。前列金源柏庙碑，今祠官典祀。汤陵主平阳，盖在荥河县。汤都亳，亳在河南。营墓数百里外，隔山河之险，而伊尹远徙其君于此耶？今江南亳州亦有汤陵，所未详也。东门外有裴晋公祠。祠前半截碑，乃张九龄撰《裴光庭墓碣》，明皇御书行楷。其阴镌明皇命九龄撰文手敕大行书尚全。光庭父行俭墓碑独兀立，洗刷之犹可辨。县境有宋赵丰公鼎书院及郭景纯璞读书遗址。城南临涑水。《水经》曰：「涑水出……闻喜县东山黍葭谷。」《注》曰：「俗谓之华谷，至周阳，与洮水合……子产曰：……臺台，汾、洮之神也……司马彪曰：洮水出闻喜县，故王莽以县为洮亭也」。陈奕禧《虞州集》曰：洮水东出清野山，至城南五里合而西。

又西四十里渡涑水桥，又西四十里经相里集，又西三十里经牛杜村。县西有左邑故城，即《诗》所谓「从子于鹄」者也。《水经注》曰：「涑水自城西注，水流急浚，轻津无缓。故诗人以为激扬之水……不能流移束薪耳。」水侧即狐突遇申生云「七日见我于新城西偏」也。又西有王官城，在涑水南原上，《左传》「俘我王官」是也。桥西数十里为安邑界，禹都也。后魏分境立夏县，汤伐桀于鸣条，盖其地矣。晋魏绛自魏徙都于此。《史记》称：智伯率韩、魏引水灌晋阳，不没者三版。智氏曰：「吾始不知水可以亡人之国，今乃知之。」汾水可以浸平阳，绛水可以浸安邑。时韩居平阳，魏居安邑；二子惧，乃谋杀智伯。后至魏惠王迁大梁，遂曰梁惠王也。案：绛水合浍水入汾，不能浸安邑，当是涑水浸安邑耳。宋司马君实光，夏县人，故号涑水也。牛杜村距猗氏县十里，《春秋》：晋败秦于令狐，至于刳首，先蔑奔秦，士会从之。阚骃曰：令狐即猗氏也，刳首在西三十里，县以猗顿得名。孔丛曰：猗顿，鲁之穷士也。朱公教以畜五牸；于是大畜牛羊，十年间赀拟王侯。又郇城亦在境内，《诗》「郇伯劳之」是也。境南即盐泽矣。《水经注》曰：「盐池在安邑西南……长

五十一里，广六里，周一百一十四里……女盐泽……在猗氏故城南」，「东西二十五里，南北二十里」。「吕宿曰：沉沙煮海谓之盐，河东盐池谓之解盐。今池水东西七十里，南北十七里，紫色澄渟，浑而不流，水出石盐，自然印成，朝取夕复，终无减损。唯水暴雨澍，甘潦奔泆，则盐池用耗。故公私共堨水径，防其淫滥。故谓之盐水，亦为堨水也。」道距盐池数十里。

又西四十里经樊桥驿，又二十里经七级村，又西南行谷中或大陆五十里经蒲州。

樊桥驿属临晋县。县，晋桑泉邑，晋公子重耳渡河入桑泉者也。韩信盛军临晋，别从夏阳以木罂渡军，遂虏魏王豹矣。渡处达陕西郃阳，今日吴王渡。山西自太原之河曲县、保德州、岢岚州、临县、兴县至蒲州，千五百里与秦接壤，河身最狭，处处可渡。平阳名渡，永和县则曰永宁关，石楼县则曰上平关，吉州则曰平渡关，河津县则曰龙门关（一曰禹门渡），蒲州则曰大庆关（一曰蒲津，曰风陵关），平陆则曰茅津渡，合吴王渡凡七。明晋抚蔡懋德败贼于风陵、大庆、吉乡三渡，皆平阳境也。六国合纵拒秦，韩、楚可入武关，燕、赵可下榆林，魏则触处兵刃可接，乃必叩函谷仰而攻之，何耶？七级至蒲州，虽无甚险隘，而坑谷陂陀，水潦时集，亦难行也。蒲州东南，中条一山，自东北峝岃而来，西为雷首，及河而止——此太原平阳之外关也。其东十五里有张泽，涑水所注，《水经》谓之张阳池。其泽甚大，时有盈耗。涑出泽，绕雷首首入河。州东有普救寺，元微之(稹)《会真诗》所托者也。寺踞北坡上，基址甚隘，顷极荒落，土木像或失头臂，一塔甚卑小，明时所建也。距涧一坡，有文昌阁，蒲人中试者，题名其中。郡人杨文襄公，有德君子也。有术者告公，指此地大佳。公曰：「果然，则私于我不如公于郡。」遂购之为文昌阁。其东南坡上有河中书院，为屋四区，堂宇宏肆。正德中，北地吕经贬州贰，撤东岳行祠为之。登之四眺，则黄河如带，绕抱西南；太华、中条，交固互密，峙于东南，不见大河出径；河外则秦川如掌，甚可观也。书院渐颓毁矣。《水经注》曰：大河「又南过蒲坂县西。《地理志》曰：县，故蒲也，王莽更名蒲城。应劭曰：秦始皇东巡，见有长坂，故加坂也。孟康曰：晋文公以赂秦，秦人还蒲于魏。魏人喜曰：蒲反矣。故曰蒲反也。薛瓒注《汉书》曰：秦世家以垣为蒲反，然则本非蒲也。皇甫谧曰：舜所都也，或言蒲坂，或言平阳及潘者也。今城中有舜庙」，虞都古城内，舜陵在焉。孟子谓舜卒于鸣条，《檀弓》曰舜崩苍梧之野。揆以事势：禹摄十有七年，舜亦不应远迈南荒。则舜陵之在蒲坂，亦犹尧陵之在临汾矣。州于后魏为秦州刺史治。太平迁都，罢州置河东郡。郡多流离，谓之徙民。民刘堕者善酿，所云桑落酒、白堕春也。后周蒲州，唐河中郡。

今驻城者，武有游击至守御所，文有河东道郡丞、州牧。按：冀州之地止于蒲州，《书》云三面距河，则今北直山西及河南怀庆、彰德、卫辉境也。《益稷之谟》曰：「弼成五服，至于五千。」冀方北境不应仅数百里而止，盖古幽、并、营三州在《禹贡》九州之外。《辽史》：幽州在渤、碣之间，并州北有代、朔，营州，东暨辽海，皆兼塞外地也。天地之气，自西北而趋于东南，曰辟曰荒，盖至今犹未已也。

又南四十里行雷首之麓，经韩阳镇，又二十五里出风陵关，渡大河，逾山西界，入陕西，西抵潼关。

城南有河渎庙、西海神庙，祠官典祀，礼甚尊严矣。西出大庆关，即孟明济河焚舟及高欢造三桥欲渡故道，可直达陕西朝邑。但河广，又阻渭，故行者多由风陵也。唐开元中，铸八牛，置大庆河东、西岸，以维浮桥。盖僧怀丙为之。今西岸缺其一。《日知录》曰：「后世求一僧怀丙其人不可得，不但坐而论道者不如古人矣。」州西门外三里，即以补朝邑之滩，使陕西人越河而佃，至于争斗杀伤。予宿松县东南乃有湖广蕲州及江西彭泽州地，藏奸招侮，亦至争杀。天下如此者甚多，皆经界不正之故。宜按郡邑、山川截然割正，此治地之善经也。州东南涉涑水。《水经》曰：「河水又南径雷首山西，又南，涑水注之。」《注》曰：「山临大河，北去蒲坂三十里，《尚书》所谓壶口雷首者，俗亦谓之尧山。山上有故城，世又曰尧城。阚骃曰：蒲坂，尧都……。《地理志》曰：县北有尧山，有祠，雷首山在南……山有夷齐庙，阚骃曰：山一名独头山，夷齐所隐也。山南有古冢，陵柏蔚然，攒茂丘阜……夷齐墓」也。《一统志》曰：首阳山在河南偃师县西北二十五里。戴延之《西征记》曰：洛阳东北有首阳山。《庄子》又称：夷齐西至岐阳，见周武王伐殷，北至于首阳山饿死。其诗「登彼西山」，即岐阳西之首阳山也。曹大家注《幽通赋》又云在陇。按：《志》「凤翔」不载首阳山，「陇西」有之，不载夷齐事。又顺和县南亦有首阳山。《山西通志》曰：首阳山在蒲州南四十五里，一名雷首，又名方山，夷齐祠墓在焉。《史记·马融伯夷传》注曰：首阳在河东蒲坂，华山之北，河曲之中。《诗·采苓》孔安国疏曰：「首阳在蒲坂南。」是则阚骃之说同符者众矣。《水经注》又曰：「郡南有历山……谓之历观，舜所耕处也，有舜井、妫、汭二水出焉……注……于河。」山西之境，及河而止。平阳道始灵石，止蒲州渡。河东即河南阌乡县地，西即陕西华阴县地也。大河之源，张骞以为一出葱岭，一出于阗。于阗河北流于葱岭河合，东注蒲昌海。海一名盐泽，去玉门阳关三百里，潜行地下，南出于积石。司马迁云：「河出昆仑……自张骞使大夏之后也……穷河源，恶睹……所谓昆仑者乎？」因谓骞所穷河源特其小派。《山海经》、《水经》及唐刘元鼎使吐蕃皆云河出昆仑。郑樵又谓河有三源：一出葱岭，一出关南山，而正流出昆仑。元遣都实穷河源，潘昂霄为之《记》云：得于朵甘思西鄙之星宿海，行二十六程始径昆仑南。王鏊曰：张骞所历诸国甚久。东汉之世，大夏、条支、安息至于海滨四万里外，重译贡献。甘英尝穷临西海而还，皆未睹所谓昆仑者。元使行不及五千里，云已逾之，何昆仑之近乎？河流至此，北则雷首，南则潼关、桃林诸山束隘逼仄，两岸如门。大冬则河阴冰合，人行冰上，仅以舟渡其半。河水自此东下，出底柱三门，径河南府，东合伊、洛，遂横溢为患。古河道由山东西界北流，至直沽入海。宋神宗熙宁十年，河溢卫州。《大学衍义补》曰：此河入淮之始，然不过支流耳。自此始挽河南行，塞闭北流，至明又借为漕挽。时至冲决，则南及凤阳、淮安、扬州通境，北至广平、河间、东昌、兖州，地方数千里皆受其害。按战国以前，作堤去河二十五里，水至有所游荡。汉景王治河，十里立一水门，令更相回注，无复溃漏之患。今沿河州县，去河不及数武，不使水有余地，又不讲夫水门之法；徒迫束之，使为我用。故议者以为功欲大于神禹，而患不免于鱼鳖也。汉时，齐人延年欲徙黄河于塞外，东出辽阳，以隔匈奴。当时谓大禹圣人凿龙门，不可改。今河在中原，已非禹迹，安在不可改耶？但视其能改与否耳！《水经》曰：大河「又南至华阴潼关，渭水从西来注之。」又曰：「河水历船司空，与渭水会。」《注》曰：「旧京兆郡之属县也……河在关内，南流潼激关山，因谓之潼关。灌水注之，水出松果之上，北流径通谷，世亦谓之通谷水，东北注于河，《述征记》所谓潼谷水者也。或曰因水以名地也。河水自潼关东北流，水侧有长坂，谓之黄巷坂。」傍绝涧，涉此坂以升潼关。潘岳《西征赋》所谓「泝黄巷以济潼关」者。案：今无所谓黄巷坂也。潼关北临大河，南据高山，为城扼之，东西二门。驻城者，武自副将至千总，文则有潼商道、有郡丞司关権、有卫所驿司军民，固雄关也。关西宏敞，所谓「驿路西连汉畤平」；关东险隘，所谓「河山北枕秦关险」也。出关即阌乡地，长冈邃谷，桃林古塞直连秦、函矣。地可守，不可战。故唐哥舒翰、明孙传庭皆以出关而败也。王氏曰：自崤山以西潼津以南，通称函谷，名潼关。自汉建安十六年，曹操破马超，潼关始名史册。然《过秦论》谓始皇「斩华为城，因河为池」，则关宜始置于秦矣。考《唐史》，潼关有南、北二关城，隋炀帝各置都尉守之，谓为都尉南城、都尉北城。唐天授二年，益移关向北，近河为路。开元十二年，以华州岳祠南为通衢，旧入关而西，路在岳祠北也。魏杨侃谓长孙稚曰：「昔魏武与韩遂、马超据潼关相拒，遂、超之才非魏武敌也，然而胜负久不决者，扼其险要故也。」唐广明初黄巢乱，以张承范守潼关。关左有谷，平日禁人往来，以榷征税，所谓禁坑也。贼至仓卒，官军忘守。时汝将齐克让以军万人屯关外，力战，饥甚而溃；贼遂从谷入。谷中灌木寿藤茂密如织，一夕践为坦途。明日，贼急攻潼关。关外有天堑，贼驱民千余人入其中，掘土填之；须臾即平，引兵而度；夜纵火，焚关楼俱尽。承范方分兵守禁坑，而贼已入矣。韩遂、张承范同一守也，而败不败悬殊也。明崇祯八年，流贼由山中间道入南原，潼关道李华然坐堂皇治他事，猝闻贼至陶家庄，去关仅五里，恇怯不能御。傅永淳《疏》曰：流贼入秦，有由阌乡马店深入南山，往西南奔雒南者；有由内乡淅川奔商南者，不必由潼关而后入秦也。然则潼关之守难矣！十一年十月，总督洪承畴、孙传庭大破贼于潼关原。李自成以十八骑走，寻督兵入援，贼得不死。是又未尝不可战也。关外属河南，内属陕西。《后汉·郡国志》：陕西有陕陌，今陕州也，二陌所分，故有陕东、陕西之称。自唐以前，皆称陕州以西曰陕西。后人遂以潼关以西通曰陕西。东晋以后，则称荆州为陕西，盖侨置司州故也。

自巢溪至潼关凡四百二十里，经州县二城，有冈、有原、有夷、有险；经襄陵、太平、曲沃、闻喜、安邑、猗氏、临晋、蒲州之界；要其山皆东来，水皆西注，此晋中大概也。

又西四十里经华岳庙，又五里经华阴县。

潼关西五里即渭水入河处，唐故渭口仓也。唐漕运江淮粟，江船不入河，河船不入渭。渭口有船司空，本汉置仓地，隋之广通仓，皆河船不入渭矣。渭水出临洮渭源县之南谷山，至鸟鼠转而东流，北至巩昌，东径凤翔，过西安境，华阴县北，东北流四十里入于河。关内十里华亭，道北有四知坊，杨太尉震葬处也。旧有关西夫子祠，今门亭堂室俱坏；遗址甚大，犹存颓垣也。祠后冈上，七冢累累，背河面山，不知孰为大鸟所集？数碑皆万历间修，《祠记》：震与郭太同号夫子。彼既令终，祠墓辉赫，此既有夕阳亭之厄，又委荆榛。仕不如隐，抑有幸不幸也。又西经故定城。《西征记》曰：「城因原土」，《述征记》曰：「定城去潼关三十里，夹道各一城。」今无存矣。华岳庙在华阴城东五里，门对华岳，阙西有枯树，好事者刻石《表》曰「青牛树」，谓老子出关维青牛。梁份曰：「以树历千年谓之青也。」阙中有残碑，其跌如山，尚存数字，皆隶书也。《水经注》曰：「有汉魏文帝三庙，庙有石阙数碑。一碑是建安中立，汉镇远将军段煨更修祠堂，碑文汉给事黄门侍郎张昶造，昶目书之……太康八年，宏农太守河东卫叔始为华阴令，河东裴仲恂……修立坛庙，夹道树柏，迄于山阴。事见永兴元年华百石所造碑。」此碑今皆不存，立石如林多自唐以来者。祠犹宏壮，中像岳神，冕服肖然。明初，太祖除去五岳、四渎封爵之号，只称某岳、某山之神，极中典礼。然设像沿旧，至有妻有子。山川之神而人鬼祀之，亦犹存衰世之思也。殿壁图岳神出巡归宫，甚炳煌。后有通楼九间，登之见岳如在檐际。出蒲州，望华山仙掌，五指历然。《国语》云：「华岳本一山当河，河水过而曲行。河神巨灵，手荡脚蹋，开而为两。」《开山图》曰：「有巨灵胡者，偏得神元之道，能造山川，出河，所谓巨灵赑屃，首戴灵山者也。」杨雄《河东赋》曰：「河灵矍踢，掌华蹈襄。」注：「襄山在潼关北十余里」。予登华山，观所谓仙掌，仅石斑偶成掌形；远望维肖，近则失之。恢怪之谈，宜乎辨者众矣。楼上三峰皆见，但玉女峰不可见。玉女峰，东峰中石微岐者，上有明星玉女词。《甘氏星经》曰：太白上公妻曰女滿。女滿居南斗，食厉，天下祭之曰明星。是则山有妻子，星亦有妻。顾炎武曰：「甚矣，人之好色也！」华山别有《游记》，今不详。庙北为洛水入渭处。水出延安鄜州，与商州洛水有同称矣。《水经注》曰：「阚骃以为漆沮之水也。《曹瞒传》曰：操与马超隔渭水，每渡渭，辄为超骑所冲突。地多沙，不可筑城。娄子伯说：今寒，可起沙为城，以水灌之，一宿而成。操乃多作缣囊以堙水，夜汲作城，立于是水之次。」杨延昭之守遂城，实师娄生矣。华阴县秦曰宁秦，汉高帝八年改今名，以在华山之北，《禹贡》导河至于华阴是也。旧属宏农郡，郡境东尽于河南陕州，今属西安府。县东南五里有阴晋故城，春秋时晋邑，战国属魏。魏文侯三十六年，秦侵阴晋。秦惠文君五年，魏纳阴晋于秦。于是魏地日削，而秦据有函、殽，六国之师莫能仰攻矣。县城以土为之，仅如小堡，厅事正对华山。

又西五十里涉敷水，又二十里经华州。

城西即华水，水出华山三峰。《水经注》曰：「山上有二泉，东西分流。至若山雨滂湃，洪津泛洒，挂溜腾虚，直泻山下」，北流入渭。古有长城，《水经注》曰：「城自华山北径于河。《华岳铭》曰：秦、晋争其祠，立城建其左」。《史记》：秦孝公元年，「楚、魏与秦接界。魏筑长城，自城滨洛」。又西有平舒故城。秦始皇末，江神素车白马道华山下，返璧于华阴平舒道，曰：「为吾遗镐池君。」使者致之，乃二十八年渡江所沉璧也。明年，祖龙死。又西涉余水，水南出良余山之阴，北流入渭，亦曰宣水。又西经集灵宫故址。《地理志》曰：华阴县有集灵宫，汉武帝起。故张昶华岳碑称，武帝慕其灵，筑宫在其后也。宫在敷水东，水南出石山之敷谷，北经告平城。《水经注》曰：旧传「武王伐纣，告太平于此。」又北注渭，土人引以灌溉。自华阴而西，平畴百里，远树烟村，山色相映；竹林稻畦，时间篱落。行道中者，如在天然图画中矣。敷水渠，唐开元间姜师度、焚忱所凿泄水害而济渭漕者也。又西十里经唐汾阳王郭子仪故里。其地故园池今犹磊磊，洼下种稻，有菱、芡、藕、花。南有少华山。《山海经》曰：华山西南有小华山也，在州南十里。州，古咸林，周畿内地。郑桓公为周司徒，以咸林为之采邑，盖郑之始封也。后属晋、魏，战国归秦，西魏时始为华州。州面少华，枕泾、渭。城内隆阜，唐栖云楼故址，昭宗幸华之行宫也。乾元三年，李茂贞犯阙，韩建请上幸华山，昭宗登栖云楼望京，作词三章。或云古昭庆院有栖云楼，假以驻跸，后为州治也。州北五里有兴德宫，朱全忠逼昭宗迁洛阳，馆于是宫。

又西三十里涉赤水，又二十里经渭南县。

州西乔木夹道，绕以清渠，五里有溪，一带诸林皆曰西溪，有小曲江之目。《水经注》曰：「石桥水……故沈水也……南出马岭山北流……经郑城东」。又曰：东去郑县十里，「水有故石梁……又北径沈城北」，入于渭。道旁里许有游春亭，杜甫为州司功游此，有《郑县亭子诗》所云「涧之滨」也。郑县，本州治，亭在县西。平王东迁，郑武公灭虢、桧而兼其土。此为西郑，彼为新郑矣。赤眉、樊崇于郑北设坛，祀城阳景王而尊右校卒史刘侠卿牧牛儿盆子为帝。年十五，被发徒跣，为具绛单衣，半头赤帻，直綦履；顾见众人拜，恐畏欲啼；号年建世。后月余，乘白盖小车，与崇及尚书一人相随，向郑北渡渭，即此水也。赤水，《水经注》：大赤水，竹水也，一名箭谷水。又有小赤水，亦名灌水。出西南石胞山，流经州北，入渭水。上有峦都城，故潘邑，殷契之所居。《世本》曰：「契居蕃。」阚骃曰：蕃，郑西渭南，汉之新丰县地及下邽南境。苻秦始析置渭南县。渭水在城北，上涨下涨是为津处。城东四里有明光原，后魏置县于原西偏。隋开皇以原上乏水，后移于今治。城东有五凤书院，古甘泉宫在城东南神川原北麓。《史记》：始皇迎太后于雍，入咸阳，复居甘泉宫。《雍录》曰：秦渭南之甘泉，即隋甘泉之在鄠者。唐卢象《驾幸甘泉》诗曰：「传闻圣主幸新丰」云云，则谓甘泉在是也。

又西四十里经临口，又二十里经新丰，又二十里经临潼县。

县西门外即酒水，水出石鼓山，北流入渭。酒水口有风门，《三秦记》曰：在新丰县东南，两阜相对，其所多风。西十里有唐游龙宫，开元二十五年建，取黑龙饮渭名之，白乐天有《赋》。临口，零水口也，一曰冷水。《水经注》曰：「冷水……南出肺浮山，盖丽山连麓而异名也……历阴盘、新丰两原之间，北流注于渭。」唐贞观十八年幸零口，即冷水入渭处。为往来之通道，置零口镇。永徽元年，零口山水暴涨，漂千余家。天授二年于零口置鸿州，又于郭下置鸿门县，寻废，盖古鸿门地也。零口又西涉戏水，水出丽山鸿谷，东经戏亭，北入渭。周幽王与褒姒举烽为戏是也。张楚陈胜遣周章兵至戏下，又项羽封诸侯王罢兵戏下。苏林曰：戏在新丰东三十里。颜师古曰：今有戏水驿，其东北有谷有坂，盖沛公会项羽鸿门处。《水经注》所谓「堑原通道，南北洞开，有同门状」。是也。新丰，古新丰城也。汉高帝徙丰人及枌、榆社于此。今无城，但有市有堡，东西临溪，相传太上皇陵在焉。按：汉高祖葬太上皇于栎阳城北原，谓之万年陵，因分置万年县于城中为陵邑。栎阳在渭北，新丰在渭南，传者误也。临潼，周骊戎地，汉新丰，唐庆山、会昌，宋临潼。古崤关在县东南，汉移置蓝田，城南门正对骊山。《水经注》作「丽」，《史记》作「郦」，或云以骊戎得名。不知周畿内密迩丰镐，何以戎得荐居上国也。幽王之祸，骊戎未必不有以启之。五部匈奴迁汾、晋而刘氏兴，鲜卑迁幽州而慕容炽，遣子入侍者众而禄山乱，郭钦、江统、薛谦(光)所以愤发而谈也。明永乐、宣德间北边来降，多乞留居京师，授以指挥、千百户之职，赐之俸禄及银、钞、衣服、房屋、什器，安插居住，名曰达官。一岁之俸，不下数十万。土木之变，达官之遍置近畿者一时蠢动，肆掠村庄，人谓之家达子，至有驱迫汉人以归夷者。乃议选调达军征苗，即留其地守御以散之。自正统七年至景泰七年，调之云南、广东、广西、福建等处达官、达军止千八百人，余留畿辅者尚众。未几，兵部尚书陈汝言阿附权宦，尽令取回。曹钦遂结其豪以反，宁夏、甘、凉等处土达亦有满四之变。由余效忠，日殚尽节。由宋以还，盖眇闻矣。骊山不甚峻，从柏蔚森。其下为温泉，唐华清宫也。上有神女庙。《水经注》曰：「温泉，世以疗疾。《三秦记》曰：丽山西北有温水，祭则得入，不祭则烂人肉。始皇与神女唾之，生疮，始皇谢之，神女为出温水。后人因以浇洗疮。」予浴其泉，未祭，亦不烂也。《杨妃外传》：兄铦、锜、钊、诸姊治锦绣、琢金玉者千人。帝每幸华清宫，五家队合，遗钿堕舄，琴瑟珠翠狼藉于道。《唐书》：敬帝幸温汤，张权舆曰：「昔周幽王幸骊山，为戎所杀，始皇幸骊山而国亡，玄宗营骊山而禄山叛，先帝幸骊山而享年不长。夫山不能亡人，人自亡耳。」山左肩曰东绣岭，右肩曰西绣岭。西南五里有谷，秦坑儒处也。后人号悯儒乡，唐天宝中改「悯」为「旌」。山巅有汉露台故址及秦始皇阁道，石柱绝顶为唐翠微宫。其殿阁宫观环骊山者不一而足，若九龙殿、七圣殿、长生殿、朝元阁、重明阁、集灵台、舞马台、观风楼、羯鼓楼、宜春亭为最著。盖太宗时建汤泉宫，高宗时名温泉宫，明皇益增广其制。天宝六载改名华清，环以会昌城；岁十月幸，岁尽乃归也。秦始皇墓在山西北，盖直城里许，所谓鱼池水也。

又西二十里渡灞水桥，又十里涉浐水，又十里抵西安府长乐门。

县西半里有潼水，源出骊山谷中，味甘美异于他水，北流注渭。宋大中、祥符间，以城临潼，水故以名焉。自汉以后，皆新丰地也。西南十五里有白鹿观，本名骊山观；唐高祖幸温泉，傍观川原，见有白鹿，遂改今名。观内有老母殿、升仙台、蟾井。《拴遗记》曰：「白鹿观井中有金色虾蟆。贺兰先生见之曰：『此肉芝也。烹而食之，得升天矣。』」灞水，古曰滋水，秦穆公更名「灞」，以显霸功。《吕氏春秋》曰「太公钓于滋水」是也。灞峻激无鱼，不可钓。或曰：磻溪水出南山兹谷，谓之兹泉，太公钓处，今曰几谷。东南隅有石室，其所处也。吕氏盖指此，《水经注》两存之。灞水出蓝田县蓝田谷中。《水经注》曰：「霸水又北历蓝田川……左合浐水，历白鹿原东，即霸川之西，故芷阳矣。《史记》秦襄王葬芷阳者也……汉文帝葬其上，谓之霸陵……在长安东三十里」。其东即轵道，秦子婴降沛公处也。霸浅而阔，汹涌暴发，既合秦岭、倾谷、杜陵诸水，又浐水合荆谷会之；下流壅塞，山水骤决，崩山倒谷。《阿房宫赋》曰：「二川溶溶，流入宫墙。」何宫墙之能受耶！二川兼霸、浐也。汉霸桥在长安故城三十里霸店，南北两桥以通新丰道，送行者折柳赠别，亦名销魂桥。唐灞陵桥在京兆通化门东二十五里，隋开元三年造，元时山东唐邑人刘斌修筑坚固。凡一十五虹，长八十余步，阔二十四尺，中分三轨，旁翼两栏，有华表鲸头鳌首，筑堤五里，栽柳万株。明成化六年，布政使余子俊增修之，今略存石址于河中而已。甲戌岁，购木为桥，行者利之。《汉书·王莽传》曰：地皇三年，霸桥火灾自东起，卒数千以水汎沃救不灭，晨熯夕烬。是即汉桥亦木为之矣。牛僧儒置图书灞、浐之间，今此间都属稻田，故沃衍之乡也。浐水，《汉志》注：与霸同源而异流，经蓝田白鹿原西，又北至霸陵城，南合于霸水。隋迁都，堰浐为渠，其流渐乱。浐岸西乃升峻坂，《西京道里记》「长乐坂」也。汉文帝从霸西驰下峻坂，袁盎揽辔谏止，应是此坂也。浐西行南望，终南山矗立云表，秦阿房以终南为阙，《诗》及《禹贡》所称是也。《柳河东集》注曰：终南，即中条也。今乃以中条独属河东矣。潘岳《关中记》曰：名中南，言在天之中，居都之南也。长乐门，今东门也。汉长安城门十二：东曰宣平，曰东城，曰东都(一曰青门)；南曰覆盎，曰下杜(又曰端门)，曰鼎路；西曰光毕，曰龙楼，曰雍门(莽曰章义，金人号西门，乃与莽同也)；北曰函里(一曰横门)，曰洛门，曰利城。隋文帝厌长安制小，建新都长安故城东南，前直终南山子午谷，北枕龙首山，西据渭水，东临浐、灞。唐因之，城门十：南门三：曰明德，曰启夏，曰安化；东门三：曰通化，曰春明，曰延兴；西门三：曰开远，曰金光，曰延平；北门一：曰光化。至天祐元年，昭宗幸洛阳，韩建改筑，约小之，曰新城。明洪武初，都督濮英增修城门四：东曰长乐，南曰永宁，西曰安定，北曰安远。

自潼关至西安凡二百八十五里，经关及州、县五城，皆面山背渭，前高后卑，如在侧坂上，至灞以内始宽旷平衍。金城千里，天府之国，帝王之都矣。然西安亦临水面山，与背山带水者异也。咸阳在渭北，秦京也。今西安在渭南，周、汉、隋、唐之京也。周兴于西方，故建都于此。王畿西北并无侯封，天子自为守边，故犬戎、猃狁之祸不绝于国。汉、唐之世，匈奴、回纥、吐蕃之属蹂躏宫阙，盖数数矣。周东迁，委之于秦，而西戎喙息。五代任土豪，封以周邑，而西境无虞。宋艺祖时，折氏袭而府、州存，继捧朝而夏州失。然则五服之制宜立都者所必讲也。明初太祖定鼎金陵，大封诸子二十余人，而辽、宁、燕、代、晋、沈、秦、肃、庆、韩十王皆被边。藩王攸职，寄以讨贼，委以保邦，维城之制，远迈隆古。永乐改造燕山，迁宁于江西，追废三卫，开平而都；城距边，远者百余里，近者数十里；束缚诸王甚于曹魏，戎马侵轶酷于汉、唐矣。

燕秦之道凡二千三百八十里，经三十一城。自都门至获鹿，山皆在西，水皆东入直沽。自获鹿至王胡，寿阳以东皆入滹沱，寿阳以西水皆入汾，道皆截山乱水不定也。王胡至介休，山皆在南，水皆北入汾。介休至隘口，山皆在东，或行山中，或行原隰，水皆西入汾。隘口至潼关，山皆在东，或行冈陆，或行原隰，水皆入涑，西入河。潼关至西安，山皆连亘在南，水皆北入渭。燕、涿民居，或方而长，或圆而锐。平定、寿阳民居，或无村落，皆营窟，惟镇、驿则构栋宇。王胡以西，民居遇山为穴，遇原为堡；或堡山巅，或穴谷中。潼关以西，民居皆无覆瓦，或为半屋，命之曰厦。燕、秦之民田皆在平原；寿阳至蒲坂民田则上极山巅，下穷水澳。燕、晋之谷皆黍、稷、麦，秦错植稌秫。燕妇无裳，青裤；晋妇无裳，红裤；秦妇有裳，白裤，秦衣冠多白也；燕妇高冠，少者高髻；晋妇小冠，抹额卑髻；秦妇华冠、高髻。都门至蒲州，皆虞冀州；潼关至西安，皆虞雍州。都门至涿，为周幽州；保定至平遥，为周并州；介休至蒲州，为冀州；潼关以西，为周畿内。都门以西属燕，保定以西属赵，平阳以西属魏，渭南以西属秦。都门以西，汉幽州；真定以西，汉冀州；平定以西，汉并州；平阳以西，汉司隶。涿州，黄帝都；保定，高阳都；平阳，尧、舜都；安邑，夏禹都；一曰：薄州，舜都。西安，周、秦、汉、晋愍帝、赵刘曜、秦苻坚、姚兴、西魏、北周、隋、唐都。古今用兵者：安禄山出南道至秦，迟；韩信出中道至燕，速；李自成出北道至燕，尤速，愈冒险则功愈奇。苏秦曰：「秦之攻燕也，逾云中、九原，过代、上谷」，即自成入燕之道也。

朱书集卷十一　时文

子曰学而时习之　一章

惟学无间，随遇而皆自得也。夫学以为己，期于无间而已。至公诸世而不求名，其自得于心者，为何如哉！且夫天地之性，历终古而不间于人心；圣贤之修，合终身而不间于万物。此其境非不学者所能知，亦非浅学者所能喻也。

有如「学而时习之」乎。天之命我者，如是其甚备也。学以祇承帝载，则日用饮食，何一非进德修业之时。此有日涉而不能穷其趣者矣。

圣之所以作则者，如是其不远也。学以追美前修，则动静云为，何一非尽性达天之候。此有弥进而弥见其旨者矣。

是以古人幼而就傅，长而博习，髦而不倦，计一生中无时而不学也。春诵夏弦，秋礼冬诗，计一岁中无时而不学也。朝而受业，昼而讲贯，夕而熟复，计一日中无时而不学也。此无他，爱结于中，悦之至也。

由是而独学无朋，当亦孤往而不惧。然而万物皆我也，天下之人有一不纳于道，于吾心犹有疚焉，况此乃俨然吾朋乎。惟有朋自远方来，振贤哲之气，扶愚懦之衰，此「曲成不遗」之义，而非以为人也，其必有以乐乎此也。

由是而知满天下当亦大行之可期。然而外物非性也，立心之始有一或近于名，于吾道终有歉焉，况责之泛然之人乎。惟人不知而不愠，固未尝却闻誉以为高，亦未尝遇困穷以为戚，此「流而不息」之仁，而非以自矜也。

允矣君子，吾安得不叹想于其人也。

是吾之朋而不吾知，则吾必有不可知者。君子岂曰「愠于群小」，始不免「忧心悄悄」也。故教育尽天下之英才而后王天下，而不与其乐。

若不相知之人，而忽引吾为朋，则吾必有入于不可知之朋者。君子未尝不乐则行之，而又何难忧则违之也。故惟不见是而无闷，而后位天德而不失其常。

世之人不知何以悦、何以乐、何以君子也。以此思之，不其然乎！不其然乎！

本立而道生　三句

道有所由生，益知孝弟之有全量矣。夫道之生也，必于本之立，然则孝弟非仁之所自生乎。故君子务之，以为仁，道之本也。今夫别生分类，而大道显设于天地万物之间，固不待人之有以生之也。然而道不能宏人，苟或推行之失序，则一有所间而道遂不被于天下。是以君子之务本，非徒无歉于本而已，为甚有意于道之生也。

盖厚于始者，必不薄于终。故不遗余力于其本，而乃能以其余力举乎本之所旁及。裕于内者，始可推于外。故能留余地于其本，而后不以无余地遗憾于本之所博施。本立而道生，本之不可不务也信矣。

夫君子之道，小之在衣服言貌之间，大之极于横天地、塞四海、施后世而不匮，而初未尝逐逐焉。穷天下之道之本而广务焉，则以道莫大于为仁，而仁之所从生，则孝弟之立无由致也。

凡物之生也，必有其自然而不容已之机。人苟泛然相值，何敢遽责爱于人！何敢遽责敬于人！而爱亲者自无不爱焉，敬兄者自无不敬焉，非有所期而然也。天命之性笃厚于所亲，则万物自不隔于一体之意。即分因人异，不可以强同，而中心憯怛之诚积之厚，而觉其流之长，盖机之自然者，不待勉而致也。

凡物之生也，必有其当然而不可紊之理。事常错出不齐，始于匹夫匹妇之得所，究于一草一木之咸若。而民由亲亲而仁焉，物亦由亲亲而爱焉，非即举乎远而至也。伦物之理推及于天下，则四海不先此一家之事。即物无非我，不可以恝置，而易直子谅之心足乎此，而乃以通乎彼，盖理之当然者，不容逾而越也。

是故谓生民之休戚与我无关，必其父子兄弟先有可合可离之念。若夫谓万物之兼爱等于一体，纵能慈祥广被，适伏相戕相贼之机。然则孝弟之不立而求仁道生于天下者，必不然之事也。何则？无本故也。是以君子明善诚身以豫顺亲之素，明天察地以充至德之符，初非为仁天下而务孝弟也。至李弟克立，而一以贯天下之道，则生机不息，而仁常流于天地万物间矣。故务之也。

使民以时

重民力者，使之即以爱之焉。夫国不能不使民者，势也，而必以时，何爱之至耶！今夫国有民，国之本也；民有力，民之命也。重国者必重其本，恤民者必恤其命。吾言道千乘者，既在敬信节用，而又重之以爱人，道止矣。虽然，人自公孤以至卿士，其势皆贵，而民独贱，递降而用吾爱，则已难。人自左右以至群臣，其亲皆亲，而民独疏，渐暨而被吾爱，则已远。夫天之立君，凡以为民也。天子寄其事于公侯伯子男，曰：「凡尔造邦，无虐无告，无侮鳏寡。」其意可不谓厚焉。而民之处其国者，或供佩璲，或给酒浆，或击鼓而用兵，或荷畚而待役。由是群相怨咨，谓上之人苦我。夫岂有国之君不爱其民哉！毋亦惟是使之者太繁，而民几顿也。顾谓「民亦劳止」，而欲国家不使一民，则又不可。区区冀望者，愿少缓须臾，俟吾时耳。

时因乎人，孤不给役，悼不加刑，不及时者不使也；几杖在朝，酱酺在学，过乎时者不使也。即丁年行役，尚兴《将毋》之歌；零雨从王，犹切《孔嘉》之叹。而膂力之方刚，固不得视王事如家事矣。

时因乎天。青纮秉耒，赤玉行郊，盛长之时不使也；白露鸣蝉，黄华祭兽，敛藏之时不使也。即祈年天宗，犹志讲于休息；岁且更始，仍不忘乎专农。而日月之方晏，固不得不舍田功而执宫功矣。

国不罢民，民乃勉作，毋夺之劳，即所以不纵之逸。

固不弃功，民乃爱国，富于而室，即所以输于而公。

且以民失其业，则国虽盛亦衰；民乐其业，则国虽衰亦盛。诚不以公旬废私事，将见妇子之宁，即君公之福也。

驱其民于四方，则民虽聚亦散；安其民于百亩，则民虽散亦聚，诚不以奔走易沾途，将见人情之顺，即气数之亨也。

况乎下民有严，敢不敬焉？令出惟行，敢不信焉？菽粟之利兴，则财不待节焉；姻睦之道起，则人各相爱焉。此何道哉！故曰：王道因时，则又非仅「使之」之一事然也。

不患人之不己知 一节

不求知而能不自失其知者，则人己为两得矣。夫人每求知于人，而其不知人，则不知顾也。不患彼而患此，君子不当如是耶！且夫人己之间，何可以不审乎？人或明与不明此事之在人者也，己之明与不明此事之在己者也。人苟不明矣，人不自以为意，而我代为忧之；己苟不明矣，己又不以为意，人岂代为谋之也哉？

吾盖观于凡人之情，莫不望人之知己，而不能必己之知人。以为人不知己，则怀才而不能见于世，抱德而不能谐于众。此盖深足患矣。至己不知人，则贤者固可等量而齐观，不贤者亦何必不兼容而并蓄。此亦宁足患哉！而吾以为不然。

使我有可知者而人不知，则我之可知者，初不以人之不知而因之见损也。使我无可知者而人不知，则我之无可知者，方深幸夫人之不知而可徐以自益也。使我有可知者而不知人，则我之可知者犹不足恃也，世固无负过人之具而茫然昧人之贤否者也。使我无可知而不知人，则我之无可知者方内自惧也，世且将操人伦之鉴而灼然见吾之浅深也。使我所不知不知之人而我不知，则我犹得以彼此不相值者，自全于耳目之外也。使我所不知之人而竟我知，则遂将以生平不相谋者，自投于难测之党也。然则，孰为可患？孰为可不患耶？

人之求知于人也，谓吾将以见用于人耳。然我见用于人，人亦将为我用也。人不知我，而我患其弃所不当弃，必至取所不当取矣。至我之用人，则不知孰可取而孰可弃哉！彼知我者，苟为朝廷而得士，亦可取此至愚极阘之臣子也。

人之求知于人也，谓吾将以取友于人耳。然我得友于人，人亦将以我为友也。人不知我，而我患其拒所不当拒，必至与所不当与矣。至我之友人，则不知孰可与而孰可拒哉！彼知我者，苟为终身而订交，亦何乐此智疏识浅之同类也。

是故知命而乐天，则尤人之心必不以累修士之素志；类族而辩物，则知人之学常恐致爽哲士之权衡。世人之患人莫知己也，不患不知人也。而吾以为君子不患彼而患此。

诗三百　一节

约《诗》教于一言，在能正其思而已。夫学《诗》尽三百，而后知其指归，惟在使人无邪思也。《駉》之一言，不足蔽之哉。且天地之性本正也，而气化之不齐，有正者即有邪者为之敌，先王于是多为之制以扶持之。凡礼乐刑政其致一也，而奏之郊庙，陈之朝廷，达之闺门闾巷，采之太史，则其数又莫备于《诗》，今所存盖三百焉。

是三百也，宽而静、柔而正者，宜歌《颂》；广大而静、疏达而信者，宜歌《大雅》；恭俭而好礼者，宜歌《小雅》；正直而静、廉而谦者，宜歌《风》。一篇之中，三致意焉，直己而陈，端冕而听，要皆使人荡涤其邪秽以归于至正者也。然亦视乎其思而已矣。

苟不思邪之不可有也，则读邪诗，顺之，邪也；读正诗，反之，亦邪也。苟能思邪之不可有也，则读正诗，喜，无邪也；读邪诗，惧，亦无邪也。夫人见一正而即知其正，见一邪而即知其邪。即至发乎情，不能正乎礼义；感乎物，不能节其好恶，邪已炽矣。而其本无邪者，未尝息也。

先王以为其正心感者，不能无正声。是故临事而累断者，必明于商之音；见利而让者，必明于齐之音，不但升歌清庙之发听也。由是以推，而知正者人心所同好。正诗传，使四海之大、百世之遥伏而思之，则必曰圣人所为格幽明、和上下、行庆赏者，率如是也。而正心勃然动矣。

其邪心感者，不能无邪声。是故好色而不能不淫，不可与读《国风》；怨诽而不能不乱，不可与读《小雅》，不但「桑间」「濮上」之比于慢也。由是以推，而知邪者人心所同恶。邪诗传，使四海之大、百世之遥伏而思之，则必曰圣人所为祭祀弗用，燕享弗登，刑让弗贷者，率如是也。而邪心厌然沮矣。

是故《诗》不必皆无邪也，而其用，使人至于无邪而止；诗人之思不必皆无邪也，而其用，使人至于思无邪而止。吾读《诗》三百，一一精而求之，而后知《駉》之一言足以蔽之也，曰：「思无邪」。倘终日读尽三百之《诗》，而不能无邪，即谓未读一言可也；倘终身读尽天下之书，而不能无邪，亦谓未读一言可也。

温故而知新　一节

学求自得于心，其知有不可穷者矣。盖故者新之所寓，其理本不穷也，温而知之，始可为人师。否则，何一而可哉？且天下之理，日流行于耳目之前，而未有所穷也。吾之心不能随时观理以善其变化之用，则不待出而应物，而早知其往而必困矣。

夫惟天聪明，而人之初生莫不受天之明命，于是而知具焉。人特未能温故而知新耳。

果其优游涵泳于旧闻，不欲使学殖之荒落也。由是寻绎所至，而向所力索而不能遣者，忽悠然相遭于无意之中。将见机之所引，在在皆创获焉。

笃诚烛理于昔训，不欲使神智之废忘也。由是时敏所积，而向所惝恍不能举其似者，竟确然可据于有象之表。将见识之所通，往往皆为实理焉。

夫其温而必于故也，固未尝遗形器以求幽渺之奇。即其知而得于新也，亦岂必废思辨而侈神明之悟。然而其知之自得则已深矣。如是而以之为师，庶乎其可哉！

盖师以解惑为道，而天下之惑，每生于见闻所不周。惟知之甚深，则天下纵有见闻不至之地，而理有其不易，可举而断其是非矣。

师以传道为贵，而天下之道，每苦于近似之难辨。惟知之日进，则天下虽当近似乱真之时，而智有其不淆，可进而纳之中正矣。

虽未必极乎至精，词足待天下之问也。而观察有素，必不至以疑误启学者之岐趋。

虽未必极乎至深，几足通天下之志也。而知类功成，必不至以记问病教者之拘固。

夫君子固不可有急于教人、缓于为学之意，而学者终不可无积而能发、叩而能应之资。至于可为人师，而吾之温故知新益有所不容，已而且不暇于为师矣。

子曰君子不器

器不足以尽君子，其能事有独优者焉。夫人而至于器，材亦成矣，而不足以尽君子，此其能事岂可量乎！今天下之物，投之而辄拒者，必其难容者也；即投之而辄受者，亦必其易盈者也。容之而不易盈矣，然执之有形，取之有方，犹之不能容而易盈者也。若夫窅然以深，不能窥其藏；接时而生，不能尽其际；随所试之，而无不如其意，则惟君子异焉。

夫人每患所挟之无多，则蓄之而非所用，用之而非所蓄。君子若逆知天下变故之数，而逐事皆预为之备。

人又患所储之甚杂，则于彼于此而交疑，或前或后而莫决。君子若不知天下错出之烦，而先事止预立其原。

是故有所为器焉，得君子之一节，亦足以成能。而君子所为不器焉，极天下之盘错，无不足以尽利。

凡市于衢肆者，投以可乘之会，不胜其急于售。此其器非尽不利，然窃恐迁其地而弗能为良也。何则？优于此而绌于彼，器之本量然也。君子抱德于灊，方群策群力之错圭，一若天下事，初不经其意，及出而施之百物之间，但觉功业之所有初不为性命之所无，地屡迁而良不改焉。天下绝无此利器矣。

凡藏于典司者，引以小试之利，又虑其近于亵。此其器非不甚重，然窃恐举之弗能胜也。何则？体一成而不可变，器之形性然也。君子应用无迹，即人官物曲之异致，一皆优为之，并不辞夫琐屑。究反而归之神化之内，只觉万物之聪明皆不出一人之智虑，力不待用而悉举焉。天下更无此重器矣。

盖器之大小不同，乃小用之而小效，大用之而大效，有弥乎无外、入乎无间如此器者乎？是天地所不能囿，万物所不能违者也。

且器之贵贱亦不同，乃可以贵而贵者赖以成其贵，可以贱而贱者赖以养其贱，有宝爱逾鼎夷、适用逾筐筥如此器者乎？是朝庙之所不敢轻，阛阓之所不能遗者也。

故夫君子仁义以为材质，学问以为琢磨，明师益友以为工师，古圣前贤以为规矩，则器也而进乎道矣。孰与夫散材杂物较良楛于一旦哉！

季氏旅于泰山　一节

为僭祭者谋所救，即救之以所祭之神焉。夫泰山旅自季氏，僭几莫救矣。然既知有泰山，即奈何贸贸而为此耶？尝观至治之世，君臣之分倍凛于鬼神，故天下不畏神而畏君。迨其衰也，君权下移，僭窃成风，名教之心不胜其祸福之念，遂举其君匹敌之神，上而拟于宾主之列，抑思君即不责其僭，神宁不恶其妄乎？

我鲁，秉礼国也。文宣以降，祀典废弛。一二执政大夫谓宜襄我鲁侯，俾无失礼于群望。即为之家老者，亦宜敬乃公事，俾无得罪于名义。君有失，臣救之；臣有失，臣之臣救之。庶几明德维馨，神所凭依，不至吐而弃也。何居乎？季氏竟将有旅泰山一事。

夫泰山何神？是天子所检玉而登封者也，是上公所并职而比德者也，是国君所陈牲而祭告者也。「泰山岩岩，鲁邦所瞻。」季氏矫举以祭，宁谓彼效灵于权要之门，亦惟玉帛是贪，其借此以结之好耶？且无论季氏置鲁君何地，抑将问泰山果何神也。彼冉有者，逡巡观望，曾不致一辞，盖亦不问泰山果何神也。子曰：呜呼！是谓泰山竟不如林放矣。岂不谬哉！

且夫季氏方据公族之尊，执一国之命，彼其心以为我人臣也欤哉，赫然人君矣。泰山宜久知国君之威灵不逮执政远甚，苟洁粢丰盛以祭，岂不据我！况天子不省，方东诸侯类皆慢神乏祀。岱宗之神不其馁，而一旦举此废典，将见率云亭、龟蒙之属，引梁父、凫绎之英，欣欣於於来享饮食。季氏之意如此，不诚愚矣哉！

今使编氓贱隶如林放者，抗颜居季氏之上，或且谓季氏曰：「尔其割牲以进，拜爵以献，跪而馈食，俯而陈情。」季氏必咈然怒曰：「小人侮我！」而孰知季氏之致敬竭诚，惟恐不许者，侥幸一当，乃即不如林放者也。夫谓泰山不如林放，不惟泰山不受，季氏亦不受也。而推其旅之之心，则轻泰山、慢泰山、开罪于泰山，直至以不如林放者待泰山。然则季氏旅于泰山果何为耶？则试亟为救之曰：子大夫尚其尊仁，而安义正仪，而肃物守善，则归君之礼严，神不可渎之。戒林放所谓礼之本，庶不至荡灭无存也。泰山有知，神其福我乎！是不旅泰山，而旅之也久矣。

巧笑倩兮　全章

贤者因《诗》而知学，圣人深许之焉。夫学贵其相长也，商因素绚之解而悟及「礼后」，是非夫子意之所及矣，其深许之固宜。且夫道之有本有末，日昭然于天地万物之间，而学者或役役于繁赜之中而不能辨，则终身为学而卒无知本之一日也。乃质疑解惑之际，圣人止道其常；而引伸触类之余，贤者忽长于变。则其相悦以解者，若在乎意计之外焉。

昔者子夏与夫子言《诗》而有疑于《诗》也，因问于夫子曰：「倩耶盼耶，不居然素耶？巧耶美耶，不仍然非绚耶？」乃曰：「素以为绚。」今试举质朴无文之物，指而称之曰天下之美丽莫过于是也，则人心虽切于致饰，而物理终难以倒施。商不知《诗》之所谓果何指也，《诗》言顾若此乎？而子曰：此绘事也，《诗》言「素以为绚」也，殆即「绘事后素」也。是故《诗》亦有绘耳，绘以草木，而《诗》之比以兴；绘以鸟兽，而《诗》之兴以作，绘以衣裳带舄，而《诗》之赋以起。要其先无《诗》也，绘必有白质以为之基，而五采始可以章其外。故倩盼具天然之质，则锦衣朱芾加之而益觉其光华。商毋执《诗》以言《诗》，而《诗》可知矣。是言也，不过即物以言《诗》，亦何尝计及于《诗》之外哉！

乃子夏与夫子言《诗》，而忽有悟于礼也，复质于夫子曰：「绘者后耶，礼之文耶？素者先耶，礼之质耶？」既曰：「绘事后素。」则可举三千三百之盛，概而等之曰天下之藻缋莫大于是也，彼徇文者执器为道而已浮，率意者去华存实而已陋。商窃谓礼之所在皆处其后焉者也，绘事殆告我乎？而子曰：此《诗》意也，商之能起予也，予始可与商言《诗》也。是故《诗》亦后起耳，夫妇正，而后可与歌《风》；君臣和，而后可与歌《雅》；祖功宗德通，而后可与歌《颂》。然则凡有《诗》莫非后也，《诗》必有至性以为之始，而六义乃可以备其成。犹至礼在无体之先，则玉帛威仪彰之而愈形其璀灿。商不言《诗》而深于《诗》，则《诗》益可知矣。是言也，亦期因《诗》而返求于学，岂真欲与之言《诗》而已哉！

乃夫子之《诗》，果以子夏而传云。

哀公问社于宰我　一章

论社而失言，圣人所不及救也。夫能抚绥其民，而国社奠安矣。鲁民几何，其堪使之战栗耶！夫子以为不及救也，固宜。且国将兴，听于人；国将亡，听于神。赫赫大国而君临之，不能使百神受职以佐佑吾民，而尝傀焉有不终日之势。一二君子急起而相与维持，犹恐不济，奈何一言出而速之祸也？

哀公汲汲然以社问于宰我，君子以为鲁社危矣。知而问之，何不先成民而后致力于神？不知而问之，是有社而不知社，亦将有民而不知民也。夫与治同道罔不兴，与乱同事罔不亡。今日之鲁，治耶，乱耶？亦极乱耳。吾惧不能守周社之受天阳，而且立见其如亳社之屋之也。宰我而择言以进，据理以陈，则宜曰：地道也，妇道也，子道也，臣道也。君毋以嬖御人疾庄后，则公子荆之母可不立为夫人矣；君毋以庶孽加正嫡，则公子荆可不立为太子矣；君毋得罪于巨室，则异日者可不以越伐鲁而去三桓矣。于是以忠信为牲牺，以礼义为圭璧，以政令为祝告，以贤才为骏奔，庶几长有此社乎。诚如是也，事成而遂，则往行可以垂来兹；即事不成不遂，而前言亦可以俟异日，谁复有说之谏之而以为咎者耶？

乃予也曾不及此，历举三代之所树，而独于周社复推言之曰：「使民战栗。」且毋论三代立社之制不必然，即使其然，而鲁皋门之外，朝树松夕树柏，又树栗两社间，芃芃成茂林焉。曰：吾将以比迹夏后，追美殷周也。是禹汤文武之圣，一惟树木而不惟树人也。况民则何罪，先公立冢土而戎丑攸行，今则教之亲地道而草菅人命，其忍乎哉！

且今之民亦大可念矣。其君好虐而宠赂，其臣贪乱而狡贼；贵盛富溢而暴敛无厌，疆境粗安而兵役时作；自朝廷百执事以至都邑长吏，无不焚煎其民。妖祥怪厉之属又助其虐，而旱干水溢，降此鞠凶。民外死于寇内死于刑，明死于人幽死于鬼。其不死者，非天幸即鸷猛奸侠不可如何者耳。况鲁自四分公室，民入公家倍征，入私家无征，国之强宗大族无不叛公，而惟民犹未叛。予之本意虽未必欲举鲁民草薙而禽狝之，而由乎其言，不将驱此未叛之民尽用之于社，而使「靡有孑遗」耶？乌在其为能言之士也。子闻之，曰：「成事不说，遂事不谏，既往不咎。」言出乎臣之口，入乎君之耳矣，欲挽之无及矣。可不惧哉！可不戒哉！

子闻之曰　一节

深警贤者之失言，而若有不可挽者焉。夫事之救于后者亦多矣，不说、不谏、不咎云者，殆深为论社者致警夫。且古来误事之人，皆其所不及料者也，以为吾言之可从则行之，行之而不可，则逮吾失而改之未晚也。不知救在事先者，虽庸人有可致之功；救在事后者，虽圣人无可挽之智，徒使君子不辨焉，则已无及矣。哀公问社而予告以「使民战栗」，其失言甚矣。子闻之，不禁瞿然也，曰：是言也，吾其若之何哉！

君子议国家之事，恒郑重而不敢轻，非过也。一日之言，垂之数世，而共相传诵，则计之于早者为无弊矣。

君子考制作之原，必精详而不敢苟，非迂也。一事之论，通之万事，而皆可施行，则筹之于先者为有得矣。

诚若是，言之者无罪，而闻之者足戒。旁观之人，惟相与乐其事之成，而惟恐其不遂以往焉耳，岂有说之谏之而引以为咎者耶！而今已异是矣。夫君子之立心也，必不忍坐视人之败，而其与人也，必不明知其即于戾而姑为听之。则夫激烈以陈词，抗言以相诤，甚至归罪其人而使之无所容，当亦良友责善之所必至，而严师救正之所不容已者哉！然天下事有未然者，有已然者，而吾人之言有可为者、有不可为者。吾非不欲说也，而无如其事已成也，顾谁则使之成也。吾非不欲谏也，而无知其事已遂也，顾谁则使之遂也。吾非不致咎也，而无如其时已往也，顾谁则使之往也。

势当莫可如何之会，虽豪杰之才亦与庸众同归于无用。不明其势而喋喋焉以争之，虽亦「爱人以德」之怀乎，然而将何救也。夙昔论列古人，每叹指陈之偶非，惜无人为之救正。不谓隐忍不言之态，竟得之同堂师弟中也。余心抑用伤矣。

时当无可致力之余，虽亲厚之至亦如疏远之不动其心。不观其时而谆谆焉以议之，虽亦过失相观之隐乎，然而将何益也。平日流览列国，每叹一言之隐祸，幸有人赖以挽回。不谓见可而止之情，乃行之函丈进退间也。我怀又已戚矣。

嗟乎！徒劳而无功，吾其知免矣，吾不愿有不近人情之举也。一发而莫挽，予乃若是乎，予何独为不顾其后之人哉。

乐其可知也　一节

以可知者言乐，即审音而得之焉。夫审音而知乐，则可知者自在也，翕纯皦绎，太师可不知所辨乎。今夫盈天地间皆乐也，其微者本之精神性术之际，而其显者不外乎声音节奏之间。顾学士求其理而遗其数，伶官执其器而失其神。则虽昭然共和之乐，而知之者或寡矣。自吾言之，盖乐其可知也。

乐者天地之和也。上跻下降，出而动于震，发而悦于豫，由是万物相见而贞元不息者，历终古而无穷。故乐之终始周旋，吾于元气之周流而如见之。

乐者人心之理也。变动屈伸，集而毅然者其义，散而温然者其仁，由是精察不淆而悠久无疆者，合终身如一日。故乐之成方成变，吾于至性之动息而如遇之。

是故乐必有所由始，久静而动，动不可止也；乐必有所由从，方动而奋，奋不可遏也；乐必有所由成，奋而有功，功成不可不退也。此次第之可知者也。其始也，愤盈而欲出，犹坤之翕，则以为「翕如也」；其从也，物聚如能和，犹乾之纯，则以为「纯如也」；和而不至于乱，犹日之皦，则以为「皦如也」；清晰不乱而能继，犹丝之绎，则以为「绎如也」。此音韵之可知者也。而乐之成也以此。

当其未有乐也，淡乎无形也，冥乎无象也，以听万物之所自受，虽上圣不得而意之。而开之以聚合，继之以洁齐，振之以昌明，联之以条贯，则俯焉仰焉无往不得。夫元音之实，而七均之调、十二律之变，不可胜用矣。

及其既有乐也，浩乎相感也，渊乎相通也，以顺万物之所自生，虽凡人不得而抑之。而起之以毕达，遂之以长养，别之以气类，滋之以蓄变，则作之成之无往不受。夫乐教之功，而六代之宫悬、十二国之风诗，皆可以归于正矣。乐之可知者如此，尔太师其识之哉！

子谓韶尽美矣 二句

乐有美善兼尽者，明帝德之不可及也。夫乐以尽善尽美为极至耳，惟《韶》则然。夫子能无帝德之思哉！昔夫子删书，诚有见于舜之圣也处五帝之极盛，故《尧典》不立唐编，而附于《舜典》之上；先百王以首出，故《禹谟》不入夏纪，而列于《益稷》之先。盖自有天地以来，天下之功皆其功，天下之德皆其德。君哉，舜也！不可及也已。尝观子之论乐，而益见焉。

谓夫乐必有动人于听睹之际，而心为之感者，存乎美。乐必有深人于精微之内，而神为之移者，存乎善。吾盖上下千古之乐，而独有异于《韶》也。

太古之浑朴以渐而开，至舜而文明大启，天地光华之气与时会而俱新。适际此时会之俱新，而《韶》作焉。八音合伦之下，一若直温宽栗，直应天地之无声。美哉！戛击鸣球，皆揖让之风矣。

后世之变更因时转甚，在舜而豫顺一堂，天地䜣合之情与人心之俱奋，而《韶》作焉。九成中节之余，一若兽舞凤仪，直流天地之太和。美哉！依永和声，皆平成之象矣。

盖至于尽美，而《韶》之为乐，不观止矣乎。虽然，美之在《韶》者，固不同于凡乐之美。而或一美而即止，则亦犹之乎凡乐而已也。乃进而求之，则大善在焉。

既使天下不知有禅代之事，又使天下咸知有德性之尊，闻其声而有超出于声之外者，穆乎其深以远也。天无不覆，地无不载，何德与时会而人进于天也？此在作《韶》者不知，而闻《韶》者知之也。

既使天下皆被其修和之功，又使天下皆释其危微之惧，见其容而有默形于容之表者，雍乎其化以神也。祖考来格，虞宾在位，何德随器彰而性极于命也？此在奏《韶》者不知，而见《韶》者知之也。

天子自能审音，故五弦歌风，不闻假于矇瞍。然其微，固不在审音之末矣。大臣专于教乐，故一夔典青，不止职于太师。然其理，并不在教乐之功矣。后有作者，舜其可及哉！

子曰惟仁者　一章其一

定好恶之极，专其能于仁者焉。夫好恶人皆有之，而不可谓能也，非仁者乌足以定其极哉。夫子以为无好无恶者自绝其情，作好作恶者拂人之性，盖好恶者因人之仁不仁而起者也。而人之仁不仁，亦即因好恶而见。

是故人而可好，必仁人也；人而可恶，必不仁也。人而仁，未有不见好于人者也；人而不仁，未有不见恶于人者也。人纵不能为仁，未有恶人之仁者也；人纵不能去不仁，未有好人之不仁者也。人纵有时不便于仁而恶仁人，未始不心知仁人之可好也；人纵有时惑于不仁而好不仁之人，未始不心知不仁之可恶也。

若是，则宜乎所好皆仁，所恶皆不仁；无不能好之人，无不能恶之人矣。而何好恶之难也，然而难也终身好人，而未尝好一仁人；终身恶人，而未尝恶一不仁。明知仁人之可好，而恶之或反在仁人；明知不仁之可恶，而好之或反在不仁。是即日形其好恶，而不得谓之能好能恶也。

然则，必何人而后能也？凡好人者，非用好之难，好人而必仁人之难；凡恶人者，非用恶之难，恶人而必不仁之人之难。好人而必仁人，非好其人也，好有仁也；恶人而必不仁之人，非恶其人也，恶其不仁也。好人之仁，非但以为人之仁也，吾好其仁，于人之仁即已不啻吾之仁也；恶人之不仁，非但以为人之不仁也，吾恶其不仁，于人之不仁即不啻吾有不仁也。

然则，必何人而后能好人能恶人也？非己有其仁不能知人之仁，非己无不仁不能知人之不仁；非己有其仁不能与仁人同仁，非己无不仁不能不与不仁同不仁；非己有其仁不能视人之仁如己之仁，非己无不仁仁不能责人之不仁如己之有不仁。固知能好人能恶人，天下一人而已。其人何人也？曰：惟仁者。

子曰惟仁者　一章其二

仁者之心公以正，故好恶之能独归之也。盖好恶而失之者，以其心私而不得其正也。故惟仁者为独能，人可轻言好恶哉！且天生万物而好恶之情出焉，此盖仁之显于性命而不能藏者也，然好恶行而天下愈以多故。说者谓好恶足以病仁，必返之无好无恶，而后为仁者浑同之天下。不知好恶不足以病仁也，必仁乃足以用好恶耳。

何则？天下之人非皆无心者也，其于善恶之迥别，未尝不深其取此弃彼之怀。然以为可好而或夺于所憎，以为可恶而或夺于所爱，则徘徊于两可，而好恶遂不得以自由。

亦非皆无识者也，其于是非之不爽，未尝不明乎为臧为否之故。然或偏于好而并匿其所恶，或偏于恶而遂弃其所好，则任意于一往，而好恶且竟不能以自解。甚矣，能好能恶之难也，其惟仁者乎！

仁者之好人也，人不能使之好也，己亦初未尝有必好是人之心也，然而能好人矣。其人之可好各殊，仁者之好其人亦各殊，觉自有仁者之好，欲稍有以加之而即过于厚，欲稍有以损之而即过于薄也。夫而后始知仁者之能好也。

仁者之恶人也，人不能使之恶也，己亦初未尝有必恶是人之心也，然而能恶人矣。其人之可恶不一，仁者之恶其人亦不一，觉自有仁者之恶，欲稍甚其罪而遂至于刻，欲稍减其愆而遂至于纵也。夫而后始知仁者之能恶也。

盖惟先万物而清其好恶之源。故无论亲疏贵贱皆无可系累之情，而惟顺应以当然不易之理，特无以触之则不形耳。而其与人同仁，不与人同不仁，固早率天命于降衷，而总不失其真也。

由是因万物而大其好恶之用。故凡为命讨惇庸皆有其正当之则，而实本以自然不容已之性，斯任所感而无不当耳。则其自力于仁，不自陷于不仁，止皆视万物为一体，而不忍违其常也。

夫人孰无好，人孰无恶，而非仁者则不能。然则人奈何不求全于仁，而逐逐于好恶也哉！

君子之于天下也　一章

君子之应天下，一于义者也。夫适莫则害义，而无适莫亦未即为义也。「义之与比」，天下何在而不足见君子哉。今夫义以方外，此君子养德于微而充塞乎天地者也。至出而接物，不过其应迹而已。其精微之极，盖有不可得而窥者矣。然其中涵而不偏，体备而无失，则有极天下之大，而无往不可见其为君子者焉。

盖以有心矫天下者，是自处于适莫而与义违者也。而以无心置天下者，是力绝夫适莫而亦未能与义合者也。曾君子而然乎哉！

君子之于天下也，事前则有观理之明，事至则有审几之确。故静能藏其用，而动亦能赴其机。

守诸己，则立不易方；行诸世，则达不离道。故体其虚无所不容，而履其实亦无所不断。

盖「无适也无莫也」，而「义之与比」者耳。

天下之以我为主者，特形气之用而已。若夫天地之经、万物之纪，此非我之所得而与也。乃或则适焉，否则莫焉。此何为者也？君子去其独智而就其同然。谓此大义之昭垂，历千古而如一，则自一室以达四海，总与之为服习而已矣。天下之随时而异者，特措施之迹而已。若夫帝降之衷，民秉之懿，此非时之所得而移也。乃去适而义亦去焉，去莫而义亦去焉。何为者也？君子绝其游移而归于一是。谓此名义之定分，合两间而有常，则自一日以至终身，总与之为浃洽而已矣。

盖义在天下有显晦而无存亡。即比与不比，一听任乎天下，而森然各当者自在也。君子顺而措之，天下皆适还乎各当。故道济一世而义非有余，理具一端而义非不足。彼适莫者徒行乎意见之私，而不知天则之安有所以然而不可易者在也，安足语于君子时中之用哉！

且天下之义有是非而无巨细。即比与不比，无损益于天下，而确然咸宜者莫越也。君子密而存之，天下无不如此而咸宜。故一事一义而非逐事以图全，万事一义而非执意以忤物。彼无适无莫者或处乎两可之域，而不知天理之至有其当然而不可离者在也，安足语于君子守正之体哉！

君子之于天下，所以无往而不得其为君子也。

子曰见贤思齐焉　一章

因人以励己，贤不贤皆警心之助也。夫以为人之贤不贤，则见之亦于己无与耳。思齐内自省，此君子之所以为己乎。尝思人有兼善天下之量，则必举一世之人皆贤而无不贤然后已。然常人之情，知之恒明而自知恒昧，则人恒重而责己恒轻，则有详于人之贤不贤，而己之贤不贤反漠不加意者矣。

夫推不见是图之心，则敬勤以集其美，严畏以去其慝，虽一人不接于目，而迁善改过常怵惕而不宁。

若极万物相见之盛，则一德者交济而致其功，殊趋者扶持而归之正，虽天下皆观其型，而合好弃恶每精勤而靡懈。

然则，君子加意于己之贤不贤亦何在不然，然吾以为有见人之贤不贤而加励者！

非必精察于性命精微之极，而后谓之见贤也，即偶见一行之善，而吾心勃然动焉。盖异则相敬，敬则主善为师；同则相亲，亲则辅仁以友。如是而思齐焉必也。

非必深求于立心行事之素，而后谓之见不贤也，即偶见一事之不善，而吾心悚然惧焉。盖性天难自保，恒罔念而作狂；习俗易移人，或一往而不复。如是而内自省焉必也。

谓思能通微，昧昧思之，即可取斯人之懿美而如取携也。而见贤不敢然也，大其量以受天下之善，则吾即万一能贤，而不可及者常在人，不可安者常在己。

谓内省不疚，兢兢省之，即可祛斯人之非，几而无冒贡也。而见不贤不敢然也，小其心以鉴天下之失，则吾即万无不贤，而在人无心之过，彼既不能以自知，在我有间之私，此又何能以无咎。

夫天下之人非贤即不贤，而思齐则不骄，自省则不吝，耳目所触皆天命降监之几也。

吾生所值非见贤即见不贤，而思齐则知终身无卓然自信之功，自省则知一日有偶尔失足之悔，意念攸深皆心性危微之故也。

思之省之，其为己也切矣。

子使漆雕开仕　一章

所见有大于仕者，出乎圣人之意外矣。夫理明诸心，学之极也。使开仕而以为未信，此岂子意之所及哉！宜其说也。今天下一得之士皆可见用于时，而君子俯焉。日有孳孳，必使天之与我者洞然不疑于心，而后自慊焉，世之用与不用，非所及也。是故及门之才，圣人知之，而心之隐微有不尽知者。至忽焉大过圣人之所期，则相违也，而相赏更深矣。

吾夫子忧世之切，虽莫宗而犹欲大行其道，即为兆而亦且小试其端。此其意固在仕也。

吾夫子乐天之深，虽王天下而不与存，即遁世不见知而亦不悔。此其意又并不关仕也。

一日使漆雕开仕，非可使而使之欤！乃开也，一若有更急于仕而仕且不暇者，一若有更大于仕而仕且不屑者，作而言曰：「吾斯之未能信。」

以为凡事之难易万不能齐，非此中之至明，未可以直行而无失。

吾心之明昧万难相强，虽在人之见许，必反求诸己而后知。故必于斯也，穷理以至之，见道之卓而所以为上天之命、万物之纪者，有以深知其不可易，而后吉凶忧乐始能体之如一身也。吾自顾有旁皇于中而莫释者，而何暇出而应当世之求也。

积学以会之，知德之奥而所以为天理之极、人伦之至者，有以洞彻其不容已而后显仁藏用始能会之于一致也。吾自念有上述其微而未得者，而何至俯而求事为之末也。开之志如此，是非子使之之意所能及矣。

夫信在于仕者，不与三代比烈，犹之未能信也。此夫子道易天下之量也。信並不关仕者，不与天地相参，犹之未能信也。此夫子愤乐忘老之心也。又乌能以其与使之之意相左，而不欣然说哉！至开之终能信与终未能信，不但此时开不能知，即子亦不之计也。

回也闻一以知十

知有各殊，孰愈可知矣。甚矣，回、赐之不相及也。同闻也而知异焉，其又孰愈乎？赐若曰：天下有不易之理焉，教者尝以之为教也。天下又有难同之分焉，学者亦各自为学也。赐不敏，生平或能亿中，即夫子亦以达许之。时亦翘然自信曰：赐也，庶以知异于众乎。

乃未遇回而赐明也，及遇回而赐昧矣。赐非故昧也，回之明实有以形其昧也。

且不见有回而赐智也，一见有回而赐愚矣。回未尝不愚也，赐之智实不足敌其愚也。

回与赐幸生同时，又幸居同里，又幸学同师，又幸习同业。赐曰：可矣，回之所闻，赐之所闻矣。而回则否赐曰：可矣，赐之所闻，回之所闻矣。而赐又否回曰：可矣，回闻赐之所闻，回知赐之所知矣。而回则又否赐曰：可矣，赐闻回之所闻，赐知回之所知矣。而赐又否。

间尝见回读古人之书，见回诵今人之言，见回处一日难处之事，见回决千古难决之理，然而回沛然矣。自今思回，回果沛然矣。无始无终，曾一触而俱尽也，是则回也已。

间尝赐亦读古人之书，赐亦诵今人之言，赐亦处一日难处之事，赐亦决千古难决之理，然而赐自以为沛然矣，自今思赐，赐犹未沛然矣。于此于彼，每对待以相悟也，是则赐也已。

彼天地之数生于一，二者一之偶，十者一之终也。赐无以拟回，意者闻一以知十乎？至不待闻而知者，非赐之所能测也。赐无以拟赐，意者闻一以知二乎？即一之中自有不囿于二者，固非赐之所能必也。夫神明默成，此存于大圣人之心者，赐不得而知之矣。至若识之以默而融之于心，虽望之如愚，几似不逮聪颖者远甚。然而，屈渊通之彦至欲竭揣测之才，与之比长而较短焉，是何异得其一而不知其二者之所为，又乌足以望十之一哉！

自记：予以壬申补官学教习。时各旗助教争坐位，谓教习诸生不得与助教有职者并南面坐。先生甫到官，众以为言。先生问旧制云何，皆云旧无定制，但礼以义起，则诸生不当僭越耳。先生曰：「官学设于国初，当时岂不知位分不可凌躐。但助教在本旗有主道，而教习者助教子弟师也，岂可主不逊师？且执经教子弟自王公以下，宁有侍侧礼乎？」于是教学坐得不废。故事：教习三年，授职每十人：县令八人，州佐二人。州佐猥冗终身不得官，言者累以为不平，而卒格于例。先生奋然陈其敝，遂得均予县令，至今受先生福。然相距仅十余年，而知先生苦心者或鲜矣。先生公清明敏，无满汉皆爱敬之，予受知最深。今先生已殁，幸与其子为同年，俱受馆职，录昔日见知之文，不禁三叹。先生取拙卷最多，今皆散失云。先生讳苑，壬戌进士，歙人。

夫子之文章 一章

贤者见圣道之全，而自别其所闻焉。盖曰文章，曰性道，夫子殆身备天人之统者耶！可闻不可闻，赐安敢自诬以昧所得也。若曰：至矣哉，圣人之道乎！谓涉乎显者道不在是也，然由是而或则得之矣；谓进乎微者道必在是也，然由是而或则失之矣。圣人未尝不随所至而为之引，乃人自为离为合于其间，则亦各有一意中之圣人而已矣。赐盖从事夫子久，幸而得闻其概也，夫而后始亲见我夫子也。

今夫天天必有所流动，而其光自被于万物；必有所主宰，而其命自超于形声。自夫子全之，而天下因而有闻也。盖在在有可据之实，而不同于疑似之端也。然而有得有不得者矣。试就夫子之文章思之：

一身备四时之气，赐几深而测之，以为动容周旋，至夫子而难为拟似矣。然欲学夫子，而不能变化其气质，则进德无由也。此不待夫子谆谆言之，而勉而至者宜不乏也。一言垂万世之法，赐几精而索之，以为训词议论，至夫子而不能彷佛矣。然欲学夫子，而不知先从事于学识，则烛理无自也。此即使夫子终日言之，而循而入者宜不虚也。

盖方其未得也，固不谓文章之可闻，而及其既得也，则夫子之文章固可得而闻也。

至若夫子之言性与天道，殆不然矣。人之所由生也，何以与物同其气而不同其心；天之所以不息也，何以与人异其形而不异其理。学者而不闻此，谓之不学可也；教者而不使人闻此，谓之不教可也。然而秉赋之辨，介在微茫；造化之机，通于幽眇。则尽言尽意，虽爱人如夫子，而其权时有所必穷。一间之几，上哲未达；神化之候，下学方遥。则知微知彰，虽得师如夫子，如其事常难于骤获。是故同一夫子之言也，此闻之而以为性也，彼闻之而不知其为性也；此闻之而以为天道也，彼闻之而不知其为天道也。其不可得而闻亦闻之，而后知其故耳。然则勤于效法而失精微之意，高谈性命而乏经纬之端，均之于夫子，岂有闻哉！

敏而好学　三句

卫大夫之「文」，不可谓无以实之也。盖勤学好问，亦人臣所难也。卫人之所以「文」仲叔圉者是矣，何必过求哉。且谥法与史法同而亦有不同者：史善恶备书，明其人苟有一事之疵，虽百美不足以盖之，所以垂戒后世而使之有所惧也。谥非甚大恶则止著其善，明其人苟有一事之美，虽百疵亦从而略之，所以慰安子孙而使之有所劝也。孔圉之「文」，固在谥法中，而赐未之察耳。

先王甚恶夫作聪明以乱旧章也，曰：汝但能贤智而修中材之业，吾何惮肇锡以嘉名。又恶夫怙骄倨而鲜虚公也，曰：汝但能贵显而通愚贱之心，吾不忘永终以令誉。此谥法所以有勤学好问之「文」也。而圉则敏而好学，不耻下问焉。

后人即甚英奇，度非上哲矣。然而多其材以自封，则小慧足恃，亦且薄古圣人为不足师。故不学之弊，愚鲁者恒少，而聪颖者恒多也。圉既负姿特异，保无率臆而行乎？而汲汲然惟学是好。则前言往行，能志古道之未亡；博物洽闻，足传后儒以相待者，非他人，必圉矣。圉可谓勤学也已矣。

此身仅列陪贰，亦未及尊高矣。然而小其量以自域，则卑位甫登，亦且轻天下士为不如我。故不问之弊，挟贤固深，挟贵者更甚也。圉既职在浚明，得无简傲以处乎？而殷殷然善下不耻。则大小兼收，庶几文武之未坠；文献必考，似伤杞宋之无征者，非他人，必圉矣。圉可谓好问也已矣。

其所学非必皆要道，而物躬坟典，不可谓非《尔雅》之流也。其所问非必皆善言，而虚己听纳，不可谓非名通之彦也。

彼夫称天于南郊，而天子之尊亦俯而受臣子之进退。故壅遏不通曰「幽」，杀戮无辜曰「厉」，至今不能改于孝子慈孙。圉学问不如是，而欲谓之「文」，国君其赐之乎？国人其许之乎？

若夫定策于太常，而一得之长亦上而冒神圣之鸿号。故党恶如行父曰「文」，不仁不知如臧孙曰「文」，称名且混同于穆考公旦。圉学问如是，而得谓之「文」，国君之赐岂无因乎？国人之议岂无说乎？

凡今之人，不学而无术，专己而肆为，陈以诗书则目为迂愚，进以谠言则指为邪说，其谥曰「至愚」、「极鄙」而已耳，何足与于「文」之数哉！

自记：偶尔放笔，便至嚣动，甚矣，气之难静也！

原思为之宰　二节

义当与而与，即转相与而不容辞焉。夫为宰而与粟，义也；以粟转与邻里乡党，亦义也。既自与之，又教辞者与之，圣人岂一于不与哉！甚哉，圣人固不可测也。吾党见其慎重于与，而又不欲人之轻于与也。方致慕于古之一介不与者为不可及，及易一人焉，而圣人之自与，既不厌其多；圣人教人之与，又不厌其广。然后知圣人非一于不与也，则更爽然失矣。

盖尝见子为司寇，而原思为之宰也。先王之敬大臣也，必崇其体，于是设为陪隶之众职，使转相臣事，以有其尊也。为宰而得自效于一官一事，何妨为仕贫以代夫力耕耶！乃自吾党观之，则为宰与使齐若一致耳。而夫子曰：宰虽司寇之属，亦朝廷之命吏，非大臣所得自为位置也。九百之秩，有常制矣。吾乌敢私吾君之明贶，而不以酬奔走承事之劳乎？夫事人之事者，必食人之食。身既不得躬耕陇亩以自养，而鞅掌倭迟之下，顾瞻天家廪饩之盛，曾不沾升斗焉。臣即不言，上独无愧于心乎！故为宰而畀之粟，非徇群下之情，而私为赐与也。自天子玉食万方，下而推之至于庶人在官，莫不位定后禄。圣人奉若天道，而轻重布之，少者不可益，多者不可减也。子之自以九百与思也，义所当与，而子不惜自与，大概如斯也。

乃思以九百为多而竟辞之也。君子之为小臣也，必守其分，况夫煌煌小宰之六计以弊群吏，莫先于廉也。为宰亦不过此一身一家，何可辱天贶而委之草莽耶！维时吾党思之，则辞九百与受五秉较不为冒昧耳。而夫子曰：宰虽不欲靡大君之禄，此国家之定典，非小臣所得意为去取也。九百之数，不为过多矣。尔何可忘惠下之深仁，而徒以鸣洁清自好之操乎？夫大言入则望大利，小言入则望小利。身既司此薄书钱谷以为职，苟旷鳏废弛之甚，而反使忠信重禄之经由此而废焉，与其辞禄，曷若辞职之为得乎！且为宰即无所事粟，未尝无待泽之人，而何忧封殖也。自天子布德行惠，下而推之至于同井相恤，皆当笃近举远。人臣仰承君恩，而推广以遍，凡亲者无失其亲，故者毋失其故也。子诏思毋辞而且命以与邻里乡党也，义所当与，而子并不禁人之与，大概如斯也。

冉有闻之，必曰：圣人固不可测，曩者之不与赤，与之非义故也。

谁能出不由户　一节

即户以明道，若难为不由者解焉。夫道之当由，奚啻如户，而奈何视户反不如也。人盍自思其故耶？若曰：吾向以为道在天下，民可使由，不可使知也。而无如由之者卒鲜也。可使由者：凡人之性通极于命，道本在人，非强而驱之合也。由之鲜者，自徇其生并弃其有，人甘离道，非迫而使之去也。夫人之有道也，犹其有户也；人之不可不由道也，犹其不能不由户也。顾人有出不由户者乎！

户内不安宅，户外之正路，是道之仁义也。彼固有所不暇问矣，而一其趋于户，则固安之而若性也。

辟户而万物皆见，阖户而群动皆息，是道之易简也。彼固有所不能知矣，而专其事于由户，则固习之而不移也。

使以由户者转而由道，道亦同于安驱矣，而人则莫由焉矣。

使以不能不由户者转而不能不由道，道更切于出入矣，而人竟莫由焉矣。

自人之有身也，形色何非兼备之器。而器之所以不敝者，道也。是之不由，则虽百体赅存而已枵然，徒挟其空质矣。人顾自安于枵然之空质乎？此其趋之必一，宜如户也。乃户然，而道何莫然也？

自人之有伦也，族类何非不易之经。而经之所以克正者，道也。是之不由，则虽五典具在，而已眇焉不殊于一物矣。人顾自比于眇然之一物乎？此其事之专，宜如由户也。乃由户然，而由道何莫然也？

方其知为户而由之也，是亦良知之见于一事者也。天之明命随物而流行，而独智于彼而愚于此，则非人之本无知也。际天蟠地之识，仅一试于跬步，何其惑也！方其能由户而由之也，是亦良能之举于一物者也。理之充周随事而发见，而独优于小而绌于大，则非人之本无能也。至命达天之力仅自见于庭阶，殊可异也。

如谓畏道之难而不由，亦宜畏户之难而不由矣。户不足畏，道何足畏耶！如谓厌道之易而不由，亦宜厌户之易而不由矣。户不可厌，而道何可厌耶！今使世之人舍门庭而就径窦，则必笑其愚矣；弃安步而求飞跃，则必斥其妄矣。抑知背道而苟趋皆径窦耳，至离而求之隐怪，又何异自以为能飞且跃，而不能出户也哉！

夫仁者　一节

人皆可为仁者，己与人同欲而已。夫欲立欲达，人己同此心也。而仁者为能一之，何必求仁于人哉！且有尧舜以来，人不皆圣人，而仁者未尝绝于天下。则以仁者之所以为仁，固不求之人而求之己也。夫人己之形虽殊，而其心则一。惟不以私间其心，则仁体之流行，自遍于万物焉。

今有人于此，一念愿为仁者，即此念也，其人已仁者矣。盖仁者，人也，凡有形有性者，举体皆足见天德之周流。

今有人于此，一事能为仁者，即此事也，其人已仁者矣。盖仁者，心也，凡有性有情者，随施皆足征人理之不隔。则夫仁者盖可知也。

人思生而不遂，思安而不遂，曰：安得夫仁者为我立也。然而仁者正，不必别有以立之也。返观我之欲生欲安者犹是也：不但出危济险百计而求全，即平常之措履亦必谋其宁止。而或听人之倾危而不动其心，则何忍也？如是，而人人不在生全中者盖已少也，「己欲立而立人」焉必也。

人求知而不能，求行而不能，曰：吾安得夫仁者为我达也。然而仁者正，不必别有以达之也。返观我之欲知欲行者犹是也：不但处困投艰多方以利往，即寻常之谋望亦必取其亨通。而或视人之抑郁而不切于隐，则何安也？如是，而人人不在推挽中者盖已少也，「己欲达而达人」焉必也。

是故井田有制，立于衣食；封建有体，立于君臣，此犹待于势分之所能为。而性命之系而不散者，止此最初之念，宇宙之生气所以常不绝于人心也。礼乐以作，达于中和；诗书以兴，达于教化。此亦不过事物之所显著。而恩泽之资而不竭者，止此至切之意，伦物之大经所以常不失于天命也。

虽亲疏之等各殊，有极吾之欲而尽其致者，亦有不极吾之欲而待其余者。而斟酌于仁者之心，惟有如其量以出之，而立达之在己者乃无余憾。虽淑慝之类不一，有顺吾之欲而正行其事者，亦有不顺吾之欲而反行其权者。而因应于仁者之理，惟有举其念而付之，而立达之在人者不异其身。赐亦与人同欲，而居然仁者矣。

饭疏食饮水　三句

随境而乐在焉，圣心所以与天合也。盖圣人之心，固无之而或间也，即至困之中而可验其乐，此其所以与天合德欤。其自言之若曰：天体物而不遗，仁体事而无不在。故饮食寝兴皆天命流行之机也。我之从事于仁以求合于天者，固已久矣。今而后其随在可以得吾心乎。

盖人而苟有其乐，不但举世以为可乐者而乐在，即举世以为不可乐者而乐亦无不在
也。是故非有所择于物也，饭也、饮也、枕也，适然而取于彼，亦适然而受于此。
又非有所矫于世也，饭而疏食也，饮而水也，枕而曲肱也，值其困而适予以困，即
处其穷而不得不穷。

夫味之甘也，安佚之便也，是命之丰也。而心与天游，则命不足道也。
养之薄也，四体之劳也，是遇之困也。而性根于心，则遇不能夺也。
是故命自啬也而心自宽，俯仰覆载之间，浩浩焉达神明而安形性。此生之可嗜者何
物？此身之所需者何求？入乎恬愉之心而总不知也。
遇自穷也而神自畅，优游泮涣之意，欣欣焉昼动作而夜敛藏。取资于万物者何淡而
何腴？取给于一身者何饶而何乏也？反之自得之意而每与俱适也。
然则乐固不在疏水曲肱也，疏水曲肱非可乐也。然而乐亦何必不在疏水曲肱也，疏
水曲肱既不关乐，亦何能使不乐也。

盖贫窭亦偶尔之遭，乐特因此而形，不因此而生，何待较于外而始识其浅深。
日用止从心之故，乐非因此而或损，亦非因此而或加，何至拟其迹而始得其形似。
乐在其中，是即终身焉疏水曲肱而可矣，是即富贵焉亦如此疏水曲肱矣。

发愤忘食　二句其一

情之至者忘其情，非代述者所能及也。夫人惟不发愤且乐耳，然食也、忧也，即善愤、乐者不能忘也，由是乌足以及此耶？子若曰：今天下有人焉，悠悠焉以终日，或戚戚焉以终身，非诩从容则勤攻苦，彼固各有所就乎？自念资质庸下，从容非敢矜也，而亦时有释其攻苦之意。虽所求未必皆得，所得未必皆尽，然反复其中，庶几免于怠痒焉。

不谓由与予从事久，而且不悉予之为人也，彼夫人之所不能忘者甚多，而最急者莫如食。至有怀而莫遂，或遂矣而非其所据，则有忧。人情大抵然也。忧其不遂而必欲遂焉，志动于中，气生于外，于是则忧迫而为愤，愤而求遂而适遂焉。郁于平日，伸于一朝，于是则愤转而为乐。人情又大抵然也。人生必无皆可虑无可喜之日，则有愤者必有乐。天下亦无不可恶止可欲之事，则有乐者必有愤。人情又大抵然也。

当其愤更无可以夺吾愤者，当其乐更无可以分吾乐者，故庸人矢志，亦能奋不顾身；下士怡情，亦且欢然自快。人情又大抵然也。

不谓由境不悉予之为人也。

由亦见予有郁郁焉无所之，皇皇焉如弗及者乎？一念愧励，中激而外勤，此予之发愤时也。予亦何日不发愤，由岂不见予之发愤者？且由不见予之发愤，亦岂不见予有废食时也？夫予岂真废食，发愤则忘食耳。予之为人不可知，而发愤则可知；予之发愤不可知，而忘食则可知。汝明知予之发愤忘食也，奚不曰「发愤忘食」？

由亦见予有适适焉若遇其故，欣欣焉若获其私者乎？一日优游，心恬而体泰，此予之乐也。予亦何日不乐，由岂不见予之乐者？且由即不见予之乐，亦岂不见予之无忧时也？夫予岂真无忧，乐则以之忘忧耳。予之为人不可知，而乐可知；予之乐不可知，而忘忧则可知。汝明知予之乐以忘忧也，奚不曰「乐以忘忧」？

词不烦而出之汝者易尽，事已该而概乎我者有余。苟曰不足以尽我，不过再进一词曰：老且不知足矣。奈何汝之默默也。

发愤忘食　二句其二

圣人之于愤、乐，非人之所能知也。夫愤与乐不相谋，而食与忧不能以无间也，非子自言之，乌足以知其深哉！若曰：甚哉，吾窃不解：日与吾党相对，而顾不吾知也。

学问之所经，诚屡迁而不能以自必甘苦之备尝，则专一而可以共明也。固目吾党有坐忘其人者，乃吾之善忘抑又甚焉。

今夫激烈之人多所愤，逸豫之人湛所乐。以吾之浩浩焉而无营心也，循循焉而无佚志也，俯仰自宽，性命如故。吾亦何所不足而急于求，何所有余而鸣其得意欤？

然而吾愤矣。有一事焉，吾当得而不能骤得，则激厉之情自生，岂敢惰于今而待补于后欤！不溺于所甘者，非俗情所能纷也。

且有一境焉，吾欲赴而不能即赴，则奋勉之情更殷，岂敢安于后而坐追乎前欤！故专于所嗜者，非外物所能夺也。

吾之愤也于是发焉。让圣人以先至者，必不让圣人以独至，而弥觉其味之甚旨也。

同众人而俱生者，不甘同众人而俱没，而不知吾身之尚有需也。

古所谓不遑暇食者，岂有殊焉。如是其愤也，得毋艰苦，而况瘁矣乎？不知返之吾心，固有怡然而乐之一时矣。

方其忽然而会心也，如得吾之所本无，亦如逢吾之所固有。

及其浑然而无间也，吾从而取之不穷，吾从而用之而不竭。

斯时也，斯意也，吾亦若明知吾有所乐之一事，而欲举似此一事之可乐，而并未能也。顾谓犹有不乐者存，则天地之大，又何一足以撄吾宁耶！

吾亦不知所以乐吾者何以有此一境，而偏若安处此一境之为乐，而与之无涯也。顾谓将移吾乐而去，则万虑之烦又何一足以滋吾忧耶！

此时有忧从中来者乎？固未尝有也。

夫世之谋食者无论已，世之多忧者无论已。吾固未尝不食，亦不能无忧也，然往往忘之。方愤之时不期乐，而乐渐生；方乐之时不复愤，而愤又起。然则吾之愤诚无有已时，吾之乐亦即无有已时也。吾愤也，吾其激烈之人也欤哉？非也。然吾之为人，已异于不愤者矣。吾乐也，吾其逸豫之人也欤？非也。然吾之为人，又异于不乐者矣。而今老矣，若之何日与吾党相对，而顾不吾知也耶！

朱书集卷十二　时文

子以四教　一节

记圣人之教，皆切于人者也。盖文、行、忠、信，子不必以此为教之目也。门人约之以四者，而后知圣教之甚切耳。且夫圣人之道，或有圣人所不得而传者焉。即圣人之教，亦非学者所能指数之而尽其术。然而天下之事，虽无一不责于学者之身，而必有体要之存，不可以不察也。故圣人虽无一定之法，而有一定之理，惟久于受教之后，而知其大指约有四焉。

盖天命流行之理显设于天地万物，而实体备于日用动静之间。物与无妄之原成性于跻圣达天，而必端本于立心为己之始。是故文以载道，不学乎文，理无由明也。夫子虽不欲徒事夫口耳之资，而初未尝废多学以求默识。则以文教，而朴实者可极于精微矣。

行以入道，不学乎行，德无由立也。夫子虽不欲遽求夫躐等之获，而初未尝厌勉强而希自然，则以行教，而华赡者可归于惇笃矣。而心有未尽，无以去己之私；敬义夹持，而忠立焉。所为仁，体事而无不在者也。教之以忠，而克尽之心无饰于外。即天德未能遽达，而吾道大中之体不于是立乎！且心有未实，无以达物之顺，纯一无欺，而信彰焉。所为诚，体物而不遗者也。教之以信，而实有之心非徒徇其意，即天人未能骤通，而吾道大顺之用不于是行乎？由是，陋者泽之以尔雅，靡者鼓之以迈征，二三者进之以笃实，随材质之高下，而悉予以范围。所为大以成大、小以成小，不必皆一途之趋也。

博物之士常怠于躬行，故尊所闻必行所知。壮往之余，或流于欺罔，故修其物，必尽其性。忠信之人，或未必好学，故笃其诚，必先烛其理。因造诣之浅深而交致，其功力所为，始于为士，终于为圣，总以归一原之合也。

子之四教以此，若夫文章本于天性，动静合乎时中，存而为天命不已之诚，发而为万物各得之用。此则夫子之所以不可及，而亦未尝有所隐而不以示人也。然非教之所能传矣。

有若无实若虚

推下问之心，以损受益者也。夫必有而实焉，始为能学。然自以为有而实焉，仍非能学也。若无若虚，其心诚远矣。且吾所得之学，贵其不忘也。忘吾之所得，则在我者日以相弃，此学之能守者为足慕也。然吾所得之学，又贵其能忘也。不忘吾之所得，则在人者无以相取，此学之能化者尤足慕也。

若以能问于不能，以多问于寡者是已。夫其能也，非托为能也，惟其有之，是以能之耳。则其所能皆所有也。

其多也，非袭为多也，实既备矣，复何所少哉？则其至多原至实也。

今夫宇宙无可有可无之名理，惟聚之一有不复无之心。

吾人无可实可虚之修途，惟获之至实无一虚之念。

则有者断不可使之无也，实者断不可使之虚也。虽然，有无虚实之数亦何定之有。不安于无者可至于有，不安于虚者可至于实。然不保其有者仍入于无，不保其实者仍入于虚。

能保其有者有不至于无，能保其实者实不至于虚。然恃乎其有者无将不能复有，恃乎其实者虚将不能复实。

且矜心之易胜也，己私之难克也，存理之不能无间也。居今之世，苟能得一人焉，不至饰无为有，以虚托实，亦可谓矫然不欺其志者矣，又安望意念深矣。常若有以自下，遂要大致而悉归冥焉者乎！

乃吾就好问者推之，其咨尔鲜能也。若曰：予小子夫何能焉？殆一无所有也。其询尔寡昧也。若曰：予生平所歉甚多，奚敢言实学哉！谓有者信无耶，实者信虚耶？夫有矣而岂无，实矣而岂虚。谓有者矫为无耶，实者矫为虚耶？夫其无也，忘其有也，而岂矫为无？其虚也，忘其实也，而岂矫为虚？

惟然，而其人愈深焉矣。

凡人所相观而辄匿者，必其人先有以拒之也。平下之人情无常，惟居己于贤、居人于不肖之心，最足阻人进言之气。兹何以任理之自来，而只相遇于其天也。其中有不可测之蕴，其外仍无不可知之端。推此心也，翕受无穷。即天地之大、万物之烦，入其中而岂有余哉！

凡人所勤求而不获者，必在我先天以受之也。天下之至理日出，惟但见己盈、不见己绌之念，最足限吾造诣之途。兹何以随身之所获，而只相淡于其性也！考业则日进而屡获其新，居心则日退而自知其故。推此心也，冲怀若谷。即平成及于清宁，功德归之君父，窥其志而讵自足哉！

夫居高而益下者，天地之性也；恶盈而好谦者，生人之情也；戒满持盈者，圣人之教也；惟日不足者，贤人之学也；有不自有者，劳而不施也；实不见实者，善而不伐也；有而无之，实而虚之，克复非一日之积也。悠悠天下，安复得若而人者，与去虚憍而长神智也夫！

兴于诗　一章

观兴、立、成之所由，知人不可以不学也。夫兴焉、立焉、成焉，人自为之也，而必于诗、礼、乐乎得之。不学，其何以致此？今夫人苟有志，何患我生之不至于圣贤乎？好善恶恶者，我之识；为善去恶者，我之才；有善无恶者我之性。然而，克尽其量焉者鲜。抑又何也？不学故也。

即奈何不知所兴，即奈何不知所立，即奈何不知所成乎？虽然，兴、立、成亦何易之有！

兴者吾望其立，功者宜受之以静；立者吾望其成，拘者宜受之以化。然兴者吾恐其不立，物之作者不能以遽止；立者吾恐其不成，物之执者未可以遽通。若是者，非可凭虚而造也，非可杂取而就也，亦审所学而已。是故有欲兴而未能兴者，吾语之曰：盍学诗。有欲立而未能立者，吾语之曰：盍学礼。有欲成而未能成者，吾语之曰：盍学乐。

盖古者无不学之人，其于诗、礼、乐，则上自后王君公，以下及于舆皁台隶之贱，莫不通其义而合其节，初未尝拘文而牵义也。而且以性情为诗，以翔步为礼，以舞蹈为乐。人徒见其仁义之致贯，伦物以成能，和顺之华被，道德而弥耀，而不知其手之所习而器之所亲者，早已有潜移默导之功。

古者无不学之时，其于诗、礼、乐，则皆已童而习之，遂历于壮盛髦老而不厌，岂徒循其说而诵其词，抑亦尽神而极奥焉。然究于诗非有异体，于礼非有异数，于乐非有异音。人徒见其流连往复，疑于儒术之迂疏，渐渍贯通，不殊下士之循习，而不知其材之所优而德之所裕者，早已有尽性至命之极。

方其循途而致力也，初不知若者兴我，若者立我，若者成我。然而圣王之制度，不与心性相睽，则渐积而深，各如其物以相报。

及其按节而考德也，始悦然兴者于此，立者于此，成者于此。向使斯人之神明，不与遗文相发，则秉资虽异，要未能悬拟其效以相期。

是以君子知学之不可以已也。处则修明儒术，一身以兴、以立、以成，而不敢自外于古人；出则广厉学宫，天下有诗、有礼、有乐，而不至弃人于不肖。此所以圣贤接迹，而治化可兴也。

禹吾无间然矣　一章

圣人美夏王之无间，因事而见其心焉。盖禹非有意以去其间也，即其丰俭之适中，而无一事之可议矣。此其为纯王之心也欤！且圣人之心，其粹然无一物之可累，而殷然与万物相流通者，固无在不见其然也。然而事为之际，或偶有几微之不协其宜，此虽亦无损于圣人之大，而窥此心之疏密者，要未能略之，以为不无微憾焉。是盖论人之一间也，若禹则吾无间然矣。

使禹知间之所在，而有意绝之，则弥缝所及而间泯，弥缝所及而间又生。而禹非绝之，而自无所间也。精严在神明之内，则未尝事事为之检制，自有以养万类之欲，而建三极之中。

使禹不知间之所在，而无意任之，则优游之所至而间忘，优游之所至而间亦起。而禹非任之，而本无所间也。周旋皆敬畏之怀，则未尝一事至于纵弛，自有以杜万方逸欲之萌，而励百年明作之气。

尝即其一二轶事求之：

盖非饮食矣，而致孝乎鬼神焉。其菲也，不知其致孝也；其致孝也，亦不知其菲也。

恶衣服矣，而致美乎黻冕焉。其恶也，不知其致美也；其致美也，亦不知其恶也。

卑宫室矣，而尽力乎沟洫焉。其卑也，不知其尽力也；其尽力也，亦不知其卑也。

节啬亦中主所优为，使宜俭而不俭，与不宜俭而俭，皆不足成清心寡欲之治。而禹则不以一人之嗜欲，等于天亲民物之敬诚，固非有心于俭也，清明者纷华自不得而夺也。

精勤亦贤主所共托，使宜丰而不丰，与不宜丰而丰，皆不足见敬天立政之心。而禹则不以一息之偷惰，守其服御居处之固陋，亦非有心于丰也，严密者苟简自不得而中也。

其高明遍覆之体，盖亲见尧舜之广大。而忧勤惕厉，心常超乎万物之上，神常周乎四海之遥，则犹然帝德之未衰矣。

其勉强复执之功，早先切汤武之忧危。而斟酌咸宜，无所利于天下，故不与而心莫能动；无所愧于天下，故不矜而功莫能争，则居然王道之独隆矣。

「禹，吾无间然矣。」

子曰禹吾无间然矣

圣人尚嘉夏道，而以无间者叹其纯焉。盖间也者，其迹甚微，故恒多不免也。禹独无之，此夏道所以极盛哉。今夫两物相合，而参差之形出焉，此间之所由起也。惟人心亦然，或忽而不及防，或偏而不自觉，率其性之所近而任情以往。其于至德之渊微，初无所亏也，而议者指其端，以为美哉犹有憾。此亦贤主而下所不能自免者矣，而禹则独有异焉。

以吾思之，禹以历世神明之德，其席丰亦有素矣。岂同起自田间，乃一旦极胼手胝足之勤，则人世之险阻既足挫其英华之气。

且禹以八年于外之身，其况瘁亦不遑矣。岂其终陟帝位，乃一旦极崇高富贵之享，则势分之荣显又足撄其天地之宁。

顾处极可间之地者，禹也。而究绝无可间之端者，亦禹也。

禹未尝自知其间，而曲为弥缝。顾弥缝之不事，而间自无由生也。有周于天下之心，而天下之忧患，无一不在其意中；有大于天下之量，而天下之纷华，无一可与其度内。后人苛求之意，即欲深加于禹，而不觉河洛之思，穆然与明德而俱远也，有浑乎各当而已矣。

禹未尝力求其无间，而善为调剂。顾调剂之不劳，而无间自不可掩也。立乎天之命，而高明遍覆，气数不足动其忧劳。尽乎人之心，而曲成不遗，民物各得被其光烈。儒者尚论之怀，即欲原谅乎禹，而不觉平成之余，悠然见祗台之如在也，有醇乎无疵而已矣。

洪水之患，舜咨尧儆而不治，卒贻之禹而百试之以艰难，乃禹则正以艰难而成其豫顺也。是天不能困以劳勚而使之间，吾又何从议其入圣之未优。

历数之归，益赞陶赓而不有，卒传之禹而尽予之以逸乐，乃禹则正以逸乐而得其危微也。是人不能侈其尊崇而使之间，吾又何得指其盛德之有累。

谓亲二帝之光，故传心有独至。然身当帝王之升降而不难与勋华比烈，此非前人之所能授受也。

谓聚三代之祖，其交赞为最多。然躬逢群后之德让而不仅与稷契同功，此非在廷之所能资益也。

禹真不可及哉！

夫子循循然　二节

大贤由圣教以见道，而终有未能力至者焉。甚矣，夫子诱人之善也。由之而道可见，由之而化不可几，于此又敢终忘圣教乎！喟然曰：人非亲见圣人而备承乎其教，无惑乎自弃于道，而于入圣之难易，茫乎其未有知也。盖道虽灿著于天下、显设于人身，而必有至教以为之依归，然后可以致其力而求底乎其极。故于有得之时而遥思未得之境，益知圣人之教为不可易也。

回盖深见夫高、坚、前、后之不可以测吾夫子也，几无由以学夫子矣。而夫子曰：汝亦力于学而已。是故樊然众著于天地之间，而不可胜穷者文也。回顾不敢有厌薄名物之思，然或以夫子殆有形而上者不借文而神焉耳。而夫子则循循然博我以文。

森然受治于身心之内，而不可少越者礼也。回固不敢有荡弃规矩之意，然或以夫子殆有化而裁者不借礼而立焉耳。而夫子则循循然约我以礼。

游之于诗书之途，约之于仁义之域，拓之于广大之境，严之于几微之介，回于是而始知此志之不可罢，而吾才之大可用也。精神奋而愈出，不觉嗜好之方深；志气激而能生，不知器材之不逮。盖卓尔而立者夫子也，而如将见之矣。

夫子虽未尝屑屑于文，而从文以见夫子，则古今事变灼乎不我惑也。夫子虽未尝规规于礼，而从礼以见夫子，则尊闻行知确乎不我夺也。回果不复于高、坚、前、后遇吾夫子矣，然欲由是而一蹴至于夫子，则又不可。盖力之所能勉者，勉之而已。而夫子则神动而天随，夫何所用其力焉。仍循循然听其自至则可矣，虽爱我如夫子不能使之速化也。心之所能思者，思之而已。而夫子则与道而为一，夫何所用其心焉。仍循循然养之使熟则可矣，虽亲见夫子如回不能几此一间也。此回所以欲从末由也。要之，非文、礼之外又有一不可及之夫子也。回亦终于博、约而已矣。

岁寒然后知松柏之后凋也

历变而不惧，则知松柏之可贵矣。夫岁必不能无寒，其凋者非松柏故也。然则患不为松柏耳，何患岁寒哉。且事变者，世所常有也。德不胜气则自戕自伐，不待大故之来，而失其性命之正者纷纷矣。夫不立而仆，不栽而覆，人也，天乎何尤！

亦见有岁寒时乎！

以三时之和而一时始行其严肃，岁寒固不多见也。天心仁爱，何忍轻予万物以忧危，万物遂恃之以无患，则所以豫于不寒之先者疏矣。

凡一日之内而气候常多其不齐，岁寒又时有其兆也。天道章明，何在不予万物以警惧，而物每昧焉而不觉，则所以应夫能寒之具者略矣。

如是而一遇岁寒，无不凋者；有松柏焉，独亭亭见其葱郁。

如是而物皆先凋，且有不及见岁寒者；而此松柏独落落历乎大冬。

夫然后知天之赋物原非不全之器，而能为松柏，则患难困苦皆造物之玉成，而何至少改其常。

命之在我原有自立之权，而果为松柏，则利害死生历终身而不贰，而何至顿亏其节。

性通极于无，气其一物尔。故性尽则气不足以移之，而运数之屈伸，皆于性中成顺受之理。

命禀同于性，遇乃适然焉。故命立则遇不足以变之，而报施之得失，何必于命外求趋避之途。

是故乾之上九为寒之极也，必位天德而知进退存亡，然后处龙战而不困。礼器于身，，松柏之心也，必贯四时而不改柯易叶，然后增美质而不回。不能为松柏之后凋，而惟期人之知其为松柏，反冀岁之一寒以自见，是亦适为桃李之竞芳华于旦暮而已矣。虽然，世有松柏，必待岁寒而后知之，则何及哉！

求尔何如　二节

两贤自言之谦，亦道其所优为者而已。夫求之足民，赤之礼乐，固其为之而有余者也。以此酬知，不重为当世所赖乎。今夫与人家国之事，而草野则有无文之忧，朝廷则有无财之患，此亦士君子之耻也。是故吾儒一出，虽无他才略可展，而藏富于民，为光于国，均之有可自信者焉。

吾夫子询酬知之具，乃哂由之后，而曰「求！尔何如」，岂虑由所云饥馑之余，民有不足，而欲求济之哉！求则曰：小才如当大任，蔑不偾矣；端居而忘民困，夫宁忍乎。故千乘非敢矜，而六七十、五六十有可效也。使果膺司牧之权，如报绩之候，则求俨然为之至于三年也。天时之旱涝渐立其防，地利之肥硗渐审其宜，人情之勤怠渐一其志，国计之赢缩渐定其准。虽不敢望民足乎，庶乎可使足民云耳。至若知礼而有节，知乐而达和，此则自有君子在，而求未之逮也。然则有求之言，而天下之民生何幸耶！圣人代上天以养万民也，有万物一体之心，故无一夫之不得其所；有天下一家之意，故无一人之不遂其生。自治之益衰，而民生日蹙，求慈惠之师爱养一方民而不可得矣。安得尽如求者，还斯人之生气，而使天下皆乐国也？则求固夫子之所许也。

乃夫子又曰「赤！尔何如」，岂因求所云君子是俟，礼乐有未能，而赤能之哉！赤则曰：礼乐百年而后兴，而学则未敢厌也。故君子吾不能，遽自诩焉，则已安矣；礼乐斯须而弗去，竟自诿焉，不亦陋乎？故君子吾不能，而学则未敢厌也。使祧毁享祀之聿修，玉帛敦盘之不替，则赤居然入宗庙而睹会同也。大宗小宗异其序而昭穆明，五庙七庙异其文而名分肃，会盟会伐异其事而时见隆，同欲同恶异其情而殷见尊。虽不敢谓礼乐止乎此，庶乎为之摈相云耳。至若考礼以定伦，正乐以审音，此则自有大君在，而赤渺乎小也。然则有赤之言，而天下之礼乐其可复耶？天子建中和之极以作礼乐也，有官天地之德，而后足以立天地之命；有育万物之理，而后足以持万物之纪。自道之益微，而教化不兴，求华国之器足为吾道光而不可得矣。安得尽如赤者，复宇宙之元气，而使天下皆文明也？则赤固夫子之所许也。

唯求则非邦也与 二节

疑两贤之为邦，即其问以许之焉。盖求、赤之为邦，点固知之也。夫子就其所言以决之，殆隐示其意于言外哉！今夫人度量之相越，不在所处之广狭也。仅观其所处，则儒生而与人家国事，似亦足为拟议之端。然而言之者，只各如其分量之殊；而论之者，当相观于意象之表。不然，惟王建国，其典既已具存，使得时而驾，皆无不可取怀而予也。而又何多拟议耶？

夫子谓为国以礼，然则由之见哂与点之见与，皆与礼意有离合焉，而岂在为邦与不为邦哉！

春风舞雩，其礼之体乎！充是志而为邦，高下散殊必有各得其所者矣。此夫子之微旨也，而点未可知也。兵农礼乐，亦礼之迹乎，精是意而为邦，天地万物且有不烦措置者矣。此由、求、赤之所不能也，而点亦未可知也。

点盖谓由言不让而见哂，求言让而何以不见与也。唯求则非邦也与？夫求止以谦退为礼，而不能如点之豁然无物也，则未得礼意也。子第就所言者语之曰：方六七十，是公侯之封也，如五六十，是子男之壤也。求志之，求庶几克任之。先王未尝以疆域之差，置之名山不颁、大泽不封之列，而以为非封建之典庸也，夫安见之？

点又谓由言不让而见哂，赤言让而何以不见与也。唯赤则非邦也与？夫赤止以学礼为礼，而不能如点之超然无累也，则仍未得礼意也。子第即赤所言者语之曰：宗庙会同，是从事于诸侯者也；愿为小相，是无能出其右者也。赤志之，赤庶几克副之。先王未尝以襄事之勤，废夫七庙格祖、六服来王之制，而以为有大于屏藩之家相也，其孰能之？

然则由前之言志观之，夫子皆无与辞，何也？不与其仅能为邦也。知求、赤之仅能为邦，夫子所不与；则知由之仅能为邦，亦夫子所不与也。而见与者，当旷然于智、名、勇、功之外矣。

由此之论志观之，夫子初无贬辞，何也？不贬其为邦也。知求、赤之能为邦，不为夫子所贬；则知由之为邦，亦夫子所不贬也。而见与者，又当悠然于乘时及物之中矣。

不然，如以为邦而不见与，将点之见与以其不为邦也哉！

子张问士 全章

挟闻之见以求达，各指其实而真者出矣。甚矣张之所问者达，而所挟者闻也。指其实而明告之，不可自悟其非乎？且夫苟慨然念实胜之为善、名胜之为耻，则闇然独修，将终身不见是而无闷。达与不达，此邦家之人之责也。吾何容心焉？然而为诚为伪，借以自考，亦学问之所从辨也。

张也问达，似知士有「在邦必达，在家必达」者也。及子诘之，则曰：「在邦必闻，在家必闻。」子曰：「是闻也」，而达乎哉？夫天下无皆非之理，门内为发迹之初。是故在邦不宜于尔邦，在家不宜于尔家。此不但务名者之忧，抑亦务实者之羞。居是邦也，及是家也。

有士于此，其质直也。似径情直行，要之无色庄也，其好义也；似迂疏拘固，要之无假仁也，其观物而善下也；似游移无主，要之不敢自是，而若自疑也。是士也，盖绝无意于达，而死于闻也！

有士于此，色之仁也。似平易近人，要之矫且枉也，行之违也；似敢于有为，要之背以戾也，居之不疑也；似中有定见，要之骄以凌人，而不相下也。是士也，盖专工其术于求达，而宁止于闻也？

乃达于闻即分于此。

以诚之久而动物也，人见夫貌为仁而无实也，曰：吾宁从夫醇笃之儒。人见夫敢于自是而无惮也，曰：吾宁尚夫谦谨之意。久得于性情之素，而不徒矜夫意气才望之隆，则过情之誉逾时而立穷，至德之光积厚而自发。此所以达者必达，而以闻当之，则非矣。

以伪之忽而乱真也，人见夫朴实而无文也，曰：何不如此之洵美且仁。人见夫迟回而退避也，曰：何不如此之不疑在躬。乍接于耳目之前，而未遑深求其精神心术之地，则真诚之士有寂寂之穷，而伪妄之流多赫赫之誉。此所以闻者必闻，而以达期之，则终未可矣。

是故自修之士，如邦家无可欺之人，欺邦家而得闻，终无可达之理。于是直己而正色，安义而尊仁；辨物以协居，退让以析疑；内有以致吾心爱人、敬人之实，外有以惬人心、好善恶恶之公。诚如是也，而士达于千古矣，岂但一邦一家已哉！

樊迟问仁　一节

问仁而复问知，其及人者为各殊也。夫诚知仁之所以爱人，则知之知人在其中矣。

迟乃两问之，子故亦分告之。今以天地生物之理，而人得之以为心，一仁而已矣。仁无所不统，而知则其光明洞达之德发于仁之不容蔽者也。顾言其本一，则仁兼乎知；言其用之分，则知别乎仁。故学者往往并为讲求，而圣人亦各如其量以相示焉。

昔者樊迟问仁，其有见于仁之遍及于人而问仁乎，抑有虑于仁之不能遍及于人而问仁也？夫仁统四端，兼万善，迟一问之足矣，何数数然耶！

子曰：仁者爱人而已。盖万物一体之怀本之性情，实有所不能已。故哀矜恻怛，有触而即流行动静，而举不足以遏其机。

天地父母之心由于天命，实有所不可易。故爱惜扶持，随施而务慊其本心，而初非有所待于外。

子之告迟如此，使迟而思夫人何以爱而无不爱，爱何以及人而不遗于人。则夫贞以一天下之动而别其是非，元以长天下之善而发为恻隐。是二而一者也，固不必复问知，而知之所以为知，从可思矣。虽然，爱人以为仁则可，爱人以为知则有未可者，宜乎，迟之不能不复以知为问也。而子又告之曰「知人」。

盖知之得于性生者，惟天聪明。而本然之照，非物之所能罔。故人虽情变百出，而知者常窥见至隐于几先。

知之得于学问者，穷本知变。而烛理之明，非伪之所能欺。故人虽覆匿其工，而知者常志气如神而独觉。

夫知为圣之始事，则知常在爱先。而神为化之显机，则爱即在知内。是故一人而兼出乎仁、知，则穷理尽性合一之道也。两人而分见为仁、知，则恺悌明哲各致之功也。一人而兼治以仁、知，知足以见之，仁足以与之也。两人而分治以仁、知，仁者见之为仁，知者见之为知也。然而，迟则未之达矣。

舜有天下　一节

天下化于直臣，可征圣言之富已。夫皋陶、伊尹，古直臣也。选举行而不仁远，非能使之证哉。且论性术者，至以一日彰瘅之权，遂足以移风而易俗，此亦何所不备乎！闻者不察，谓不过英断之所为，亦未知是言之信而有征。而古今之天下，胥莫有外焉者也。

吾何以富夫子之言哉！昔者揖让而有天下者，舜也。舜当洪荒之余，尤有非常之元恶，则为不仁易，而为仁难。舜承放勋之后，类多世济之才子，则又仁人多，而不仁少。而舜不问也，有选于众而已。因选而有举，则大半属于皋陶。庭坚之世已微，而士师之命独后，故皋陶惟得于舜，所以于唐非显官，于虞为崛起。斯时也，以九德之陈，参九官之列，岂非圣之大知过人哉！而不仁之远，即在乎此。何也？自皋陶之举而迈种之，德众之所怀者，虽不仁之人，亦闻而生慕焉。自皋陶之举而明允之，刑众之所协者，虽不仁之人，亦惧而知改焉。虽三旬逆命，不仁或不尽远于当时；百工惟时，远不仁亦不特举皋陶之一事；而黎献苍生，相劝于弼直之应者，则皆举皋陶之所使也。谓是舜之知乎，抑不徒舜之知乎？由舜观之，而揖让之天下，早以夫子之言治之矣。

征诛而有天下者，汤也。汤处昏德之时，秕莠实繁天下，已不知不仁之可耻。汤乘厌乱之日，苞蘖既遏天下，又群知归仁之可乐。而汤不问也，有选于众而已。因选而有举，则专志属于伊尹。畎亩将以终身，而夏、殷至于五就，故伊尹非遇乎汤，则于前已为逸民，于后几同游士。斯时也，以负鼎之贱，跻阿衡之尊，岂非汤之知勇天锡哉！而不仁之远，即在乎此。何也？自尹之举而不仁者，尹觉之，则为一王之民者，皆被二帝之泽焉。自尹之举而不仁者，尹伐之，则革在天之命者，即革在人之心焉。虽显忠遂良，举亦不止一尹；酣歌恒舞，举尹亦不能尽远不仁；而天佑有商，蒸动于道义之中者，则皆举尹之所使也。谓是汤之知乎，抑不徒汤之知乎？由汤观之，而征诛之天下，又以夫子之言治之矣。

寔哉，夫子之言也！而子乃曰：知也。然则舜、汤之圣，犹不足以为仁人乎哉！

先有司 一章

能与天下见其公，则知所以行政而用人矣。盖公以行政，则政无不举；公以用人，则人无不得也。为政者可不知所务哉？今夫具大略者，尝欲合天下之事而以一己理之；存小心者，又恐合天下之人而以一己失之，而不知皆非至公者也。君子以己处天下之后，而天下无不乐为之奔走；以己倡天下之先，而天下无不默为之竞应。则惟操其至公之心，而行政、用人皆以各得矣。

如夫子之告仲弓是也。

为政者莫患乎有操切自用之意。夫主于自用，势必综核为能而责成太急，遂令庸流多救过之惧，而一二英奇卓绝之士无以大建其功名。

抑莫患乎有事权独揽之心。夫主于独揽，势必下侵众职而从胜滋扰，遂令庶司多鳏旷之愆，而当世抱负非常之姿不复出应其征辟。

是故有司者自宰视之则属也，自国视之则均之臣也。吾先之，而有司之绩即宰之绩也。

小过者，其在于吏，不可以一节弃也。其在于民，又何不可与维新也？赦之，而人之勉于无过，即宰之广其德心也。

至于贤才，其有德者可以仪刑庶官也，其有能者又何不可随器而任使也。举之，而贤才建树，即宰之勋庸也。

如是而政立矣。

乃仲弓犹以贤才之不尽知为虑也。子曰：上之人亦何患于闻见之有所不逮也，独患相赏之久而持之不断，则未免有疑其所知之心。夫为所知者身且见疑，谁肯进其各自知者以重尔之疑也。尔第勿弃所知，则受乎尔之所举者，各引其贤，各尽其才，是类为招矣。等乎尔之能举者，亦献其贤，亦献其才，是交相劝矣。宁必尔之无遗知欤？

且上之人又何能使耳目之无所不及也，第舍意中之人，而求之于远，则人且不知尔所谓贤才者何若。夫号为所知者尚不足取，谁复肯以尔所不知者尝试而见拒于尔也！尔第知而即举，则效乎尔之所举者，日求其贤，日求其才，不啻尔身为之罗矣。竞如尔之所举者，贤以致贤，才以致才，不啻尔亲为之劝矣。宁必尔之无遗举欤？

举尔所知，尔所不知，人其舍诸！如此而人得矣。然则为政者，亦存大公之心，而后可以行简而无难乎！

子谓卫公子荆　一节

嘉卫大夫之居室，即其言而知其心矣。盖心不为物累，故随室之所有而善居之。历想其言，其善不足风乎。且万物皆足以累吾心，故学者必先讲于义利之辨，使物之可欲而难厌者，皆有以淡然于神明之内，然后可忘天下之所竞，而不为纷扰于其间。顾侈靡成风，而独能淡漠是尚，则恒情往往难之。吾夫子欲求一善居室者以风世也久矣。

夫人苟有自好之志，类不溺于境遇之中，以为天地之置我者皆有定也。然而究竟莫能自定也，明知尔室之难以相加，每纷营而违高洁之素。

且人惟内有不足之端，徒致畏于外物之相扰，以为丰豫之移我者有必却也。然而究不必却也，倘念一室之所需无几，则日进而适形淡定之怀。

乃卫公子荆有足取也，盖尝窥其居室之心，而拟其居室之言。

则如由无而之有，非其固有可知也，则始有也。始有乃居室必历之境，荆宁善也。而荆曰：「苟合矣。」则荆善矣。则不必合而已合矣，其犹希冀于合之外，否也。

且言始者非终于始可知也，则继始而增者少有也。少有亦居室必进之候，荆宁善也。而荆曰：「苟完矣。」则荆善矣。是不必完而已完矣，其犹觊觎于完之外，否也。

然积少必成多，过此以往，不同于始有与少有也，而已富有也。富有亦居室可臻之域，荆宁善也。而荆曰：「苟美矣。」则荆善矣。是不必美而已美矣，其犹觖望于美之外，否也。

且夫从来居室之心，大率欲其骤也。未合而日求完焉，未完而日求美焉，以为一蹴而致富耳。不知天地间无穷之美报，急取，则得易而失亦易；徐来，则聚难而散亦难。荆总不计乎此，一任造物之盈虚而已矣。

且又求其尽也。始有而曰未完也，富有而曰未美也，极之终身而无厌耳。不知天地间有限之物力，尽取，则我既有余人必不足；不尽取，则人无不足而我自有余。荆总不问乎此，惟存此中之浩荡而已矣。

其居室一何善耶！子之言此，殆欲人超然于万物之上，而自得其心也。而或谓为列国大夫言之，然则，有室者独群公子乎哉！

冉子退朝　一章

圣人欲以政还鲁，于私议者示其意焉。夫政非大夫所得有也，正之以其事而警之以不与闻，夫子之意深哉。且自上下之分既定，举凡国家之务，要一听之君，公之百执事，而非臣子之所得而私议者也。若夫强臣擅国，徒知集一时才智之士，相与谋画于其家，而不知窃大君之柄，弃众议之公，虽日昃不遑，其罪更不胜诛矣。

吾鲁自隐、桓以来，历世至昭、定而鲁无政。非无政也，有政而众不得闻，故无政也。

先王虑后之人主或壅蔽而无照奸也，于是乎广询博访，以收在廷之议。

先王虑后之人臣专擅而得以肆为也，于是乎公听并观，以分权臣之势。

是故政也者，国人之无不与闻者也。向使鲁而有政，则鲁之君当宁而立为下令曰：今日者国有重务，百尔君子无以我昏愚而弃我。即老成谢事亦复共相翊励，无贻社稷羞。于是时也，将见诸大夫奔走于下，诸陪臣惕息于后。致仕如吾夫子者，亦且陪末议待明诏，岂不赫赫盛事哉！何居乎有政之对，竟出自退朝而晏之冉子也。夫家而有政，国无政矣；国而无政，国之臣俱不闻政矣。此在鲁之君臣习为固然。夫子亦明知之，然而不忍言也，瞿然曰：「其事也。如有政，虽不吾以，吾其与闻之。」

明告以人臣之分，则家不耦国，卑不抗尊。要惟各庀其家事，而不得僭越，以干无将之诛。

阴折其无君之心，则尊无二，上权不下移。要惟臣子所共闻，而不得私比，以成党同之渐。

其言婉而切，其意严以远。噫！夫子之旨微矣。

盖从来蓄异志者，必先取国家之威福，而后潜移其势而不觉。一二奔走其门者，又不惜竭智尽谋以佐之，不知黜陟予夺非臣子之所得为也。外不辞任劳任怨之名，内自成窃国窃家之计，少年喜事者以为功名之会也，而老臣之悼叹则已久矣。

抑从来怀不韪者，必先忌国家之公议，而后独成其柄而不摇。一二出入其家者，又不能大庭广众以沮之，不知礼乐征伐皆群臣之所当预也。既安于人言不足惜、佥谋不足取之心，而又肆其惟我得为、惟我欲为之志，新进效谋者以为勇敢之气也，而君子之责备不容宽矣。

闻新言也，三家其有所儆乎！冉子亦知所愧乎！鲁其有政矣乎！

南人有言曰

方言可述，不忘迩也。夫人知重圣人之言，不知圣人亦重众人之言也。南人有言，夫子其忽之否！以为某也生于斯，长于斯，固居然东人也。然而非也，某也东西南北之人也，辙迹几遍天下，岂但期君之我用，亦以名山大川之内，往往多隐君子焉。故过都历国，时聆其绪论，即一言有会于心，至今不忘也。

吾用是而有感矣。生二十年于鲁，其家居所与游者，不过其邻里乡党之人，百氏之书虽无不读，然皆古人陈迹，不足以激发其志气。故决然求天下之大、四海之广，驱车所至，自觉与国初之采风问俗者盖相去不远。而后乃知天下之人，尽皆可以为吾师也。过江淮之滨，纵观汉阳之上，见其民之讴吟谣俗，靡不心焉识之。且召伯见慕于甘棠，游女志歌于乔木，是果何代之风哉？夫江黄之壤，逼近荆蛮，在天一隅，既遥且僻，乃民俗淳熙，何浇漓之不作也。噫！吾道南矣。

抑闻之：文王之化。不自北而北，乃自北而南。岂以南也者生育之乡，而其人宽柔，化则易入欤？即今吴、越之间，尚多秀民，则西京之盛治，未尝不留于南国之人心也。夫周公分陕，召公布政，其言之见于《诗》者，不系之曰《风》，而系之曰《周南》、《召南》。大约二《南》之二十五篇，其间多出于南人之言者近是。

今也太史不陈风，虽有嘉言，罔由上达，得毋山河如昨、人民已非，而闾阎之告语或皆不足取耶！不然，而何以《诗》遂亡也。余用是倾心听之，凡其人之一词一语，靡不讽诵其言，而心知其意。固亦有《典》、《谟》、《风》、《雅》中不可多得者。由今忆之，如见其人，如闻其声，未尝不叹其言之约而能赅、切而可循也。学者亦求我以言矣，我之欲无言者已久。还即南人之言思之，其于吾言亦思过半矣。

自记：岁壬子，予年十九，从先大人侨寓潜山之罗庄。先大人家教，每屏时文不许读。而执友戴伟人先生佳伟，文行极为先大人所重，辄私授予以壬子乡墨。予得见北闱诸公卷，喜之，乃试作此，私视戴先生。先生大嗟赏之，谓先大人曰：「此子大器也，奈何不令作时文？」先大人笑不应。然予往往窃作时文，自此始。距作此文时，今三十一年矣。

刚毅木讷近仁

质有近于仁者，当思所以成其质矣。甚矣，仁之有赖于质也。知刚、毅、木、讷之为近，岂遂安于近而已哉。且人生而仁之全体具焉，其有理无欲之本原，固不以质之美恶而有加损也。然而与物相引则自强者伸，与人相缘则本天者贵。是故质不可恃也而可恃也。

夫人外不必力为拒，而非僻之私无由入；内不必严为守，而邪妄之气无由出。此纯乎仁者也，下此则必视乎其质矣。

盖人必为世俗之所畏，而后相缘而投我者，无自得至乎其前。故寡所合者，必寡所营者也。

人不为物情之所喜，而后相乘而中我者，无从得渝乎其故。故无所顾者，必无所累者也。

则有刚者焉，气之决也，物不能夺；性之直也，情不能萦。夫俗之靡也久矣，安得有人焉如是之刚者也！

又有毅者焉，志之坚也，历险不惧；力之忍也，历久不衰。夫人之自废甚矣，安得有人焉如是之毅者也。

而吾更思一木者于此：才不足以胜人，见可欲而不动；貌不足以悦俗，处至淡而能甘。以视人之竞华者，为何如也？

而吾更念一讷者于此：宁拙于言，毋巧于辨，故饰非者不能诱；宁议我隐，毋议我躁，故华伪者不能嚣。以视人之纷驰者，又何如也？

若是者，一往莫遏之气，出万物之上而不能侵也，则憧扰之端，于焉绝矣。泊然无营之衷，入万物之中而不能扰也，则外骛之念，于焉鲜矣。以复仁体，仁体可复也，是天德之健也。以存仁心，仁心可存也，是人心之诚也，而谓非近仁者耶！

然则未能近者，吾望其相反而相成也。柔靡反而为刚毅，斯可任重而致远；华辨反而为木讷，斯可守朴而存真，尽其矫揉之力，而后欲仁者，皆有用之才。抑巳能近者，吾望其愈进而益上也。刚毅而进以巽顺，则大力出于小心；木讷而进以文明，则英华发于笃实，加以变化之功，而后利仁者无懿美之累。人亦急求其近，而又毋止于近焉而可矣。

夫子自道也

贤者明圣人之谦，知至德有全能也。盖仁、智、勇非已有之，不能道也。然则夫子之无能，正夫子之无不能也耶！故子贡以为自道也。若曰天下事及之而后知、履之而后见，苟未至乎其境，不惟欲任之而不敢任也，即欲辞之而亦不知所以辞也。是故歉然不自足之心，常发于悠然自得之候，则至德之所归，即其言而断可识矣。

有是哉，夫子于君子之道，而竟以为未能乎？

性情之盈虚，与学问而相长，在在以为无憾，必遥望焉而不知其处者也。使静观于浅深阅历之途，每觉快意者少，而不快意者多矣。

世途之广隘随诣力以相形，故遇事偶能自全，亦幸中焉而不得其理者也。使潜验于险阻艰难之内，又且撄我者多，而不撄我者少矣。

然则，夫子之道及此也，岂故为谦言以自抑，殆心知其然，而发为甘苦之词耳。夫圣心之仁、知、勇，固有立乎万类之中而卓然与天合德者焉，此亦何物足以相累？然而惟天德之纯，乃洞悉乎人事之变也。在旁观者，私见其利用之无滞，以为此天亶之能，非溢美也，正与夫子之自道足相参焉者也。

亦岂让大美而不居，殆下学方殷，不自知其所以至耳。夫人世之忧、惑、惧，固有日投夫子之前而油然与神俱化者焉，此亦何美尚有所亏？然而惟神明之克一，乃益感乎憧扰之多纷也。在效法者，窃叹其应迹之无方，以为此神授之能，非无见也，殆因夫子之自道实而验之者也。

笃实之儒，凡事有难心，聪颖之士，凡事有易心。究之，见以为难者非难，见以为易者更非易也。夫子以浑全之天极而自验诸渊微，弥若有难而无易，则知从容中矩，正战兢惕厉之所以日深。

得半之初，以为如是而已止；优入之后，以为如是如更进。究之，学而不厌者无止境，化不可为者又无进机也。夫子以变化之神奇而自考其性术，弥若有进而无止，则知谦让未遑，正尽性立命之所以独至。

夫有不能则有能，无不能则无能。能君子之道，非夫子而谁哉！

礼以行之 三句

君子有所以全夫义者，而济之以众善焉。盖义也者，诸德之发也。兼礼逊信以济之，此事之所以无不善欤！今夫君子修礼以达义，退逊以明礼，体信以达顺。此生平养德之素则然，非临时取济，以为善吾制事之义而已也。然而义之所以善，端必由之。

是故既以义为质，则行之吾身、出之天下、要之于成始成终者，举归之义矣。而为质之义，犹未可以遽行也。义以直己为德，则质或胜其文；义以刚决为才，则气或渝其节。孤行其是而不协于品节之安，识者深惜其制中之无道也。君子之于礼也，反情以和其志，故庄敬之心日强；比类以成其行，故邪僻之气不设。大自朝庙郊社之重，细至周旋袭裼之微，莫不有恭敬威严之度，使天下望之而去其慢易焉。此为质之义所以归于顺正，而适符其则也。如是以行之，亦可有攸往之利，而无所阻矣。

而礼行之义，犹未可以遽出也。礼以定天下之分，其道尊而不亲；礼以肃天下之观，其体严而难犯。谨饬其威而不免于凌物之咎，识者深叹其自牧之不卑也。君子之于逊也，不自大其事，而已之心安；务让人之功，而人之志慊。内则优柔而平中，外则搏和，而泯其争也。如是以出之，亦可有恬适之乐，而无所滞矣。至于贞以一，天下之动正，而固者干事之基；诚以体，天下之物通，而复者圣功之本。信之为信，所以要诸德而归之精实之极，以反诸无妄之原者也。一有不信，则礼之行义者外饰之华，逊之出义者谦恭之伪，而义亦袭取之名而已。君子之于信也：有诸己，非悦于人，既绝夫作伪之私；诚诸中，必形于外，复自得夫交孚之意。喻志在不言之先，输诚于共白之地，无非此始终贞一之忱，使天下见之而去其浮靡焉。此礼行、逊出之义处其所存，玩其所乐，所以合内外之道而时措之无不宜也。如是以成之，乃可以一成而不复废矣。

君子制事之道如此。

君子贞而不谅

君子所守之正，执于理而不执于心也。盖贞者求当乎理，而谅则一任乎心也。贞而不谅，君子所为独得其正哉！今夫明善之至，而后可以执极而不迁。古之人识定于内，而力卒能胜之，非徒以强固自处也。彼夫任吾心之所至，而偏于一往，虽较之游移者为有主焉，亦终无当于大中至正之矩而已矣。

盖天下有贞者焉，即有谅者焉，皆有所持以为藏身之固也，皆有所持以为应物之主也，而其实有相似而不同者。是故君子臆见不敢凭也，而素裕夫审几之明；至理不敢外也，而力全夫精义之学。盖惟贞而已矣。

当是非未定之时，常恐以一己之私而违天下之公，及夫灼然有以见其是矣，裁万物之至当敬而守之，任事势之百变而总不足以相挠，是确乎不拔之操也。处可否错陈之会，不欲以疑似之迹而诬正大之轨，及夫昭然有以决其可矣，定万善之会归允以蹈之，听时会之反复而终不至于变更，是独立不惧之概也。

盖贞为天德之终，天高明而不可极。所不能物与无妄，而成保合之功。贞为智德之符，智知之而弗去。所以能历险而不失其信，而有干事之力。

若夫照物之鉴不精，而徒以自行其意，谓不可失约于天下也，而为是为非初不问焉。即其忠孝出于愚忱，亦足以隆气节之事。然臆见之是凭，亦已甚矣，则其守不足贵矣。

穷理之功不积，而只以自快其心，谓不可少负其初衷也，而为可为否初不计焉。即其始终一于勿贰，岂不足见真实之操。然至理之逾越，，亦已多矣，则其节不足尚矣。

是则所谓谅也，岂君子之贞而出此哉！

志气塞乎天地，未尝有矫矫自好之名；吉凶合乎鬼神，而不必同硁硁不变之士。后之君子，亦于贞与谅辨之而已矣。

生而知之者上也

尊生知之等，所以明其不可及也。夫生而知之，则天下之知，皆其所不屑者矣。是之为上，夐哉何可及乎！夫子若曰：维皇降命而万物生焉，惟人也秀如灵。此知之所以不绝于世，而反之人，人无不各足者也。然非继天立极之人，则知无由而开。故神明之哲，独先乎天下而能作之则，亦即高出乎天下而自成其尊。如所谓生而知之者，其人是已。

生人之初，人与物错处于愚蒙，而不能自正其性命。有人焉，天尊地卑，而知分之所以定；流而不息，而知情之所以通。于是惇之而为典，庸之而为礼，章之而为服，用之而为刑，以至利用前民，举皆得其自然而不容已之故。此果谁为指授之，而遂如是其毕照也？则固自天生之，以首出庶物者也。

行习之常，智与愚殚其精神，而不能庶几其万一。有人焉，不思而得，而自知乎万理之所以然；不勉而中，而自知乎万事之所当然。于是配天地之德，并日月之明，同四时之序，合鬼神之吉凶，以至动容周旋，莫不适如乎不言而喻之性。此又何所效法焉，而遂如是其高朗也？则固生而已然，而教成万类者也。

知之如此，得不以为上乎？

其在首出庶物之人，或数世而一见焉。天地有不能不待其裁成之处，则积千年灵淑之气，聚而归之于一人。故同是耳目，而聪明独先；同是心思，而睿知独豫。盖天德之明，虽极人事之推测，而无以窥其始终也，则为圣神之独绝而已矣。

其在教成万类之人，亦数世而一见焉。大道或适当夫绝续之交，则合古今奇伟之材，全而付之以相托。故经教立而吐辞为经者，六艺皆其绪余；圣道垂而以身备道者，百代资其末照。盖天授之智，虽竭贤才之研究，而不足当其微瞩也，则为攀跻之无从而已矣。

然则，惟生知者得为上，而非生知者将不与于知乎？是知至上而已穷也。亦惟生知者乃为上，而非生知者岂可弃于知乎？是知由上而更无尽也。学者可以兴矣。

昔者偃也　一节

圣人道易天下之心，贤者述其言而如见之矣。夫夫子所极不忘者，诚欲以道易天下耳。偃述所闻，不如见其心耶？盖自上天之命，无日不流形于万物，而道出焉矣。然天能命之，不能教之也。惟圣人全体皆道，尝皇皇焉欲一出以道济天下，及所如不合，而又望之吾徒。盖身亲行道而不可得，得一不忘行道之训者，以教此一方民，即如身亲行道焉。

昔者偃也，窃尝闻诸夫子，而不敢须臾置也。夫子之言道也，推而放之四海而皆准，谨而试之于一民一物，而亦不能外也。极而赞之，天地而可参；显而设之，日用寻常，而亦不可失也。

是故古者天子以德为车，以乐为御，诸侯以礼相与，大夫以法相序，士以信相考。盖举天下之君子，未有不学道者。乃自偃闻夫子之言，始知君子之所以爱人，遂得诸此也。夫爱人者天地生物之心，人心之所自有，而于君子尤急焉。特未尝学道，则易直子谅之心无由而生。所谓仁体事而无不在者，彼固有所不暇顾也。惟礼以修其外，乐以修其内，由是以之为己则顺而祥，以之为人则公而溥，以之为心则和而平。虽道之大行，君子可为而不可必。然以为吾得民而治之，则博爱者吾道也。有一物不得其所，即非道也。人生其时，有不被其生养、乐其安全者乎？夫子意中之君子，盖无不然矣。

古者人不独亲其亲，不独子其子，使老有所终，幼有所长，鳏寡孤独废疾者有所养。盖举天下之小人，未有不学道者。乃自偃闻夫子之言，始知小人所以易使，遂由乎此也。夫易使者天地一定之分，人理之所莫越，而于小人为独切焉。特未尝学道，则尊君亲上之诚无由而发。所谓义无所逃于天地之间者，彼固有所不能知也。惟乐至则无怨，理至则不争，由是用人之知去其诈，用人之勇去其怒，用人之仁去其贪。虽道之至精，小人可由而不可知。然以为吾有长而事之，则顺命者吾道也。有一事不先其君，即非道也。国有其众，而不戴以元后，亲以父母者乎？夫子意中之小人，盖无不然矣。然则武城虽小，固以夫子之道教之也，意者铅刀其有一割之利乎。

不曰坚乎　四句

坚白可恃，随往而能自全也。夫磷与缁者，必非坚且白者耳。不然，磨之、涅之庸何伤？顾谓有所不可往乎！且我有自全之具，则举世之险阻无不平也。苟谓不测之途，万宜拒绝，其所以爱吾身者则得矣，抑思此身之自待为何等乎！有是哉，子以不善、不入之言诏我也，我岂得谓我无是言？顾不善不入者，谓不善能损我也。夫不善能损我乎？亦我原有受损者，故损之者至耳。抑谓不善能染我也，夫不善能染我乎？亦我原有受染者，故染之者至耳。

乃吾观古之圣贤随其所往，贤者献其诚，不肖者亦致其恭；君子乐其道，小人亦不生其忌；甚至暴者以平，残者以恕；我其有善，而天下并无不善。此诚何故？则又有说以处此矣。

天下之磷者，非磨之害也。不坚则磷，固其所也，「不曰坚乎，磨而不磷」。

天下之缁者，非涅之故也。不白则缁，亦其宜也，「不曰白乎，涅而不缁」。

坚无畏乎磨，白无畏乎涅。吾生之天自全，后起者何妨日加而不惧。

惟磨愈见坚，惟涅愈见白。斯世之遭无定，内足者总能自信而不疑。

古道其不复矣，安得不磨不涅之地而居之？顾何以璞自完而素自蕴？则坚白可恃，正不必置身混沌之初。

世途其多故矣，犹幸有相磨相涅之故以试之。假令玉不琢而采不施，则坚白自隐，又何能共见于杂陈之会。

然则子谓吾不可往，将磨磷我也，将涅缁我也，将我不坚不白而裹足不问人事以避其磨与涅也，将我自坚自白而什袭不出当世以免其磷与缁也。人各有能不能，若此者，岂吾之所能乎？

见其二子焉至长幼之节

隐士以子见，其留意于长幼者可思也。夫二子之见丈人，或者其笃于义乎。不知仅长幼之节云耳，何勿敬听子路反告之言。且人生乐事，半在家庭。而至人顾有所皇皇焉不暇谋聚首之欢者，何也？常人之家止一室，至人之家合四海。是故明于大义，要不得拘于小节也。吾有异于止子路宿之丈人。

方其絷之维之，我有旨蓄，爱进君子，式食庶几。少焉有拜于阶下者，子路曰：「嘻！谁与？」丈人曰：「小人有子，见田野之人矣，未见邹鲁之士。敢见。」子路曰：「唯！不敢辞。年几何矣？」则对曰：「长者能负薪，幼者能辨菽麦矣。」噫！丈人于是乎有礼。

独是国家太平于今几百年矣。我文王、武王父作子述，竭其精神才力，始得奏清明焉。迄于今，食其泽不绝。凡尔丈人，父荷耕锄，子牵衣裾，皆朝庭之赐也。不然，彼叹仳傀而伤中谷者，岂独为匪民也耶！然而丈人不计也，子路亦不言也。二子辞客，客亦就寝，倏焉明日矣。子路心念夫子，急去之。丈人分袂，或欲言否，二子临岐，或能饯否，俱不相及。未几，行及夫子，敬告之故，且语之见。子曰：「天下乃有此隐者。

子急招之仕，毋使蒙不义以老。」子路曰：「诺。」载寻旧庐，行行且止，曾见二子者，为时几何，而丈人已不可复识矣。

子路曰：「天下隐者大都如是。子使由招之仕，毋使蒙不义以老，由不可无言。」为语其家曰：「如丈人者，义不可不仕矣。谁谓乃公无义者？畴昔之夜，雁行而肩随者，非二子也耶？何长幼之有序也，岂非有见于其节也耶！」然则，子路之言虽未毕，而丈人之家人亦可以憬然悟已。

第不识丈人行后，二子在否？子路言时，二子闻否？尚出见否？前后事同不同，未可知也。夫天下义为大，节次之。一日无义，将父不得有其子，长不得有其幼，坐视天下疏间亲、少陵长而不之救。吾恐乱之初生、乱之又生，即欲偃然守一家之父子兄弟以为乐不可得也。丈人曷未之思耶？

子夏之门人　一章

两贤之论交，一以严而一以宽也。夫子夏兼乎拒，而子张主于容。其告门人者不同也。然而交之为道，亦从可思矣。且无所不有者万物之情，惟圣人为能区而别之而有以定其分；无所不受者天地之量，惟圣人为能曲而全之而有以洽其情。此其精者在尽性至命之微，而其显者即在与人接物之际。则君子之交，当亦有道矣。

盖仁者之心先于自治，则必勉于贤而不为不贤；而智者之识在于知人，则既乐为其可而亦不至重伤其为不可。若子夏、子张皆未足以语此，其于交道宜乎各守所闻也。

子夏之门人尝闻交之说于子夏矣，而又问子张，凡欲有所正也。子张于此，当以交之说告门人矣，而又诘子夏所云，亦欲有所考也。迨门人述子夏之语，子张亦述己之所闻，而遂较然异焉。

子夏曰：「可者与之」，以彼之贤成吾之贤也。又曰：「不可者拒之」，不以彼之不贤成吾之不贤也。门人闻之，乃今而知交之贵严矣。

子张曰：「异乎吾所闻：君子尊贤而容众」，贤与众皆与也；「嘉善而矜不能」，善与不能皆与也。又曰：「我之大贤与，于人何所不容？」不可者不必拒也；「我之不贤与，人将拒我，如之何其拒人也？」不可者又不能拒也。门人闻之，乃今而知交之贵宽矣。

由今思之，子夏之说，兼乎拒者也。其所谓可者，非即贤且善者耶？尊以致吾敬也，嘉以致吾受也，所宜降心以相从耳。仅曰「与之」而已，得毋直遂乎哉！至不可者，则不仅众与不贤矣，然拒之不已隘乎哉！疾恶之太甚，必相激而变生。两相拒将两不相容，两不能容且至两不能拒。天下事以严拒而成隙者，往往然也。是子夏未有定论也。子张之说，主乎容者也。其所谓尊且嘉者，非即与者耶？不尊不贤而贤始尊也，不嘉不善而善始嘉也，似亦审择以从事矣。然有侈其尊嘉之意，谁不曰吾贤且善乎哉！至容且矜者，固将概以不拒矣。然人肯甘为我容乎哉！优柔之太过，必相凌而不已。我徒容人，人将不我容；我不拒人，且至人或我拒。天下事以求容召侮者，往往然也。是子张未有定论也。

甚矣，交之难言也。世有不必拒而未尝见绝于人，不皆容而未尝见绝于物者，庶几君子乎？子夏、子张皆未足语此，而门人又非所论也。

可者与之　六句

两贤之论交，异而同者也。夫「可者与」，即尊贤嘉善之说也；「不可者拒」，亦不大远于容众矜不能之说也。岂真异乎所闻哉！今夫好善恶恶者，生人之公心；敢益去损者，求友之正道。此固无之而可异者也。乃学者各守其所闻，或于此见其严，于彼见其宽，遂以为迥然不相合，而不知其意之相通也。亦殊途同归而已矣。如子夏与子张论交者是也。

择交者必戒其不如，即性情豁达，亦断不谓燕朋之可暱，隳吾道中正之防。亲仁者常兼乎泛爱，即持守端严，亦断不谓愚俗之无知，失吾道覆涵之量。乃门人述子夏论交之言，而子张自道其所闻之语。于是而两人较然异矣，于是而两人亦竟浑然无异矣。

子夏曰：「可者与之」。子张曰：异哉所闻：贤者吾尊之，善者吾嘉之。今概曰：与而已，是贤而众人畜之，善而不能待之也。

子夏曰：「其不可者拒之。」子张曰：异哉所闻：众人吾容之，不能吾矜之。今概曰：拒之也，是不可者无以复进于贤，且不可者无以复进于善也。

然则，两人果异矣乎？

夫可者与之，固未尝曰贤吾不尊也，善吾不嘉也；不可者拒之，亦未尝曰众吾不容也，不能吾不矜也。与必于可，则凡可者尊，嘉在其中；拒止于不可，则凡不至于不可者矜，容在其中。是子夏仍无异于子张也。

且尊贤矣，嘉善矣，亦止曰贤吾尊之也，善吾嘉之也；容众矣，矜不能矣，亦止曰众吾容之也，不能吾矜之也。尊、嘉必于贤、善，凡可尊、可嘉而与在其中；矜、容止于众不能，凡不但为众不能而不可容、不可矜者，而拒亦在其中，是子张仍无异于子夏也。

使为门人者，果能用子夏之说，则与之既有观摩之益，拒之复无比匪之伤；且能用子张之说，则尊之、嘉之既不至于骄盈，容之、矜之复不病其陕隘，而交道不已备乎？然而拒之为言，则诚不无太甚者。故子张不异其与，而异其拒也。乃张也，欲一于容，抑又过矣。是以终不能无异也。

百工居肆以成其事

功之贵乎专也，可考工以观厥成焉。盖天下事，惟专乃精，何可易也？百工亦然。迁其肆，弗能为良也已。且人亦尝旷观天下之事乎？未尝为之而坐丧其功，吾惜其惰而弃厥业也；既尝为之而莫睹其效，吾惜其愚而失所托也。儒者自命，类不屑加意技能之末矣，不知置身静、专之地，神智以不杂而生，相错众长之间，才能以互形而励。准以恒术，往往然也，则请观事于百工。

夫国有六职，百工居一焉。入精微者，贵安其拙；攻形器者，贵呈其巧。故治乎其事，其人即以工称。

任千古者，一代不过数人；庀五材者，一物常鸠众力。故即乎厥工，其数乃以百著。夫既为百工矣，循循焉为百工之所为，是亦百工也已矣。事即不成，庸何伤！且事之成不成，亦何常之有。奇材异能之士，未尝乏也，其为规矩绳墨贻之先民者，初不敢废也。然而力所能至，天则阻之；才所能攻，人则忌之；或将就绪矣，毁于末路；或已告竣矣，败于多言。未尝不叹良工心苦，而乃不得一事之成以自表于天下。此岂工之未善哉？事不易集，大抵然耳。然咎仍不在事而在工，何也？谓其未审所居也。

先王知人之精神聚之则明，散之则昏也，于是相阴阳之区为之和会，九达之衢，有广肆焉。若曰：尔庀尔材，尔鸠尔工，来吾肆而环处焉。庶几耳目无私好，而器不苦窳也。非敢以厉工聊以懋尔事耳，夫然后授饩者丰以优之曰：事成矣而不知谁之功。先王知人心志独居则隳，而群居则奋也，于是命冬官之属列其市廛，攻错之地，萃以居焉。若曰：尔殚尔精，尔竭尔虑，趋彼肆而程材焉。庶几彼此相磨厉，而材不雕琢也。岂敢以怠事，尚由是臻厥成耳，夫然后计功者省而嘉之曰：事成矣而不知谁之力。甚矣，肆之不可不居，而工之成事非苟而已也。夫列肆不改而释业而嬉，，则居肆者犹未必皆成，而况未尝入肆，漫曰闭门造之出而合焉。抑又何哉？君子可以学矣。

仕而优则学　一节其一

仕、学各有所先，专务之而后可兼及焉。盖不专其事，而遽欲兼之，是两失之道也。士与学可不各以其优为先务乎！且天下之道，一而已矣。而当其事，则各有职业之不同。君子知所先而不敢后，亦知所后而不敢先。其始专于所及而及之，其终亦未尝不兼于所及而及之也。

盖古无不学而仕之人。方其齿胄而亲师，虽元子之尊，亦下与田间之髦士，同肄夫春诵夏弦之业。故公卿大夫以及群士之列，莫不出于知类通达、强立不反之余，何待以仕为学乎？自世卿专政以来，席先世之宠者，多未娴礼乐之文。故或临事不能引经，或歌诗不能答拜，始愧向者之不学，而汲汲废仕以求学焉。则仕未优而学者多矣。夫仕未优而学，亦贤于仕而不学者。且君子谋道之心，固无时而可息也。然仕之日非学之日也。仕为大臣，而一物不得其理，即尽读天下之书，不足以为民之表也。仕为小臣，而一事不称其职，即多识古人之说，不足以为邦之光也。非仕必不可学也，盖仕而未优，则学适以防仕耳。苟仕者而欲不废乎学，使仕之理因学而愈明也，其必待仕之优而可哉！

古亦无学而不仕之人。方其鼓箧而官始，自司徒之教，以至司马之爵禄，莫不进于官材论辩之科。故秀选俊造上及于乐正之升，皆即责夫化民成俗、近悦远怀之事，何至以学谋仕乎？自选举混淆而后，登朝列之位者，多不出积行之士。故学制而致伤乎美锦，思割而不谙夫操刀，惟恐吾身之不仕，而皇皇挟学以求仕焉。则学未优而仕者众矣。夫学未优而仕，亦贤于不学而仕者。且君子救世之志，固无时而可忘也。然学之时非仕之时也。学求跻圣，而一念急于功名，则必不能与千圣同德也。学求致王，而一念分于富贵，则必不能与三代同功也。非学竟不可仕也，盖学而未优则仕，适以累学耳。苟学者而欲自试于仕，使学之志因仕而大行也，其必待学之优而可哉！

仕而优则学　一节其二

仕、学不偏废，惟其优而已。夫仕而不学，学而不仕，皆非也。未优则专及之，既优则兼及之，是在仕与学者。今夫朝有大雅之公卿，野有济时之道术，此盛世之所期，而贤人君子立身之大概也。故治其事，则各不相谋；而裕其功，则仍以相及。并营之固两失，交弃之亦未为两得也。

是故世有谓既仕不必言学者，以为贤者当垂功名于天壤，文章讽咏之习，此儒生伏处所为，非骧首皇路者所宜问也。然仕岂真不可学乎？独未得仕而优之一日耳！念王事之靡盬，方朝夕尽瘁而不遑。而一心以服官常，又一心以勤稽考，则学不足以资仕，而适以防仕也。仕而未优，专其事于仕而可矣。苟其退食之暇，而君与民两无所负也，则不必致三尧舜，不愧伊周，而始云优也。纵云政事裨益之甚，岂遂无偶尔之燕闲，而一行作吏，坐使此道之俱废，徒于名教之外别寻乐地焉，不致足惜耶！况世官而多公选矣。未仕之先既不及学，既仕之后又不欲学，安往而非冒昧之讥乎？是故形胜户口、图书足以广政事之资，礼乐兵农典章足以成制作之大，则仕以学而功业益光也。「仕而优则学」，愿仕者毋忘此意也！

世有谓既学不必言仕者，以为君子当安心于著述，富贵崇高之事，世人福命之所遭，非纯心道德者所宜及也。然学岂真不可仕乎？独未得学而优之一日耳！念出位之非宜，方隐居求志以自得。而一心以稽古，又一心以梯荣，则仕不足以显学，而适以病学也。学而未优，尽其力于学而可矣。苟其诵读之余，而民与社可自试也，则亦不必道贯天人、德隆今古，而始云优也。即云吾道大行之难，岂遂无一职之可效，而果于忘世，不念斯人之吾与，反为异学之流增长偏执焉，不真刺谬耶！况处士而盗虚声矣。无学之人既以仕败其名，有学之人又不以仕明其实，安往而得吾徒之益乎？是故畏天悯人，四海之忧患皆吾同体，成己及物，三代之治迹岂属庸流！则学以仕而抱负益彰也。「学而优则仕」，愿学者毋忘此意也！

朱书集卷十三　时文

大学之道　一节

圣人首明大学之要，天下于是有大人焉。夫明德、亲民而止于至善，大人之事具是矣。天下皆能学，天下不皆大人耶！尝闻圣人首出，建之学校，崇以师儒，此非文饰之具也。盖立乎天地之间，必当光昭天地之命，使万物各得其所而不知其功。凡为己为人，无不共底于圣人之域而后已。此大学之所由设，而其道有纲维焉。垂之古今，不可易也。

今夫人本大也，蟠天际地之量具于生初，而非学则无以全其所自有。故学必务其大也，弥纶参赞之能始于勉强，而非道则无以尽其所当然。故大学之道，不可不审所在也。

必也学之为践形之大人焉。形色皆天也，原于帝心，会于人极，是明德也，而可不明乎？肖形宇宙之间，志正而天地之心以立，气顺而天地之体以充，奋发有为而健行不息，道之全体在是也。否则，所学皆外，而终身不闻圣人之道，非大人所以成己也。

由是学之为尽性之大人焉。万物皆性也，天下一家，四海一人，是民也，而可不亲乎？吾为父母之宗子，皇极建而遵荡平之路，德施普而忘美利之私，怀保无疆而万类咸若，道之大用在是已。否则，所学皆私，而万方不被圣人之泽，非大人所以及物也。

然斯二者非可苟而已，学之尤为至命之大人焉。德与天地相似始可谓之明也，民与三代同风始可谓之亲也。合撰者几微而不可见，四达者充周而不可穷。是至善也，而可不止乎天理民彝之极神以一天下之动，而不沦于无化以达天下之虚，而不滞于迹期于必赴，而一于勿迁道之知至。至之知终终之者，在是已。否则，所学皆半途而废，而身世俱在依违迁就之中，非大人所以纯而无间也。

然则足乎己始可达乎外，而及乎物始不失其备乎！我大人所为由希天之功以至配天之烈，惟恐亏乎成人之分而遂克全乎至人之极者，率在乎是也。甚矣，大学之有要也。

帝典曰克明峻德

溯明德于《虞书》，赞帝者又发其蕴矣。夫峻德在人，惟帝其时懋之。读克明之书，而知唐德之远也，见尧于帝也已。且学者不自囿，于三代以下，必得隆古之圣人以为之师，而始快然无憾矣乎！顾明明德之说，或谓近者可征，远者难考，遂使首出御世者，其懋昭大德之实有不传之感焉。亦未尝观删书之所始，而得其精明强固之心也。「奥若稽古，帝尧曰放勋。」继天而帝，光有海宇，休哉，何圣之隆欤！其时使臣珥笔而书，登诸简策，《帝典》乃传于后世云。

迄今读是《典》，而见夫九族之睦也，百姓之平也，万邦之和也，黎民之变而雍也。每叹慕以为家国天下之道毕于此矣，而《典》则曰帝非齐、治、平之谓，谓迪知以睿、纳意以实、宅心以端庄、范身以整且饬而胥耀于其德也。盖德之为德固已峻矣。峻莫峻乎其不可及。凡物必推之而后高，德则与天同体，是崇隆之至也，而谁则至之也？

峻莫峻乎其不可圉。凡物必廓之而后大，德则与天同量，是恢宏之极也，而谁则极之也？

夫至之极之者，明之也已矣，惟帝时克乎！

千古之至德惟五伦，而五伦之在帝身也，则已奇矣。臣可上代乎君，允称克让；父可不传于子，志美而天。类而推之，创千古之未有，无非惬乎此心之所安，而合乎此理之所是。夫然后后世始知有彝常之德也，而罔非常之能。

两间之合德惟五行，而五行之在帝世也，抑又异矣。水洪而火烈，谁锡元圭？木盛而土盈，谁分白壤？类而推之，平两间之大患，无非立乎万物之始，而周乎人物之终。夫然后后世始知有利用之德也，而何非帝之力！

若是乎，帝之于德，洵立万世之隆而非后世之所及也，岂非明明德之极欤？是故钦明格致也，文思诚正也，安安修而得所止也。学者有志于明明德，其上师夫尧可乎？而帝与王同归矣。

帝典曰克明峻德其二

溯成德于圣帝，而明德止于至善矣。盖峻德者，至善之所在而无以加也。惟尧克明之，非明明德之极哉！今由周及商，而敬德之修通极于命，亦可以知秉德者各有不容辞之责矣。然尽乎人以合乎天者，反之之功；而纯乎天迥绝乎人者，性之之量。则立万物之内，卓乎与天同其高；明遍覆之体，非古圣帝无以见，明明德止于至善焉。试进稽《帝典》可乎？

是《帝典》也：见知者皆圣人之才，故能窥精微以为纪载。其规模极于时雍格被，而所归重者，则在昭旷之原也。

亲炙者皆神明之事，不徒侈功业以为铺张。其畴咨举平治地经天，而所探本者，则在渊原之地也。

是以言帝而独极之以克明峻德焉。

大明终始，凡得乎阳健之性者，皆足以穷乎高而测乎深。德本无疆域之限也，人或昏愚而不能自拔，则不啻限之矣。尧以安安之质，而砥德于钦明，其时宪聪明之学，盖有默成于垂裳端拱之上，而与天为不息焉。清明在躬，志气如神，峻于一德之光昭而已矣。

肖形宇宙，凡受乎帝降之衷者，皆足以际乎天而蟠乎地。德本无分数之可穷也，人或私累而不能自振，则不啻穷之矣。尧以文思之心而扩德于广运，其践形维肖之功，盖有宰制于命官咨岳之先，而与神为不测焉。德配天地，明并日月，峻乎一德之充塞而已矣。

古今之气运至尧而渐开。顼、昊、羲、轩皆开天之圣，而尧集其成；禹、皋、稷、契皆间世之英，而尧以为佐。或者谓其得天之厚，而不知尧之德有大于天道者。故气运借尧而发育，尧不借气运为遭逢也。神圣文武，尧亦自为一天而已，谁能量巍焕之所至也耶？

伦物之忧虞至尧而独甚。龙、蛇、水、火皆足震动其志气，而尧以为儆予；圮、族、象、恭皆足傲扰其天常，而尧难于试可。或者谓其值人之穷，而不知尧之德有大于人道者。故忧虞遇尧而坦夷，尧不以遇忧虞而震惊也。允执厥中，尧亦适协夫人而已，谁能名其光被之所及耶？

盖观于是，而明明德止于至善矣，此圣人祖述之所自也欤！

汤之盘铭曰　一节

首征盘铭，能尽夫自新之量者也。盖自新之量不尽，则治本失矣。诵盘铭而曰新之勤，必如汤而后可哉。且至治之世，天下沐浴其化而不知其所从来。然而圣天子操治本以先万物，盖有竭尽其精神而不敢少留遗憾者。是故观于顾諟明命之心而见宪天之学焉，则汤之盘铭可考而知也。

若曰吾盖观于盘而欣然慰也，孰使我积污而忽然去之，快哉，此日慰何如矣！

吾又观于盘而悚然惧也，孰使我乍洁而仍然蒙之，危哉，此日惧何如矣！

洁者以污为苦，污者亦以洁为苦，非振之以不可遏抑之气，不且处秽浊而弥甘乎？

是故最难得者，改图之一日也。苟知耻而力去其垢，即天地之心见于复矣。

习于洁者，暂污而急欲出其污；习于污者，暂洁而不甚爱其洁。非励之以不可少徇之志，不且方祓濯而思染乎？是故最难起者便安之一日也。苟能奋而力慊其愿，即造化之功动乎震矣。

如是而日新而新有机矣。虽然，运而不息者天也，出而不穷者时也，作而不已者心也，用而不敝者力也。

夫既苟日新矣，而可不日日新乎？一日置盘而不御，积而一日，吾知形秽之不可近日日者可知。故励精以自治者，弗常懈而益虔也。

且苟日新而继之以日日矣，其可不又日新乎？无日不对盘而加涤，或终辍一日，吾知尘垢之忽而集也。前日之新不能补此日之不新，此日之不新即以丧日日之常新，且不也。恃吾之已新与惮吾之复新，皆日日虚此盘者矣。盘日朽坏而不可用，则吾之托体于知又一日而置此盘于何地矣。盘至又日，竟弃捐而不相知，则吾之置身于又日者何若？故时盥以自惕者，必慎终而如始也。

晨兴必颒，有事必敏，三日必沐，五日必浴，澡身者须臾未尝忘浣也。昼有为，宵有得，息有养，瞬有存，洗心者须臾未尝忘敬也。然则天命之昭然，本常明而不昧；人心之同然，自有觉而难欺。此汤所以明明德于天下，而宪天出治、建其有极也欤！

日日新

图新之后难为继，《盘铭》有进辞矣。盖既新之日，倍难于未新之日也，讵一日焉已乎？汤所为加勉焉。尝观庸人一念之奋发，即圣贤无以加之，往往至德鲜成，大业未就。君子乐其始之勇，未尝不惜其继之怠也。古之圣王，以至人无间之心，常为庸人有间之防，诚惧一息之或不如其初，则不惟无以表正于万方，而我之兴起于前者，于此焉废，其收功于后者，又何能于此焉振乎？

《盘铭》之言「苟日新」也，美哉！始基之矣，犹未也。

凡人未谋是事，恒汲汲然惟恐其不得也。及身入其内而漠焉不遽相属，则厌弃之念，即生于奋振之中矣。

凡人未有是理，每皇皇乎欲自慊其私也。及稍有所得，而侈然足以相矜，则图功之余，即伏为废业之渐矣。

甚矣，新非可一日而毕也。《盘铭》复进之曰「日日新」。

欲之伺我者，常不乘其锐而乘其暇，一有由锐入暇之几万端之相感者，即杂然并攻而不能以复择。惟断然不易其始进之衷，则察之既严。当我之暇者亦犹是，当我之锐者焉取？往复之神明静与天地流行，相继于无息。汤所为因念而加惕者尔！

物之挠我者，常不敢于方作而扰于将长，一有由作而长之会众变之方来者，即群然并入而易至于相纷。惟毅然不阻其后起之力，则待之甚密。值我之将长者亦犹是，值我之方作者焉极。刚大之志气默与大化推迁，相嬗于不穷。汤所为继谋而更进耳。

当天人革命之会，或始犹勉强振迅以相昭示于万方。追吾心去危而即安，物情亦出险而就易，将晏安怠惰之气，渐移其清明强固之天。《铭》何中道之勤劬，新遂维日而不足也！

方百务未起之先，或尚能矫饰相从，以共祓濯于旦夕。追天之予我者日就其逸，人之俟我者亦日去其劳，将晏佚侈肆之怀，潜易其震动恪共之志。《铭》何继起之图维，新且日进而无疆也。

有其开之，忽忘其续，故知初服之不足凭。有其中焉，必慎其终，犹恐末路之有可议。汤则日新而未已也，殆其极乎！

道盛德至善民之不能忘也

至善难忘，知明德之足以及民矣。夫德之盛者，期乎至善而止，而民自不能忘焉。

如《诗》所称其明明德之极欤。今夫明德者，自明而已，无与于民也。然既得其止，则无我得正己之尽存神妙，万物之感天下之性情已皆得而致之。亦可知明明德之无所不用其极，而定四海之民非吾分外事也。

若《诗》言「有斐君子，终不可諠兮」者，何民之不能忘君子至是也。吾于此得明明德止于至善之说矣。

「民之秉夷，好是懿德」，此天命之流行于品物而民受之以为性者，形、气虽殊，不能不触其所有而自通也。

「继之者善，成之者性」，此乾道之变化于性命而民得之以为生者，风俗虽别，不能不感乎其中而即应也。

特未能明之，使德充盛而止于至善，民遂若或忘之耳。

若《诗》所言君子之克明其德也，求止则知行交致其功。所以望至善而为之归者，已极日新之事。

君子之既明其德也，得止则内外各呈其效。所以履至善而备其美者，又成交畅之符。

在君子谓吾方惧入圣域而不忧，即无以顾上天之明命，何敢以八荒我闼之说自相矜侈，而反惰其克治之精神！

在君子又谓吾即获小善以自喜，终无以作四国之明刑，何敢以爱我君王之情重相期望，而少宽其内修之哉！

然而民之德心自此蒸然动矣。民虽不能自明其德，见一明德之人不啻推所有以相予焉。盖非二端，则不能感民之德与君子异异；故相敬非本一，则不能合民之德与君子同同。故相亲及夫形为咨嗟，发为鼓舞，而民亦不自觉其召致之何从也。

且民德之明亦自此焕然发矣。民虽不能明德止于至善，见一明德止于至善之人，不啻出其怀以相示焉。盖大善必易知，易知则凡有良知者无不知爱其父母；大善必易从，易从则凡有良能者无不知敬其元后。及夫发于声音，形于动静，而民偏若深悉其曲折之有自也。

《诗》之道其终不可諠者，非是故哉？至是，则明德之事终而新民之事始矣。

子曰听讼　一节

学贵知本，即圣言而可悟也。夫无讼非本，而所以使之无讼则本也。引子言而释之，不可相观而起悟乎？且天下不可以无本之治治之也。顾万物止一本，则存乎物之先者全体之而不遗；而一物各一本，则入乎物之中者众见之而自动。学者即圣言而深绎其旨，固已晓然于制治之原焉。

如经言物有本末，吾有会于夫子之言矣。子易言听讼而必进于使无讼，此何谓也哉？

古圣人以天下为一家，一物未平亦有反复咨嗟之意。故论治者必刑措不用而后教化可兴，是和平之极也。

古圣人以万物为一身，一人有怨不忘抚摩爱惜之思。故为治者必明允足称而后习俗可变，是优柔之化也。

然则无讼之一言，非新民之大端，而明明德于天下者，所敬求也乎。虽然，移风易俗，使天下回心而向道，此非俗吏之所能为也。无所以使之之实而惟无讼之求，反不如听断者之风流而令行犹足以致治矣。子岂不知此而为是言也哉？盖民之讼也，出于有情者少，出于无情者多。且有情者或不能尽其辞，而无情者往往必欲尽其辞。今日无讼，则情无匿情，辞无饰辞。夫果民之良欤，抑威迫而势驱欤？不然，家谕而户说，遂有以改其情而易其性欤！非也，有以大畏乎民之志故也。

仁圣亦有不可恃之恩而震动其志者，羞恶之意反重于鞠育之私。

荡平亦有不可废之法而凛然相畏者，疾敬之躬倍严于深文之吏。此可见明德之实有以及民，而本之为本即于是具焉。

循是道也，非但讼狱衰息，凡圣王阜物诚民之事不难执要以相图。失是道也，不但争竞日烦，凡古今立纲陈纪之端皆将纷然而莫理。无他，天下虽大，循本则治，失本则乱，凡事类然不可易也。学者体刑期无刑之旨，得辟以止辟之原，即民志之所由兴，识主极之所由建。其于明新之所以孰先孰后，而本之不可以不务也，当必有以辨之矣。

慈者　四句

君子教成于慈，绎《书》而知心可用也。夫使慈非所以使众，《书》之「如保」何以称焉？为证诸诚求，乃知君子身教即心教耳。今夫君子抚临有国，非徒君之长之之谓，谓能作民父母而俾一国之人皆乐为之子。此众心之所大愿也。而顾煦煦焉自私其子，岂国人之心哉！虽然，君子有子而众人视之，众人复何望焉？则众心大可见，而君子之用心，愈不容岐家与国人而二视之矣。

如不出家而成教于国，其事君长也，已不外孝弟。是心诚于孝弟，即心诚于君长，非二道也。虽然，国有君长，众父母也，其理严；家有君长，则一父母也，其情亲，征理不若言情。又尝观于慈矣：夫慈非所以使众也。乃君子曰：慈正所以使众也。

天下有吾爱吾众而人不爱吾众者，未有吾爱吾子而人不爱其子者也，此不待教之也。

天下有虐于众而未尝不知爱其子者，必无有不爱其子而尚知无虐于众者也，此最易教者也。

是故入君子之国而有民社者敷膏雨，有仆隶者沛恩勤。卿尹之于氓庶，主伯之于亚旅，举无胥戕而胥虐焉。辄不禁喟然叹兴曰：何众心之诚于效治至此也，而不知君子之心其诚于慈以教其使之也固已久矣。盖治国者取之家，治家者取之心；得之天而有余，求之己而自足。此孝、弟、慈莫不皆然，而慈尤彰明较著者也。《康诰》不云乎，「如保赤子」。则试言其保赤子者，而如保可见矣。

盖君子之如保也，见有子即见有众。故君门虽隔于万里，而草野之为忧为乐，不啻在深宫怀抱之中，此慈之诚于众者，初未尝有使之之意也，恨不人人进膝下矣。

慈母之保也，不见有众，止见有子。故疴痒虽出于难明，而襁褓之为啼为笑，不在于呼号赴愬之显。此慈之诚于子者，并不知有慈之之名也，只觉时时经腹我矣。

心诚求之，保赤子类然。顾在家吾子，在国吾众，赤子无言而母能求之。奈何众心杂然前陈，而为民上者若罔闻也？是求而未诚方学之不遑，而可以为教也耶！

十目所视　一节

甚言独之可畏，慎之愈不容已矣。盖人知离众之为独，而不知惟独之已众也。明乎其严，则谓曾子平日之言深于言独也可。传者以为：人情每争于其显，以无形之不若有形也。苟无形而有形，则将以事显之念进而防微矣。人情又忽于其微，以一形之不同于众形也。苟一形而众形，又将以谨微之志同于察显矣。吾盖观于曾子平日之言，而益知独之可畏也。

盖离众不可以为人，而遗人不可以为自。是故天下莫隐微于独知独见之地，莫昭著于独知独见之时。此盖志所由分，而几之一发而不能止者也。

曾子之言曰：甚矣，人之善于索吾隐也，形虽未交而神已先至，则凝而为视焉。世有不畏夫视者欤？然得而视之者其视少，不得而视之者其视多。何则？目不聚于视，而聚于所视也。

甚矣，人之不能藏吾私也！心虽不言而形已先动，则迫而为指焉。世有不畏夫指者欤？然得而指之者其指有穷，不得而指之者其指无尽。何则？手不聚于指，而聚于所指也。

乃独则不必目之视之也，而十目所视矣；不必手之指之也，而十手所指矣。

独之为时甚暇，而不能不迫于省疚之情。盖视、指不独以绳小人，而先不以恕君子。在君子之省疚也，即无所督于前，彼亦不懈，而况乎群为苛而不复我逞也。深微之意象俱见，而万物之众莫不与为相窥，虽欲不惕，安得而不惕乎？

独之为境甚宽，而不能不隘于匿私之念。盖视、指不独以勖君子，而更以儆小人。在小人之匿私也，即有以绳其后，彼亦何知，而无如乘其间而不得所便也。须臾之意境毕呈，而天地之大莫能容其相遁，虽欲不惧，安得而不惧乎？

曾子之言如此，甚矣哉，独之严也！

然则掩著之无益，犹其后焉者也。而独中之督责，已甚于掩不及掩、著不及著之先。然则诚形之相因，犹其迹焉者也。而独中之交乘，更切于诚共见诚、形共见形之会。

洵乎独之不可不慎，而君子之诚意为不容已也。

是以君子有絜矩之道也

平天下有道，在因心行政而已。夫矩在国，而絜之于天下，则必有道矣，岂但感之以心而已哉！且明明德于天下者，为上天养万民，不但有欲为之心，而又处能为之势。故克绥厥猷惟后，有不得而辞焉。则以国治天下，其责弥重，其事弥详，其心弥周以密，而道出乎其中，非徒以为法于父子、兄弟之身，喻此兴仁兴让之民而遂已也。观于国人孝弟不倍之所由兴，而君子知所以平天下之道矣。

天经地义本于民衷，未尝一日不流行于品物。而王道微缺，则德教不加于百姓。君子以为吾道未尽，非遇人之不淑也。

人伦物理极于天下，未有一人不感动其天良。而善政大行，则和顺不隔于同体。君子以为吾道可恃，不必易民而理也。

于是乎广其仁恕之心而为矩焉，此天下之所同也。协于至善之止，而为絜矩之道焉，此平天下之所独也。

君子奉天命以照临四方，故小民之吉凶不待有所陈请于其前，而明足以见之，仁足以与之，莫不自遂其喜怒哀乐之常，而毫无所隔。此非有异道也，天下共此一矩絜，其理之一而放之四海自无不准焉。固不必尺寸而度之，而各正之体得之议道自已而有余矣。

君子尽人性以裁成万物，故民生之休戚，一如自为之经画于其家，而修其教不易其俗，齐其政不易其宜，莫不尽得其燥湿刚柔之质，而毫无所拂。亦非有他道也，天下各有一矩絜，其分之殊而反之一心自无不通焉。固不必执一而守之，而经方之用，推之置法以民而皆安矣。

盖自格物、致知以来，其久于天下之故，已极其精，故能以天下为一家，中国为一人，非意之也。利害有无，皆有道焉。以相体所谓迩静正而远莫御者，一归于矩之化裁，总不使一民之不遂其生也。

且自诚意、正心而后，其体乎天下之情，已会于一，故能财成天地之道，辅相天地之宜，无所遗也。洪纤巨细，总此一道焉。以相悉所谓始于家邦而终于四海者，一本于矩之推移，遂不使一夫之不得其所也。

此其所以明德于天下，而无所不用其极者欤！

道也者　三句

推道之不可离，而离道者可以返矣。夫道命于天，而人之所当由者也。本不可离，离即非道，人可须臾以非道自处哉！今夫人受天之命以生，其所以能立于天地间者，恃有道而已。道本流行而不息，而人不能以不息之心体之，则有觉之体既昏，而无为之理焉附？即小不自持，而至于弃天而侮圣者，往往而是矣。

抑知道也者，是天地之所以为极也，是人物之所以为体也，是百姓之所与能，而圣人所不能外也。此而可离乎哉！

有是物即有是则，其为物也，一日而不可废则；其为则也，一日而不可忘，盖物以则而正。所恃以托命者，固与生俱生者也。

有是形即有是理，其为形也，一息而不可无则；其为理也，一息而不可间，盖形以理而存。所恃以成性者，固与化俱化者也。

入庙而生敬，过墓而生哀。千古此能敬能哀之心，则千古有此致敬致哀之道。天不变，道亦不变。本非袭取于外，而何得暂任其去留。

孩提而有良知，稍长而有良能。千古此孩提稍长之人，则千古有此易知简能之道。人不同，道无不同。又非强合于内，而何得偶听其出入。

道之不可离也，即须臾而亦然。

是故自其本然者言之：无论体道者终身与道为一也，即背道者亦未尝须臾与道为二。视听淆，而聪明仍在其耳目；夷伦斁，而慈孝仍在其性情。则道本不可离可知也。自其当然者言之：无论背道者终身离之而道不有也，即体道者须臾离之而道已非。聪明或乖，而耳目不能主其视听；慈孝偶失，而性情不能叙其夷伦。则离即非道又可知也。

出乎此则入乎彼，圣、狂在克念、罔念之间。失则易得则难，存、亡在或操或舍之介。继天者知其不可离也，故修道以立人极。而教之事行法圣者知其离即非道也，故求道以保天命。而学之功起，是在君子矣。

君子之中庸也　一句

中庸之所以属于君子者，修德而合之于时也。盖中庸之道不虚行也，君子有其德而又体夫时焉，此中庸所以独归之耳。且道之流行于天下也，与时而无间者也。无时无载道之人，即无人无乘时之道，然而非心与天一者不能体之。于是而道有所归矣。

是故君子之中庸也：充塞者不遗于天地万物，而全而备之性情之内。则惟君子有精微之极焉，此非无所立本而然也。

周流者不息于前古后今，而合而致之日用之常。则惟君子有不易之矩焉，此非无所致用而然也。

盖其所以立德者，既备君子之实；而其所以行道者，又协时中之宜。

静以凝其命，动以达其情。力去其私者廓乎大公焉，盖粹然德充之君子矣，而无私者未必皆能协乎天理之当也。君子行其典礼，必观其会通。人第见其一动一静、若二气五行之运于自然，以为时措之施。抑知其兢兢于及尔出王、及尔游衍者，固无时不与昊天相对越也欤！

行则直其义，止则方以智。一轨于正者卓乎不移焉，盖巍然德立之君子矣，而守正者未必皆适乎汝止之安也。君子有所拟议，即成其变化。人第见其为行为止，若盈虚消息之随其自至，以为时出之盛。抑知其凛凛于不显亦临、无斁亦保者，无时不与明命相顾諟也欤！

是故前日行之以为过，而今非过；前日行之以为不及，而今非不及。无他，时未至则中亦过、不及，时至则过、不及亦中也。君子行无辙迹，而凡执一途以造其极者，止分中之一体；而不足与发见当可者，并天道至教之能。

且前人行之而偏，而今独不偏；前人行之而倚，而今独不倚。无他，时不在则中亦偏且倚，时在则偏且倚亦中也。君子神动天随，而凡大而未至于化者，略具中之规模；

而不足与变通适合者，同圣人至德之用。

所谓君子中庸如此，要之非有他也，戒惧慎独而已矣！

舜好问而好察迩言　四句

虞帝详于择善，所以能用中于天下也。盖中者，天下之人所得同也，非圣人不能取而用之，故舜之择之也益详。今天下之道中而已矣。中非一人之中，而天下之中也。天下之智皆足以知之，然无人焉其智独出乎天下之上。则不能取天下之中于天下，又不能还以天下之中审而与之于天下。故不得不思大知之舜也。

夫舜固乐取于人以为善，而因以与人为善者也。

以天下而观世，岂复有舜所不知而待于问者，舜则见夫万物之一原也。天固不厚于我而啬于人，向非虚怀咨访，则谁其相告以善也，故孜孜好问而不以为烦。

自见问者而观吾，岂真有智过于舜而足劳其察者，舜则见夫精粗之无间也。理固独全于贤哲，而亦不昧于庸愚，向非浅近不捐，则安在其无遗善也，故汲汲好察迩言而不以为屈。

迨至一言出而不能无恶与善之殊，乃好之深而因以有隐与扬之异。此所以作天下进言之气，遂吾心好善之诚。而圣人之广大无所不容，其光明无所不照，亦大概见于天下矣。然而恶者非中，即善亦未尽中也。舜于是执其两端焉。

如礼乐所以饰喜也，当喜而喜，即崇以爵赏，而民若身被其荣；不当喜而喜，即宠以言笑，而民已深惜其滥。舜执之而知其孰为当功也，则喜行，而喜之中用于民矣。推之凡所以饰喜者，无不如是也。故喜则天下和之也。

刑罚所以饰怒也，当怒而怒，即诛殛，足快小民之隐；不当怒而怒，即色愠，亦拂百姓之心。舜执之而知其孰为当罪也，则怒行，而怒之中用于民矣。推之凡所以饰怒者，无不如是也。故怒则暴乱者畏之也。

夫天下之自以为知者，谓天下之人皆不如我，则好自用而取之不广，往往穷高极远，而无当于天下之心。至其智本不足以胜天下，虽日延天下之人一一问之察之，而不知孰为至善无恶，昧昧于两端而失其中，亦终不足以济天下之用。此舜之大知所以为不可及也欤。

造端乎夫妇

道不离于夫妇，君子务审其端也。夫人亦谁能离夫妇者，而道之造端在是焉。君子可不务审乎？今道有百年不明、百年不行之时，而人之于道，无一日不明、一日不行之事。特以其相习而不察耳，苟能察焉，心知运动，终古不泯于群伦。则气质之存，无往非精微之托，是以恍然于君子之道之有其端也。

端以言乎其甚微，道之浩荡无涯，而渺焉求之于纤屑，岂足恃乎！然而正幸有此微者也，诚以其微者之为道也。

端以言乎其甚偶，道之旁皇无际，而忽焉索之于适然，岂足矜乎！然而正难去此偶者也，又以偶者之为道也。

夫道固无物不有，即微焉者而端可造矣；道又无时不然，即偶焉者而端更可造矣。乃其端果于何而造之。

道不自明，以知而明。彼愚如夫妇，其何知然？且知之矣。其知之也，自知之耶？道使之知耶？恶从知之耶？且夫凡人之聪明，即其人亦不能自量。学士大夫，积数十年之思虑，匹夫无心，而出其所明，反有以相胜而莫能济。无他，道之端也，则明道造于是矣。

道不自行，以能而行。彼不肖如夫妇，其何能然？且能之矣。其能之也，自能之耶？道使之能耶？恶由能之耶？且夫凡人之材力，即其人亦莫能自限。学士大夫，积数十年之阅历，庸众无意，而赴其所志，竟无以相难而乐其是。无他，道之端也，则行道造于是矣。

升降者世乎，夫妇则何升降也？丰啬者天乎，夫妇则何丰啬也？愚则诚愚，不肖则诚不肖。虽圣天子操大权于上，亦不能改其气质。而观于道体之全，知则真知，能则真能。虽众小人肆邪说于下，亦终难夺其本来而去夫道心之素。

愚不尽愚，不肖不尽不肖。各具此中和之性命，则忽然有触道常出于愚、不肖之外。知不尽知，能不尽能。只安于日用之常，则过而辄忘，道仍遗于所知所能之中。

是以知君子之道之造端乎此也。惟君子以其所知，造之无不知；以其所能，造之无不能。则始犹孑然夫妇也，终且俨然天地矣。故曰：道不可离。

受禄于天　合下节

《诗》详受命之应，可以信大德之得天矣。夫受禄于天，而眷之不已。受命何若斯之隆也？亦曰：此大德者必致之符耳。今夫干禄百福之意，臣子所以祝其君王者至无穷也，而命之不易，则非有德者不能移之。盖德不胜气，性命于气；德胜其气，性命于德。此祝嘏之所不能知，而天心之所默为定者也。

《诗》言君子而曰「令德」，是君子之所以自为栽也大矣，而有不受天明命者乎？于是进之曰「受禄于天」。

夫人臣受命于君，则位定然后禄之，德备一官欲其称也。天子受命于天，则天禄必与共之，天地合德同其撰也。是故总铚秸粟米，内食千里之租；侯甸绥要荒，外集千八百国之贡。受命之隆于斯极矣，而《诗》曰未也。清明在躬，志气如神，天之保德者然也。皇建其极，动罔不臧，天之佑德者然也。凡此者皆所以命之也。聪明睿知之在御，固已相喻于不言，思启行翼之无违，又若致详于帝。谓至是而受命之隆真真极矣，而《诗》曰未也。天若曰：赏延于世，酬德之典也。岂畀以大祚，而帝祉不施于子孙？曰进无疆，君德之纯也。岂锡以蕃厘，而托命不绵于奕叶？自天申之，而受命之隆乃无与为比也。天之培君子，一君子之自为栽者耳。

由《诗》言思之，受禄则为天子，而有四海可知。保佑申重则宗庙飨，而子孙保又可知。然则所谓大德，而禄位名寿之必得，岂虚语哉！是故皇天无亲，惟德是辅。赫赫在上者，常有降监之明威。天命无常，归于有德。明明在下者，自有潜通之志气。学者居易以俟命，常恐德之不立。则天不能代吾修之，而畏天以自保。所以事天如事亲，事亲如事天，不失为仁人孝子之心也。圣人至德以格天，即或命之不齐，而德足以与天配焉，则立命而不贰。所以先天而天不违，后天而奉天时，自有其纯亦不已之合也。大德者必受命得位得禄，即受禄于天之说也。得名得寿，即保佑申重之说也。为此《诗》者，其知天命矣乎？

明乎郊社之礼　三句

礼制通于治道，达之天下无难也。盖天下之治，亦存乎心耳，明乎礼制而无不达焉。圣人立义之精为何如？尝谓天者万物父母也，亲者一姓父母也，君者万民父母也。是故圣人能以天下为一家，非有他也，亦存事天事亲之心以及之而已。大哉！郊社禘尝之礼乎。夫礼者，非物由外至者也。礼以义起，故其数可陈也，其义难知也。有能明乎郊社之礼、禘尝之义者乎？

作者之谓圣，述者之谓明，明与圣同功焉，则夫通天地之心者，即能造万物之命。明足以见之，仁足以与之，明与仁同体也，则夫孝享而克配上帝者，即能尊仁以子爱百姓。

是故享帝以二至，其义足以致天地之和；享亲有十伦，其义足以立神人之极。而不但已也。以敬天祖之心敬万事，则始于家邦、达于四海，何一不有恪恭震动之意以相深于出王陟降之间！如是而犹有一事不得其理者，无有也。

一餕之均，则四簋黍，义见于庙中之修；一肦内之均，则羔豚而祭，义见于百官之足。而非特是也。以仁天祖之心仁万方，则始于匹夫匹妇，暨于一草一木，何一不有中心憯怛之诚以相体于别生分类之后！如是而犹有一物不被其泽者，无有也。

德足以配天地，而后能为国人兴礼乐；智足以合鬼神，而后能与国人同吉凶，治国如视诸掌。大哉！郊社禘尝之礼乎。知其义，而敬守之，先王之所以治天下也。乡使礼文徒具而义不存，则无以养其诚心而广其仁孝。身之不立，乌能治国家？

子庶民也　四句

经及于国与天下，而王道全矣。夫庶民、百工，国之所赖也；远人、诸侯，天下之所望也，各举其经，而道宁有不全哉！今夫九经之所及，以渐而大也，其治弥近，其暨弥远。夫将以治内者治外也，其势由厥民而达者，所以答愚贱之心；而以大国为疆者，所以振盛强之气。无论国与天下，固皆有家人视之之谊焉。

是故由身而及臣，未已也。先王之政，野处者世其农，官处者世其业。列国之贤，茀道路而卜兴废；维藩之重，载盟书而知盛衰。鲁犹望国，不有存焉者乎！

经于是有计及于庶民者。国家无事，人主甚尊，亲臣、贤臣甚贵，庶民甚贱。不知天为民而立君，匪以尊君以亲民也。昊天子天子，天子子天下，农之子恒为农，亦犹工之子恒为工。人主既统六合以为家，则鞠人谋人可勿念欤？尚其举子之之经。

乃庶民之中，百工列焉。工则不农矣，不农则不地著，不地著则轻失其业而易去其乡。王者之制，工之子恒为工，亦犹农之子恒为农，得曰末业伎食者流其聚与散不足致念故？尚其举来之之经。

百工有以来之而后至者也，远人不必有以来之而亦至者也。古者天子宅中，即侯国亦称天下都会焉。顾远人之来，非如吾民之群萃而处也，非如吾工之列肆而居也。诚欲使出吾途而留吾国者，不致动旄邱葛藟之吟，而或叹夫依人之失所也。尚其举柔之之经。

夫远人何人？强半皆诸侯之人耳。非其公卿大夫，即其农工商旅之属。当日者以天下之大，分之千八百国之君，亦如良农之能守其家焉，亦如良工之能世其业焉。人谓周之势以封建而弱，而不知周之祚以封建而延也。尚其举怀之之经。

夫曰子亲之也，恩莫若父，爱莫若子。曰来亦亲之也，涣者萃之，离者合之，犹之乎子也。曰柔为父不如其为母，抚摩之至也。远人皆吾人也，曰怀每念不忘诸侯也。视国如家，视天下如国，贤其贤益亲其亲也，是文武之所以至今存也。

凡事豫则立

事有所由立，当豫其功于一矣。盖惟有以豫之，始能得其一矣。欲立事者，岂一蹴而致之哉！且以知、仁、勇之德，行君臣、父子、兄弟、夫妇、朋友之道，措之天下国家而布为经，亦可知其事之旋至而立效矣。然以人敏政之易，而性命精微之极，有积之已久，非一朝一夕所能几者，固宜为之早计也。

盖道德九经，所以行之者惟一。凡事可由此立矣，然岂易言哉！一也者，凡事之所以然而不可易，虽流行于形器耳目之前，而非极天下之至精则不能知也。夫至精者，诸德之聚也。一也者，又凡事之所当然而不容已，虽不离于日用寻常之际，而非极天下之至神不能举也。夫至神者，立命之会也。

是所贵乎能豫矣。天地之大，皆实理之所充塞。凡事之来，得实理为之主宰，则任机势之百变而不摇。而袭取之理非实也，谋此理者豫。而事之未至，见理者明矣；事之既至，协理者当矣。人徒见其处经事而知宜，处变事而知权，以为任事之能，而不知其豫此理于事先者，有久而不息之素焉，则固无一事而可以幸成也。伦物之烦，皆实心之所运行。凡事之设，得实心为之措置，则随变化之迭出而各得。而矫托之心非实也，存此心者豫。而事有形似，心辨其微矣；事有宏巨，心举其外矣。人徒见鬼神以为徒，故事可守，礼义以为器，故事可考，以为应事之裕，而不知其豫此心于事前者，有蓄极而通之机焉，则固无一事而可以偶中也。

而又非事事皆先图之之为豫也。事事皆先图之，则事无穷而豫有限，犹之乎临事而取济焉耳。君子不豫求其事，而豫求其一，则充周而不可穷者，皆自其发微而不可见者主之。故合爱同敬以成身，仁育义正以及物，一以贯天下之万有余矣。

而又非执一事以先慎之之为豫也。执一事以先慎之，则豫于此未豫于彼，仍有待乎逐事而求胜焉耳。君子不豫夫事之一，而豫夫原之一，则其显诸仁而放之弥于六合者，皆自其藏诸用而卷之存于密者出之。故道德以存人而内跻于圣，经纶以举政而外至于王，贞以一天下之动而不变矣。

凡事豫则立，有如此者，是故君子诚之为贵也。

诚者不勉而中　四句

进言诚者之事，而圣人一天道矣。夫思勉亦期于中道，而未若诚者之从容也。圣人所以为天之道乎？且天命流行，物与无妄，自人得之以为性，则人人各有一天焉。而求其与天合德者，则非天下之诚者不能。

盖诚者圣人之本，圣诚而已矣。其得于天者厚，故理丽乎气而不杂乎气。但见其性与天合，而志气自开万物之先。其成于性者纯，故心御乎物而不役于物。但觉其化不可为，而神明自有默成之用。故夫人之于道也，有行之而至，有行之而不至者，所贵乎勉也。而诚者则有中而已，无所事勉焉。斯岂非全体皆仁，安而行之者欤！人之于道也，有得于见之所及，不能得于见之所不及者，所贵乎思也。而诚者则有得而已，无所事思焉。斯岂非全体皆智，生而知之者欤！若是者，心性之间，无容举似。而观之父子、君臣之际，有以见其履道之安。是一以行其道德，而道德皆诚之自为经纶者也。神明之地，极于变化。而放之天下，国家之大，有以见其躬行之乐。是一以行其九经，而九经皆诚之自为条贯者也。其不勉也、不思也，何从容也；其中也、其得也，自中道也，所谓不赖勇而裕如者也。非天下之至圣，其孰能与于斯乎！

盖大哉乾元，万物资始，诚之源也。在圣人则为立天下之大本，其心存于寂然不动之先，不待敬义夹持而自无一私之杂。万善静涵于性始，一如天道之于穆不已，而四时百物各安其位而不劳。是为圣人之诚以立命而已矣。

乾道变化，各正性命，诚斯立焉。在圣人则为天下之达道，其心发于感而遂通之后，不待忠恕兼尽而自无一物之蔽。百为动应于无端，一如天道之元气流布，而洪纤巨细自成其品而不紊。是为圣人之诚以动物而已矣。

然则圣人也，岂非一天之道哉！

自诚明谓之性

人又独以性得名者，天道之圣人也。盖既诚而明是天道也。谓之圣者如是，此圣人所以独尊欤。且天命之性，凡民得之以为德，万物得之以为体，何尝择一人而专付之！以为天之生是使独也，然而继天立极，不得不尊首出之一人。则天地之性虽同，而此一人之性其性者迥异矣。

吾因天道之说，推诚身明善之由，而知有所以谓之性者焉。性附于气，而气全受乎天之清；性丽乎质，而质全禀乎天之粹。不必变化之功，而生初之所钟独厚。性为气拘，乃志帅而体充；性为蔽物，乃我大而物小。不必克治之力，而本原之所赋独优。

其廓然而大公也，无私而已。无私者，圣人所以尽万物于心也。不累于万物之欲，而万物之理自通之「于穆不已」之中。照临无所不及，欲稍有以蒙之而不得。其物来而顺应也，无妄而已。无妄者，圣人所以通神明于天也。不方其神明之实，而神明之几自动于各正性命之内。光被独觉无穷，欲稍有以蔽之而不能。是故立人之道曰仁与义。实有其仁，故晓然于仁之曲折；实有其义，故昭然于义之隐微。一如天之自知其阴阳，而不俟推测以尽其变也。

一动一静，互为其根。动而无动，故彻于群动之由；静而无静，故洞于众静之本。一如天之自识其专直，而不俟拟议以尽其神也。

是其诚也，自然而诚也；其自诚而明也，自然而明也，不谓之性得乎？

凡性之复也，必有所由始。而自诚明者，无始也。自有其性，即如其性，以性之何所得其保合之故。

凡性之成也，必有所由终。而自诚明者，无终也。自性其性，即无不如其性，以性之何所得其消息之机。

盖性以宰乎形色，而形色之所感，无不毕达于一性之中。则无所谓形色也，形色皆性也。

且性以接乎器数，而器数之所接，无不旁通于一性之内。则无所谓器数也，器数皆性也。

是天道也，而人极于是乎立矣。

能尽其性　六句

极尽性之量，而天地得至诚之助矣。夫人物天地，分虽异而理则同也。性无不尽，而化育亦赖其功。至诚之能，所以独隆哉！且天予人以性，则凡宇宙之全理无不备于一性之中。而人往往使性之在己者，犹虚而不实。则天下之命何以托，而造物之憾何以泯哉！故修道立教之圣人，不至于中和位育不止者，非逐乎外而求见其功，正恐反诸己而有亏于性也。

若至诚而既能尽其性矣，吾明吾性之理，非有期于人之共明之也；吾履吾性之事，非有期于人之共履之也。亦能尽其性耳，何尝计及乎人之性！然人之性与至诚之性一也。耳目之聪明未必尽同，而舍聪明无以致耳目之用。君父之仁义未必皆协，而非仁义无以正君父之伦。其定四海之民而还之于礼乐政刑之内者，莫非其性之所推于同体者也。则尽人之性，惟至诚能也。

既能尽人之性矣，所以使人明其性之理者，不可责物亦明之也；所以使人履性之事者，不可责物亦履之也。亦能尽人之性耳，何得概言乎物之性。然物之性与人之性异而不异也。以观人者观物，而辨其类亦辨其所不齐。以治人者治物，而用其长不强其所不及。其立万物之命而安之于群分类聚之常者，莫非其性之所推于殊质者也。则尽物之性，惟至诚能也。

至于尽物之性，则至诚之能通于天地矣。盖在人物为性，有知者各予以识别之明，有能者各予以负荷之力。而在天地为化育，本有者化之而无，本无者育之而有，而仁于是乎显。而用于是乎藏；此其理非有甚悬殊，而其事则绝不相及也。顾人灵而物蠢，蠢者待用于人而始贵。化育能使之可用而不能各当其用，惟至诚制物以利人，而天地之生材始为不虚。人少而物多，多者不尽于人。而始蓄化育，甚爱其不尽而不能保其不尽，惟至诚因人以及物，而天地之爱物始为有托。则能尽物之性而赞天地之化育，又惟至诚能也。

然则，至诚不居然一天地哉！

诚者非自成己而已也　一节

进推诚之兼成，一以贯天下之道矣。盖诚固成己，而物即以成焉。仁知分而性则合，君子时措之宜，不居然一天哉。且至诚之能，极乎尽人物之性，似非人之所能及也。然要自诚之尽其性者致之，亦可知人不同性无不同。学者苟能立诚以为圣功之本，则天地位，万物育，固非中和外事也。

君子诚之为贵，亦以诚固所以成己，使自成者无不行之道而已。然人特患无以自成耳，果其自成，又岂自成己而已哉！

盖天下之物始乎家邦而暨乎四海，其远近不同地矣。而一诚之流通，则秩乎有礼以相敬，蔼乎有恩以相爱，欣欣然莫不各遂其性而无一夫不获之忧也。由乎匹夫匹妇以至于一草一木，其形器不同类矣。而一诚之运用，则德配天地而后能兴礼乐，智合鬼神而后能同吉凶，油油然各得其性而无一物失所之患也。

所以成物者，即在成己之诚如此。此无他故，凡己之不成，必由私之不尽而理之不纯。故仁以成己，而无我得正己之尽此诚之所以藏也。物之不成，必由知之不明而处之不当。故知以成物，而存神善万物之感此诚之所以显也。己物一性也，仁知一德也。己亦非内，物亦非外。有以合之而成，则兼成者一道也。然则成己之诚即所以成物，从可知矣。

天下徇物而失己者，人谓其持身之不尊，而不知其救世之无本。君子谓性中一物不有，惟诚动于此而后启其几焉。故情深而文明，气盛而化神。凡吾心之与大顺相体者，自遍为时雍风动之休，夫岂有一物而营于分外者也。

天下专己而弃物者，人谓其爱物之不殷，而不知其处己之不厚。君子谓性中万物咸备，惟反身而诚而后得吾乐焉。故以天下为一家，以万物为一体。而此心之与天地同流者，适如吾饮食服习之素，夫岂有一物而遗于度内者也。

时措之宜与至诚之尽人物之性者何以异哉？而君子诚之愈不容已矣。

成己仁也　二句

即己物之所以成，而仁知有各得矣。夫仁知者，因己与物而异名者也。诚之成己以成物者在是，不可思其由来乎！今夫太虚无形之中，变化所及，万物各正焉，此天地之诚所以成终始而体物不遗也。人得之以为心，非体立而用行，何以成则淇成不至专己而遗物也乎？

是故诚者成己即所以成物，非有他也，其成己也，绝无一徇物之意，盖惟恐己之不成而已。夫己之所以不成者，不仁故也。本有聪明，而察之不极其精，则视不远而听不德也。本有才力，而由之不极其熟，则思不启而行不达也。如是而徒抱空质以自守，虽巍然己也，而已不成矣。君子存乎诚，而使天德之在我者充足而有余。于是养之一室之中则五事协于五行，放之六合之大则百体备乎百顺，极之官止神行莫非天理之至，而与「于穆不已」者同其纯粹精微之极焉。至天下共见其无我，乃知成己之为仁也。夫世必无致虚守寂而不能兼利一世之仁，然以言诚之浑然静藏而不可易，则仁有专属于成己而不以为隘者。此即乾元之所以资始也。

至于成己即以成物也，亦绝无失己之患，盖止出其成己者以成物之不成而已。夫物之所以不成者，不知故也。物各有条而不紊，知之不极其明，则易其位而失其常也。物各有理而不淆，处之不极其当，则倒其序而逾其节也。如是而任其毁废而不顾，虽樊然物也，而又不成矣。君子发乎诚，而使王道之在世者四达而不悖。于是笃近举远，自邦家之御以达于四海攸同，彰显察微，自黎民之变以至于草木咸若，极之充塞天地莫非神明之照，而与高明遍覆者同其光昭显懿之观焉。至于物相喻于不言，乃知成物之为知也。夫世必无道济天下而不免自安愚昧之知，然以言诚之焕然格被而不容已，则知有专归之成物而不以为泛者。此即天命之所以流行也。

然则诚之道率于性矣，而有不合者哉！

悠久所以成物也

推至诚之悠久，而成物之用神矣。夫物归覆载，尤期底于成也，而至诚之悠久得之，岂犹夫诚之者之成物哉！且夫诚也者万物之所以成始而成终者也。是故一成无不成之谓诚。而容有不成者，或息于未征以前，或息于既征以后。则求其自成且不可必，又何以为成物之用乎？

若至诚之不息于未征者久也，由是不息于既征者悠也。悠者据始以要终，元气之贯御于古今与造化而俱流。久者随处而常在，太和之充满于宇宙与化神而无间。于是而物之载于博厚者常如此载也，物之覆于高明者常如此覆也，而所以成物者在是矣。

物之胥匡以生也，务使所以成其生者，一如其自为生然后相安于自然而无震动之意。惟至诚之悠久，合万世而恒运于诚之中。于是成其乐而莫名乐之事，成其利而莫居利之功。天下第以为协气之旁流，而不知积累以臻郅隆者非旦夕之故矣。

物之相观而化也，务使所以成其化者，一如其自为化然后相忘于自得而无扞格之虞。惟至诚之悠久，即一息而无杂于诚之外。于是成其仁不必有仁之形，成其义不必有义之迹。天下第以为德心之克广，而不知贞观以致大业者已甄陶之远矣。

夫世极相反之物，其终亦无不可使之合。盖所以成者物性之所自有，非有待于外也。故圣德修而万民化，既足感动于俄顷而历之悠久，则家喻户晓皆有不言而喻之徵。此所以久道化成而无外也。

且极难变之物，其终亦无不可使之改。盖所以成者物理之所不易，非彼所不乐也。但民可与观成而难于虑始，未能卒革其非心必至于悠久，则深仁厚泽浑忘于显然灿设之道。此所以其量百世而未已也。

至诚之悠久，不与天地同一无疆也哉！

洋洋乎　一节

即至大以观道，有极乎无外者焉。甚矣道之大，固天下莫能载者也。发育峻极，洋洋者何往而不在哉！中庸即至大以言圣人之道之大也。谓夫自有天地以来，散殊而可象为气，清虚而不可象为神。而要之非有理以主乎中，则气无所恃以为升降，神无所恃以为屈伸。而后知流动充满于宇宙之间而莫之纪极者皆道也。则信乎道之大而天下莫能载也。

洋洋乎有形者皆道之所形，而形之所不在不得谓非道之所在也。有象者皆道之所以象，而象之所不至不得谓非道之所至也。

是故博厚而不可极者，万物之所居也。即有大之至者，亦处万物之中而自为一物，未能合万物而为之危举矣。然而物何以作长，道之仁也；物何以敛藏，道之义也。盖有形者皆成其性，有性者皆出于命。故物之樊然于下也，滋息游散一若自无而有、自有而无者，皆任其长短大小之不齐而无所主宰于其间。而不知易则易知、简则易从，总一道之显设于类聚群分之内而不可易。是则万物不足以为大，道之大乃举夫万物而为之体焉，其发育万物也有然。

若夫高明而不可穷者，则万物之天之所际也。即有大之至者，不过与万物同处乎道之下，未能上及于天而与为同体矣。然而天何以有春夏，道之通也；天何以有秋冬，柔之复也。盖有象者皆由于气，有气者皆根于诚。故天之确然于上也，太虚无形一若刚柔相摩、阴阳相荡者，皆听其立本趣时之自至而无所纲维于其际。而不知以一而神、以两而化，总一道之藏用于一气五行之先而不可违。是则天不足以为大，道之大乃生乎天而立其命焉，其峻极于天也有然。

夫自天而下之莫非物，道之发也育夫物，则大用之行迹静正而远莫御矣。自万物而上之莫非天，道之峻也极于天，则全体之立横四海而塞天地矣。道之大而天下莫能载者如此，大哉圣人之道乎！

本诸身　六句

君子本身以治民，无所往而不善也。盖身者民之极，而与三王、天地、鬼神、后圣同一道者也。道无不善，此三重之所以寡过乎？今夫惟王建极而万民向方，广大配乎天地，变通合乎鬼神，前承以往之圣王，后启无穷之来者。苟非议道自已尽美尽善而备德位于一时，乌能继天出治受命而兴若此其盛者乎！

盖君子之道，三重之道也。其寡过也，天子自立于无过之地，合人己幽明古今之过而俱无不寡者也。

是故身垂治统者，君子所为以贵治贱。而赏罚之先后一道之洋洋优优者，与万物相为裁酌而克协乎其宜。则因时俗而为之更新，但见庶民无不自安于贱。皇自敬德而万国攸同，是荡平之观也。

身垂教统者，君子所为以贤治不肖。而礼乐之质文一身之修德凝道者，与两间共为调剂而各当乎其则。盖合朝野而为之互参，但觉庶民无不自爱其愚。克明峻德而四方风动，是豫顺之休也。

本诸身、征诸庶民如此。使庶民而有不信不从，则不必悖谬疑惑之各见，而君子之所以自正其身犹不容已也。至庶民而无不信无不从，则虽天地鬼神、前王后世之难知，而君子之所以通德于一身复何所间也。

由是观道于已行之迹，则三王可考也。鉴古以趋时者不无改制之方，而以身为绍服。固知三代不易民而理，惟不谬，而后三重寡过于三王矣。

观道于自然之运，则天地可建也。本天以治民者不无补救之术，而以身为辅相。固知民者天地之心，惟不悖，而后三重寡过于天地矣。

至于天地之屈伸则为鬼神，是道之无形者也。无形者不能无疑。君子先有以不疑于身，则验幽于明而阴阳之协厥居，不啬小民日用饮食之故。三重寡过于鬼神，而又何疑！

三王之继起则有百世之圣人，是道之未来者也。未来者不能无惑。君子先有以不惑于身，则验远于近而前后之同一揆，不外斯民知能行习之理。三重寡过于后圣，而又何惑！

盖先天下以自治者万化之基，合天下以同风者一家之象。前有千古、后有万年者皆圣人之责，天地合其德、鬼神合其吉凶者悉天子之功。然则君子之身在民上也，悖谬疑惑之恐不免，夫何所容其骄乎！

仲尼祖述尧舜　一节

举至圣备道之功，道统归于一人矣。夫中庸之统，非仲尼无与归也。合古今上下以为学，非天下之极哉！今夫性命流行于宇宙间者，穷古而亘今，上蟠而下际，固无一物而非道，即无一人不与于道。然而古与今不相及，上与下不相谋，求其以至诚之心全圣人之事体，君子之费隐兼天地之化育，则非天下之至圣，孰能当此而无愧者乎？

昔者一中之理受于尧，受于舜，后千余年而缵承于文、武，在天则运而为时，在天以下则流而为水、止而为土。此古今之大成而两间之大用也，一以贯之者其惟仲尼乎！仲尼人之极也，故于人之道无不尽焉；仲尼天之心也，故于天之道亦无不尽焉。

其于尧舜也则祖述之，作止语默之际与危微之防，有旷代若接其心源者，不但删书断自唐虞已也。至文、武之道，贤不贤之所识，莫不从而学之，若奉宪典而守章程焉，又岂止以从周安不倍之分耶！夫夫子贤于尧舜者也。文、武虽圣，何必不在范围之中。而仲尼以为圣人人伦之至，古道可师，今法不可变，每从旷焉不接之后通为一气而定为一尊。则自有人道以来，凡所为以人体道极乎尽性至命之全者，皆仲尼之道也，仲尼尽人之道者然也。

其于天时也则上律之，仕止久速之宜与屈伸之机，有潜通而自得其合撰者，不但为邦首行夏时已也。至水土之理，动与静之所符莫不从而因之，若袭成迹而循故辙焉，又岂止以卑法为居身之利耶！夫夫子圣之时者也。水土各殊，要亦止分化工之一。而仲尼以为天体物而无不在，在上成象，在下成形，每以藐焉中处之身与为自然而循其不变。则自有天道以来，凡所为道同于天备乎法象流行之大者，皆仲尼之道也，仲尼尽天之道者然也。

盖古今上下之理，蓄于内者极其粹精，而外见之行事，莫不自相符合而不待乎拟议之劳。且古今上下之理，立其本者穷乎微渺，而应用之机宜，皆为大道流行而无事乎持循之迹。大哉仲尼！斯其至矣。

万物并育而不相害　一节

实言天地之道，其所以为大者可知矣。盖物与道，莫非德以主之也，川流敦化，天地之所以大者此耳，又何疑于仲尼？且《中庸》一书，欲人修至德以凝至道者也。由是曲成万物，时措咸宜，则与天地合德者在是矣。然皆以至德属之圣人，未尝明乎天地之德。至是则因持载覆帱、错行代明，而恍然见德于天地焉。

曰：吾以天地辟仲尼，而仲尼之所以为大可思矣，亦知天地之所以为大乎！覆焉载焉，而万物举积乎此矣，曾无一物不育于天地也。吾观有欲者相聚则争，有情者相杂则乱，是并育者害之所从生也。天地未尝有心以育万物，天地育万物又未尝有心以除万物之害。乃万物并育矣，而不相害焉，天地何以得此于物也。

行焉明焉，而道不外乎此矣，曾无一道不行于天地也。吾观取术异者混处则相夺，趋途同者交至则相凌，是并行者悖之所从起也。天地未尝有心以行道，天地行道又未尝有心以泯道之悖。乃道并行矣，而不相悖焉，天地何以得此于道也。

此无他，盖天地之德为之也。无端而散为物之形，而所以形者一形一理也。无端而显为道之象，而所以象者一象一理也。此非有余，彼非不足，咸得于性命各正之中而何所用其攻取。则有小德之川流而不害不悖者，物与道自止其方焉。散为物之形而所以形其形者，未尝形也。显为道之象而所以象其象者，无其象也。动而无动，静而无静，自浑于乾道变化之始而何勿受其包涵，则有大德之敦化而并育并行者，物与道共归于极焉。

此何德乎？天高地下，万物散殊，何小之不入乎？道之优优者不于天地而备其数乎？

此何德乎？维天之命，于穆不已，何大之不举乎？道之洋洋者不于天地而会其归乎？此天地之所以为大也，故曰：「大哉圣人之道。」

见而民莫不敬　三句

圣德之时出，征之民心而咸当也。盖圣人非求合乎民心，而德之咸当者无不合也。

敬信而说也，岂作而致其情也哉！尝谓当其可之谓时，今以四时之错行而或少乖其节，则虽天地之大，人犹不能以无憾，况人君之抚此下民者乎！乃圣人出其德以宜民，而所为与时偕行者，其孰得而憾之也。

盖维皇上帝，降衷下民。德固万物之所同具，故偶一触于天之所命，则虽愚夫愚妇亦且窃识上哲之精微。

「民之秉夷，好是懿德。」德又群志之所同趋，故偶一动乎人之所愿，则虽乃圣乃神不复大远于凡庸之情性。

夫自圣人而外，与圣人同生天地间者，皆能知德而笃好之。至亲炙圣人而为之民，尤其不可诬者也，吾即至圣之时出观之。

高拱穆清，其不见而章者，固不在衣冠瞻视之际。而至出而为见，其威严足以慑天下之惰，其仪采足以服天下之顽，民自不觉何以望焉而神敛也。即睹威仪而悟性天，必待夫深识之士。然而民之敬之，一若民之德迫于至圣之见而俱出也。敬君王哉！民惟自致其敬，而所以使之敬者，则民不知矣。

皇衷渊默，其不言而喻者，固不在文告誓命之烦。而至出而为言，其义蕴足以含万物之精，其辞指足以释百家之惑，民自不觉何以闻焉而心服也。即因作述而传绝业，必待学问之儒。然而民之信之，一若民之德动于至圣之言而俱出也。信君王哉！民惟自致其信，而所以使之信者，则民不知矣。

帝德广运，其不行而至者，固不在礼乐政刑之迹。而至出而为行，其法守足以昭前圣之未备，其明作足以维后世于方新，民自不觉何以被焉而意惬也。即由经纬而得神明，必待考建之主。然而民之悦之，一若民德发于至圣之行而俱出也。悦君王哉！民惟自致其悦，而所以使之悦者，则民不知矣。

圣人之于民也，道常贵其多。此本其心之德而自流为小德也，既不惮时与小民相见，而又详著之以言，博示之以行，经纶备于渊穆之中，而两间始释无穷之忧患。民之于圣人也，心尝乐其发。此合民之德而各流为小德也，既时以为敬我元后，而又忠厚笃挚以为信，欣喜欢爱以为说，歌舞发于熙皞之下，而兆人皆见曲至之精神。夫敬之者，尊之也，信之悦之者，亲之也，莫不然者极乎天地，而圣人一天矣。

唯天下至诚　一章

至诚无倚之能，非至圣不能知也。夫至诚之能一无所倚，而德纯乎天矣，其能以人之知知天乎？且天地有大德焉，实理之所积充。满乎万物所为无心而成化者，敦乎无声无息之微也。圣人有大德焉，实心之所涵泛。应乎万事所为有心而无为者，敦乎不睹不闻之始也。总之一诚而已矣。

后天地而生，而造化待之以成能。中天地而立，而人物待之以托命。唯天下至诚，其能为不可知也。

故于五品之人伦，辨而分其等，而天下合敬焉；比而联其类，而天下同爱焉。率性之道修，而万世之伦得以不废。则天下之大经，能以一诚经纶之矣。

五常之全德，静而植其体，而极天下至中焉；动而行其用，而极天下至和焉。天命之性尽，而万世之极得以不摇。则天下之大本，能以一诚立之矣。

以至五气之顺布，大哉乾元，万物资始，而吾心之至易者知其通焉；至哉坤元，万物资生，而吾心之至简者知其复焉。于穆之命在我，而万物之覆载得以无憾。则天地之化育，以一诚知之矣。

至诚之功用如此。

使其有所倚焉，则必其仁不至，而经纶为外饰之具；其渊不深，而立本为强致之功；其天不大，而知化为推测之用。天下之人孰不望而知之曰：此其德亦犹夫人耳，乌所谓位乎天德者耶！而至诚则何所倚也？内之足者，外无所庸其功；性之全者，学无所用其力。

盖其仁其渊其天，至诚之根于心也。顾谁则有至诚之根于心者也？

且肫肫渊渊浩浩，至诚之充于其量也。顾谁则有至诚之充于其量者也？

然则至诚者何人乎？其浑乎聪明圣知而全天德者乎！知至诚者何人乎？其即固聪明圣知而达天德者乎！苟非肫肫之仁，何以知其经纶天下之大经；非渊渊之渊，何以知其立天下之大本；非浩浩之天，何以知其知天地之化育。至诚无倚而能之，人非至诚而欲有所倚以知之，岂可得哉！而要之一诚而已矣。此诚者之所以独至，而诚之者亦可起而有功矣。

唯天下至诚　二节

至诚有自然之能，想其心而大德可思矣。夫经纶立本知化，所谓至诚之敦化者然也。而其所谓大德者，则肫肫渊渊浩浩焉，又何所倚而能乎？今夫人之生也，由天而之乎人，故有命而后有性，有性而后有道。而圣人则由人而合乎天，故由道而见其性，由性而见其命。而要皆浑然于大德之内而不可名者，则即功用所及而进窥其心体所存，恍然如见天地之大焉。

唯天下至诚，诚贯于天下之内，故川之所流者，莫非化之所敦。而诚裕于天下之先，故化之所敦者，莫非德之所蓄，则其能事盖可得而言矣。

道足以纲维万世，而莫大于君臣父子之伦，此天下之大经也。至诚则辨其等，一若天高地下之不易。比其类，一若天降地齐之不违。其经纶也，一诚之体道者然也，而何非自然之夷教乎！

性足以充塞六合，而莫大于仁义礼智之德，此天下之大本也。至诚则致其中，一若天清地宁之有常。致其和，一若天施地生之不测。其立本也，一诚之尽性者然也，而何非自然之物则乎！

命足以合撰两间，而莫大于元亨利贞之理，此天地之化育也。至诚则神以知来，一若天地运行之无其终。智以藏往，一若天地阖辟之无其始。其知化育也，一诚之至命者然也，而何非自然之妙悟乎！

是故世有倚思而得者，至诚有得而已，无所思也；世有倚勉而中者，至诚有中而已，无所勉也。其无所倚如此。此其敦化之功用，盖无加矣，而大德之在心体者，则更可想焉。

德浑沦而不可名，非有仁与渊与天之可指也。大德于穆而不已，亦并非其仁其渊其天之可尽也。然非肫肫之仁何以经纶者，举万世之伦常，固结而不可解也，则诚之至即仁之至也。非渊渊之渊何以立本者，举万理之纯备，包涵而无所遗也，则诚之至即渊之至也。非浩浩之天何以知化者，举万象之变化坐照而竟如神也，则诚之至即天之至也。而又焉所倚乎？然而知之难矣。

唯天下至诚 四句

《中庸》言至诚之功用，由人事而极于天地焉。盖理无不足者，能无不尽也。由经纶立本而至于知化育，至诚之功用不与天地俱隆乎！且夫大德敦化者，天地之所以为化育者也。天地之道鼓万物而不与圣人同忧，则继天立极而圣人之能事起焉。然天地之大德不可见，必从其时行物生者求之。圣人之大德亦不可见，必从其修道尽性者窥之。惟由道而溯之性，由性而溯之命，而圣人之大德与天地之大德有浑合无间者焉。

夫天地圣人一诚而已矣。人惟不诚，斯与天地不相肖，外而施之伦常之地，无以平其忧患而同其吉凶；内而见之性情之微，无以养其天真而裕乎德业。遂使藐焉中处者听其自化自育于天地而漠然不相知也，乌足语于大德之敦化哉！惟天下至诚无妄之理，虽均受于天，而独得其厚；太极之真，虽同具于物，而独体其纯。于是能事之见于天下者，卓然莫与并焉。

今夫天地生人，而方以类聚，物以群分，君臣、父子、夫妇、兄弟、朋友之间，莫非化育流行于日用者也。所以有憾于伦物者，以恩胜则流、义胜则离耳。至诚则本天地生物之心，固结于亲义序别信而不可解，分其等而比其类，一如并育并行于天地间者，仍然不害而不悖焉。是不能经纶天下之大经乎！

然非袭取于外也，盖人自受中以生，天地之塞吾其体，天地之帅吾其性，而恻隐、羞恶、辞让、是非之端莫非化育之主宰乎！生初者也，所以有憾于性命者，以好恶无节于内知诱于外耳。至诚则操天地精微之极，蕴藏于仁义礼智信而不可穷，体其信而达其顺，一如不害不悖于天地间者，统归乎并育而并行焉。是不能立天下之大本乎！

夫道之大原出于天，而人之性情本于命，固未有与天地之化育为二者也。然惟至诚能一之。

故地之化育多于天，然地不能有而归之天，天亦不能有而归之至诚，则以至诚有知而化育皆备也。

且天地之化育盛于至诚，然天地所以化育者至诚知之，至诚所以知天地之化育者天地不能代至诚知之，则以天地之知皆归于至诚之知，而化育并无迹也。

知天地之化育如是，则至诚之经纶立本一天地之化育矣，至诚之大德敦化一天地之大德敦化矣，非自为一天者哉！

知天地之化育

至诚至命之能，通于造化之原矣。夫天地之化育者命也，至诚为能知之，非与造化为一体者哉！且夫天命流行，物与无妄而两而化一而神者，莫不有其所以然之故焉。修道者如此，谓之知道；尽性者如此，谓之知性。不如是，虽中和克致，其知不足称也。然而知之者鲜矣，惟天下至诚为能知天地之化育焉。

盖大经者，化育之见于显仁者也。类何以聚，群何以分，总皆上天之载，体事而无不在，非深有以知之，何以建爱敬之极！大本者，化育之存于藏用者也。仁何以舒，义何以敛，总一维天之命，体物而不可遗，非深有以知之，何以植变化之基！

今乃经纶如彼，立本如此，则至诚之知断可识矣。起知于易者乾，效法于简者坤，使非诚以为之通复，则乾坤毁而无以成大生广生之德。是故天地无体也，诚其体也。而圣人则纯然一诚，全体而无间。故阴阳寒暑之变，一如日用饮食之相习，而与化育有不谋而合之神焉。聚亦吾体，散亦吾体，止自率其性情而已矣。

散殊而可象为气，清通而不可象为神，使非有诚为之终始，则神气索而无以著相摩相荡之功。是故天地无用也，诚其用也。而圣人则浑然一诚，大厂而无亏。故盈虚消息之殊，一如一身启处之自然，而与化育有不戒以孚之致焉。善述其事，善继其志，止自得其形声而已矣。

夫数之积也，必有时而差。至诚之知，数之所从出，而不凭乎数也。故神以知来，则日新而不穷；知以藏往，则富有而不匮；甚至不与圣人同忧，天地亦退处于隤确之表。让知周万物者为之参赞，则化育且不在天地，而在至诚焉耳。

即道之穷也，亦有时而反。至诚之知，道之所以生而不执乎道也。故仰观于天，则智崇而高明不可测；俯察于地，则礼卑而博厚不可极；甚至先天而天不违，至诚自成能于天地之中。以智临天下者极其尊亲，则天地之化育至诚知之，至诚之化育天地不能知焉耳。

此至诚之所以至命也，而岂有所倚哉！

朱书集卷十四　时文

谨庠序之教　二句

王道详教之之旨，所以终养之事也。盖非教，则民虽足以自养，而不能相养者众矣。谨庠序而申以孝弟，王道所以务详乎。今夫王者代上天养万民，非徒曰衣食粗足遂可胥匡以生也。方黎民阻饥之日，恒一饱之无时。及人康物博，嗜欲繁多，或流而无制，则天然爱敬之心，往往夺于奇衺，而不顾父兄之养。为国而尽心者，是以恻然念教之之不容已，而其旨有不可不详者焉。

夫「五十者可以衣帛」、「七十者可以食肉」，「可以」云者，得不得未可知之辞也。其本然孝弟者，不待教而爱其父以及人之父，不待教而敬其兄以及人之兄。若夫相习于不孝弟者，非教之孝则不爱其父，何有于人之父；非教之弟则不敬其兄，何有于人之兄。是故设为庠序以教之，然而不可以不谨也。

盖庠序之所居美而可贵，故托乎其中者尝有坚僻纵恣之徒。而上不能诘务有以严其入，而后所以为教者不失其经。庠序之所业淡而易厌，故诱乎其外者尝有新奇可喜之说。而下以为利务有以坊其出。而后所以为教者不杂于伪。

夫养老于庠、养老于序，教之事虽不同，孝弟居天下之大端矣。而王者尤必申之以其义，何也？

天经地义本于生民自有之心，故敬老为其近于父，敬长为其近于兄。行诸朝廷而达诸州闾里巷，要惟顺吾心之本然而不可易，夫岂师儒之强我哉！

伐木杀兽犹为此心不忍之余，况立爱自亲始以教民睦，立敬自长始以教民顺。上自天子而下至于乡老党正，一皆循吾心之所当然而不容已，又岂广厉之虚文哉！

夫庠序既谨，则兴礼让而去争夺，自相感于诵弦游息之地。孝弟是申，则不犯弱而不暴寡，更可征于肩随车辟之间。至「颁白者不负载于道路」而后「老者衣帛食肉」断可知矣。此王者养民而老穷不遗者也，移民移粟不几展转于道路，而庠序中虚无人矣乎！

王说曰诗云　一节

偶识其心而说者，仍隘视其心而疑焉。盖王惟不识其心，又视之甚隘耳。兹之说而复疑也，殆可与言之矶乎？尝观人主之听言也，与其畏，弗如爱。爱则喜勿忘而进勿已，自不觉其勃然以动而复翻然以思。则其信之也益坚，而求毕乎其说者益切。

孟子陈王道于齐王，而即易牛之心反复其说也。斯时齐王说甚，说于色也，且见乎辞矣。曰：有是哉！夫子之善于言心乎。寡人不佞，然颇好音乐，故于古人诗词多习闻其说，政事之暇往往咏歌之。至牛羊将享诸篇，未尝不叹曰：「此周之德与周之所以王乎？」不谓夫子俨然庭教，遽论心至是。则请为之歌曰：「他人有心，予忖度之。」微夫子其谁与归！

夫「他人有心」，未有他人不自知者也；予即善忖度，未有能出他人意外者也。然而夫子之于寡人则更异矣。

心固吾心耳，乃我之行之，为爱为忍，何不堪发吾覆也。此时之不得也，在寡人虽有心乎，真若他人有心也已。

心仍我心耳，乃夫子之言之，见与未见，于我若昨日事也。此时之戚戚也，虽夫子忖度之乎，不啻予忖度之也已。

窃闻《诗》之为言，曲而中，婉而善达。若夫子者，殆全体皆《诗》也耶！乃夫子且教寡人曰：「是心足以王」。夫物类阜蕃，虽盛朝之象，而滋息日盛止牧人之司。且是心，微意也；兴王，大事也。六国之河山，非一衅钟之功力也，九州之精锐，非一过堂之驱率也。而王业之隆，曾不难举此心而得之。则是人主苟能发愤为雄，果不发一兵，不役一人，安坐堂上，日就牵而过者谋曰：「吾不忍为此也。」遂不难继衰周之绝业，崇配天之盛烈，近与三王争功，远与五帝并德，下视桓、文，藐不足道。意者其有畸术与，何兴之暴也？

即如《雅》诗所陈：周自后稷封邰，延十数世至于文考，大勋未集。武周继之，然后放牛而天下服。王盖若斯之难也，而辄以是心当之，岂《诗》之失愚止可赋言赠答，而王迹所基固不尽传耶！此又寡人有心、寡人不能自度者，愿夫子终为寡人忖度之。此心之所以合于王者，何也？王悦而言者如此。夫王为孟子而歌，喜可知也。乃孟子则又与王为隐获我心矣。

自记：予拔入成均，抵都，橐中止有白金五两。遂授徒于帝王庙后伊图喀鸿胪家，仅足饔飧而已。故事：国子生见司成，少饷阍人以物，乃得通。予以故不能往谒。会旅试教习，同试者求之多方，予姑一往，固无意见取也。已竟，居然前列。先生文章知己，至今感不可谖也。先生殁已久，捡视遇台之文，能无怆然！先生讳禾，江阴人也。

国人皆曰贤　四句

察于国人而用贤，民之所好好之也。夫君无事不公之国人，于其所为贤者犹必察而后用，慎之至也，亦曰好民所好云耳。尝谓「天聪明自我民聪明」，民之所好此秉彝之性原于天命，非君所得以己私违者也。即加以朝廷之精详，亦惟以求舆情之至当。而人君之谨其所好，遂兢兢称至慎焉。

故夫左右诸大夫之所谓贤，而君皆不遽以为可，盖谓不知于国人云何耳。人君所与有此国者国人而已，何事不与国人共之，而况用人哉！

古者用人，必于学校。简阅于乡老而乃隶于乡大夫，率迪于乡大夫而乃教于司徒——是国人所养而成之者也。

古者用人，必于选举。乡之所论而以吏于乡遂，乡之所升而以进于成均——是国人所荐而达之者也。

是岂有国人不曰贤，而贤闻于左右诸大夫者哉！故于左右诸大夫之言，必待于国人而后定，恐其未必皆以国人之心为心也。至于国人曰贤，可以进而用之矣而犹未也。盖国人者，固所谓百姓日用而不知者耳。

惟仁者能好人。而国人不皆仁也。使因其贤而即用之，用之未几而见其不贤，是国人不皆仁，而我又以过听重国人之不仁。所谓尊仁以子爱百姓者，将何以自解也？惟知者能知人。而国人不皆智也。使信其贤而即用之，用之既久而未见其贤，是国人不皆智，而我以轻举重国人之不智。所谓亶聪明作元后者，将何以克副也？故有合左右诸大夫而共察之者，询谋佥同。国人之所是，不必尽为廷臣之所非。而有离左右诸大夫而独察之者，询事考言。固未尝矫廷臣以为异，亦不至徇国人以为同。而要期于辨论而不爽，则车服之登庸本以天理民彝之极而莫易。要归于灼知而不惑，则权衡之精切施于公道大明之日而益彰。唯见贤焉：今日以为亲臣，为国人而与之亲也；异日以为世臣，亦为国人而延其世也。用之如此其慎者，非轻国人而疑其言也，正以成国人好贤之正而预防其误也。故知所谓未可者，非疑左右而不信诸大夫也。亦欲左右诸大夫皆曲体国人而不以贤自私也。所谓民之所好好之者如此。

虽有智慧　四句

时势之不可失也，即齐人有明其说者已。盖能相时势之所在而急图之，斯可以有济。齐人为智慧镃基进之也，其言曰：予小人不足以知远谋，然而身家之计时足累予。经一事焉，旋长一识。生平得意之境兼在踌躇果断之中，因天地之利顺、人事之便观、成败之由察、通复之变，而后可以有获。不如是，则才力非不过人，而俱困于无用，可不念欤。

何则？生齐之境，习齐之俗，宁巧无拙，宁敏无钝。且青州之壤，厥田上下，不稼不穑，禾麈胡取焉！于是见重于国中者大约智慧为最。其不能者耕田力作治其恒业，镃基殆其具也。

夫智慧亦甚足恃耳。予居里中，见一二少年子弟充其智慧为聪明，为才辨，在野则亲戚敬畏，在朝则公卿悦服。而且利害转于呼吸，鬼神犹逊其巧；祸福成于转盼，王公且失其权。天之生才诚不可强使天下尽若辈，谁肯槁项黄馘老于田间耶！即彼老于田间者，镃基之外更无他事也。予尝就彼冶氏，摩厉以须，率我子姓，躬行畎亩，但觉镃基所至，瘠土以沃，莱芜以治，稂莠以去，嘉禾以长。因而贫者以富，啬者以丰，无者以有，虚者以实。岁时伏腊，未尝不叹镃基之锡我而不居功。诚令夸诞之流，一念及此，得不厚自愧欤！

然而同一智慧于此，或志得计遂而名施后世，或重速罪谤而赍志以没。同一镃基于此，或积贮日富而妇子以谷，或年丰啼饥而室人交谪。毋乃富贵在天，贫穷有命，所谓智慧者或出于不智，而所谓镃基者不足以为利欤？然非天也，亦非命也，彼自恃其有是，亦曰吾有是斯已矣，而于时势之会有所未审也。

天下事初亦相去不远，而其后得失遂以悬绝，无他，能忍与不能忍而已。不能忍则势未利而轻发，时未至而妄动。贤者病其心思，愚者病其手足，大则丧功，小则亡利，甚不可为也。事有迂之而得其直，迟之而得其捷者，此类是也。

且在能断与不能断而已。不能断则处不可及之势而不决，遇不可再之时而不赴。能者终身有悔，不能者终岁无望，识阻于人，力弃于地，甚不可失也。事有锐进始全其后，图持重反味于当局者，此类是也。

人有智慧，我则乘势，如乎不如乎？曰不如矣。人有镃基，我则待时，如乎不如乎？曰不如矣。夫以时势之所在而坐失之，虽才如智慧、器如镃基，而犹无能为也，则时势诚不可不审也。

孔子曰德之流行 一节

德易以王，征圣言而益信矣。盖惟有德则时势可勿论也，孔子极言其流行之速，不可知易王之牧耶！今夫人徒知文王之德不易王，而不知德屈于时势则历久而后兴，时势乘乎德则不逾时而丕应。盖德因时势而见，而其所以大行于天下者，正不借乎时势而自有其行之之故，此其说实信而有征矣。

何则？德也者，天地之命，万物之纪，而生人之所以为心，无智愚、贤不肖皆同有此彝好之性者也。昔者孔子尝言之矣，曰：「德之流行，速于置邮而传命。」夫百年必世，原无近功之可求，孔子岂欲天下急就其功名，而故为德明此速成之效？

且期月三年，亦且按时而报绩，孔子岂与天下相徇于旦暮，而故为德释此迂远之疑？

诚观愚夫一念之诚而可以动鬼神，则虽形声不至之处，亦且应念以相孚，况有情可感有意可知？顾谓盛德在躬不获志气如神之应，则是天地生人之理有时而息也，而天下岂有此性情？

又观凡人一事之善而可以回天意，则虽上帝冥漠之间亦且响应而不爽，况同好相求，同恶相恤？顾谓明德可怀不获四方无侮之功，则是蒸民物则之常有时而反也，而天下岂有此忧患？

是故人即甚愚，必无恶德而好不德之事。恒人之美善于我本无所加，一旦闻之而慕，见之而敬，自动于寤寐而不可知，则以侯王而修德于家邦，其捷于匹夫之化其乡里更何如也！夫岂俟夫传播之劳？

俗即甚敝，亦有恶不德而从德之心。一己之陷溺习久殊不自觉，一旦惊若神明，尊若师保，叹赏于左右而不能已，则以圣君而明德于天下，其神于儒者之敬服于及门更何如也！夫岂间乎重译之远？

盖无土不王，则无时势之德，虽孔子亦卒老于行，然而七十二君之敬礼，不害其为无言之喻也。

而无德不立，则乘时势而无德，虽强齐亦仅止于霸，然而十二河山之封域，不待其为至极之修也。事半功倍，安得假手于齐以为置邮也哉！

敢问何谓浩然之气　三节

气之难言也，必养之而后知其浩然焉。甚矣，气之刚大也，养之而天地可塞，无之而道义亦馁，故浩然必归之善养耳。且夫天下显焉者莫非形也，微焉者莫非性也，而非气则形无以立，性亦无以行。君子俯仰于天高地下，将秉道而度义，则践形尽性有不敢不求于气者焉。

是故丑不知有浩然之气，是未尝养之也，而又乌从言之？故孟子告之曰：是岂易言者哉！非已有是气则闻人言而不信，即已有是气亦拟为言而甚难。盖尝旷而观之，物之大也至天地而无外理之精也，惟道义为无穷，而其为气也有可得而言矣。

其大也不可圉，其刚也不可遏，是举世之刚大不足与之较而独居其至者也。盖天地以高朗健行之气，弥纶万物，宰制群动，故人得之以为刚大之体，固不以养之而后存、不养之而遂亡也。然非善养，乌所验其刚大哉！故必以直养而无害焉，而后天地之大皆吾大，天地之刚皆吾刚。宇宙皆吾气之阖辟，而沛然挺然于其间者，一如四体之屈伸，可以不言而自喻，而何弗塞焉！是顺而导之，何如其浩然矣乎！

而其为气也，更有不止于此者。

道义之大也，待气之大而后宏，道义之刚也，得气之刚而后植，是举世之道义不能无所助，而气为之配者也。盖道义为天命人心之理，有其所以然而不可易、其所当然而不容已，原自与气相资以为刚大之用，固非强气以合乎道义，亦非强道义以从乎气也。然非善养，乌所载其道义哉！故或无之，则是道义大而配之者小，道义刚而配之者靡，一身不为吾气所运用，而废然颓然于其中者，一如万物之消毁，即欲自振而不能，而何弗馁焉！苟反而求之，而又何莫非浩然者乎！

盖自其初而论之，则虽天地不足以当吾气之充塞。而苟专恃乎此，则以自有之道义，反不能自列于一物而不免于馁焉。甚矣，直养之急也，奈何勿求于气者之欲语于浩然哉！

我故曰告子　二句

养不可外，不知者宜其谬也。夫知义必不外义，是以集而不敢袭也。告子外之，乌在其为知义乎！今夫人于天下之物，非深知之，未有能笃好者也。凡人莫不乐得乎其所自有，而弃捐乎其所不可致。苟非吾之所得与，夫又何求焉。若夫义则将借之以为心、借之以为气、借之以辨王霸之业，而顾曰：此自与吾渺不相关也，其可乎哉！

浩然之气其生如彼，其馁如此。若是乎，义可集而不可袭，其不在外也明甚。

知其不在外而集之，则义与我一，而豪杰之概合乎圣贤。

不知其不在外而袭之，则义与我离，而异端之说淆乎大道。

是故我于告子有微长焉，此非无故而云然也。我之道迟缓而无速效，故渐积数十年而不足。告子之道则捷便而多近功，故矫制旦夕间而有余意者。我亦一义，告子亦一义欤，不然，何所守之不侔也！然而告子之不知义固已久矣。

夫天下之不知义者大抵可知耳。惑于多岐者择焉而不精也，囿于一得者偏焉而不全也，平日闻之、临事失之者是未纯之过也，经事而不知宜、变事而不知权，亦拘牵之累也。要未敢以义为外者外之自告子始。

告子之言曰：天下之言杂陈乎义者也，吾惟绝言于心而义始无乘言制心之权。此义外之一说也。

又谓吾人之气受裁于义者也，吾惟息心于气而义始无挟气挠心之势。此又义外之一说也。

夫言与气有义在焉，而告子顾守其冥然之心，概屏置不求。推是意也，不惟不能集义，并不屑集义，无他，外之也。

是则但有一往而不问其缩不缩，岂惟先我不动心更大胜于曾子之所闻。究之曾子之闻于夫子者，非告子所得而胜。而告子顾以义外之说倡于世，不亦惑耶！我断不敢以知义许告子，职是故耳。子知告子之不知义则知义矣，子知义则知所以用吾养矣，而又奚疑也？

宰我曰　二节

至圣超乎帝王，观两贤之言而已知其异矣。夫帝如尧舜至矣，百王抑又难及矣。贤尧舜，越百王，观予、赐之言，孔子何其异哉！且吾愿学孔子而以为生民未有，夫生人中几人帝？几人王？而孔子以布衣老，似止可与夷、惠、絜贤而同等耳。即伊尹功业且有不逮，顾安得曰此生民之独异者耶！

诚若是，则帝如尧舜，此生民以来所谓如天之覆、如地之载者也。即曰尧舜不过百王中一二人，又推而广之至于百王，则前乎尧舜而王与后乎尧舜而王者无不在焉。是其较之孔子当有远出万万者，即不然，亦必有与孔子并美不让者。乃自宰我言之而孔子异焉，进而子贡言之而孔子又异焉，何其与吾生民未有之说若异时而同辞也。是故从未有称其人而以为贤于尧舜者，而宰我曰：「以予观于夫子贤于尧舜远矣。」盖有尧舜而无孔子，则勋华之业虽被于一时，而精一之传不明于万世；若有孔子而无尧舜，则平成之功虽绝于异代，而一贯之道自彻于人心。则得宰我之言，而孔子为生民未有亦可知矣。

而子贡曰未也。帝治高浑穆而王事声容，故三代之道德虽不如二帝之高深，而二帝之制作亦不如三代之明备。今所恃考德论政历世不爽者，礼乐在也。见礼知政，而百王之政不如，闻乐知德，而百王之德不如。由百世而等之，夫然后爽然曰：自生民以来未有孔子也。孔子不必有制礼作乐之事，而致礼以治躬，致乐以治心，莫非与天地同其节而定其和。孔子不必有行政昭德之权，而进退百代以为政陶冶万物以为德，莫非为生民立其命而尽其性。得子贡之言，而孔子为生民未有，又岂予之私言也哉！

夫宰我、子贡善为说辞者也。使孔子而仅班于尧舜，宰我必不以为贤；使孔子而仅班于百王，子贡必不以为未有。彼亲学于孔子，而知得百里而王天下，则由尧舜以至于百王皆不足道也，况区区之夷、尹、惠，又乌足与絜贤而同等也哉！

人之安宅也

择术者宜居仁，即其功于人者示之焉。甚矣，人非仁则不安也，指之曰安宅，居仁其可缓乎？今于功利交争之世，而为之说曰：术无加于仁。人或慕之而亦或惮之，吾察其意往往甚苦又多疑也。夫苟非居业之正、进德之美，终身其中不能不苦其不得以自由，而复疑其迂疏而不切于用。至于仁也，而岂谓若是？仁而谓其若是，其诬仁也甚矣。

盍亦思其身将何所托耶！

何则？仁固不仅天之尊爵已也。

盖尝观于被仁于人者矣。一念之恩终身庇焉而有余也。方庇人之仁则曰幸也，人之仁足以庇我也，抑知人足以庇我，我正无不可以自庇乎！

又观于施仁于人者矣。一端之理天下覆焉而无不足也。方覆人以仁则曰幸也，我之仁足以覆人也，抑知我足以覆人，人正无不可以自覆乎！

今有人焉，其貌则泰然以适也，其心则恬然以怡也，何安耶？然其人可知也，必仁者也。

又有人焉，其貌则蹙然以戚也，其心则淆然以纷也，何不安耶？然其人又可知也，必不仁者也。

人之所以相持而不敝者，以其有理耳。万端之交感莫不挟撼我震我之势以相加，无理以处之则竟加焉矣。且非徒加而已也，我不能为主，而物乱之渐相率而听命于物矣。故人世之险阻莫大于背理之一念，一念背理，一念即险阻也，况念念乎！然而仁则无是也。

人之所以独立而无虞者，以其无欲耳。一身之嗜欲莫不伏乘我伺我之隙以相扰，有欲以启之不胜扰焉矣。且非徒扰而已也，我授物以权，而我从之卒相继而沦胥乎我矣。故天下之艰危莫甚于纵欲之一事，一事纵欲，一事即艰危也，况事事乎！然而仁必不然也。

观乎仁之外，则发为大业，规模何宏宏也？入乎仁之内，则存为盛德，体量何宽也？吾尝欲人居仁，仁洵可居也，盖人之安宅也。天地之仁，万物宅焉；圣人之仁，万世宅焉；学者之仁，万理宅焉。是不仁者以暂为宅，而仁以久为宅也，安乎？不安乎？天子之仁，宅以四海；诸侯之仁，宅以四域；士庶人之仁，宅以四体。是不仁者以隘为宅，而仁以广为宅也，安乎？不安乎？

今人亦欲宅中图大，百世久安矣，然而仁则不至，惟择捷便之术以居之，毋惑乎居天下之广居者，不乐与谈天下事也。

伯夷隘 一节

明古人之偏，君子可以审所由矣。盖以夷、惠之圣而其偏不免，隘与不恭是亦失中者已，曾君子而由之哉！且天下之道，惟大中之极可以坦然与万世由之而无弊。故偏至之行，其惑人为最切，而究乎其极，则行之所至，即其弊之所滋，虽可取以为激厉颓俗之资，终不可奉以为吾道率由之准也。

伯夷之不屑就也，恶恶者不可不如此之严也。然而君子大其心以体天下之物，岂有就之而不屑者乎！使义可就而不屑就，是失其所为不屑就矣。即义不可就而吾早以为不屑就，亦多一不屑就之心矣。故夷但可以风顽懦者耳，设使鄙薄者闻之，不助之亢乎？是隘也，为夷可也，而隘不可也。

柳下惠之不屑去也，客人者不可不如此之宽也。然而君子无弗爱且敬之人，岂有去之而不屑者乎！使义可去而不屑去，是失所为不屑去矣。即义不可去而吾早以为不屑去，亦多一不屑去之心矣。故惠但可以风鄙薄者耳，使顽懦者闻之，不益之汙乎？是不恭也，为惠可也，而不恭不可也。

夫为夷必不能为惠，为惠必不能为夷。此两人者并世而同处，即各有所不由而后独成其是。

则不为夷乃可以为夷，不为惠乃可以为惠。学此两人者兼体而不累，必均有所不由而后不失其真。

是以君子履中而蹈和，其进退屈伸皆无一成之见，而总求全乎天则。故有时就所当就而不嫌其久，即有时去所当去而亦不嫌其速。

随时而顺应，其辞受取予皆有一定之权，而能独善其化裁。故有时遁世无闷一无所就而非高，有时斯人吾与一无所去而非简。盖流而不息之仁无间于万物，则天下之忧患皆吾一体，而何至拒之门庭之外以示吾道之不广。斯须不去之礼自动于德辉，则天下之慢易肃于无言，而何至狎之耳目之近以成吾道之不尊？隘与不恭，君子之不由也必矣。学者诚知夷、惠之可师，而又知隘与不恭之不可由，则几于大中之道矣。

故汤之于伊尹　一节

王霸有由成，惟尽师臣之实而已。夫汤之王、桓之霸，皆尹与仲之力也，要非学焉后臣不至此，孰是大有为者而召其臣乎！今夫人诚挟道德以游于天下，此固圣主之所侧席而求者也，岂士以此自荣哉。盖不世之业待之以建，则非常之礼处之亦何加焉？乃世俗不察，猥与奔走承顺之流，同类而责之，是亦未尝观于古大有为者，而一思其图王创霸之故也。

吾观今天下之势，窃谓齐可以王，而齐之人好以霸称。使一旦吾道吾德见尊于王，且有相得益彰之乐，吾知齐之王可计日俟也。如曰图王不成尚可以霸，此固吾所羞称，而又乌足难哉！无如齐可以王，而不能使之致王；齐可以霸，并不能与之以霸。此何以故？则以吾固不难为伊尹、管仲者流，而王之于我独不如汤之于伊尹、桓公之于管仲也。

夫汤固亳邑小诸侯耳，桓亦寄食诸公子耳。是两人者非有青、齐二千余里之地也，非有七雄称东帝之势也；葛伯之逼不强于临淄之师，奔莒之难不威于即墨之众也。然而南巢一放，夏鼎遂迁；葵邱一会，齐盟俱震，何王霸若斯之易也？汤虽圣，桓虽贤，虺莱宾隰之俦虽众，非甚尊德乐道，孰能当此不劳而大有为者乎！由今考之，汤之《诰》曰：「聿求元圣」，知汤之王也尹之力居多。而桓之待仲也，尊之仲父，宠之亚卿，亦曰：霸诸侯、显天下，微夫人之力不及此。而要之当日者，其所以处尹与仲非同于颐指气使之伦也，非等于凭几据杖之辈也；其知人也能下士也，其亲善也能得师也。盖皆学焉而后臣之云耳。是以名与古今争隆，而业在天壤不敝。其不劳而王且霸也，讵无故哉！

夫王如成汤可以止矣，霸如桓公无以加矣，有为而至于王且霸亦可云大矣，要惟学焉后臣而乃如是。今之人求王霸者皆欲如汤、桓，而所以处其臣者，终不如伊尹、管仲，岂其大有为者远过于汤、桓耶？抑不必尹尹、管仲之臣而可以王霸耶？抑别有致王霸之道而不必尊德乐道以隆礼于其臣耶？

且许子何不为陶冶

即陶冶以诘异端，若无解于其不为也。夫充许子并耕之说，则必为陶冶而后可。乃其不为者已如是也，其将何说以解此乎？孟子曰：吾观古大舜尝陶于河滨矣，而黄帝实范金以利天下。然则陶冶之事，固帝王所亲为者欤！顾舜陟位之后不闻其陶，而纪黄帝之为冶者亦不过命官以董其事，以此论之，得毋陶冶厉民实甚。惜也许子未生其时也，吾意许子之为陶冶也必矣。

何则？人可不为陶冶，许子必不可不为陶冶。人不为陶冶，犹将以其不知许子之教而恕之；许子不为陶冶，不得为不知陶冶之事而谢之也。抑人不为陶冶，可易以粟；许子不为陶冶，不可易以粟。人易以粟，农与末出于相济；许子易以粟，耕与食即处于相厉也。

然则许子于此即自为陶，犹恐数十之徒或不为陶也。岂得不自为陶？许子于此即自为冶，犹恐数十之徒或不为冶也，岂得不自为冶？许子于此即自为陶矣，自为冶矣，数十之徒亦并为陶、并为冶矣，犹恐滕君之不为陶、不为冶也，岂得不自为陶、不自为冶？

乃自子言之，则谓釜甑之爨也，许子固爨也。至问其为釜甑者，许子则不为也。抑自子言之，则谓铁之耕也，许子固耕也。至问其为耕者，许子则不为也。

许子而不陶，岂必真以爨责许子？然许子而不为陶，真不得不以陶责许子也。许子而且不为陶，薄于陶乎？厚于陶乎？许子不为冶，岂必真以冶责许子？然许子而不为冶，真不得不以冶责许子也。许子而且不为冶，爱夫冶乎？不爱夫冶乎？

想天下之为陶冶者，亦甚惧乎许子之为也。谓吾食业于此者有年，今一旦许子倡其教而夺吾业，将人自为陶而吾陶不得粟焉，人自为冶而吾冶不得粟焉，吾何恃而不恐矣？而不知许子之不为如故也，今而后陶冶喜可知也。

想天下之为陶冶者又甚乐乎许子之为之也。谓吾待食于人者良苦，今一旦许子行其道而示以准，将吾既为陶吾兼为耕焉，吾既为冶吾兼为耕焉，吾何求而不得矣。而不意许子之不为若是也，今而后陶冶戚可知也。

夫人固不能并为冶。许子且不为冶，则何以故？许子还自思之。

人固不能并为治。许子且不为治，则何以解？子其为许子明之。

且许子何不为陶冶？

决汝汉排淮泗而注之江

概举南条之水而明德存于江淮矣。盖南条之水，江为大而汉注之，淮为次而汝、泗注之，此孰非禹之明德哉！自古水为害莫甚于河，河南溢则必夺淮，倘夺淮则骎骎有逼江之势。赖大禹之力既导之北入于海，而江淮间可无事矣。

然而水之在南条者，江之势远于河，其大足以敌河而性驯易治；淮之势近于河，其大不足以敌河而性剽难治。说者谓河来自外，此敌国外患之世为暴者也；淮起自内，此山林草泽之时为虐者也。二者常相表里，故治河而外江之用力也少而淮之用力也多。

导江自岷山，控三巴以下顺之而已，无所事疏凿之力。而汉水南注已朝宗于海矣。江之为江也，春容、洄洑、淡滟、平衍，又多高山危矶夹束之。即急潮骤涨，来亦有渐，不过糜烂禾稼而已，不至有荡析民居、冲决城郭之患也。若淮出桐柏，汝会于豫，泗会于徐，荆涂两山以外地平土疏，方大雨时行，土脉泉动，则暴怒激悍不可遏，抑纵之则不归大壑而漫延四溃，障之则在在沦为巨浸。于是豫、徐、扬三州之民受淮之害殆与河等，不必河之夺淮，而梁、楚、宋、吴间已嗟昏垫矣。故禹之治江也，后世无遗迹之可指，而其治淮也，涂山则大会万国之诸侯以诛防风之后至，至今陈玉帛故处，父老犹能称道之。想四载之余，讨论水法，遂行觐礼欤。又淮泗之交，相传神禹锁友祈其下。虽经史无明文，而灵物时时能祸福其民，殆亦未可诬也。

由今观之，禹于汝、汉则利用决，而于淮、泗则利用排。与其闭之毋宁宣之，与其塞之毋宁导之。圣人所以智周万物，在能顺其性而已。夫汝入淮，决汝即决淮也，淮固排矣。泗入淮，排泗亦排淮也。江则汉东西诸水直注之耳，故曰用力于江少而于淮多也。

以淮之既乂也，图覇者方通邗沟会江淮为一，以饷黄池之兵，而徐、扬之境遂借淮为用。抑知洪水方割，禹之决之、排之使同于注江入海者固无一息之暇也。然而淮之为患后世亦卒与河等，不能如江安行于地中，何也？山林草泽与敌国外患盖自古而然，此固天之所以警惧中国而使之不自暇逸也欤！

劳之来之 六句

圣人劳心于教民，述其词而知其忧之无已也。夫放勋即忧民之无教，委之契足矣，乃详其申命之词，而其心遂至于如此乎。今天下当生养既遂之余，得大臣以敷教，将秀民骏发茂若嘉禾焉，圣天子亦可端拱而无忧矣。而犹皇皇焉不能辄已，一若自谋其身家、自训其子姓，而惟恐一术之不尽，不谓其劳一至于是也。

是故司徒有命，五典肇修，斯时也天下乐矣，而圣人忧甚。

向背顺逆之故，或乐而不能忘，或迫于不得已，在其人各有难言之隐。虽子不能告于父，臣不能告于君，妇不能告于夫，幼不能告于长，即朋友亦难以相告者；而圣人一若心知其曲折而各预为之谋。

浅深甘苦之机，或急之而失于锐，或缓之而失于迂，在其人又有难应之候。虽父不能强之子，君不能强之臣，夫不能强之妇，长不能强之幼，即朋友亦难以相强者；而圣人偏能适如其分量而皆自快其愿。

故夫良民不加劝，是瑞谷弗登也。圣人忧之曰：尔盍劳来。

惰民不加惩，是奥草弗除也。圣人忧之曰：尔盍匡直。

弱民不加扶，是田穲弗沃也。圣人忧之曰：尔盍辅翼。

未已也，虽有良农而事事皆请命田官，必无善稼。民所以贵安行而心喻也，圣人于是有不自得之忧。

而犹未已也，虽获有年而时时不思作苦，安得屡丰。民所以贵鼓舞而不倦也，圣人于是有不振得之忧。

然则吾始也谓尧独忧之，既又谓圣人有忧之，夫孰知圣人之忧民遂至于如此也！盖救民之身于蛇龙水火之中，其事犹易；救民之心于饱食暖衣之后，其事更难。故圣人不命禹而命契，诚以气化之患得禹以致平成而有余，人心之患得契以求亲逊而不足也。

取财于地而生民命以五谷，犹一时之事；取法于天而正民性以五教，非一世之心。故圣人不命稷而命契，诚以承帝命之育付之稷，而生气已还于大造，治人情之田付之契，而正气犹未洽于幽隐也。

故观于命契而知圣人之心无一息不周于天下也，其忧民遂至于如此。而子犹曰：胡不耕？然则为农夫难于为圣人耶！

为天下得人者谓之仁

得人始足以为仁，圣人所以有专忧也。盖为天下得人始足以仁天下也，如是而谓之仁，不如是而即不仁矣，夫安得而不忧？今夫厉民自养之说兴，则古之圣人疑其皆不足以尽仁矣。夫使出其财而分之，取其善而教之，此其量已大于并耕，何不可安养而明其非厉？乃圣夫以为小惠小忠，犹无与天下而不足以廑吾忧也。

盖皇矣上帝，求民之莫，惟欲天下之胥匡以生，而无人以持气数之穷。则匹夫匹妇不足以敌洪水猛兽，虽欲择宽闲之土力耕以自食而不能。维皇上帝，降衷下民，惟欲天下之相观而善，而无人以开亲逊之化。则佚欲忘善适足以滋庶顽谗说，虽未尝无陈因之粟，求饔飧以相安而不得。是故人君不能得人，则心虽日爱乎天下，身且倍劳焉，而天下不蒙其福，是与于不仁之甚者也。

圣人忧之，于是天子为天下得一相，非天子不能劳而委之相也，有相而天下之仰望于天下者，相皆代天子而致之天下——得相所以为天下也。

相为天下得庶司百职，非相不能劳而委之庶司百职也，有庶司百职而天下之仰望于相者，庶司百职又代相而致之天下——得庶司百职所以为天下也。

恻然饥溺由己之痛，真欲忘其身以救民。而四载之乘，百谷之播，势未能以躬历，而必待敷治者之总其权。

戚然于震惊朕师之俗，真欲下堂阶而率物。而五典之惇，五刑之用，势未能以自屈，而必待亮工者之各效其长。

此为天下得人者也，而不谓之仁乎！

得人以养人，天下之生赖之以遂。天覆地载莫不老有所终、幼有所长，民咸安于作息而不知谁之功。此上帝之求莫所以广生、大生而克保其终始者也。

得人以治人，天下之德赖之以成。人恬物熙莫不孝弟成俗、比屋可封，民自效其尊亲而不知谁之力。此维皇之降衷所以会极、归极而克绥厥猷维后者也。

盖仁者天下之生理也，天地以之为心，万物以之为命。惟有人焉，去其危苦而予以安全，则生理常流于庶类而不至绝乎其机。

仁者天下之至性也，「由是而之焉之谓道，足乎己无待于外之谓德」。惟有人焉，启其愚蒙而导其知识，则至性相结于人伦而不至失乎其本。

此圣人所为重以为忧，不敢以区区之惠与忠自为而已也。顾责其不耕百亩而为农夫，然则为农夫顾难于为圣人耶？

得志与民由之

合天下之民以为量，异乎人之得志者也。盖得志而能救民者鲜矣，彼身且不知所由，何所推以与民乎！故与民由之者不可及也。今夫天之生我而无一之不备，则万物之忧乐不得置之度外亦已久矣。盖天下之大、生民之众，视之皆吾之一身，故君子恻然于斯民之不得其所引为己责焉。

何则？「广居」、「正位」、「大道」此非吾一人私得之奇，而天地之命、万物之纪、蒸民恃之以为生者也。特不能无待于吾之得志耳。

果其天心悔乱而气运之否塞忽变而为昌明，是君子道长之时也。

君德攸隆而朝廷之淫昏顿改而为清泰，是大业聿兴之日也。

于是立人之本朝，言则听，计则从，下无怀忠未尽之意。

与君而一德，委以国，授以政，上有任贤勿贰之诚。

诚如是，其得也，桓文之事不屑道也。必使其君为尧舜之君，而二帝可师，曰：予之责。

伊周之烈不敢让也，必使其民为尧舜之民，而一夫不获，曰：予之辜。

陈仁义以正民心，使之欢然有恩以相爱，秩然有分以相守，非强民所无以从我也。亦曰：民同此善。而得于己者不可不推之以公于众，必也作新万民始于家邦而极于四海，然后吾之善量始充足而无歉焉。

崇孝弟以正民行，使之事亲而民知爱，事长而民知敬，非损我所有以及民也。亦曰：民同此性。而我之先觉者不可不出之以启其迷，必也天下荡平始于匹夫匹妇以暨一草一木，然后吾之性分始克尽而无余焉。

是故未尝有所私怒也，怒则暴乱者畏之，而非有心以惧诸侯也。未尝有所私喜也，喜则天下和之，而非有意以熄天下也。彼仪、衍者图一意之快，使天下之民颠倒于水深火热之中而莫之避，而自以为得志之一时也。此岂大丈夫得志于时者之所为哉！

于此有人焉　五句

事足以维世教，而士之所系重矣。夫孝弟之道不明，是以侮先王而诬来学者众也。士以世教为事，天下可一日少此人哉！且人苟为身谋，则退而自食其力岂不甚易。顾念天下之人心未尽泯没，而唐虞三代之治未尝不可异世而复见于天下。则身系天下之重轻，诚不可苟焉而已也。

子谓士无事而食不可也，抑思此何时乎，而可以无士乎？

不忍害人者慈爱之性也，而鸷戾残贼则父子兄弟之间甚且莫必其□命。

有所不为者知耻之常也，而苟贱不廉则天理民夷之极先已自绝于至亲。

由是以非毁圣哲为聪明，以改变旧章为俊杰。嘻！后之人苟欲闻先王之道，其孰从而传之有人焉，谓天下不可一日而无父，故立爱自亲始。吾不忍使一物不得其和，而于入见之则孝也。

谓天下不可一日而无兄，故立敬自长始。吾不敢使一物不得其理，而于出见之则悌也。

是孝悌也，上至尧舜而极，故以治唐虞之天下而有余；下至农夫女子之微，而或大戾焉，则虽食粟衣布，而且不得比于人类。然则先王之道虽不止于孝弟，有不由孝弟而生者乎。斯人也，以和顺之心而不但尽子弟之职，于是博考虞、夏、商、周传道之典籍，详明禹、汤、文、武治世之规模，内之尽性以达天，外之拨乱而反正。盖先王之道之未坠者，举归于一人矣。

使当世诸侯王而能用之也，则道以此人而行，既已裕于身，即可推于世，而一时之人心赖之以治。

乃之梁之齐之鲁之宋而所如不合也，则道以此人而明，不有得于今，即有得于后，而百世之大道赖之以传。

于此时也，邪说横流，所不利于先王者常百计以相攻，距之闲之计不得不出于守。而非别为守也，守之以孝弟，则兼爱者将悔其无父，为我者将悔其无君。

于此时也，气运衰息，其有志于先王者必五百年而一出，见知闻知计不得不出于待。而非别为待也，待之以孝弟，则嘐嘐者可以俯而就，踽踽者可以企而及。

嘻！向非有是人也，后之学者苟欲传先王之道，其孰守而待之？然则资乎其孝，而天下之为父者不可无是人也；资乎其悌，而天下之为兄者不可无是人也；资乎其守且待，而前有千古后有万年俱不可无是人也。而猥曰无事，是责梓匠之操斤、恶轮舆者之载人也，岂不惑哉！

使禹治之 五句

观水之所由治，见圣人不得已之心矣。夫水不治，天下之生所以不遂也。观使禹之后，而禹功在江淮河汉间，不如见其不得已哉。且天下之治非可听之天下也，惟以圣人为之君又得圣人为之臣，则虽气数之憾患及天下之生，而可以挽而回之使各得其所而不相害。故君子观于上古治天地之功，而悠然如见神禹之明德焉。

夫洚水其咨，而蛇龙偪处。斯时也，水不行地，尧忧之非一日矣。

盖治天下者不在抗其纵横，而在定其归宿。水之所归宿者，海也。因水而产蛇龙，蛇龙之所归宿者，菹也。然水得以趋海，而使菹不没于水以安此蛇龙者，则由地中行之故。尧知之，尧特不能自治之，于是不得已而慎所使。舜亦知之，舜更不能复使他人分治之，于是不得已而独使禹。盖尝读《书》至帝曰「咨禹！汝平水土，惟时懋哉」，而后知以尧之明不能不误于鲧之试，以禹之孝不能不盖平父之愆。于是而天下之不治，非尧舜之事，而禹之事矣。

禹曰：爱地而不以地予水，则水无所容，势必与天下之生争地，而天下不治。于是捐地以予水，竭天下之力从事于疏凿之劳，而水之循其轨者，莫不趋大壑而安澜也，则掘地而注诸海者有然。

且恶蛇龙而不以地予蛇龙，则蛇龙无所容，势必与天下之生争地，而天下不治。于是并捐地以予蛇龙，耀天下之武略比于放逐之制，而蛇龙之伏其所者，莫不依丰草而驯扰也，则驱蛇龙而放之菹者有然。

禹之所以治水者如此。

由是向之泛溢者今底绩矣，非徒畎浍之细就其道。即广如川渎，何一不归奠定之中也？

向之横决者今孔殷矣，非徒雍梁之高安其性。即卑如荆扬，何一不受顺叙之功也。

是故天下之水不可胜数，南条莫大于江，其汉次之；北条莫大于河，而淮次之。吾与子登岷峨而溯嶓冢，涉龙门而循三洲，以为水之行地中者固如是哉！抑知非禹当日胼胝于八年四载之间，安能有是也！然则禹当日得已乎？不得已乎？

责难于君谓之恭

不启其君以所易，天下已于此知臣道矣。夫后世之君非不欲行尧舜之道也，特难之耳。责之以此，而恭著焉，人臣不当如是耶！今予当世之君以圣人之名则受之，语当世之君以行圣人之事则又畏之，是其心非不知圣人之可慕也，第以才之不逮，姑取简易者以自便耳。为之臣者，能阻其苟安之心，启其作圣之念，则天下于是始知有君，即天下于是始实有臣矣。

彼沓沓者，何足以语事君之道哉！

想其怠缓之时，方自以奉令承教，无惭翼翼之小心；即其悦从之际，亦以俯仰周旋，不忘兢兢之素志。岂不曰吾之事君如此，庶几哉，所称罔或不恭者乎？嗟乎！后世中才之君既乐于苟简，而轻变先王之法，以就权术捷便之图。有事君之责者，又因其君之惮于复古，即导之以其所欲，初不敢以旷世一出之事期之吾君。彼其君乐臣之顺我而不我违也，加以忠爱之名，委以腹心之任，曰：子大夫可不谓恭焉。而不知恭固非是之谓也。

今有一人焉，朝进一说于吾君之前曰：如是者当法尧。夕进一说于吾君之前曰：如是者当法舜。且取一说以告吾君曰：君不法尧舜乎？不法尧舜即不可以泽今而传后。更进一说以告吾君曰：君不法尧舜乎？不法尧舜即不可以为政而自行。若是者久之，君未必不怫然曰：子奈何责我？而其人自若也。更久之，君又未必不废然曰：子之教寡人则得矣，然若是之为，当年不能殚其学，累世不能穷其蕴，得毋戛戛乎其难之耶？而其人亦自若也。迹其忠犯人主之颜，直干朝廷之怒。旁观者几疑其不恭，而吾以为恭莫恭于此矣。

不计一身之利害，而止为社稷谋百世之奠安，有臣若此，国尔忘家也。不顾一时之毁誉，而止为吾君谋百年之福泽，我怀是人，中心如结也。夫必如是而始为臣耳。臣之贵恭，君以是望其臣，臣亦以是自为，然而必出于责难焉。乃世之人则曰：吾闻君责臣，不闻臣责君。毋惑乎！恭其所恭，而非吾之所谓恭也。

孟子曰爱人不亲 一章

自反而通乎天下，致福不在外求也。盖仁、智、敬所以治身而受福者也，反己益密则归己益广，求福者岂徒听之命乎。且莫大于吾身而天下为小，亦莫难于理吾身而理天下为易。益身者，天人所系属以为转移者也。惟责己者重，责人者轻，于以下孚人志，上合天心，举凡愿致而不能致者，皆可自我致之而无难。

今诸侯王皆有求于天下。吾察其意，往往所操者狭而所望者奢，持天下不足有为之具，责天下以必应。及一不得当，遂谓斯世之大不可以情通，斯人之众不可以理喻，而别求所为势驱术驭之为，以侥幸万不可知之命而与天争福。彼亦尝闻自反之说乎？

反者，逆以制之之谓也。我所乐者亦人所欲，则往乎彼而用顺；人所苦者或我所安，则还乎此而用逆。

反者，又入以治之之谓也。人之愉拂足验夫己之功过，则出乎外以相征；己之疏密足致夫人之距迎，则入乎内以相考。

有如爱人、治人、礼人之已勤，而不亲、不治、不答之如故，此亦情之不平而人心之不可问者也。君子以为世变亟矣，恩深而怨生，祸结兵连不顾婚姻之好，明察而召乱，反复狙诈坐穷慧术之才。以至彤弓旅矢而僭窃愈滋，酒醴笙簧而嘉猷弗告。人自不足爱不可治，而又乌用吾礼也已，何与乎？然而自反者于焉切矣。谓吾于仁智敬之实，尚阙焉未之能尽，何敢咎人！且天下之需我者其来无穷，我之应天下者其道无几。即仁矣智矣礼矣，犹惧藐焉之身不足与天下见。于是天下之待我薄而我之待天下愈厚，天下之于我或有求而不应，而我之于天下则屡加而无已。自反若此，天下独非人情乎哉！

盖天下有情之类皆可以我相感，此上帝所为阴骘而不可变也。故兴王之佐大半皆敌国之臣，则以后易仇不难移于转盼。

天下顽梗之故未必人尽皆非，盖人心所为同然而未尝泯也。故朝觐之邦其先不无谗毁之事，则化怨为德要惟自主于当机。

不然，天下非小弱也，天下之人未可角才而臣之也。非甚盛德，乌能诞膺大命，禔福无穷哉！由今读《诗》而得自反之说焉，曰：「永言配命，自求多福。」若是乎，福之权命操之，而配命之权我实操之。我配命而命福我，则福非求之命也；命福我而不外于我配命，则命并在于我也。乃庸人诿于命有福而不求，畸人妄言命求福而不正，不自咎其身，而日惟天下之归是谋，徒见其责人无已时也。

所欲与之聚之

与民同欲，得心之一道也。夫民有欲，恐弗获耳，安望能聚乎？与之聚之，王者所以得民之欲恃此道也。且至治之世，其民皆淡然而无所求于上。非无所求也，他国之民所愿而不得者，皆为其心之所甚厌而身之所甚足。故世有王者，而天下遂无竞情，其谋此至悉也，知此可与言得民心之道矣。

夫民心不同，大约皆不能无所欲者也。愚人之愿望更甚于贤哲。贤哲知事不可为，即相与置之。苟其入愚人之怀想，则并力图之而每期其即得，此其甚迫而不能待者也。庸人之快心更难于豪杰。豪杰务其大者，一得则乐之。苟其系庸人之意中，则百计慰之而更多其琐屑，此其甚烦而不能备者也。

得民心者，其惟与之聚之乎！

使其所冀望者明形之呼吁，取而予之良亦易耳，隐而为所欲至不可测者也。一旦游王者之郊，觉天子之饮食居处俱足以慰小民之匿情，而开其怡悦之路。缓急所需不俟叩诸亲暱，而左宜右有自有取不禁用不竭者焉，则又何待告之而后予也。

使其所期待者如出于一人，概而及之亦非难耳，各怀其所欲最不能齐者也。一旦入圣人之国，觉朝廷之燕乐言笑俱足以洽斯民之素志，而予以恬适之端。日用所待不俟谋诸家室，而如取如携自有家为予而户为赐者焉，则又何待分之而始遍也？

富贵功名之愿，愚民原不设此妄心。独是己富而不敢贫其民，己贵而不敢贱其民，则不惟英雄动择主之思，而草野之间正所为指数其事以卜其兴隆者也。王者惟以天地自处，故被泽其下者一若仰而得生、俯而得成，而生平遂愿之地将托是以长其子孙。崇隆显赫之功，兆民亦难助其智勇。独是愿安而已安于君，愿逸而已逸于君，则不惟邻封息窥伺之念，而闾阎之内，正所为盛传其事以料其久长者也。王者惟以父母自居，故沐浴其时者一若生之膝下、长之室中，而此身快意之余并将留此以聚其宗族。此王者所为合天下之欲为欲，而民之趋从而恐后者也。

思诚者　四句

明思诚之为人道，而诚之动物可验矣。夫思诚所以尽人而达天者也，固无意于动物而诚至则物自动焉，如之何勿思？今夫人苟知天命之尊而不可亵，则夫所以事天之意亦甚切而不可辞矣。要之，统性情者，心也。故天不能思而人能思，思之所至而无不通焉，然后知合内外而一之。诚之为道固无所间于万物者也。

是故天之道诚而已。人之心有诚有不诚，人之诚有至有不至。此皆天之所不得而与也，是所贵乎思诚者矣。

故夫民戴我而为之上，君临我而为之臣，此非智术可驭、而谀悦可容也。民者天之视听也，君者天之宗子也。思顾諟之不可越，而自致其纯亦不已者于朝野之间，此人所以立仁敬之极者也。

亲育我而为之子，友爱我而与之交，此非阿意可为承顺、便佞可为结纳也。亲者天性之本也，友者天德之孚也。思帝命之不可违，而自尽其真实无妄者于远近之际，此人所以践亲贤之事者也。

人之为道不出于思诚，诚能思之，而天在我矣。所为明善以诚身者端在于此。是以君子上畏天心之显赫，而知无一物弗为天之所流行，不敢以纤毫之私意自绝于维皇降命之初。

遍观人性之攸同，而知无一事而可为人之所欺罔，不敢以隐微之不谨自弛于视指不至之地。

盖至思诚之功无间而至诚之诣无亏，则所以动物者在是矣。以之为己则顺而详，以之为入则公而溥，以之为天下国家则无所施而不当，诚立于此几动于彼。治民为三代之隆，获上为尧舜之主，其有扞格而不通者，固事理之所必无矣。

以言乎迩则静正，以言乎远则莫御，以言乎天地之间则备矣。诚立于此几动于彼。事亲而相喻于道，交友而不戒以孚，其有猜嫌而不合者，固形迹与之俱忘矣。

至诚而不动者未之有也，岂非人道之通于天下而各相应以天者哉！君子亦终身思诚而已矣，至诚之动固有所不及思也。

存乎人者　一章

人一见而可知其概，大贤有独捷之法焉。盖人固不易知，而正不正之大概则一见而眸子若传之也，所由更捷于听言也耶？今夫人之难知也，盖有深交于聚处之久，而犹不能得其隐微者矣。而欲辨别乎其类，则即一见而可决焉，不必我之深于窥之也，彼自以类相告于应接之下，即欲藏之，初不可得而藏也。

是故喜怒毗乎阴阳，威仪符乎性命，凡五官所丽何一非神明表暴之端？举趾高而心荡，执玉卑而神亡，凡四体所形，何一非内蕴昭宣之自？然吾以为存乎人者莫良于眸子，盖眸子不能掩其恶者也。

人既有恶常畏人知，而眸子若抉而出之。

人惟有恶偏著其善，而眸子若夺而去之。

是何也？心苟正欤，其神安裕而完固，精聚而目为之明。人初不自知其眸子之瞭也，而瞭焉矣。

心苟不正欤，其神惊惕而覆匿，精散而目为之昏。入初不自知其眸子之眊也，而眊焉矣。

是则欲知人者孰良于眸子哉！然不知言则无以知人，故听言之道自古重之。夫正人固无不正之言也，听之而知其无恶之可掩。而又恐其偶出于正也，必观其瞭焉之眸子足以应之，则胸中正可知矣。

不正之人固不免不正之言也，听之而知其恶之不能自掩。而亦有时假托于正也，必观其眊焉之眸子不能饰之，则胸中不正可知矣。

辞听而兼色听，古人所以能悉其聪明；口容而兼目容，凡人所以自献其情状，至是而人真不能廋矣。

嗟乎！人惟无纤毫之恶藏于胸中，则已不必掩，而人亦不必疑其廋也。一有是恶，则目寓之而为色，耳又得之而成声。方目以为胸中之事未尝告人，人孰得而察之也，而孰知一见之顽，早已洞然而不可廋若是。是故君子正其心于未尝接物之先，正其身于一无过举之地，奸声乱色不留聪明，淫乐慝礼不接心术，惰慢邪辟之气不设于身体，固非畏人之窥吾胸中而然也。然所谓「不显亦临，无斁亦保」者，亦何可不谨于善恶之几也哉！

智之实 一节其一

推言智、礼、乐之实，益见孝弟之切矣。夫智、礼、乐者，仁义之道所由成者也，而其实不外于孝弟。斯二者之切为何如耶？今夫立人之道曰仁与义，而仁义之在天下也，非智无以明，非礼无以立，非乐无以成。故仁义之人未有自处于不智，而不能致礼以治身、致乐以治心者也。

顾仁义之实在事亲从兄，然则智、礼、乐亦岂有外于斯二者哉！

故夫知德之奥，则睿以通神明之微，旁烛无疆，则贞以一天下之动，智之为智，固不止斯二者之择执已也。然而非智之实也，唯深悉夫父兄之出于天性，而无隐微之或隔，因而历终身之慕，永天显之怀。则知亲之事而豫悦之克彰，知兄之从而敬恭之不爽，此其智不可胜用也。不然，家庭有难明之隐，骨肉多离合之情，而欲智周万物、道济天下，岂智也哉？盖知斯二者弗去，而智之实在是矣。

由是承天之道，而宰制远及于群动，顺人之情，而经纬不不遗乎万端，礼之为礼，固不止斯二者之措施已也。然而非礼之实也，唯原本于父兄之有其天秩，而无饰矫之或滋，因而竭力以致之所生，极情以隆于所长。则事亲而至爱必纳于大中，从兄而至敬必归于罔越，此其礼不可胜用也。不然，饰行门内而不免浮夸，任意庭除而类多率略，而欲礼经国家而措之天下，岂礼也哉！盖节文斯二者，而礼之实在是矣。

至若声容之美，致天神而格人鬼，器数之均，宣八风而平四序，乐之为乐，亦不止斯二者之昭宣已也。然而非乐之实也，惟和顺于父兄以归于怡悦，而无湮郁之未伸，因而欢欣之日起，至性弥形其亹亹，形体之自喻，至顺愈见其融融。则事亲而太和聚于一堂，从兄而元气凝于一体，此其乐不可胜用也。不然，堂上则相对而鲜欢，同气则相聚而不怿，而欲大乐与天地同和而百物皆化，岂乐也哉！盖乐斯二者而生生不已，以至于舞蹈而不知，而乐之实在是矣。

此仁义之人所以求全于孝弟，而智、礼、乐已不外是也，然则孝弟其可不务乎哉！

智之实　一节其二

由智而进于礼乐，其实皆不外于孝弟焉。夫仁义必由智而入也，由是而文以礼乐，则道备矣。乃求乎其实，又岂有外于事从二者哉！且甚矣，孝弟之大，而于天下之道无一之不举也。是故天下之愚人不足语于择执之要，而或以聪明过甚，又至于荡捡逾闲之失，且拂戾于世而无以自畅其性命之符，则虽称仁道义而道终去之。乃一毕其志于事亲从兄，而举无虑是也。

盖斯二者，智非是不足为智，由智而推之礼乐，非是亦不足为礼乐也。今夫致知为圣功之始，苟一事不知，即深以为耻矣，而其实不在焉。几见有骨肉之恩以为可以合可以离，昧昧而未解者，而可以烛理而无遗也。智临为大君之宜，苟一物不明，处之鲜当矣，而其实不属焉。几见有天性之施以为可以得可以失，贸贸而不悟者，而可以辨事而皆合也。

盖智之实，知斯二者弗去是也，然则为仁而不误于非仁，为义而不误于非义，不先恃有此智哉。

虽然，无礼之仁爱人而人不感，无礼之义敬人而人不服，是礼其亟也。顾礼之实何在乎？果其不敢过，而庸行安撙节之常；不敢不及，而天伦得循行之准。则节文斯二者，而天下之礼从此出焉，此仁义之所以秩如也。

虽然，仁至而乐不至则勉强之仁不可以合爱，义至而乐不至则偶协之义不可以同敬，是乐宜务也。顾乐之实何在乎？果其交畅于中，而太和洋溢之机不御一于门之内；发作于外而英华四达之应聿于四体之间。则乐斯二者，至于生生不已，舞蹈而不知，而天下之乐从此肇焉，此仁义之所以蔼如也。

然则有人于此，明足以开天下之先，贞足以一天下之动，而又能与天地同其节、与天地同其和，岂不为圣德之全、王事之备而为尽道之君子乎哉！然俱于斯二者，得其实焉。故曰：孝弟之大，而天下之道无一之不举也。

然后收其田里

有不忍遽收者，情与田里俱深矣。甚矣，旧君之情终无已也。田里之收必于三年之后，此何如君也哉！且人臣去国，不得已，至于历久而难归焉，此亦不能冀君之复我谅矣。乃臣方怀想而莫伸，君仍流连而未已，盖至爵禄还之朝廷，而此心犹未尝一日忘吾臣也。

彼臣也，而乃去三年不反乎？

方其甫淹岁月，臣之心自分必见弃于朝廷。而君以为虢虢征夫，为国家而受此劳瘁也，吾何得不久为待也！

及其载离寒暑，臣之心自量必见绝于圣主。而君以为渺渺予怀，念斯人而曷其有极也，吾何得不宽为期也！

此田里之所以不忍收，而必俟三年后乎？

臣以行道济时为大，区区田里讵足系豪杰之心？然而田里固臣之所托也，思吾臣而不得见，见田里如见吾臣焉。迨三年后历都而不顾矣，然后疆理正于司徒，庐舍授于司空，以明祖宗之所贻不可以久旷也。不然，有长悬以听伊人之自至而已矣。

臣以致主泽民为急，区区田里岂足以撄贤才之志？然而田里又君之所予也，君无以留吾臣，留臣之田里如留吾臣焉。迨三年后驱马日以远矣，然后党正籍其赋税，闾胥改其室庐，以明世代之所传不可以虚废也。不然，有空置以期贤良之入室而已矣。

三年之前，君岂不能遽收？然而不乐也。臣在则臣之家，臣去即君之壤。自不忘其臣者观之，仍觉有田在而介止依然，里在而式庐未远者。故即有进言之士欲入之天府以待有功，而君总有所不计。

三年之后，君岂不欲不收？然而不必也。臣反则君有所不私，不反则臣有所不惜。第虽收而意永念之，尚觉有收田而经理如新、收里而往来在念者。故即当除邑之日尽归之王朝以须后命，而君仍有所未安。

此其君真心乎臣者矣。

原泉混混 一节

即原泉以悟本，可以得圣人之所取矣。夫惟其为原泉，所以时出渐进而至乎其极也，有本之足取可知矣。临流而叹，岂无意哉！且圣人之心窅乎其深藏而莫窥也，沛乎其四达而莫御也，浩乎其广远而莫测也。此其触物而兴感者诚不知其何心，而善观圣心者必求之切实可据之地，而后当日不言之意若往往遇焉。

是故仲尼水哉之叹无所取诸，取诸原泉也。夫泉而出于原，则其实有于中者必非或合焉，而又或离者也；原而发为泉，则其实形于外者必非可导焉，而亦可遏者也。但见川流而不穷也，昼而继之以夜，混混焉未尝竭而止也。诚如是也，一若时敏而不懈矣。由是渐进而不已也，足此而达彼，有科焉未尝逾而越也。诚如是也，一若循序而不竞矣。迨其久也，望洋而向若者，随所放之而皆准，惟海焉洋洋大观也哉。诚如是也，一若学海而至于海矣。吾于是知仲尼水哉之叹，果非无所取也，诚取诸原泉也，盖原泉固有本者也。

探𪸩沸于山下，其托始为甚微，而有本则无微而不著焉。周乎四时，历乎万变，然后一勺之涓滴不阻于沧溟，如是乎天下之细流其即天下之巨浸矣乎，则惟其本为不可量也。

观滥觞于蒙泉，其赴壑为甚缓，而有本则不疾而自速焉。积有岁月，试以险艰，然后万顷之茫然不盈于一掬。如是乎天下之不可御其即天下之不可见者乎，则惟其本之有足凭也。

水流物生，莫非道也，孰知夫造化之无尽，即在此浩波未逝之间。而仲尼则亦悠然为之神往矣。

地载神气，莫非教也，孰知夫大道之无隐，即在此众人耳目之内。而仲尼则亦慨然为之心赏矣。

有本者如是，是之取尔。子亦务为原泉焉，庶几仲尼之所取乎。

舜明于庶物　一节

不待存之而无不存，虞帝其不可及已。夫合物与伦而一归于仁义，人之为人此而已，舜则有其自然焉，是岂可及也哉！孟子若曰：立人之道曰仁与义，是故克全乎仁义者，人也。不克全乎仁义，虽群然食息而人之理亡矣。凡厥庶民，孰无恒性，而贸趋冥行悖弃而不顾，二三君子精思而力赴之，庶几人道由我以立。然而求其坐照而安驱焉，依古以来，殆难其人也，其惟大舜也欤！

五帝各秉徇齐敦敏之资，然多世德相承。而舜独由侧微以陟天位，则其阅历者所获必多。

陶唐本钦明文思之圣，然止深居广运。而舜每历忧患而处危疑，则其黾勉者为劳必甚。

而孰知舜自有夐乎不可及者。

今夫人身之所处，杂陈者庶物也；身之所接，攸赖者人伦也。措之庶物，施之人伦，所为立天地之心、正万物之命者，则仁也，义也。此凡为人者之所同，即圣人亦不能以自外，然而舜则异乎人之存之者矣。

于庶物则明焉，濬哲所洞烛而万理皆融，其或一事之足以蔽其明而塞其聪者无有也。

于人伦则察焉，惟精所务详而五典不紊，其或一人之不能达其情而辨其分者无有也。

诚至而明生，既朗然若日月之照而无遗；神动而天随，即沛然若江河之决而莫御。

但见其由仁而行，肫肫焉，一元之气自效其发舒矣。物得之为生机之流，伦得之为恩意之洽，非慕三、仁之为美，而有频复之劳也。

由义而行，坦坦焉，美利之普各致其裁成矣。见于物而为气体之肃，著于伦而为秩序之严，非乐于义之为贵，而有矫镇之迹也。

夫人之为人而物不能与焉者，独此仁义之性行于君臣、父子、夫妇、昆弟、朋友之伦，而庶物由以生焉。故非仁义则伦为虚位，物为虚器，即言仁义而离伦物，亦仁其仁而而非吾之仁，义其义而非吾之义。故君子必致知力行以求全乎仁义而不愧乎伦物。而舜遭人伦非常之遇，又为恒人之所难处者，乃天德之明。闻道常由于性始，天行之健，中道恒出于从容。此所以仁至义尽而独为千古人极之首也，舜其不可及也与！

武王不泄迩不忘远

圣心无间乎远迩，一于仁者也。甚矣，圣心之仁无往不存也，不泄不忘，随远迩而皆见焉，此其所以为武王乎！今夫圣人之心合天下之大，万物之多，莫不视之如一身，其所处虽有不同，而此心之仁总与之贯彻而莫之间。是故吾又有以见武王之心于远迩焉。

以迩之易狎也，心少间于迩则泄之矣。武王之圣宜乎迩静正而悦服者不衰也，亦何虑其慢易之或滋！然而谨小慎微之心有于迩而克勤者，则见其不泄焉。非有畏于迩之伺我，而谨持其隙也；又非有期于迩之效我，而先肃其刑也；又非谓发于迩之必见于远将以震动天下，而使之不相假易也。盖圣心之仁即迩而无不在，故宫庭燕私之地、左右昝御之人以骄心临之，则皆可惟意所欲为耳；以敬心对之，孰非吾祗事上天之会也。敬以胜怠，义以胜欲，固不止诵丹书之诚，而此心之长存者自与迩而俱迫焉。夫迩而不泄，则凡不见是图而凛然于终食造次之间者，大概可知矣。

以远之易忘也，心少间于远则忘之矣。武王之圣宜乎远莫御而归怀者无穷也，亦何忧其怠荒之或启。然而讦谟定命之心有于远而加密者，则见其不忘焉。非有畏于远之难靖，而预销其萌也；又非有期于远之望风，而曲徇其意也；又非谓无远虑之必有近忧将以恪勤朝夕，而使之如在目前也。盖圣心之仁，即远而无不在，故四海九州之广、百官万民之众以侈心居之，则皆可谓念不到此耳；以诚心体之，孰非吾天德流行之机也。遵王之道，遵王之路，不待陈洪范之畴，而此心之不息者自与远而俱遐焉。夫远而不忘，则凡其量百世而永诸任重道远之后者，大概可知矣。

此武王所以继禹汤之天下而克绍文王之陟降庭止也欤。

孟子曰禹稷颜回同道　三节

断禹稷之同道，有不以地殊者矣。夫惟道之同，所以急不急皆贤也，禹、稷、颜子岂因地不同而有异道哉！今夫道之在天下也，流行于天地万物之大，而斟酌尽善于圣贤之心，无古今，无隐显，而未尝或异者也。是故宏济一世而非有余，独善一身而非不足，苟非深察其心而徒见其行事之迹，乌能睹前后一辙者乎？

如三过不入，禹、稷然，颜子不然；不改其乐，颜子然，禹、稷不然，而孔子皆贤之，何哉？亦惟其道而已矣。

无浮云富贵之意，必不能挽气数之衰，故世不易救，惟修己者能救之。禹、稷之忧即其素裕，颜回之乐而发之者也。

无利济天下之具，必不能知道腴之味，故己不易修，惟救世者能修之。颜回之乐，即其深抱禹、稷之忧而藏之者也。

夫三过不入可云急矣，而禹稷如是，禹、稷非以天下为己者乎？以天下为己，非禹、稷之道则然乎？

以道之大也，即尽拯天下之溺，尽救天下之饥，犹无加于此心之毫末，不过适行其所无事而付物以当然。

以道之精也，身任拯溺，而少有未尽即不啻使之溺，身任救饥，而少有未尽即不啻使之饥，未有甚于此心之迫切，纵至以身徇夫天下，亦鞠躬而不惜。

是以如是其急，禹、稷之道然，禹、稷之地然也。至不如是其急，则颜子之道然，颜子之地然也。地无定，道亦无定，道常以地而迁。不但颜子不能行禹、稷之事，即禹不可为稷，稷不可为禹，莫非道也。推而极之，一人而前后不相袭，一日而彼此不相师，要期协大中至正之规，殊途总归于一致。故禹、稷、颜子各处一地，即乐行忧违之分见而皆适其宜。

地一定，道亦一定，道不以地而隔。岂但禹、稷不异颜子之心，即尧、舜所以命禹、稷，孔子所以传颜子，皆是道也。推而及之，天与地同化，而天不变道亦不变；人与物同命，而人不同性无不同，要以立夫变通化裁之极一本可散为万殊。设禹、稷、颜子共处一地，又用行舍藏之同归而不岐其志。

易地则皆然，此禹、稷、颜回之所以同道也。

故说诗者　三句

志之不可不审也，递去其害而已。夫志寓于文辞，而文辞每足以累志，递去其害非说诗之大要哉。且古今之善作诗者莫如舜，而古今之善说诗者亦莫如舜。以志而发之诗，则有「元首」「股肱」之辞，有「明良」「喜起」之文，此益、稷之赓歌所以传也；以诗而归之志，则有「歌永言」之文，有「声依永」之辞，此命夔之典乐所以盛也。自舜以来作诗者始众，而说诗者亦不一人。要未有说诗以害诗，如子称北山之言以证臣父之说者。

且北山之志亦何疑之有哉！子但以「莫非」之为言，足以概乎天下之广也，而不知此特其文也。子但以「莫非王土」、「莫非王臣」之为义，足以尽乎天下之人也，而不知此特其辞也。至其养父母之志，则弃置而不道，此其为害夫岂浅乎！

欲因文以识辞，吾不谓文之不可以识辞也。文亦何害于辞？文之害于辞者，说诗者以文害之也。夫辞已害矣，尚可以说其辞乎！且辞已害矣，又何贵说其文乎！君子知辞之敷而为文也，于绝不相比属之处而默默有其精神。一言一字之微，古之人竭生平之学问性情为之联缀焉以成辞。此必别有其神会也，则断断不以文害辞。

欲因辞以识志，吾不谓志之不可识也。辞亦何害于志？辞之害于志者，说诗者以辞害之也。夫志已害矣，尚可以说其志乎！且志已害矣，又何贵说其辞乎！君子知志之发而为辞也，于绝不相符之内而隐隐有其端倪。一句一读之末，古之人极一日之流连感愤为之咏叹焉以明志。此必自有其指归也，则断断不以辞害志。

盖断章取义者，往往托其文辞而别见其志，究之失诗人之本旨，则未始非谈经之病也。故俗儒之笺注日繁，而四始、六义之真已半丧于明经之日。

而推见至隐者往往穷其志而始信其文辞，究之审义类之要归，总不在乎拘牵之迹也。故大儒于一言之要，而《雅》、《颂》、《风》谣虽广尽蔽于片语之中。

若是乎志之不可不审也，不递去其害而曰《诗》有以教我，则害《诗》者几何而不自害哉。

以天下养　二句

即养以观圣孝，益成亲之尊矣。夫养亲人子之常，至以天下养，则养之至乃尊之至也，臣父云乎哉！今夫亲之尊与不尊，此人子之所不得为者也；亲之养与不养，则人子之所得为者也。舜居畎亩，知养亲而已，不知其为畎亩也；及陟帝位，亦知养亲而已，不知其为帝位也。然帝位之养与深山之养，必有迥乎不同者。

何则？既为天子父，则当以天下养，此孝子之心之所必然不可易也。元德升闻之日，帝惟相咨以克谐，舜之天下以孝而得之者也。元日受终而后，瞍乃居然而无恙，舜之养亲独能以天下养之者也。在天下而视夫舜，以为起自垄亩，一旦玉食万方，此千古之至奇。而舜何知玉食也？第以吾亲幸而得享四海九州之味，庶足博一日之欢心耳，而人乃益知天子之父之尊也。

在舜有天下而不与，当其富有四海，何殊饭糗之初，本不足为吾心之所系。然舜亦竟不同饭糗也，稍借天下之力，颐养康强耄老之亲，庶足延他年无穷之愿望耳，而瞍乃安然受天子之父之养也。

是非养之至者耶？

养不必皆能以天下而后为至。即使舜终身于田，其承欢岂至少间？养即皆能以天下而亦不必其为至。彼夫非舜而身为天子，其养亲岂同于臣民？然惟养以天下，而出为天子以临百官，入依膝前以供子职，则天下之相观而化者由于是也。是虽非舜意所及，而孝治则已极矣。

惟舜以天下养，而尊其亲以临天下，即率天下以事其亲，则子心之终身而慕者仍不解于是也。是并非天下之所能知，而孝德则无加矣。

信如臣父之说，将朝至于寝门以视膳，日中当依而立奔走其父于阶前，日中至寝门以视膳，夕复当宁而立拜稽其父于堂下。是以天下养反不如穷人啜菽饮水之得有其亲也。大孝顾如是哉！

以皮冠　四句

招各有等，知旌之有专属矣。夫虞人仅招以皮冠耳，旌犹不以招士庶而必属之大夫，况虞人乎！且国君挟所有以奔走天下，宜乎无贵无贱，召而致之无难。而先王必多为之别而严辨其等，所为各有物焉，而不敢苟者，诚以一人之势不足以胜天下，而凡天下之人必有道以相加而后可得而致也。

若之何招虞人而以旌乎？

夫虞人何人也？守君之原囿薮泽，下之不列于市井草莽之徒，次之不同于书升论秀之子。若夫爵在王朝、享有名器，至尊显矣，夫岂敢望焉？然而招之正非无以也。昔者圣天子之有文事也，朱弁玉藻以章物采；其有武备也，兜鍪犀兕以示威严。至于前禽三驱驰逐原野，则皮冠尚焉，爱待虞人持往招曰：虞人来乎？皮冠至矣！再拜稽首疾趋应命。故至今以皮冠著为令，不以旃也。

且旃不但不可招虞人也，并不可招庶人。有旃焉，睹束帛之戋戋，而纯素之思趋公庭而欲献也。不然，而以旃，则庶人一虞人已。

又不但不可招庶人也，并不可以招士。有旃焉，望交龙之湑湑，而潜跃之志瞻阙门而观光也。不然，而以旃，则士又一虞人已。

是何也？凡以旃之设为大夫焉耳。

有羽翼天朝之德，故析羽而不以为奢。孑孑干旃，在浚之城，子大夫其从我游乎？于是一节以走，二节以趋，不惮烦也。无他，大夫故也。

有旃别淑慝之才，故载旃而不以为僭。翘翘车乘，招我以旃，子大夫其惠然来乎？于是公尔忘私，国尔忘家，不敢逶迟。无他，大夫故也。

若之何招虞人而以旃乎！虞人自此不来矣。

一乡之善士　一章

知善量之无穷，则当由今而进于古矣。盖善量无穷，故友之亦无穷也。由乡、国、天下而进于古人，取善不当如是耶？今夫人必有进善之志，而后知有取善之方。惟其取善也日多，则其进善也亦日大。然则士生而诚不欲以小善自隘，固知天地之大、古今之遥莫非同善之资焉。

盖一室藏修每有不遑结纳之意，而合万善以归一己，则凡果于自是而谓举世无足采择，此隐念必不敢萌者也。

博学知服恒在一身独处之先，而历众善以证前人，则凡守其残缺而谓先民非有精微，此中情必不敢出者也。

是故求善之法其始贵足其量，而其究贵极其知。我以友一国之善为量，则不敢自足于乡；我以友天下之善为量，则不敢自足于国。果其挺然树当世之望，而东海北海无间于心理之同；奋然出类聚之中，而百里千里不愧乎圣贤之列。是亦可以登《风》诗之坛而风动万物，成著书之志而昭示百代，夫何不足之有！

而未也，则又有所以进吾善者焉。天下士所以不鄙薄而愿与我友，我所持以友天下士而不复自沮者，谓我之善较之诗、书中人曾不多让故也。然而吾颂其诗、读其书，而尚不知其为何如人，则吾之置身于诗、书中其为人何如又乌能知之！是故知一乡之善则友一乡，知一国之善则友一国，知天下之善则友天下，至古人之善非一世之天下也，知之顾不难哉！然而尚论者无难也，则惟论世之故。

盖能知天，则古人之世虽殊而天不殊。此穷神达化所以相喻于幽渺，而古人安得复隐其浅深？

能知性，则古人之世虽变而性不变。此极深研几所以相通于象外，而古人何往不告以精意？

尚友如是，则生今之世而直与千古以上之圣人为徒；此生有穷，而并可俟百世以后之来哲而不惑，又岂但天下之善士已哉。

至于心　七句

推同然于理义，而圣人无异心矣。夫心有同然，理义出于性故也。圣人亦止先得之，不可知人无有不善也哉。且圣人与我同类，非类之以形，类之以心也。夫心一也，有人心焉，有道心焉，虽上哲不能无人心，而下愚亦不能无道心。必道心为主，而人心听命，则践形惟肖，而天人之性尽矣。

吾因口、耳、目之同，而晓然于其心也。

口溺于耆，耳溺于听，目溺于美，而心亦与之俱溺。然心之不为所溺者自在也。

口得其味，耳得其声，目得其睹，而心亦与之俱得。然心之本无不得者自在也。口也，耳也，目也，举相似也，何独至于心而疑之，岂心竟无同然者乎！方好恶之无节也，以欲忘道亦冒为而不顾，而清夜自思，终不以吾之陷溺者为然也，其心之本然者不容没也。方人品之相悬也，党邪嫉正亦诡趋而不辞，而彝好常存，终不以彼之未陷溺者为不然也，其心之当然者不容昧也。是何也？盖维天之命，于穆不已，流行于万物之中，是之谓理。吾心皆是理之充塞，一遇之而即翕然其自合。乾道变化，各正性命，裁制于万物之上，是之谓义。吾心皆是义之蕴藏，一处之而即随措而咸宜。下之至于弃理背义之人，终不闻斥理义以为悖德；上之至于理纯义精之人，又何能舍理义以为神奇？亦可知同然之在我心，虽圣人不能异矣。

圣人者不思而得，其得之殆异乎我矣。而所以得者理义也，察其微而知其著，特闻道有早暮耳。故我或不知其然者，一考诸圣人之成说而如获故物焉，则亦爽然曰：是诚在我而已矣。

圣人者不勉而中，其中之殆异乎我矣。而所以中者理义也，履其安而达其顺，特至道有难易耳。故我或不能遽然者，一循诸圣人之已事而如得新机焉，则亦恍然曰：我固有之而已矣。

向使圣人非先得我心之所同然，则必与我不同类。口不同耆，耳不同听，目不同美，心亦不同然，而同然者非所谓理，非所谓义也！然岂有如是之圣人哉，则亦岂有如是之心哉！然则人皆可以为圣人，而性无不善从可知也。

诗云既醉以酒　一节

咏《诗》而思良贵之在己，愿外之心息矣。夫人惟不思己之良贵，故愿人之膏粱文绣耳。咏既醉之诗而反思之，又何必舍仁义而求贵哉！今夫至贵者德而已矣，人至难得者德有于身而已矣。然则人以藐焉之身自立于天地之大，苟非居仁由义，何以异于万物？而所谓天地之性人为贵者，岂区区人世纷华之数而已乎？

吾因良贵而欲人之悠然深思于《诗》也，《诗》曰：「既醉以酒，既饱以德。」

夫所谓德者非他，仁义是也。良心人所自有，未有不愿仁义者。然而未尝思之，浸假而谓举世所贵者不在仁义矣，浸假而谓吾何贵乎仁义矣。且使道高德厚而一饱之无时，是徒自苦耳。乃《诗》则居然正告之曰：饱德也。盖思我有仁，而元善之长，利泽被乎百世焉；我有义，而制物之宜，志气塞乎天地焉。所谓不充诎于富贵，不陨获于贫贱者，恃有此具矣。下视天下之人持粱齿肥日享万钟之奉，盛哉膏粱也，曾不啻枵然半菽之不饱，何也？其中无有也。道腴可乐，足莫足于此矣。彼膏粱者，人之味耳，我何与乎？所以不愿人之膏粱之味也。

由仁义而获闻誉，则令闻广誉也。名心亦人所同好，未有不愿令闻广誉者。然而未尝思之，浸假而谓举世所贵者不在仁义之闻誉矣，浸假而谓吾何贵乎仁义之闻誉矣。且使鸿号无穷而此身仍俭陋，不太蹇拙哉。乃《诗》居然正告之曰：饱德则必不止饱德也。盖思仁义之令闻施于身，而传道得吾徒焉；仁义之广誉施于身，而行道得吾与焉。所谓得天下英才而教育之，王天下而不与存者，恃有此具矣。下视天下之人，履丝曳缟自侈七章之服，赫然文绣也，曾不啻阇然裋褐之不完，何也？没世而名不彰也。美名可市，华莫华于此矣。彼文绣者，人之文绣耳，我何与焉，所以不愿人之文绣也。

知性则命不足道，或禄以天下而不辞，或并日而食而自若。盖其悦心者在我，非有待于悦口之资。

达天则人无以加，或袗衣被躬而若固有，或易衣以出而更泰然。总之实胜者可尊，必不同于名胜之耻。

人亦思之而已。

羿之教人射　全章

法不可易，即艺事之授受者皆然矣。夫法之一定者，固教与学之准也。观于彀与规矩，天下岂有可废之法哉？孟子曰：今夫人有志于道，而不惟法之循，是亦未审于不易之理矣。盖神而明之，存乎其人，此必真积力久于法之中而后致焉。欲一旦舍可据之迹而求杳渺之域，适见其茫昧而失所恃也。

盖变化不测之机离物而立，乃万物各有其自然而显设之于象数焉。则高者不能逾之以见奇，而卑者亦不能舍之以藏拙。

大中至正之则随物而在，惟圣人能精察其所以然而厘定之为章程焉。则巧者可缘之以发其智，而钝者亦可执之以破其愚。

不见夫射之有彀乎？不见夫匠之有规矩乎？

倘谓世无善教射者，则孰如羿，得羿而教之射，宜乎不引满而如破矣，而羿不能也。其志彀也必然，则学羿者其志彀也亦必然。非有爱于彀也，彀固射之法也。

倘谓世无善教匠者，则孰如大匠，得大匠而教之匠，宜乎不信度而成器矣，而大匠不也能。其以规矩也必然，则学大匠者其以规矩也亦必然。非有爱于规矩也，规矩固匠之法也。

以羿与大匠之深爱夫学者也，见其善夫彀与规矩，恨不略彀与规矩以进之；见其不善夫彀与规矩，恨不变彀与规矩以就之，而必不然也。教者之能，只能授之以法，则立乎此以相待，而已无不竭之端。

以学羿与学大匠之深望夫教者也，见其止示以彀与规矩，辄疑有神于彀与规矩者而仍秘之；见其所能不止于彀与规矩，辄疑有不待夫彀与规矩者而姑予之，而必无此也。学者之事，止在受之以法，则由乎此以渐进，而自有神奇之悟。

盖器非道也，然舍器而道更何存，此礼器大备之所以为盛德。形非神也，然离形而神将焉附，此践形惟肖之所以为圣人。苟不入羿之彀中而偭大匠之规矩，欲以射名天下而称国工，宜乎羿与大匠绝迹于世而不可复得也！

楚王不悦

策士志期于悦君，若不专必之楚焉。夫不能正君而祗悦之，则何王不可悦也？乃轻以不悦虑楚，殆有不专必于楚者哉！想其意曰：邀游人国而能得其主之欢心，然后惟吾之所欲为而无所阻，吾之见楚王也，岂不欲楚王之我悦哉！

投以其心之所素期，则章台华屋之下，必谈笑而却百万之师。止以其意之所甚惧，则交疏言深之余，自抵掌而庆两情之合。使楚王诚如是之悦也，吾知士卒投戈而相贺曰：「吾属之得生全者，某先生之力也。」父老扶杖而往观曰：「室家之得安宁者，某先生之功也。」即秦之人亦遥望而相庆曰：「今日之得休息者，某先生之赐也。」然则非铿之言，不能成楚之大，非楚之悦，亦何以显铿之高哉。是则所筹以悦楚王之术，不可不亟也。

虽然，天下事恃之太过反生不足恃之忧，望之太专更为不必专之计。设也楚王不自谅，而过恃夫潇湘云梦之众也，则彼将一战而帝楚，而安挽方盛之雄心？

楚王并不谅秦，而欲得夫胡骆代马之用也，则彼将一战而入秦，又谁折其方张之锐志？

且楚素弱于秦者也。士马既陈于郊原，忽焉无故而中止，则反来秦人窥伺之心，而于势有所不便。

况宋又楚仇也。锐师方出乎鄢郢，忽焉相劝其班师，则或疑怪为反间之谋，而于情有所难信。内既雄心之莫挽，外复锐志之方张，以不便之势而行难信之情，如是而欲得志于楚，恐亦不能必得之数也。则楚王不悦，亦轻所宜预计者。士诚挟匡时之术，事势遂必策万全，谓进说于楚即无不得于楚，此事恐太自信矣，不能不少为踌躇矣。人诚欲谋虑之周，相期岂专乎一主，使与楚不合而又委曲乎楚，此时亦终莫合矣，而胡弗思所改图矣。于是出方城，投函谷，彼得无置上座以待轻者。士君子不得于楚则秦而已矣，安能郁郁久居此哉！

入其疆 七句

巡守而庆行，王制维严矣。夫疆以内之地，诸侯克守之；则疆以外之地，天子实赐之，庆典其可干哉！昔者先王奉若天道，既大定九州之地，于是树之后、王、君、公以为屏藩，俾与此邦之人世食兹壤以养以治，天子其何私之与？有惟冀长与一二伯叔甥舅以玉帛相见，则不腆先王之田，唯不敢爱，用为列服劝。此其盘，于巡守入疆而行庆者见之。

古王者既井天下之田，又以正疆界之法定提封，故诸侯之有分域，犹百姓之有分亩也。

古王者既劝天下之农，又以介髦士之意崇侯度，故康侯之有恩宠，犹力田之有劝劳也。

乃巡守而天子来矣。夫诸侯之所受于天子，而无旷厥守，天子之所巡于诸侯，而聿行其庆者，大约土地为重云。故土地艺而为田野，土地产而有老、有贤、有俊杰，此皆天子巡守时所亟不忘者也。乃同一土地也，此疆不加广，而若扩之；同一田野也，此疆不加饶，而若沃之；同一老也，此疆不加寿，而若安之；同一贤也，此疆不加优，而若崇之；同一俊杰也，此疆不加能，而若伸之。则其疆以内之地为何如也？天子曰：「吾安得疆以内之地皆如是也？」得安不益加疆以外之地，使守疆以内之地者皆如是也。于是庆典攸行，而所以庆者惟地焉。

夫庆而必以地，何也？

诸侯爵人、禄人，天子不之禁也，而独不可擅尺寸之封疆。盖天子之地，惟天子得而与之，所以明大统之出于一也。天子赐弓、赐鬯，诸侯亦多有也，而断不敢冀蕞尔之郊邑。盖天子之地，虽天子不得而妄与之，所以明命德之本于天也。

夫诸侯不过以辟土宁人，亲贤造士者为天子共分地之职，而天子即以此先畴旧德。贵老求才者为诸侯大拓地之荣，一入疆而庆行如是，是为盛王之事哉。自许枋相易，阳樊启土厥后争地以战者，且纷纷矣，令人益思三王也。

尽其心者 二节

知天而事之，求之于心性之合一者而已。夫心统性以为心，此天之所以在我也。知之以此，事之亦以此，人亦得其合一者而可哉！今夫万物所不能知而敬且畏焉，不敢轻于从事者非天乎？然而天与人未尝远也。吾自顾吾心，而于心所统之性犹昧焉不能知其故以从事于其际，而欲真知天之所以为天而相与事之，亦何惑乎其不相及也。

盖心者理与气俱，有天亦有人，此非天之所得而主者也。性者理不杂于气，纯乎天而不能不待乎人，然非人之所得而离者也。然则人必何如而后能尽其心乎？

心为私所隘而不尽，而性中本无私也。视、听、言、貌之官皆洞然见肃、义、哲、谋之不可易，则此心之广大即形器而郭然见其莫御焉。夫比郭然莫御，非天德之峻极者乎，亦可反观而通于化矣。

心为物所亏而不尽，而性中本无物也。君、臣、父、子之极皆晓然见敬、忠、慈、孝之不能违，则此心之曲折即事物而秩然见其皆备焉。夫此秩然皆备，非天则之顺正者乎，亦可研极而究其微矣。

尽心由于知性，知性即以知天，然则致知之功，可不急求之于性哉！

夫人特未能知性以知天耳。果其知之，则断未有谓吾尽吾心，而此心犹可以自放；吾知吾性，而此性犹可以牿而亡之，以自弃于天者也。然知之匪艰，行知惟艰，世固有明知之而不能行所知者。而异学之流又谓一知已无余事，则甚矣，知天固难，而事天尤不易也。夫所以事天无他，亦惟存其心、养其性而已。

盖心有觉而性无为，有觉者恒出入而难操，无为者稍矫拂而辄损。故必以至实者予心，以至虚者予性，则出王游衍莫非于昊天深匪懈之思。

且心无定而性不变。无定者心，或至于旁逐；不变者性，又恐其坐驰。故必以严肃者予心，以易直者予性，则震动恪恭莫非于上天勤继述之职。

是则知之之功在性不在心，故格物穷理，虽生知者常以积学为孜孜，而未尝有师心之识。此所以与天同其高明也。

事之之力在心不在性，故主敬存诚，虽安行者必以操持为汲汲，而未尝恃所性之优。此所以与天同其不息也。

而又何贰之有哉！

孟子曰求则得之 一章

大贤欲人审所求，为明示夫己物之辨焉。夫求而得、求而不得，有益无益章章矣，曷审其在我在外而不误于求哉！今天下皆不能无求者也，见理义而悦者惘逐物之忘返，见纷华而悦者笑迂疏为不情，而孰知究其孰可求孰不可求？固有较然其不相同者乎。

是故仁义礼智之人不世出，而富贵利达之求接踵于天下，彼其意盖曰：性分之美吾非恶此而逃之，无如未可必得也。至势分之盛未有生而然者，大抵皆求而得之耳，吾安可以不求？诚若是也，将在我者求反无益于得，在外者求反有益于得乎！

庸讵知世有求则得之，如取而亦如携也。舍则失之，相弃而始相远也。求之而即得，不求而即不得。如是，是求之有益于得为何如，而要非他，有所求也。性命之各正，人既不得行其予夺之权；德业之交修，天并不得擅其进退之事，盖惟求在我者然也。夫求在我，盖亦有兼在外而得者，然非求之力也。使舍在我者以求而又未必得矣，则何若求在我之必得矣。

至于求之则有道，稍知道者必不背道以求也，况乐道者乎！得之则有命，即在遵道者犹未能抗命以得也，况违道者乎！道不可以妄干，命不可以力强。如是，是求之无益于得为何如，而正非不工于求也。天不能尽人而予以福泽之器，故通者常少，而穷者常多；人不能自我而操爵禄之司，故拙者常得，而巧者常失，盖惟求在外者然也。夫求在外，盖亦有舍在我而得者，然更非求之力也。使取在我者而亦如是，求则所得更万万矣。

又岂若在外之得不得皆不可知哉！

圣人精义入神则命不足道，或禄以天下而不辞，或尊为天子而不与。在我者甚足，则在外之为来为去俱付之以无心。

贤人守义不屈则以命制欲，得志则泽施一世而非过，不得志则道在一身而非歉。在外者甚轻，故在我之或屈或伸一听之于所遇。

彼不知义与命之一定，而役役焉求之不已，亦终无得于外，卒至丧我而已矣。

夫君子所过者化　一节

化神同乎天地，王道之大可知矣。夫过化存神，德业之最盛者也，上下同流，而霸术不足言矣，此王者所以独隆哉！且吾神游王者之世，而穆然如见王者焉。使王者物物而泥其怨与庸之迹，事事而释其所以为之之劳，则虽无干誉之心，终不足以见覆载生成之大，亦何以异于欢虞而自成其为皞皞耶！

然则，王者之民所以不同于霸者，何也？王者大而霸者小也。君子建中和之极，原未尝托无为以高清静之风，而政教刑赏之修明，有不显之德隐动于百辟之观刑者，非治具之灿设所能与也。君子切咨儆之怀，原未尝忘民事而怠绥猷之志，乃喜怒爱恶之几启，而从欲之治立效于四方之风动者，非意计之期许所能及也。但见其所过者化焉，身之所至不期其如是，而民已如是也。又见其所存者神焉，心之所主方期其如是，而民早如是也。君子德业之盛何如耶！今夫天位乎上，地位乎下，而万物资始所以成始，性命各正所以成终，此天地化神之流也。由是仰观乎天，俯察乎地，而裁成其道所以并行，辅相其宜所以并育，此君子化神之与同流也。夫莫大于天地，而天地化神之所至，君子之化神至之；天地化神之所不至，君子之化神亦至之，所谓广大配天地者非耶？以视霸者之民，当补偏救敝之时而群然惊叹为未有；霸者之主，行补苴罅漏之术而翕然称颂于一时，彼殆渺乎小矣。顾欲与君子比化挈神，岂可得哉！

盖王心惟一，一者万物之所不得而二也。以言乎迩则静正，以言乎远则莫御，以言乎天地之间则备矣。故得一以清，得一以宁，皆神明之变化，君子自为一天地而有余焉。

王道无私，无私者万物之所以咸遂其私也。极乎天而蟠乎地，行乎阴阳而通乎鬼神，穷高极远而测深厚。故天无私覆，地无私载，皆志气之充塞，君子与天地合德而非过也。

不知王者之上下与天地同流，而斤斤焉霸功之是竞，曰此大化也，此极神也。是犹见昭昭一撮之多，而曰天地之大尽于是也，岂不惑哉！

制其田里　四句

圣王以养民者养老，所以善也。夫田里树畜，制之教之，所谓政在养民者也，而养老即行其中，此其独善于天下欤。且圣人者，以人养人者也。以人养人，是以天下之人皆养人之人，天下之人即皆人所养之人。圣人不必有以养天下，而天下已欣欣然各致其养而不懈。知此可与言文王之善养老矣。

夫虞、夏、商、周未有遗老者，文王独善何哉？向使文王者必躬袯襫以为耕，操版筑以为室，而又艺其桑麻，牧尔牺牲，敬进长老之前曰：「不腆敝物，予不敢缺于供以为黄耇寿。」老首顾之色喜，善可知也。然而为文王者亦难矣，文王不然也。

但见其于田里则制之，百亩五亩敢惮区画焉。斟酌贡助之中而缵服于彻田，更变陶复之旧而执功于乘屋。此所以裁成天地而不过也，非文王孰能定其制？

至于树畜则教之，桑田鸡彘敢惮训海焉。豳岐之俗尚俭勤，红女与耕夫相勖；汧渭之间宜树牧，场师与罗氏相师。此所以曲成万物而不遗也，非文王孰能垂其教？

凡此者，经画衣食之原，营度生养之计，非专为老者设也。乃文王则从而导其妻子，使养其老焉。

愚蒙惰废而不事，力则不出于身，货则弃于地，仁爱之所以衰微也。今明而诱之，曲而劝之，无求于人而可坐以致富。将菽粟足而民仁，即乡里之求且轻给之，况吾父兄乎！

顽悍挟货以自便，私妻子则有余，顾父母之养则不足，天性之所以日薄也。今率而驱之，教而化之，既显顾其名，而亦隐动其心。则豆觞让而民不犯，即党族之长犹尊贵之，况在家庭乎！

知天经地义之由于民衷，则夫义妇听、父慈子孝自相结于不可解，不必设三老五更之席位，而人人能纪之以义，终之以仁。

使爱亲敬长之达于天下，则妻不待戒于夫，子不待督于父，自相勉于不容辞，不必效执酱执酳于太学，而孝弟已发诸朝廷，达于州巷。

盖至无不衣帛食肉之老者，而后知虞、夏、商、周所为惇史引年，皆莫如文王之养老也。呜呼善矣！

况居天下之广居者乎

居仁者不可量，相形焉而愈见其大矣。夫吾心自有天下之广居，于以居之裕如耳。然非即凡为居者形之，则其大焉者不出也。故孟子因王子而喟然曰：自生我以来，久已有一境焉，不因外至之居而移我气，亦不因外至之养而移我体也，以其御夫气而且裕夫体焉耳。然而人卒不察，徒知外者之足以相移，不知内存者之举无足为我移。则亦未尝相观焉，而知此中有难量之境也。

王子之若彼，固居若彼耳。

夫必如王子之居，而气始成其为王子之气，体始成其为王子之体。则凡不如王子者举无望矣，何也？以其得为王子故也。然仅如王子之居，而气已成其为王子之气，体已成其为王子之体。则凡大过乎王子者更可知矣，何也？以其止为王子故也。

夫王子居虽善乎而非广也，王子之居即广乎而非天下之广者也。乃犹然若彼，况居天下之广居者乎？

盖自有此广居，则吾心大而天下皆小矣；自有此广居，则吾心久而天下皆暂矣；自有此广居，则天下受其歉而吾心受其备矣；自有此广居，则天下处其险而吾心自处其安矣。

曷言乎吾心大而天下小也？以此广居而与天下共之，举一代之天下胥庇其宇下焉！是则可大之业也，以视相矜于势分者，不渺乎小耶！

曷言乎吾心久而天下暂也？以此广居而为天下传之，举百代之天下胥蒙其余荫焉！是则可久之德也，以视相耀于耳目者，不偶然暂耶！

又何以备天下之所以不能备也？曲学之家，得其一艺亦足以为名，而吾心之体纳万物而不见其有余也。则备莫备于此，而外焉者皆歉矣。

且何以安天下之所不能安也？惨刻之术竞其所长，终主于莫测，而吾心之用并覆载而自见其常宽也。则安莫安于此，而外焉者皆险矣。

虽然，广居而居之，夫岂易易哉！非有明辨之功以大其识，则自有其居而竟不知其可居；非有严毅之守以大其力，则虽知其可居而竟不能不旷其所居；非有知言之学以裕其先，则邪说足以据其居而使之相乱；非有养气之素以周其后，则诐行足以入其居而使之相淆。此所以人各有天下之广居，而居之者不能不存乎其人也。

自记：岁己未，以首拔受知于郡伯刘先生，已而季试屡被特赏。先生名枟，安邑人，仕至云南布政使。

君子之于物也　一章

物与民无紊施，皆待乎亲之余者也。夫爱而弗仁、仁而弗亲，施于物与民各当矣，而俱待乎亲亲以递及焉，君子可不急于其本哉！今夫人自亲生之即有民物待命之理，顾或量期举乎民物而终无当于道之所当然。此无他，徒相循于其末，而未尝等而差之以先求乎其本。则事愈难而道愈远，毋惑乎天下之大，欲被其施而卒无以相致也。

是故君子养其心于浑厚之原而蔼然不忍者，常与天地而同流。故统乎其同，自得夫情之所以合。

且育其德于精明之极而截然不混者，与天地而同节。故辨乎其异，自得夫分之之所以殊。

物亦吾物也，何得不爱，乃其于物也，爱之而已。若引为同体而仁之，不惟我不应加于物也，而物亦不能受。故弗仁非薄于物也，正以其为物故也。

民亦吾民也，何得不仁，乃其于民也，仁之而已。若等于天性而亲之，不惟我不可予于民也，而民亦不能安。故弗亲非薄于民也，正以其为民故也。

爱之而物遂物之情，仁之而民遂民之情，欣欣然各当乎其愿，既全吾天下一家、万物一体之意。

弗仁而物安物之分，弗亲而民安民之分，秩秩然各止乎其所，不失吾范围天地、曲成万物之常。

是何也？

盖情之所当亲则惟亲而已，极吾情之至厚，犹未足报我生之万一，维天之命自有固结而不可解者，非取诸在外之感触而始动其心也。推此情之余而及民，又推此情之余而及物，则民取其仁，物取其爱，循序渐致，自沛乎有莫御之机，此道之所以相生而不穷也。

分之所当亲亦惟亲而已，竭吾分所得为，犹未足将人子之幽隐，立人之道自有至极而不可易者，非较诸一切之轻重而始知其理也。足此分之量而民受之，更足此分之量而物受之，则民得其仁，物得其爱，而知明处，当自充然无不举之处，此道所以至大而有别也。

亲亲而仁民，故于民仁之而弗亲也。仁民而爱物，故于物爱之而弗仁也。夫君子之事亲也：合天下之欢心，备万物之孝养，民与物皆以致不匮之义而未尝以天下俭其亲。而君子之成亲也：广其道于道路州巷，通其意于伐树杀兽，仁与爱要以廓吾横塞之施而不至以一家隘其事。

此所以亲亲长长而天下平也。世之人主或不忍一物而残民以忘其亲，异端之徒又等其亲于途人而不知返，岂非君子之忧哉！

充实之谓美　二句

人品之美且大者，犹善之可勉而至者也。夫诚于中而形于外，亦尽乎善之量矣，谓之美且大，不犹可勉而至乎。今夫善而可欲，是莫掩于外，必能无憾于中也。进之而有诸己，是有得于中，必非虚饰于外也。此亦足以见其人度越寻常，而力善者深矣。然吾力所能勉者，尚有层累而至之境。故有至美焉，未极乎美，虽善，陋也；有至大焉，未极乎大，虽善，隘也。然则由善人至信人，未可已也。

夫善未有不美者也，而特不可执少有以为美。盖信于心而未必无歉于其身，则内有不足必求助于物，而得乎此未有不遗乎彼，是未能充实也。君子知天之所以与我者，万物皆备，而何得以偶然之获据为自足之期乎？故方其信之也，笃诚烛理，集义不懈于初终；强立不回，执德不遗于道器。如是而不已焉，初不知其中之所有何如也。久之，而善之所积洋溢于动静之间，而不尽其左右逢原之致，即隐微之地，莫非清和醇懿者鼓荡于天机，则又何善之不具乎！恢之弥广，未尝穷大而失居；满而不溢，宁至袭取以增重。所谓人之美者，莫美于是也，是善立于己而不遗余力之候也。

至于美则未有不大者，而又不可恃内蕴以为大。盖美于中而未必发见当其可，则外有不著必所积者不厚，而其出之也无力，未有不应之也立穷，是未有能充实而有光辉也。君子知我之所以成性者，高明配天，而何敢以朴遬之观托于含章之理乎！故方有其美也，宣畅其和，以待神明之自动；不显其德，惟期高朗之无亏。如是而不已焉，初不计其外之所见何如也。久之，而善之所发彰著于视听之表，而莫御其流通盛大之机，凡宇宙之内，莫非其弥沦布濩者咸被其显烁，则又何善之可秘乎！盛德在躬，而志气塞乎天地；光华在世，而大道炳于日星。所谓人之大者，莫大于是矣，是善达于物而渐近自然之时也。

要之可勉而至者尽乎此矣，过此以往，未之或知矣。

补编

君子不重　一章

君子之固学也，去其累吾身者而已。夫不重不诚，滥交吝过，皆吾身之累也，自修之君子可不交致其功乎。且古之人所以砥砺廉隅、懿修醇茂，使一时贤者乐附而訾议不生者，非有他道，全夫天之所以予我者，而在在去其所累，是以身修名立而无所疵于其心也。

凡今之人轻佻为便，则礼非吾设也；躁率是趋，则小德可逾也。由是倾危诡辨之士进，文过饰非之行作，犹曰从事于学。虽足以欺愚氓立名誉，识者望之，知其无有。岂不惜哉！

不重则不威，学则不固。气溢而不收者，其内必虚；官弛而不守者，其中必肆。学之不固，无固心耳。

君子知其然，不特摄官骸于威仪，而又居敬以养其原。存诚以祛其蔽，审几以察其非，穷理以会其极，自念虑之微以及事几之著，推而行之，无之或杂也，自一息之暂以及百年之久，贞而守之，无之或息也。君子之主忠信，岂苟以相托云耳哉！

虽然，订金兰而歌同气，又在所当慎也。一入匪人之党，则生平文章节义只为后人嗤笑之资；轻投不肖之群，则居此学问功修难挽已前失足之事。况正士每难猝合，而宵小恒易相投。则不如己者，断断不可友也。

至若疵类萌于所忽，愆尤乘于偶然，即在大贤犹或不免，讵足讳欤？或者恃大节之无亏，而细行不谨，岂所以长进德业、扶持学问哉！君子不以恶小而为之，明决之气察于未然，刚断之怀克于既觉，务使大醇无疵。是以过不少容，德不少累也。

然则人亦惟自致其力耳。庄敬以治外，诚一以养中，择交以广益，兢业以省身；去轻肆之貌，绝自欺之情，拒邪伪之朋，坚克治之力；分之而各尽其道，合之而交致其功，夫然后学有日进之势而无自画之弊。是以君子贵自修也。

子张学干禄　一章

学务敛诸其内，终无可幸之禄也。夫学而干禄，非唯失学，且失禄矣。盍亦内顾其言行为何如而后言禄乎！且士生而无志于天下，即所得日深而所失日少，亦终归无用。谓其适足独善，君子所不贵也。虽然急于用世，而挈空疏无具之身以徇之，或所如不合又将改术以求悦于世俗，以是终其身而得自见者，夫亦鲜矣。

今夫人必自信而后可以信于人，人必众悦而后可以加于众。故言行之可否乃学不学之明征，而尤悔之有无为禄不禄之定候也。子张学焉而至于干禄，全不加意于言行，而以昧昧尤悔之躬，遂妄计厚糈之在是哉！

独不思圣天子一旦临于上，贤公卿相与辅佐于下，而我以身伺其间，顾一筹莫展，发谋决策让之他人，岂不羞吾党而轻当世之士耶！则是吾之当多者不多，吾之宜寡者不寡，如是言禄亦终不可得之数也。

今夫士负重望，听其言而愦然，观其行如皇然，即有可恃矣，或理不可信，事不可安。即可信矣、可安矣，又急于自见，而无郑重之意以守之。此其人不得禄则以为宜然，即得禄亦以为偶然。是不禄不可，禄尤不可也。

若夫听其言而秩然，观其行而粹然，既有诸身矣，且理必可信，事必可安。既无不可信矣，无不可安矣，又审于自处而复多谨慎之怀以深之。此其人不得禄则以为偶然，既得禄则以为宜然。是不禄亦可，禄亦可也。

盖以学言之，其微者在性命之精，其显者在政教之大，阅历多而用心审，此尚非自足之时。故神圣之业，其初必有格物穷理之功，其终必有敬惧涵养之力。循是以往，吾固有不爵而荣、不赏而富者，况朝廷苟旌淑而别慝，则修士断不终老于衡茅。

以禄言之，上之有文武宪邦之略，次之有具官授器之能，耳目广而志意深，此本无相取之术。故王佐之才，其外必有叩之不穷之端，其内必有操之不失之准。由斯以出，吾固有享鼎钟而非侈、备极奉而非奢者，况道德本无隐而弗彰，则大烹亦并无加于平昔。

闻见多疑殆阙，复加慎焉，此言行之要图而尤悔所以泯也。师也不此之务，而徒禄之是干，吾见其只为尤悔之招也。

文质彬彬 二句

酌文质之中，可以得君子之实矣。夫文质贵乎得中也，彬彬而后为君子，野与史将何从哉！且大道有不易之归，儒者无执一之事。是故去其流失，衷诸至善，要有学问存焉，非可苟而已也。

观于野史交讥，然则文质其可偏胜乎！

学者之于身也，必有范围不过之功。则行谊所存，自授权于气质。

其于世也，必有斟酌咸宜之用，则习俗所尚，自不能变其性情。

是惟质而佐之以文焉，文而主之以质焉。彬彬乎内外之交称也。

且质不可损，损文以就质焉；文不可益，益质以用文焉。彬彬乎本末之咸宜也。

物恶其专一而不能通也，杂之则适均，此万变之所以就于理也。

道恶其两岐而不能合也，融之则交尽，此一中之所以神于用也。

夫然则本忠信之心，而等威有辨。将敦庞愿悫之风留之后日，而其源独远。

即服物日盛，而浑厚常存。将藻采风流之誉原之太古，而其业弥光。

今而后敦其质而不得以为野也，亦焕其文而不得以为史也，君子哉！

中和须臾而不离礼乐，即斯须而不去。克刚克柔积诸一身，与二气之机缄合撰。

称天下之物而平其施，即建天下之极而神其用。无偏无党措诸斯世，与帝王之德业同符。

顾君子自然而无偏胜者也。学者而欲求至于君子也，则必有道矣。

举尔所知 三句

用人之道，与天下为公而已。盖至公者不必尽出于己也，己有所举，人即继之，此为用人之道乎。且一人之智原不足以周乎天下，而终不使天下之有所遗，是非无道以处此也。其力止寄之一二人之间，而其量遂足以并包乎天下，使之欣然各有以自间而靡所弃。则合天下之聪明以为一人之耳目，所为良足恃耳。

雍以有所不知为举世虑也，吾为尔计之。

盖吾之所以倡乎天下者，不惟其事而惟其心。以有尽之事行无尽之心，其道贵广于同也。

吾之所以及乎天下者，不在乎多而在乎诚。本诚切之心发而为旁求之举，自将各以类应也。

惟在举尔所知而已。未有尔必不能无人者，势也。尔举而人未尝不举者，情也。

凡人即甚神圣，不能强其力之所不及。古延揽之君，未闻求贤而不得者，初非以不知而冒为登进也。尔诚念夙昔盟心之士可共国家，则植党之嫌、亲故之迹皆所不论焉。

即至见闻有限，世未尝无好善如我者，风声所树，人其争自推扬，则得人之庆遍于四海矣。

凡人即甚寡陋，岂遽无其心之所独赏。古求士之朝，未闻所用非其人者，初不外所知而别为搜罗也。尔诚思偶然投合之人足为心膂，则破格之典、越俗之求在所宜急焉。即至采访或穷，世未尝无曲为共谅者，意气所通，人其竞相荐引，则明通之彦遍于廷宁矣。

盖国家所不可有者，互相推诿之心。君子当为学之日，早已知私己之不可有为也，平居所素愿者，只此并行并育之念。故选贤任能不过以人用人，而初无偏党，而人皆得分其责以相就于功名。

且人臣所不可存者，旁观事外之情。君子当立心之始，早已知懿好之莫不皆同也，隐微所自矢者，只此公好公恶之心。故敷奏明试志只因物付物，而绝其专私，而人遂得广其途以相进于左右。

审如是也，雍固不必尽知天下之人，而已无弗举矣。

士无事而食　易事

士以无事见讥，未审于不通易之说也。夫以无事而食责士，则必出于不通易而后可。然而衡功与事将何从乎？且天下最宜重者，惟士耳。居恒读古人书，见夫承筐鼓瑟，衎我嘉宾，窃自负以为济世行道，俾天下食福不倦。无何而世之绳之者，窃窃然以为縻尔食也，抑用自悲矣。虽然，庸碌者流何足以衡天下事！其所为胶固而不变者，执其说以往，将怀抱利器，郁郁适兹土，又不独士焉已也。

更疑传食为泰，及闻受人者以道为衡，既自知其说之非矣。夫更诚无解于其说之非也，何也？士之道即士之事也。然而更则曰：士何事也，食焉而已矣。

诵《诗》、《书》乎，博大烹也；怀经济乎，畏斯饥也。是故名则天下之至美也，利则天下之至丰也，实则优哉游哉聊以卒岁。而一无所就，以事若彼，以食若此，不亦轻吾党而羞当世之君耶！

虽然，更莫谓士果无事也。夫战国之天下其不可不易也久矣。士特不得通耳，即何由著功烈于天下乎！诚通井田之功，则阡陌可易矣；通学校之功，则游说可易矣；通尧、舜君民之功，则齐、楚、燕、秦、韩、赵、宋、魏中山之俗忽焉易为唐虞三代矣。

而更猥曰士无事，无事云耳，则凡不通功易事者，孰如更乎哉！

一人之力不足以自给，故巧者必过习者之门。苟取怀以相与，斯虚往而实归也。岂有他术，通焉故也。

万物之用常取于相需，故同者必待异者之济。苟交质而不穷，斯相反而相合也。岂有岐途，通且易焉故也。

夫人之情至无厌也，而功则有限。各治一事，通而易之，斯可以数用而不困。而更顾执其硁硁之见，概弃捐不用。然则为士者必毁先代之典章，芟圣神之法物，散其子弟，改其操持，抱丘壑而终焉，以自食其力，裹足不入人郊。更庶几曰：瞿瞿良士，未尝无事而食也。然天下有余不足之患，又从此甚矣。

附录

传志

《安徽通志·朱书传》

朱书，字字禄，宿松人，康熙癸未进士。改庶常，授编修，纂修《佩文韵府》，赐松花冈砚及鹿、雉、鱼等物，辰入酉出，积劳成疾。上赐问，遣太医诊视，盖异数也。卒于京邸。所著有：《恬斋诗文集》、《松鳞堂偶钞》、《古南岳考》、《日记》、《记闻》、《漫记》、《寒潭琐录》行世。生平为学以复性为主，格致诚正为归。方苞最推重之，及卒，为撰墓表。

《宿松县志·朱书传》

朱书，字字绿，家于邑东豆溪庄，亦曰杜溪，后因以号其稿。父光陛，别有传，列义行。明季将家属播迁南岳，晋熙间，书生于潜，乱定始归。

幼颖异，父置膝上，口授四子书，以箸画灰作字示之，形声了然；语以古今治乱及忠孝大节，皆省悟。家贫，夜每燎枯茎照读，旦贫薪米且诵，或躬事绠汲臼舂，然袖中书未或斯须去也。稍长，博极群书，经史子集韵部皆手录，日作蝇头楷二万余，加丹铅点，乙逊敏刻厉兼匡衡凿壁。仲舒下帷，古大儒风。学以复性为主，格物诚正为端，明道济时为用，于濂洛关闽之旨，罔弗殚究，尝与关中李中孚论「无善无恶心之体，有善有恶意之动」二语，并辟《学髓图》善恶两歧之谬，反复不遗余力，折衷理要，无门户见存。李亦大雅推之语，俱见《杜溪集》。

为文根柢五经《史》《汉》而发挥流露，以八家为宗，所著汪洋浩瀚，如江河之东沛，不规规绳尺，自入先辈大家之室。古文自明归熙甫后，首推方侍郎灵皋，方尤推服杜溪。尝与戴田有偕徒步访之，有《杜溪访旧图》。留数日，灵皋谓书曰：「古文吾不如子，楚军出钜鹿，一战霸矣。」田有亦极称字绿为百世之人，才气横绝一世，自以为无能为役，其奇伟博辨之作，视己不啻倍蓰过之。盖书虽谓宗八家，实若合汉魏为一手也。戴之学古文先于书，及其成功，书固已若此。当世荐绅先生张玉书、陈廷敬两相国，见杜溪文，俱推为古文巨子焉。

时艺一准韩、柳义法行之。初，光陛遭世变，雅不愿为时文。书承父志，屏弗遽学。十九岁时始窃为之，南人有言曰：「篇其发轫也，纯乎古文为时文。」文集中四书文稿，类与之同钦定文选，其《刚毅木讷近仁》、《夫子自道也》二首，海内著作之林项背相望，如刘岩、汪份、黄越、何倬、薄有德、阎若璩、储在文辈，书皆与雅故久契合独真。康熙丙寅贡拔萃，始游京师，褐衣布履，名动公卿。壬午举顺天乡试，癸未登进士，年五十矣。改翰林院庶吉士。素性泊如，不竞仕进，仍日事著书。

遇主赐松花冈砚、鹿、雉、鱼等物。辰入西出，积劳成疴。上遣太医诊视，纶音赐问，皆异数也。官终编修。

生平喜游览名山大川，过都越国，以拓其心胸，征闻见，助文藻，摺利病，洞古今，人比之司马子长。未释褐前，橐笔走天下，丁卯、戊辰间走燕、赵、齐、鲁，癸丑历三晋，入关中，甲申后间关吴、越、闽、楚间二十余年，备识古今人物，山川道里，而论次之。西登华山绝顶，作赋缅缅千言。以疾卒京邸。灵皋为撰墓表，刻望溪并杜溪集中。

书宽厚质直，乐道人善，于乡先达有功业、文章者，表彰之不遗余力。尝作征文献书若干言，欲蒐集皖江文献，自汉以下，汇为一书。尤深愍金忠士之有休烈于天下，没而闻不彰也。胤祚式微，无力自通，其状当轴前。乃书贻史官万斯同（书从略）。不饰不阿，称心而言。并张兵备凤翥之致命，遂志田副使有年之晚节幽踪，俱连类及之，书辞不报。《明史》忠士无传，幸有书之此书，忠士可传，具信于世。

学者宗仰杜溪如泰山北斗，至今称杜溪先生。

《朱氏家谱·朱书》

讳兴元，又讳世文，后改名书，字字绿，一字紫麓，号恬斋，别号杜溪。生于顺治甲午年十月初十日寅时，康熙庚申入泮，丙寅恩拔，丁卯考授教习，期满受县职。壬午中顺天乡试二十七名，癸未捷南宫四十四名，殿试二甲四十名，点入词林，旋奉诏武英殿纂修《佩文韵府》、《渊鉴类函》等书。

其行实邑志、郡志、省志皆有传。公神慧非常，过目成诵，博闻殚见，经书子史无不通晓，诗古文词皆其所长，尤长于古文。诗、古文、时文稿，皆有专集行世。此不载。康熙丁亥年六月十九日亥时殁于都中寓邸。

墓表

朱字绿墓表

方　苞

余之交，未有先于字绿者。康熙丙寅，归试于皖，先君子携持以行，侪辈间，籍籍言宿松朱生。因从先君子访字绿于逆旅，辞气果不类世俗人。将返金陵，遂定交。字绿父事先君子，而余兄事字绿。是岁，字绿以选贡入太学。海内知名士皆集于京师，以风华相标置，独字绿褐衣布履，行行稠人中。时语古文，推宋潜虚；语时文，推刘无垢。字绿见所业，遂归读书杜溪。及壬午再至京师，声誉一日赫然公卿间，二君若为小屈焉。遂连举甲乙科，入翰林，馆中先达，皆严惮之。岁丙子，余有事故乡，而字绿适客于皖。丁丑戊寅，归休于家，而字绿适授经金陵。癸未丙戌，再赴公车，而字绿皆在京师。故生平执友相聚之久且密，未有若字绿者。

字绿强记，文章雄健，尤熟于有明遗事，抵掌论述，不遗名地。其客金陵，先君子每不自适，辄曰：「为我召朱生。」字绿体有臭，夏月尤甚。然每与先君子酣嬉终日，解衣盘礴，余兄弟左右其间，不觉其难近也。始字绿归自京师，筑室其邑之西山，名曰杜溪，将著书以终老焉。其再出也，以家贫多累，又自恃体素强，齿犹未也，虽迟之数年未为晚，而竟死于羁。既遘疾，半岁中，四以书抵余，未尝不自恨也。

字绿讳书，以康熙某年月日卒于京师，年五十有七，以某年月日归葬于某乡某原。子二：长晓，淳朴能家事；次曙，志承其父学。辛卯八月朔日。

注：「年五十有七」，《望溪文集·朱字绿墓表》作「年五十有一」。

序跋

杜溪稿序

戴名世

《杜溪稿》者，予友朱君字绿所为古文也。字绿家宿松之杜溪，因以为号。其稿凡数十万言，嘱予序之，且曰：「吾之文章，非吾子莫之传焉。」

嗟乎，予之自废弃也甚矣！流离奔走、枯槁憔悴之余，旧学尽失，而字绿之才气横绝一世，其奇伟博辩之作，视予不啻倍蓰过之。予尝以为文章者非一家之私事，予虽有志于此，而家贫多事，不能著书。今得字绿岿然杰起，即予亦可辍笔，而字绿犹爱慕予文特甚，且以传其文见嘱，此以知字绿之虚怀乐善，而其文且日进而不可涯涘也。予荒陋无能为役，然字绿之请不可以辞，则仍举曩日之所以语字绿者言之而已矣。

予尝与字绿言曰：世有一世之人，有百世之人。所谓百世之人者，生于百世之后，而置身在百世之前。唐虞之揖让于廷，而君臣咨警，吾自见其事而耳闻其声也。南巢、牧野之战，吾亲在师中而面领其誓诰也。吾又登孔子之堂，承其耳提而面命，而与七十子上下其论也。吾又入左氏、太史公之室，见其州次部居，发凡起例，含毫而属思也。以至后世战争之祸，贤君相之经营与夫乱贼小人之情状，无不历历乎在吾之目，是则吾生于今而不啻生于古。自尧、舜至今，凡三千余年，而吾之身已三千余年而存矣；而吾所著之书传于后世，而后世之人读吾之书如吾之謦咳乎其侧，是则吾之身且与天地无终极而存也。此之谓百世之人也。若夫一世之人，则止识目前之事而通一时之变，虽其人至久远不过百年。以天地之无终极者视之，须臾而已矣。乃若生于一时而一时之事犹懵不能知，则庄周氏之所谓朝菌也、蟪蛄也。「朝菌不知晦朔，蟪蛄不知春秋」，吾安得百世之人而与言百世之事哉，既以语字绿，辄自顾而叹，而字绿闻之，未尝不奋袂而起舞也。

予与字绿年相若，予之学古文也先于字绿，而字绿之为古文予实劝之。乃予与字绿东西奔走不能合并者凡七年。至是遇于金陵，而字绿之志益高，读书益勤，而文章日益工。嗟乎！以予之幽忧多疾、精力渐衰，回首曩日著书之志，已自废弃。所谓百世之人已属之字绿，而予之与朝菌、蟪蛄相去几何！此所为序《杜溪稿》不禁辍笔而三叹也。予将归隐故山，与杜溪相距二百里而遥，尚欲网罗散轶，一酬曩昔之志。苟有撰著，必正于字绿而后存。则予之文且赖字绿而传也，而予又安能传字绿之文哉！

金陵龚君孝水、朱君履安方校雠字绿文，闻予言而善之，皆曰：戴子之言是也。遂书之。时康熙庚辰十月。

注：清贻馆版《宋杜溪先生集》，署名宋潜虚。

序

方东树

《杜溪诗文集》十卷，外附《白崖文集》一卷，故编修宿松朱先生字绿及其子曙撰。道光辛卯，树主讲松滋书院，其族孙麟悯先生无适裔，将代为梓行，而嘱余序之。其言曰：先生集旧有刻本，既未盛行于世。而乾隆时开四库馆，严令开查禁书，其家不知而毁其版。故今抄本仅存于此，又多磨灭错乱，至不可读焉。树幼即知先生名而未见其文，即发读卒业，则叹曰：此岂仅一方之文献而已！盖国朝诸名家著书若此者，实不多见。是固将追古之作者如孙樵、李翱、苏洵、曾巩辈，并垂不朽于天壤。惜乎世无传本，知葆之者少，而可不亟亟焉表而出之哉。

盖先生受知于仁庙，尝预武英殿修书之选。一时交游之士如：万处士季野、梅征君定九、阎百诗、何屺瞻等并国初硕学耆儒，先生与之驰骋议论，并驾角立。而其文又皆经事析理之言，高峻曲畅，气韵温厚，得法雄深，无一语为时人所能措。如《与李一曲辩学书》、《记阙里志后》，理明辞确，有裨人心世教；《记徐司马三征事》，表潜阐幽，足补史传之不备。其他杂文，记言、书事皆关典故，无虚词泛语。而考其言之所至，其所得于内者，行又足以充之，孚于乡党、信于友朋，足以重天下而传后世无愧也。

世之文士汲汲著书以邀名，而行无可称，中无所积，剽袭标榜，凭借声气以炫襮于一时，卒归湮灭。而如先生之操修明洁，高文博辨，虽其一时未显，而其光气灵怪终不可遏抑。在在如有鬼神呵护，待其人而后发。故虽其子孙之式微，而承学后进不敢谢其责，而必为之发扬暴露以著见于天下后世也。盖有天焉，非偶然也。

先生与吾宗望溪侍郎交最契，其卒也既为之表其墓矣。而此集前亦尝为之序，顾此序不载《望溪集》中，后检阅吾乡《宋潜虚先生集》，则知固宋作也，今当正之。树既惟书无重序，又自念末学鄙浅，岂足以重先生之文使学者尊而信之！谨订其脱谬、更易其卷第、言其大略，以质世之君子，非敢谓能序之也。先生平日所最措意者，有《游历记》数十卷，今集中有其序而未见其书，惜哉！道光辛卯九月，桐城后学方东树序。

注：「后检阅吾乡《宋潜虚先生集》，则知固宋作也。」抄本为：「后检阅吾乡《戴名世先生集》，则知固戴作也。」

朱杜溪先生集序

石广均

世有承扶舆磅礴之气，川岳郁勃之英，积百余年，或遏而不传，或传而不广，其精灵气焰不可磨灭，卒有以发其光辉、信今传后而无穷者；物皆然，文章何独不然？吾邑南拱匡庐，北倚潜、霍，东带雷水，西错蕲、黄。其灵淑秀特之所积，知必有鸿儒宿学出其间。而近代以著述名家者不多见，何欤？岂简断编残无人表彰于其后欤？

杜溪字绿朱先生，当代著作才也，夙以挚行古谊重于乡。初贡成均入京师，与一时知名士游。学成，文立誉播公卿。生平喜游览，经历燕、秦、齐、鲁、吴、楚、闽、越间，垂十余年。足迹所至，凡三辅、黄图之壮丽，泰岱、华岳之瑰奇，与夫震泽、湘江，鳌峰、鹫岭之波谲云诡，一切山川景物、里俗风谣皆足以荡豁心胸，增长气识。故见之于文，汪洋灏瀚，宕逸雄深，直登古人之堂，探其奥而嗜其胾，未知与子厚、永叔辈相较何如？而立言已寿世不朽矣！桐城宋潜虚先生称为百世之人也固宜。乾隆间板毁于火，传者寥寥。

吾邑国朝以翰林起家自先生始，先大夫境心府君与焉。岁辛卯，先大夫以先生德行、文艺为乡里矜式，偕同人请于朝，祀瞽宗。礼成，瞿然曰：「先生本躬行为文章，其硕德馨香自足千古，而著书满家不能流播天下后世，何以表先哲而阐幽光矣！」尝读先生《与万季野书》，亟欲为乡先辈金中丞立传入《明史》，且告同郡征纂《皖江文献》。盖先生孜孜以表扬曩哲为己任。余忝从先生后，备职词垣，不克志先生之志，心甚慙然。用谋诸先生族人化群（茂才）名麟者，促梓其稿以行世。未几，化群物故。不数年，先大夫亦捐馆舍事，未果。

戊申春，邑人士以先大夫及先从兄愚泉夫子请祀乡贤，得旨俞允，里豆庠笾，与先生后先辉映。而先大夫欲传先生著作，藏之名山，有其志而卒莫之遂。伊谁之责欤？余不敏，学识谫陋，未得观中秘书，于先生文何能仰窥万一。第先大夫欲志先生之志，而不肖不能志先大夫之志，非惟无以表先生于数百载后，即何以慰先大夫于九京也？用是蒐罗散佚，得其古文诗赋若干首，编校付梓，俾百数十载之菁英遏而未传、传而未广者，今得昭示来兹。庶千百世后，知吾高塘秀水间禀山川钟郁之灵，固大有古作者在，岂特一代之文、一邦之彦已哉！先生之书传，而先大夫之志亦慰矣。于是乎书。道光三十年，岁在庚戌，孟秋月，同里后学石广均顿首谨序。

朱杜溪先生集（荫六山庄版）叙言

黄修礽

家藏《杜溪诗文集》十卷，附《白崖文集》一卷，乡先辈石渠先生刊；《游历记存》汪养园先生刊，外有《评点东莱博议》及制艺百五十篇，杜溪先生族孙刊。

兵燹后板皆毁灭无存，海内著作家亟求先生集而不可得。今春捡集中古文七卷并《游历记存》，重为梓行。余俟续刊。光绪二十年岁次甲午孟春月同里后学黄修礽。

游历记存序跋

序

汪桂月

《游历记存》以其有不存而存之也，存之而可以该其所不存，且并可以不存其所不存。古今地理之书，惟《禹贡》千古独存，其他如《水经》、《山海经》等书，皆可存可不存。天存气，地存形，人存理，气与形举归于理。故《易》曰：成性存，存道义之门，合智礼，存性而不已，故曰存存。尧命羲和治天而天存，舜命禹治地而地存，命稷、契教稼，明伦而人存。三才之外，无可言存者矣！尧后千余年有孔子，不独生不逢时，抑三才之理皆全备于数。圣人而无所留余，故独使游历七十二君之庭，以发挥其理。即其所游，而尧、舜、禹、稷、契之理存，天地人之理，亦罔有不存。此所以为圣人之大成，而尧、舜、禹、稷、契群圣人之理，无不于游乎备之。

先生之游，文人之游耳，而独寄兴十余年，足迹几遍天下。其时天下十五区，先生历三之二，雨淋日炙，犬啮人笑不之顾，如两畿、燕、秦、梁、楚、豫章、闽、浙、扬州诸地，摩挲跌宕腾掷而成此书。凡若干卷，百数十年仅存《燕秦之道》一卷。有摄之者欤，匿之者欤？夫此书以道里为经，见闻为注，其于桑钦郦道元生值乱世，虽见闻所不及，亦笔之于书者，独踏实搜寻，讨论挥斥，亦诸子百家中不可不存者欤？顾天下所常存者理耳。虽文有显晦，人有存殁，而此理自在天地之间。尧、舜、禹、稷、契所以至今存者，存其理也。先生读孔氏书，沉潜于尧、舜、禹、稷、契之理，慎笃于伦常日用，而流露于经术文章，盖亦骎骎乎得人之理矣！斯见先生之文而其人存，其理存，亦并可以存其所存而不存其所不存。时道光二十九年己酉孟冬月同里后学汪桂月养园氏顿首谨序。

跋

胡思敬

宿松朱字绿先生与戴潜虚、方望溪同时，治古文有名。潜虚有作，必就正先生而后存。其没也，望溪为表其墓。先生以翰林起家，尝入武英殿修书。一时群彦如万季野、阎百诗、何屺瞻诸公服其议论，皆与订交。已而，弃官归，筑室邑西之杜溪，著书娱老，因取杜溪名其文集。方植之《集序》言先生平时最措意者有《游历记》数十卷，惜未之见。后里人汪君养园获其遗稿，只《燕秦》一道。证以植之所言数卷，散佚尚多，因题曰《游历记存》，明其非完本也。其著书体例，《自序》中述之甚详。汪刻无《序》，今从《文集》外补入。有疑字不敢径改，校时用小注分列于下。昔顾亭林出游，以二马、二骡载书自随，所至阨塞即呼老兵、退卒询曲折，与先生橐笔携童事相类。此可见古人用心之勤，而游历之有裨于学者不浅也。光绪戊申夏，新昌胡思敬跋。

朱字绿诗序

王　源

今之诗文多取宋人糟粕为新奇。予于蒲坂旅店壁上，见宿松宋字绿过韩侯岭诗，和予友眘雨圃作，识力甚伟。至关中读其诗，竟日不释手，卧枕上梦魂飞动。盖时昌黎之骨，而烹炼之，工直追颜、谢。至序事之妙，尤卓然迥出流辈上。

予尝谓司马迁不为韩信存疑，直序其与陈豨语于钟室之上；荆卿刺秦王不中，曰吾欲生劫之以报太子。此英雄欺人语，乃序诸太子丹定谋之初，皆迁作史无识处。予尝作《荆轲叹》，发其隐。而生平最爱李西涯拟古乐府，微言婉义，足存千古是非之公。盖诗之道与经史相表里，岂猎夫不工者以为工，沾沾字句之末者所可语？字绿曰，戴田有劝予肆力古文，不必复为诗。田有古文，同人中予最最所推服。斯言也，其以字绿诗既足以传，欲其专力古文，而并望其文之传于后欤？抑有慨于今之为诗者，而恐字绿蹈之也？

予观字绿之诗，即不必为古文亦足以传矣。况其古文取法眉山，峥嵘有气势，更进而求之而其传何疑也？然昌黎之诗，向几以文掩。吾恐字绿之文工而诗之传又其余矣。字绿之诗，今之人无或先之者，应与其文并传。乃昌黎诗不及李、杜，而文起八代之衰，则其文终有过于其诗也，其诗曰余事作诗人。此田有为字绿期者乎？

朱杜溪稿（时文集）序跋

序

李振裕

迩来数十年，天下无古文。其所为古文不过剽取貌泽，未尝关系古今有无之数，即云无古文可也。时文亦然，不能根柢经传，略加摭拾，捕掠影光，侈然自称名家，博高第，即云无时文可也。

予视学江南时，得朱生，试其古文，又试其时文，皆迥乎非数十年以来所云古文、时文者，亟拔入成均，以为旦暮可飞腾去。顾生蹇拙朴诚，不能随时走趋，迄今十又七年，亦侵寻老矣。生益忻然，傲睨千古，视浮荣弗屑也。顷入都，呈其所刻古文一部，则益大进。予惊喜不可言。未几，抚宁张孝廉复刻其时文。生又以呈予。予览其文：析理则元本六经；议事则驱策左史，不但一时无与抗行，盖卓然可与先辈大家争衡不让。予益大喜过望。因嘉生之能以千古自命，而张孝廉能好古而笃于义也。于是为数言弁其简端。吉水友人李振裕撰。

序

方 苞

余自与朋友往还，未有先于字绿者。其始相见也，在丙寅之春，朋试于皖江。时余为童子，字绿为成人，而以时文之学相得为兄弟交。其后壬申，余授徒京师，而字绿亦至自山东。余时学为古文，文成必以示字绿。而字绿亦出其《赠医某》一篇示余。余曰：「子才可逮于作者，盍遂成之？」字绿曰：「吾多事未暇也。」又其后丙子，闻字绿定居于杜溪，而往就焉。字绿方筑室而未成，见余至，忻然曰：「吾幸有数椽之庇、百亩之殖，可以老于是矣。子年方壮，倘不为时所弃，则资我于山中以卒吾业，而亦以成子之名，岂不快哉！」出其数年客游之文，则所蓄愈厚，而其光辉然而不可遏矣。又其后辛巳，字绿来白门，其所著书已数十万言。余始见之甚喜，继复大骇，久而惭且惧也。字绿曰：「子毋然。物之至者不两能，吾时文之学亦不逮子。」余曰：「是所谓家有琬琰，而羡人之瓦缶以为富者也。且子独不屑为此，子为之亦当胜余。」时字绿弃时文而不应有司之举者已数年，或劝其入京师就决于余。余曰：「子之学成矣，而力有余，虽复为此无害。吾门祚衰薄而家事多累，子昔曰我当出而子处，今子当出而我处。」因举字绿前所以语余者以嘱字绿。而字绿北行，果逾年而成进士。复与相见京师，谓之曰：「子果用吾之言乎？」字绿曰：「子之言皆信，吾时文之学亦可敌于子矣。」余索视之，自愧不如，遍观而审究焉，则不如远甚。夫字绿之年长矣，其用功当艰于余，而其古文之学数年而成，时文则数月而得其胜。虽其资材有过人者，亦用心与力之笃且专，故能成功若此之速也。余得于天者既劣，而复用饥寒疾病忧患以废日力，而敝其精神，岂独惭于字绿。虽欲所就之，比于中人不可得也。

字绿自订其时文百三十篇，嘱序于余。因念余与字绿为交之始末，而历其进学之难易，而又以叹夫治道术者，苟毋怠而止，皆可以造其极，而世之不能尽其才者众也。同学弟方苞书。

序

王政敏

吾友字绿以古文名于时，其所刻《杜溪稿》行世盖十余年矣。今岁夏，张孝廉逸峰刻其制举艺既毕业，而字绿适登贤书，遂命序于余。

余以谓古文制举艺之宗也。世之学者类皆能言之，然终不敢信为然者：非特谓体制之不类，将志乎古必遗乎今，是贾用不售者也。若字绿裒然为于举世不为之时，其古文业已搜择融液与道大适矣，今焉出其绪余为制举艺，是犹饮水于河，取火于燧。余固非信之于制举艺，乃信之于其所为古文也。使字绿不为举子业，其古文自足以不朽于世；能为举子业矣，即使终身不遇，其可以自信断断无疑也。今字绿俨然售矣，然余所以信字绿者，固在彼不在此。世有知字绿者，其必又有以信余言不妄也。遂一名之曰《杜溪稿》，以明无古今之别云尔。康熙壬午九月立冬日，石城同学王政敏符躬氏撰。

序

刘　岩

朱子字绿，以古文名振京師。士大夫能知人，务矜慎许与者，推毂字绿独极至。余见交游人众矣，而出字绿右者无之。盖文者心之声，心蕴于内然后有文焉达之，断无有能剽贼而至者。字绿权奇魁垒，胸中贮古今成败事，别白分明，两目光芒射千载以上，笔所未到，气已吞之。读字绿古文辞，则其积诸中也深，而其实也不掩矣，顾时出其绪余为举子业。举子业之与古文辞，字绿非区以别也，其天骨同，并波澜同，特异其名焉已矣。方子灵皋尝戏语字绿曰：「君以文喑呜叱咤雄一世，于吾行辈中，犹钜鹿之战，壁上诸侯无不惴恐者，殆将一战而霸矣！」然奚啻古文辞如是，吾于其举子业实云。坊贾于金阊将雕板行之，同学刘岩题其首。

卮言

张逸峰

杜溪者，宿松城东三十五里小溪也。字绿家于此凡十数世矣。其地盘冈曲洞，南临大湖，水天相际。冈上松数万株，环境皆朱氏耕焉。字绿虽作客，几马迹遍天下而不忘杜溪。故其古文词及举子业虽非杜溪作，亦以杜溪名之。初刻止闱前近艺五十篇，今增为一百三十五篇。

惩浮艳者必变为油滑，惩油滑者必变为支蔓，支蔓不已，流于险怪，险怪不已，杂以邪淫，故诸子佛经，阑入经义。此明季已然之效也。刘知几之才岂易一世，「天地茁，万物轧，」语未始不奇，欧公放之，一时虽噪，而千古以为祟雅黜浮，夐不可及。况经义之说，原代圣贤之语，写圣贤之心，惟六经为其根源。周、程六子之书，是其枝派，可以互为排缵，发其义蕴。其他便如蛣蜣丸之与苏合，安可并用？顷者，才士往往旁及庄、荀，恐遂有流而不反之弊。《杜溪稿》间以恣肆滉漭之笔见之小题，若典制性命之文，一惟黜郑祟雅，羽翼六经，至诸子杂家不轻用也。

自学者以串插见奇，其流至于趾，见于面首，出于尻，固为破坏文体。高才之士多学金陈，然枝叶实繁而正面荒废。又时文名为八股，股者如人之四体，长短相配。归唐于三大段，则一段法变。若题本不对而制为截对者，往往以参差流动见奇，多读尽两比不辨其属对。至两小比及八股正法，则必句斟字酌，划然整齐。今学正希者过于变化，句皆不对，甚至出比十余字而对比几至百字。设有人一手齐足，一手不能自抚其乳，尚得谓之人形乎？此等虽极新奇要渺，皆非体制。《杜溪稿》虽不一

格，大概不复为此●

字绿文或清如秋水一泓，或快如宝剑出匣，或秾郁工丽，或深邃幽远，或古峭崭峻，或平易雍容，真无所不有。而谈理之文，尤为国朝第一。盖穿穴经籍，研钻奥窔，非众人所能及也。更妙在本非理题，如《伯夷隘》、《禹稷颜回同道》、《求则得之》等篇，其精理直抉月窟而透天根。虽前大家亦当让坐，时流不足与抗行。识者当不河汉予言也。

评字绿文者：同郡戴伟人佳伟、方灵皋苞、程叔才师恭、程佐衡邦宰、阮退思无忝、昝元彦茹芝、昝仲绪茹颖、宋兰士文芳、沈新周镐、朱乐雍镛、汪瀚伯浩、马济臣世檝，江宁龚孝水缨、朱师晦元英、李子固汝俭、黄际飞越、刘大山岩、朱履安文镳、王符躬政敏，长洲汪武、曹份、汪安公俟，崇明何屺瞻焯，宜兴储理执在文，青阳徐贻孙念祖，南昌彭元叔廷献，盱眙李苍存導瑞，大兴薄聿修有德，陈留许不弃迈，闽县张麓嵩岩，抚宁张声百□，同里虞孚躬吉、石九叙颂功、高介锡秉皇、吴介皇大匡、胡汉声鸣凤、傅雨苍岩、傅约中有执、吴就治金浑、王右洲式昭、王其襄式金、曹庆周锡光、石星岩质、彭乃功早、彭储翰疏。此十数君子者前后论定为多。今所刻大约皆原评也。抚宁张坦逸峰识。

跋

朱晓　朱曙

壬午闱前，家大人刻稿五十篇。癸未，捷南宫，选馆职。坊中请刻全稿甚力。大人因命愚兄弟捡旧箧散失所余，增益之，得文一百有奇。家大人尝语愚兄弟曰：「制科之设，头场试经义，二场试论、表、判，三场试策。其立法初意甚善。盖经义只觇其经术，必深醇精粹、融会六经、洞晓先儒理奥，以不悖乎圣贤之旨，斯为入格，非欲其驰骋以为奇也。至二场一论，动辄数千言。五策亦以二、三千言为率。然后驱策古今，贯串子、史、百氏，凡才识之奇伟可得而观矣。又恐藻丽未工，法律未明，习或不适时用也，故佐以表、判。且表题类多拟古，非可预作，则宏博之才、醇茂之概约可知矣。敛其一往之气于经义，而纵其醇而后肆之才与力于后场——此立法之初意也。今世俗动谓科举不得士。若三场果皆合尺度，吾恐合十五国之选，其人正未易以多得也。彼诗、赋不过表、判之属拓而韵之，明算、律历、韬钤、从政诸科，亦策中一节耳，其不足与科举絜短长也，灼灼明矣。科举不得人，奉行之弊，非法之不善也。且今之论文者，不知立法之意元欲收纵横之才于后场，而辄妄起谬论，破坏经义。或近则借口庆历师其佻巧，远则牵引班马八家埋伏照应之法，以论八股。不知文各有体，不可强而同也。作古文词无语气可体，无上下文可承接，又事理烦碎，不为埋伏照应，则散而无纪。今八股代圣贤之言，写圣贤之心，语气一差，去而千里。又其总挈有题、承、起讲，项有提比、虚比，腹有中比，尾有后比，位置一定，不可乖异。顾好怪异倒乱，抛弃正义，以为高脱，试思孔、孟当日出口吐词，果如此否耶？混策论之体于经义，而反以熟烂草率之经义为策论，宜乎其两失也。」家大人之言如此。大人久不作时文，其欲自见于天下后世不在时文。悯世俗盲辨瞽说，使后进不见立法初意，因以拂戾圣贤之旨，论文者既昧其元本，而奉而行之者又不能力除其弊，几于轻废科举，反谓立法之不善，故心慨焉。爰为愚兄弟言之如此。康熙辛丑秋月，男晓、曙谨识。

朱书年谱

蔡心襄

清顺治十一年甲午（一六五四年），十月，先生生于潜山之敢山冲。

先生名世文，又名书，字字绿，号杜溪，安徽宿松人。世业农，至其父光陛（字仲藻）始读书。光陛避明季兵乱，自宿松之杜溪移家太湖、潜山，为乡塾塾师。

《先考仲藻府君事略》（以下简称《府君事略》）：「府君年二十二娶，三十有五生伯兄世忠，四十生仲兄世质，至生书，即已四十有七矣，命名世文，后自名书，志府君志也。」《亡妻沈长君事略》（以下简称《长君事略》）：「先是天下乱，宿松民顽不习新政，顾奉闽广命，数被兵，邑人多转徙，老父挈家走潜山。岁甲午，余生潜山之敢山冲，久之，迁上新田。」《府君事略》：「府君乃跳身授徒太湖、潜山山中，以丙戌岁出，间归，不恒居。」

顺治十五年戊戌（一六五八年），五岁，初读书识字。

《府君事略》：「书两兄皆生乱离中，府君自课之，读书皆通大义。书五岁，即抱膝上，口授四书。夜围炉，辄以箸画灰作字，使识形声。稍长，教以古今世变忠孝诸大节，博习古诗文辞。顾屏干禄之学，不使进。凡书初能经艺时文，皆十有五后窃为之者也。」

康熙元年壬寅（一六六二年），九岁。原配沈芸阁生。

《长君事略》：「长君姓沈氏，名桂，字云阁，宿松九成坂人。父处士一宋，字权度。……处士有学识，家素封，中落。岁戊申，尽室徙潜山之下新田。时处士年三十三，只生长君一子女。顾爱之甚。」「生于康熙元年八月，望后七日壬戌申时。」

康熙七年戊申（一六六八年），十五岁。聘沈氏芸阁。

《长君事略》：「（长君）甫七龄，诸大家多求婚，摈不许，人多怪之。……予因赐诣罗翁家，得见处士，处士独善予。使人来言，老父喜，遂命委禽。时予年十五耳。」

康熙九年庚戌（一六七〇年），十七岁。归九成坂探沈一宋病；明年，沈一宋病逝。

《长君事略》：「明年（己酉），处士病，迁归九成坂。又明年（庚戌），余归里存问处士病。处士病且甚，执余手曰：『吾生无一可者，只此女。女得子为婿，吾死且不恨。子才必达。』」

康熙十一年壬子（一六七二年），十九岁。作时文《南人有言曰》，戴伟人甚称之。

文后《自记》曰：「岁壬子，余年十九。从先大人侨寓潜山之罗庄。先大人家教，每屏时文不许读。而执友戴伟人先生佳伟，文行极为先大人所重，辄私授余以《壬子乡墨》。余得见北闱诸公卷，喜之。乃试作此，私视戴先生。先生大嗟赏之，谓先大人曰：「此子大器也，奈何不令作时文？」先大人笑不应。然余往往窃作时文，自此始。」

康熙十二年癸丑（一六七三年），二十岁。作时文《子张学干禄》，邑人虞孚躬为之骇叹。

文后虞孚躬《附记》：「余初不知字绿，岁癸丑，其族人持是文以示余，余阅之，以为古行辈行世作也。因告之曰：「是文才情恣肆，议论超卓，笔古而墨妙，君当诵之无忘也。」其人曰：「此吾族朱字绿文耳。」余骇不信，其人复正对。吾不禁拍案呼曰：「宿松乃有字绿，当出我一头地矣！」」

康熙十三年甲寅（一六七四年），二十一岁。自潜山归居杜溪。娶沈氏芸阁。授徒于本邑严恭山下凡五年，《阽壁答言》作于此时。

《长君事略》：「老父移归杜溪。居无何，滇黔变起，江以南烽火烛天。汪君（沈芸阁继父）以世乱，家有待字女，重为累，乃速余亲迎。是时，长君年才十三。」「余授徒严恭山下，距家七十里，数月乃一归。」

康熙十四年乙卯（一六七五年），二十二岁。考仲藻逝世。

《长君事略》：「归一年，老父即世。」《府君事略》：「府君生万历三十六年八月十一日，至乙卯十二月二十日卒。」

康熙十八年己未（一六七九年），二十六岁。初置田宅，家居教子侄。赴府、县试，皆居第一。

《长君事略》：「长君纺绩，家众皆衣其布，且间鬻其余以佐费。余馆谷益多，乃买梨树坞田二亩，有屋四间，移居之。己未，余乃家居教子侄，始与长君聚。凡十年，未尝远离。」

《人之安宅也》，文后附石九叙语：「己未夏，邑侯胡主童子试，先期召余入署。从暗中摸索得三卷，额入三名；邑侯拔三得二，府院冠军者即字绿。」

康熙二十年辛酉（一六八一年），二十八岁。长子晓生。

康熙二十二年癸亥（一六八三年），三十岁。次子曙生。

康熙二十三年甲子（一六八四年），三十一岁。在南京旧县遇戴名世，与订交。

《潜虚先生年谱》（《戴南山集》，后托名为《宋潜虚先生集》刻版）：「二十三年甲子，先生三十二岁。秋，应乡试，遇宿松朱字绿于旧县，遂订交。」

七古《旧县遇桐城宋潜虚述学宪刘木斋先生相知之意感作》作于是年。

康熙二十五年丙寅（一六八六年），三十三岁。春，在安庆与方苞订交。旋以选贡入太学，至北京。

《望溪文集·朱字绿墓表》：「余之交未有先于字绿者。康熙丙寅归试于皖，先君子携持以行。侪辈间藉藉言宿松朱生，因从先君子访字绿于逆旅，辞气果不类世俗人。将返金陵，遂订交。字绿父事先君子，而余兄事字绿。是岁，字绿以选贡入太学。」

《望溪先生年谱：「二十五年丙寅，先生十九岁，……太公携归安庆应试，交宿松朱字绿书。」

康熙二十六年丁卯（一六八七年），三十四岁。考授教习。出游自此始。自北京初至山西，疑亦是年。

《考教习文〈王曰诗云〉》后《自记》：《余拔入成均，抵都，橐中只有白金五两，遂授徒于帝王庙后伊图喀鸿胪家，仅足饔飧而已。故事：国子生见司成，少餉阍人以物，乃得通，余以故不能往谒。会旅试教习，同试者求诸多方，余姑一往，固无意见取也。已竟，居然前列。

《崇祀乡贤录》：「康熙丁卯、戊辰间，走燕、赵、齐、鲁。」

康熙二十七年戊辰（一六八八年），三十五岁。母尹氏卒，先生归自北京。母丧毕，至山东，与戴名世等游。

《长君事略》：「丁卯，老母病，不省事，厕牏皆长君手掖之。……如是者一年。老母既丧，余自燕奔归。」

康熙二十八年己巳（一六八九年），三十六岁。仍与戴名世等在山东。

《戴南山集·齐讴集自序》：「戊辰、己巳之间，自燕逾济，游于渤海之滨，遍历齐、鲁之境。同游者数人，与余皆不得志，于是多赋诗以自遣。……数人者为无锡刘齐、武进白宝、宿松朱书、溧阳史祺生、常熟翁振翼、华亭毕大生、山阴胡赓昌。」

康熙三十年辛未（一六九一年），三十八岁。自家至京，补官学教习。

《长君事略》：「辛未，余行补官学教习，例：三年授邑令。临行，长君辄泣不能语。」

康熙三十一年壬申（一六九二年），三十九岁。自山东至北京。

《望溪先生集外文·朱字绿文稿序》：「其后壬申，余授徒京师，而字绿亦至自山东。」

康熙三十二年癸酉（一六九三年），四十岁。自北京至山西、陕西。作《华山赋》。

《崇祀乡贤录》：「癸酉历三晋，入关中，登华山绝顶，作赋缅缅数千言。」

康熙三十三年甲戌（一六九四年），四十一岁。在陕西。

《游冯公少墟园亭记》：「癸酉客关中，闻关中书院初葺，欲一往，不果。明年三月，友人抚宁张声百招桐城方葆羽及余游西郊园亭，观玉兰花。」

《游历记》卷二《燕秦之道》：「余癸酉、甲戌两岁中，数往返焉。」

《获鹿道中》、《塞黄河》、《华山行》、《汾上道中》、《大梁行》、《陕州将与梁质人往观砥柱三门不果》等诗及《与李中孚先生》二书，俱作于此时。

《张声百秦游诗序》和《梁质人西陲三书序》，亦应作于此时。李中孚《二曲集》卷十八《书二答梁质人》：「接来翰暨佳刻，能有古人心，乃能为古人文。秦关之游，忧时感事，壮怀激切。所筹边陲情形，可谓天下之大有心人。……承示张声百《秦游诗草》，皎皎异才，读之不觉敛衽。」这是梁质人把《西陲三书》刻本寄给李中孚看，并附寄张声百《秦游诗》，为声百求序。李中孚复书谢绝，说他「生平未尝应人以文，而显者尤所严戒」，如果「一旦破例，则开罪于前后契不浅」。《书三·答朱字绿书》：「小儿前者归，称述丰标，极为声百得友喜。」自然是在看到张芦百的《秦游诗》以后写的。梁质人、张芦百这年又同朱在一起，请朱为自己的书作序，是情理中的事。

康熙三十四年乙亥（一六九五年），四十二岁。归至安庆，闻沈氏卒，归杜溪。七月，复出，至安庆。八月，复往陕西。

《出还小诗序》：「三月朔日抵皖，闻内子凶问，时殁后四旬有六日矣。」《长君事略》：「卒后四旬有六日，余始闻凶问；又一旬，始得抚其柩，哀哉！长君依其父九年，依母四年，归于余二十年，逮事吾父一年、母十五年。生于康熙元年八月望后七日，卒于三十四年正月望前一日，年三十四。」

《小孤山记》：「乙亥七月之望，余将赴皖，阻风，泊舟北岸小孤庙前。」《游苦县濑乡记》：「乙亥八月初吉之关中，道误出亳州。」

按《戴南山集·乙亥北行日纪》云：「六月初九日，自江宁渡江。……明日，宿旦子冈。……明日，抵滁州境，……过关山，遇宿松朱字绿、怀宁眘元彦从陕西来。别三年矣，相见则欢甚。徒行携手至道旁人家纵谈，村民皆来环听，良久别去。」据此，则朱六月尚在归途中，与集中所记牴牾。如戴记有误，《北行日纪》稿还是给朱存的，朱一定会发现，与之更正。戴均衡编《南山集》时，对「持议过当，立言太激」的删去六十多篇，自不免还要删改文字。

康熙三十五年丙子（一六九六年），四十三岁。自北京归至安庆，旋归杜溪筑室。方苞往访。续娶太湖庠生汪士鼎女汪绮，疑即是年。

《望溪文集·朱字绿墓表》：「丙子，余有事故乡，而字绿适客于皖。字绿归自京师，筑室其邑之西山，名曰『杜溪』。」《记家谱》：「丙子三月，复记于郡城按察署中，清明前一日也。」《望溪先生集外文·朱字绿文稿序》：「丙子，闻字绿定居杜溪，而往就焉。字绿方筑室而未成。见余至，忻然曰：『吾幸有数椽之庇、百亩之殖，可以老于是矣。』」

康熙三十六年丁丑（一六九七年），四十四岁。在南京。

康熙三十七年戊寅（一六九八年），四十五岁。在南京。

《望溪文集·朱字绿墓表》：「丁丑、戊寅，归休于家，而字绿适授经金陵。」

康熙三十八年己卯（一六九九年），四十六岁。春，至福建，与梅文鼎游处，作《送梅勿庵游武夷序》。冬，返自福州，抵浙江，历杭州，至镇江。在浙江遇戴名世。

《戴南山集·郑允石制艺序》（《潜虚先生年谱》：「己卯作《郑允石制艺序》。」）：「今年冬，宿松朱字绿新从闽来，为言闽之能文家颇多有，而惜余多未之见。」

《送梅勿庵游武夷序》：「今同在闽一年，益得其书观之。」

《游闽中许氏石林记》一文及《许不弃招饮石林山房》、《晤陈廷汉于道山书屋邀登水部门望海楼不果》、《酬高宏木》、《岭外舟行杂诗》等十余首《闽游诗》俱作于是年。《浙中诗》：「峡尽桐庐地势浮，暮潮冬尚打江州。」、「更嗟寒尽将迎腊，戏水妖虹不可收。」《自杭州至镇江诗》：「风雪连宵不奈听，杈舟长水滞扬舲。」可见到杭州、镇江时，已是这年年底或第二年年初了。

《崇祀乡贤录》云：「甲戌后，往来吴、楚、闽、越」，这只是概而言之。具体地说，南游应从丙子年算起，甲戌、乙亥主要还是北游。

康熙四十年辛巳（一七〇一年），四十八岁。至南京。

《望溪先生集外文·朱字绿文稿序》：「辛巳，字绿来白门，其所著书已数十万言。」

康熙四十一年壬午（一七〇二年），四十九岁。举顺天乡试。旋至北京。张逸峰刊先生时文，名《杜溪稿》，方苞、李振裕作序。

《望溪文集·朱字绿墓表》：「壬午，（字绿）再至京师，声誉一日赫然公卿间。」

康熙四十年癸未（一七〇三年）五十岁。中进士（会试四十四名，殿试二甲四十名），改翰林院庶吉七。

康熙四十三年甲申（一七〇四年），五十一岁。授翰林院编修，校写《佩文韵府》。作《春日圣驾谒陵展孝恭纪》诗。

《入殿纪事诗三十首》「诏下初闻内使催，抠衣趋向凤城来」注：「康熙四十三年十二月十五日，掌院学士传旨，命臣书直武英殿校写《佩文韵府》。」

《清史稿·圣祖本纪三》：「四十三年甲申，春正月，乙巳，上谒陵。」

康熙四十四年乙酉（一七〇五年），五十二岁。为同官翰林院编修汪灏母作《刘太夫人墓志》。参与编纂《佩文韵府》。

《戴南山集·恭纪睿赐慈教额序》：「翰林院编修臣灏，方侍直南书房，岁乙酉春，闻母刘太夫人讣……编修自少孝于亲，友爱于其兄弟，为一家之表率，其亲亦多有化之者。一门割股之事，在庶吉士朱书所著《太夫人墓志》中。」

《入殿纪事诗》「校录已惭尘乙夜，编摩复许共群儒」注：「六月三日，上避暑塞外，命臣书、臣至（同年庶吉士宋至）同孙宫允等编纂。」

《清史稿·圣祖本纪三》：「四十四年乙酉，……五月……丙戌，上巡幸塞外。六月……丙辰，上驻跸热河。」

康熙四十五年丙戌（一七〇六年），五十三岁。为《戴南山集》作序。

戴名世之门人尤云鹗在辛巳年编《戴南山集》成。是年丙戌，戴至京师会试（被黜），求朱为作序。此序见《南山集》，朱集中未录。

康熙四十六年丁亥（一七〇七年），五十四岁。六月十九日卒于北京。病中四次致书方苞。

《望溪文集，朱字绿墓表》：「既遘疾，半岁中四以书抵余，未尝不自恨也。」

按：对朱的卒年，尚有几种不同的记载：《望溪文集·朱字绿墓表》说是「以某年月日，卒于京师，年五十有一」；《杜溪文集》转载方苞的《墓表》，将「年五十有一」改作「年五十有七」。「五十一」是甲申年，朱才入武英殿校写《佩文韵府》，而《墓表》也写着「癸未、丙戌，再赴公车，而字绿皆在京师」，「年五十一」显然属于讹误。可是，近人吴海林、李延沛编的《中国历史人物生卒年表》，在朱的生卒栏内写着「生于清顺治十四年丁酉，卒于清康熙四十六年丁亥」，将生年推迟三年，又刚好是五十一岁。这似乎是可信的了，但先生集中《先考仲藻府君事略》却明白地写着：「岁甲午，余生潜山之敢山冲。」而集中他处有关年龄的记载，又都能与此契合。另外，还有朱的家谱可以印证。据此，吴、李二位的说法也就不足凭了。那末，「五十七」呢？在先生集中既找不出丁亥年以后的著作，而《望溪文集》、《戴南山集》中也找不出与朱有关的记载。戴名世是康熙四十八年殿一试甲第二名进士，授翰林院编修。如朱还健在，只五十六岁，他们同在一起，一定会有文字往来。「五十七」也是缺乏根据的。应该还是以家谱「生顺治甲午年十月……康熙丁亥年六月十九日殁于都中寓邸」的记载为准，卒年为五十四。

（皖）新登字 05 号

责任编辑·胡士萼
装帧设计·古　办
责任校对·古　月

安徽古籍丛书

朱书集

〔清〕朱　书　撰　蔡昌荣　石钟扬　点校
许振轩　审订
安徽省古籍整理出版规划委员会
安徽古籍丛书编审委员会　编
黄山书社出版（合肥市金寨路283号）
新华书店经销　安徽书刊印刷厂印刷
开本：850×1168　1/32　印张：17.75　字数：345,000
1994年6月第1版　1994年6月第1次印刷
印数：0001—1,000

ISBN 7-80535-735-8/G·224　定价：12.50元

《安徽古籍叢書萃編》書目

定本莊子故
康輶紀行　東槎紀略
北山樓集
疑庵詩
方望溪遺集
識小録　寸陰叢録
東萊詩詞集
明太祖集
王侍郎奏議
朱楓林集
敬孚類稿
施愚山集（全四册）
吴敬梓吴烺詩文合集
張孝祥詞箋校
竇山公家議校注
翠微南征録北征録合集
阮大鋮戲曲四種
老子注三種

杜詩説
朱書集
論語解注合編
郭祥正集
皖人詩話八種
績學堂詩文鈔
唐詩評三種（上下）
鈍齋詩選
老子注譯
莊子詮詁
説文假借義證（全五册）
劉銘傳文集
包世臣全集（全三册）
田間易學
莊屈合詁
田間詩集
田間文集
古事比（上下）
安徽出土金文訂補

道聽途説
蘭茗館外史
青泥蓮花記
秋崖詩詞校注
舌華録
明語林
夜雨秋燈録（上下）
包拯集校注
毛詩後箋（上中下）
壹齋集（上下）
孟子講義
楊仁山全集
不得已（附二種）
歙事閒譚（上下）
惜抱軒詩集訓纂
張孝祥詩文集
吴汝綸全集（全六册）
青溪集
藏山閣集

田間詩學（上下）
俞正燮全集（全三册）
皖人戲曲選刊　鄭之珍卷
詠懷堂詩集
所知録
文選箋證（上下）
七頌堂集
程瑶田全集（全四册）